小学館文庫

ザ・ロング・サイド

ロバート・ベイリー
吉野弘人 訳

JN053920

小学館

THE WRONG SIDE

by Robert Bailey

This edition is made possible under a license arrangement originating with Amazon Publishing, www.apub.com, in collaboration with The English Agency (Japan) Ltd.

ザ・ロング・サイド

＊主な登場人物＊

ボーセフィス（ボー）・ヘインズ……………………弁護士。

Ｔ・Ｊ……………………………………ボーの息子、ジャイルズ・カウンティ高校ボブキャッツ所属。

ライラ……………………………………………………ボーの娘。

ブッカー・Ｔ・ロウ……………………………………ボーの従兄弟。

ジャーヴィス・ロウ……………………………………ブッカー・Ｔの息子、ボブキャッツ所属。

オデル・シャンパーニュ………………………………ボブキャッツのスター選手。

サブリナ・シャンパーニュ……………………………オデルの母親。

ビリー・シャンパーニュ………………………………オデルの父親。

ブリタニー・クラッチャー……………………………オデルの同級生、フィズのボーカル。

イズラエル・クラッチャー……………………………ブリタニーの父親、麻酔専門看護師。

テレサ・クラッチャー…………………………………ブリタニーの母親。

ジーナ・クラッチャー…………………………………ブリタニーの妹。

イアン・デュガン………………………………………オデルの同級生、フィズのギタリスト。

キャシー・デュガン……………………………………イアンの姉、バーテンダー。

マイケル・ザニック……………………………………起業家。

ヘレン・エヴァンジェリン・ルイス…………………第二十二司法管轄区検事長。

グロリア・サンチェス…………………………………検事補。

ハンク・スプリングフィールド………………………保安官。

フラニー・ストーム……………………………………主任保安官補。

レジナルド・〝サック〟・グローヴァー……………弁護士。

エニス・ペトリー………………………………………元保安官。

ロナ・バークス…………………………………………ボーのアシスタント。

フーパー…………………………………………………私立探偵。


トーマス（トム）・マクマートリー…………………アラバマ大ロースクールの元教授、故人。

アンディ・ウォルトン…………………………………プラスキの実業家、故人。

ジャスミン（ジャズ）・ヘインズ……………………ボーの亡き妻。

ブッチ・レンフロー……………………………………ヘレンの元夫、故人。

ウィンストン・グルームの思い出に。

プロローグ　二〇一六年十月十六日　日曜日

ヘレンは丘の上の巨大な邸宅を見上げていた。車の流れの妨げにならぬよう、三十一号線の路肩に車を停《と》めてライトを消した。月に何度か、ここに停まって息子の住んでいる邸宅を見上げることが習慣になっていた。邸宅の私道まで入ったのは一度、昨年十一月のパーティーのときだけだった。そしてそのとき、すべての事実が明らかになった。

それ以来、彼女は道端に車を停め、その家を見つめることで〝訪問〟していた。それが自分自身に許せる限界だった。子供が炎に向かって指を伸ばすように、その炎に手を触れたら、やけどしてしまうことがわかっていた。それでも好奇心を抑えることができなかった。

今夜、なぜ自分はここに来てしまったのだろう？　ヘレンはその問いに答えることができなかった。彼女の人生は、これまでずっとしっかりと組み立てられ、秩序立っていたのに、今はたがはずれてしまっていた。以前の生活に戻れるのだろうか？　そもそも戻りたいのだろうか？

助手席に置いてあった携帯電話が鳴りだした。眼《め》をやると、見慣れた番号が表示されていた。

四回目の呼び出し音で電話に出た。

「忙しい一日だったね」彼の声は三十八歳という年齢の割には若く聞こえた。親にとって、成人した子供の声というのは、若く聞こえるものなのだろうか。ヘレンにはわからなかった。彼女には子供はひとりしかおらず、子供がいることを知ってからまだ一年も経《た》っていなかった。

「とても忙しかった」

「犯人を捕まえたと思ってる？」その口調にはからかいが含まれていた。ヘレンは胃がぎゅっと締めつけられるような感覚を覚えた。

答えなかった。

「保安官事務所はほかの人物についても検討したの？　ぼくは……容疑者なの？　あなたは記者会見ではどこか不安そうだった」

ヘレンは唇を噛《か》んだ。彼が自分を苛立《いらだ》たせようとしていることはわかっていた。記者会見の壇上での数秒間、彼女はビジネスライクに徹していた。だれも彼女が動揺しているとはわからなかったはずだ。

自分の息子を除いて？　自分自身の血を分けた子供を……

頭を振った。自分の考えが信じられなかった。彼はわたしを怒らせたいのだ。その手に乗るものか。

「なかに入らない？　コーヒーでも淹《い》れるよ。それとも紅茶のほうがいいかな？　あなたの新しい事件のことを話さない？　プラスキの女王を傷つけるやつがいるなんて信じられないよ。まして殺すなんて。犯人はあなたが告発したあの若者なの？　フットボールチームのスター選手だったよね？」彼はことばを切った。「なんてドラマだ。でも……保安官事務所がまた間違いを犯している可能性については考えたの？　去年、あなたにしたように。いや、待てよ、彼らは実際には――」

「マイケル――」

「いいから聞いて。スプリングフィールド保安官とストーム主任保安官補が間違った容疑者に眼を向けているとしたら？」彼はクスクスと笑った。「なかに入らない、母さん。殺人事件について話さないかい。ぼくが何をしていたのかについても話し合うことができる。そう、昨日の午前一時に何をしていたか」

「いいえ」彼女はささやくようにそう言うと、眼を閉じて、頭をハンドルにもたせかけた。自分は何をしているのだろう？

記者会見のあと、彼女はずっとジャイルズ郡の通りを走っていた。事件のことを考え、何をすべきかを理解しようとして。検事局にいるべきだった。事件が台無しにならないように、すべてを監督していなければならなかった。フラニーはわたしがどこに行ってしまったのだろうかと思っていることだろう。

彼女の車は結局ここにたどり着いた。この十一カ月間、何度もそうしてきたように。

「ばかげてるよ、母さん」息子の声に現実に引き戻され、頭をハンドルから離した。眼を開いて、深く息を吸った。

「ぼくが怖いの？」彼は続けた。からかうような口調はもうなかった。

そうよ。だがヘレンは答えなかった。その代わり、一瞬だけ逡巡《しゅんじゅん》してから、エンドボタンをタップし、電話を置いた。

そしてため息をつき、巨大な邸宅に最後の一瞥《いちべつ》をくれてから、ギアを入れ、三十一号線の車の流れに戻った。

第一部

1

二〇一六年十月十四日――二日前――

ホームチームのロッカールームの外にあるトンネルから、歓声が低い雷鳴のように響いていた。何人入っているのだろう？　サム・デイヴィス・スタジアムの収容人員は四千二百名だったが、今日のゲームでは、生徒を中心にさらに千名がフィールドのまわりに入ることを認められていた。オデル・シャンパーニュはトンネルの先に眼をやり、頭を振った。「キックオフまでまだ一時間もあるのに、もう熱狂している。信じられるかい？」と彼は訊《き》いた。自分の声にどこか悩ましげな響きを感じていた。手をつかまれ、耳元に温かい息とバブルガムのにおいを感じた。思わず微笑《ほほえ》んだ。

「信じられるわ」とブリタニーが言い、彼の耳たぶにキスをした。「みんなこの国で最高のフットボール・プレイヤーを見に来てるのよ」

「違うよ」と彼は言い、一歩前に出ると、彼女を引き寄せた。「みんなフィズを見に来てるんだ……南東部で最もイカしたバンド」彼はスタジアムのアナウンサー、アール・モリングの実況を真似《まね》た。彼女は肘で彼のあばらのあたりを突いた。「リードボーカルは、プラスキが生んだ……ブリタニー・クラッチャー。ワオー！」彼は最後のところで両手を上げると、爪先で飛び跳ねだした。

ブリタニーが笑顔で眼をぐるりとまわすと、オデルはさらに引き寄せた。「ジャイルズ・カウンティ高校対タラホマ高校の試合でもまずまずの観客は集まるだろうけど……ここまでにはならない」彼はトンネルの先に向かって頭を傾《かし》げた。「フィールドのまわりの連中や、スタンドに陣取ってる連中は、みんな試合後のコンサートを見に来てる」オデルは彼女に向かってニヤリと笑った。「きみを見にね」

彼女は肩をすくめると、視線を足元に落とした。口のなかで大きなガムの塊を嚙んでいた。

「それにきみはそのことを知っている」とオデルは言い、体を寄せると、彼女の頬と首筋にキスをした。そして体を離すと、眼を細めて彼女を見た。「何個口に入れてるんだい？」

「ふたつよ」と彼女は答えた。

オデルは頭を振った。「その二倍かと思ったよ」ブリタニーがガムを嚙むのが好きなのは、リラックスするためだと彼は知っていた。これまでにもコンサートの日には何箱ものガムを嚙んでいるのを見たことがあった。「コンサートは緊張する？」

「いいえ」彼女はそう言うと、ガムを取り出して、壁際のごみ箱に向かって勢いよく投げ捨てた。

「嘘《うそ》つき」とオデルはからかった。

ブリタニーが彼の顔を覗《のぞ》き込んだ。何か言いたそうな表情だった。

「どうしたの？」

「なんでもない」彼女は振り向いた。「なかに入らなくていいの？　パタースン・コーチが自分のチームのスタープレイヤーがどこに行ったのかと不安になりだすんじゃない？」

「もうしばらくはゆっくりしていられる」彼はそう言うと、口ごもった。「その……試合は見てくれるんだろ？」

「リハーサルがあるの、知ってるでしょ」

「前半が終わったらだろ？」

「その前に人と会うの」彼女はため息をついた。「バンドのことで」

「ミスター・ザニックだろ、違う？」オデルはまるでその名前を言うのが苦痛であるかのように言い放った。彼女から眼をそらすと、なんとか苛立《いらだ》ちを抑えようとした。「きみがあの犯罪者のまわりをうろついてるなんて信じられない。ミスター・ヘインズが彼のことをどう思ってるか知ってるだろ」

「彼はわたしによくしてくれてるわ、O《オー》。彼は……」

「彼が何？」オデルは歯を食いしばるようにしてそう言った。「彼がバンドに大金をつぎ込んでることは知ってる。けど彼のほんとうの目的はなんなんだい？」

ブリタニーは唇をぎゅっと引き結んだ。「たしかミスター・ザニックはあなたのお母さんにもよくしてくれていたと思ったけど。お母さんは彼のクラブで働いてるのよね、違った？」

「今は違う」彼は携帯電話を取り出し、それを掲げた。「ずっと連絡を取ろうとしてるのに、またいなくなってしまったんだ」

「それはミスター・ザニックのせいじゃないわ。お母さんはあの仕事に就く前にも何日かいなくなっていたじゃない。O《オー》、あなたは親離れしなきゃいけないのよ。そうしなければ、彼女は、わたしの父がわたしにしようとしたように、あなたの人生を台無しにしてしまう。少なくともあのアパートメントを出る必要がある。ミスター・ヘインズなら高校卒業まで彼の家に住まわせてくれるはずよ。そうしたら、来年には……」彼女はじゃれ合うように彼を押した。「……あなたはここを出て、タスカルーサにいる。あるいはノックスビルに。もしかしたら……南カリフォルニアかもしれない」

「そんなことできない。わかってるだろ」

「どうしてできないの？」

「ぼくには無理だよ、ブリット。母さんしかいないんだ。置いていくことなんかできない」

「そして、あなたは彼女を救えない」とブリタニーは言った。片手で彼の胸に触り、もう片方の手の指で彼の首筋をなぞった。「そのことはわかってるんでしょ？」

オデルは彼女から眼をそらした。「ブリット、前半だけでも見ていってくれ。なんでまた、あのザニックなんかと今夜会わなきゃならないんだ？　今年一番の大勝負なんだぞ。ジャイルズ・カウンティ高校史上最大の観客動員数だ」彼はまた実況アナウンサーの真似をしたが、どこか無理やりな気がした。

彼女は笑わなかった。「会うのは彼じゃない」

オデルは眉を上げた。「じゃあ、だれなの?」

「どうでもいいじゃない」彼女は歩きだそうとした。が、オデルが歩み出て、両手を広げて行く手をさえぎった。

「せめて第二クォーターの途中まで見てほしい」

彼女は腕を組み、彼の後ろを見つめていた。

「ブリット」オデルが彼女に近づいた。「すまなかった。ザニックのことは持ち出すべきじゃなかった」そう言うと手を伸ばした。彼女は、彼に引き寄せられるに任せた。キスをすると、彼女の心臓が激しくなるのを感じた。頬に触れた。「どうしたの?」

彼女はコンクリートの床に眼をやった。オデルは彼女の顎を指で持ち上げた。「何があったの?」

彼女の眼が涙で輝いていた。彼女は手を引いた。「わたしのことは心配いらないから。今夜はいくつの大学のスカウトが見に来ているの? 十? 二十? わたしのことは心配しないで。お母さんのことも考えないで、自分自身に集中して。いいわね?」そう言うとかすかに顔を歪《ゆが》めた。

「なあ、何があったのか教えてくれ。力になるから」

彼女は眼を拭った。「無理なの、O《オー》。だれも力にはなれない。わたし、取り返しのつかないことをしてしまったの」

オデルは自分の体がこわばるのを感じた。「何をしたんだ？」

彼女は彼の脇をかすめるように通り過ぎて、トンネルの先へと向かった。彼は追いかけ、彼女の腰に腕をまわした。「愛してる、ブリット」

彼女が振り向き、体を押しつけてきた。彼には今も彼女の心臓の鼓動が聞こえた。彼女がオデルの首に抱きつき、唇を近づけ、彼が自分を忘れるまでキスをした。やがて、耳元でささやいた。「わたしも愛してるわ、O《オー》」

彼女が去っていくのを見た。自分の心臓の鼓動が欲望と恐怖の両方から激しくなっているのを感じていた。「ブリット？」

だがそのことばは歓声にかき消された。

「いったい、どうしたんだ？」彼はふたたび尋ねた。が、そのことばはむなしく響くだけだった。

ブリタニー・クラッチャーはできるだけ急いで駐車場を横切ると自分の車に向かった。二度ほどファンに止められ、一度は五年生の少女にサインを求められた。少女のTシャツにサインをしてやり、その子の両親に微笑んだ。両親は彼女に「頑張って」と言った。自分のトヨタの〈4ランナー〉に着くと、運転席に倒れ込んだ。疲れ果てていた。精神的にも、身体的にも、そして感情的にも。

わたしはなんてことをしてしまったんだろう？　そのとき、まるでだれかが考えを聞いていたかのように、携帯電話が鳴り、メールの着信を知らせた。ブリタニーはポケットから電話を取り出した。送信者がだれなのかはわかっていた。試合が始まる前には着いていると言っていたのに、まだ着いていないからだ。彼女は画面をちらっと見た。恐れていたとおりだった。

マイケル・ザニック。

〝電話をくれ〟とメールにはあった。

深く息を吸うと、ブリタニーは彼の名前をタップし、電話の呼び出し音を聞いた。

「待ってるんだぞ」と彼は言った。

「試合がまだ始まっていない」

「コンサートのあとに会えるか？」

「コンサートには来ないの？」

電話の向こう側でため息をつく音が聞こえた。「わたしはあの高校では嫌われている。きみも知ってるだろう。それに人ごみは嫌いなんだ。明日、発表があることを考えたら、目立たないようにしていたい」と彼は言った。「だが今夜、きみと会っておきたい。十一時頃でいいか？」

ブリタニーは眼を閉じ、唇を嚙んだ。

「考えなおすつもりはないね？」と彼は訊いた。

「ないわ」

「いいだろう」と彼は言った。「十一時に会おう」

「マイケル、わたし……」

電話は切れた。ブリタニーはしばらく画面をにらみつけていたが、電話を助手席に放《ほう》った。

歯を食いしばった。身を乗り出すと、ハンドバッグからガムをひとパック取り出した。口の

口のなかにふたつ放り込んで、嚙み始めると、どうにもならないという絶望感に襲われた。

もうだれも力になってはくれない。オデルのことを考えた。たぶん今はロッカールームにいて、パタースン・コーチから最後の指示を受けているのだろう。この夜は彼にとってどんな夜になるのだろう。自分たちふたりにとって。クラスメイトのダグ・フィッツジェラルドがコンサートのあとにパーティーを開いてくれることになっていて、そこで会おうとオデルは言っていた。バンドのメンバーもみんな行って、打ち上げをするつもりだった。たぶん友人たちのために即興で何曲か演奏することになるだろう。彼らにとっては高校生活最後の年だった。こんな夜があと何度あるのだろう。

自分にはない。ブリタニーはそう思った。ようやくギアを入れると、車を駐車場から出した。車が次々とサム・デイヴィス・スタジアムに入ってくるなか、ブリタニー・クラッチャーは右折して、三十一号線に入った。

ダグのパーティーに行くつもりはなかった。それどころか、卒業することもない。ひとつやり残したことを片付けなければならなかった。それから夜遅くにマイケルの家に行き、明日の朝にはこの街を去る。両親、友人たち、高校を置いてあとにする……

オデルも……

唇が震えていた。

涙が頬を伝い落ちた。アクセルを踏み込むと、前に進む決意を固めた。

わたしはなんてことをしてしまったのだろう。

オデルは、チームに合流する前に頭をすっきりさせようと思い、フィールドのまわりを歩くことにした。集中しなければならないとわかっていたが、心がかき乱されていた。電話にもメールにも返事をしてこない母親のことが心配だった。ブリタニーのことも心配だった。やがて、スタジアムを埋め尽くす人々の塊を見渡し、胸騒ぎを覚えた。信じられない。スタンドを見上げ、すべての列が埋まっているのを見てそう思った。

「ヘイ、O《オー》！」ホームの観客席のそばの階段から、聞き覚えのある声がした。

「よお、イアン、どうした？」オデルは声の主に近づくと、アトランタ・ブレーブスのベースボール・キャップでブロンドの長髪を隠している痩せた白人の少年に拳を突き出した。イアン・デュガンはフィズのリードギタリストで、ジャイルズ・カウンティ高校の同級生だった。

　イアンは頭上のスタンドを見上げ、ニヤッと笑った。「すごいことになってんな、あ？」

「クレイジーだ」オデルは認めた。が、まだ心ここにあらずといった感覚だった。

「おまえらは、試合のあとにかなりイケてるロックンロールバンドが演奏することを喜んだほうがいいぞ。じゃなければ、自分の子供がタッチダウンを決めるのを見に来る両親たちぐらいしか来なかっただろう」イアンは一瞬真顔になったが、すぐにニヤリと笑った。「冗談だよ、O《オー》。観客の多くはチームを見に、そしてそのほとんどはおまえを見に来てる。今夜は頑張ってくれよ」

「ありがとう」とオデルは言った。ようやくリラックスしてきた。彼は、バンドのメンバーのなかでは、イアンが一番好きだった。このギタリストは、辛口で皮肉なセンスの持ち主で、オデルはそこが気に入っていた。イアンは数学の天才でもあり、何度か大事なテストのときに勉強を手伝ってもらったこともあった。

「今日はダグのパーティーに行くのか？」とオデルは訊いた。

「もちろんだ。おまえとチームがタラホマをやっつけて、そのあとフィズがここの観衆を熱狂させたあとは、女の子と話したい気分になるだろうからな」

オデルは自分の顎を撫《な》でた。「ロックスター気取りだな」

イアンは真剣な顔になった。「身の丈にあったことをするだけだ……五つ星に輝くフットボールの有望選手殿は、高校一のホットな女の子とデートでもしてろ」

「お安いご用だ」オデルはイアンにパンチを振るう真似をした。イアンはまるでパンチを食らったかのようにあとずさった。

オデルはスタジアムを見まわした。時間が経つにつれ、エネルギーが高まっていくのを感じていた。「おまえがひとつだけ正しいことがある。ここはすごいことになっている。そしてそれは決して試合のせいだけじゃない」彼はイアンに眉をひそめてみせた。「契約はどこまでいってるんだ？　ブリットは最近、そのことについては全然話してくれないけど、噂《うわさ》は聞いている」

「姉貴が言うには、もうすぐらしい。もうすぐレーベルと契約することになるようだ」

オデルは了解のしるしに大きくうなずいた。イアンの姉のキャシーにはバンドの練習を見に行ったときに何度か会ったことがあった。フィズが多くのイベントに参加できるよう、彼女が強くあと押しをしてきたことは知っていたが、今夜は今までで一番大きなイベントだった。「すごいな」オデルはなんとかそう言った。大きな笑みを浮かべると、友人の胸を肘で突っついた。「で、おまえはどうするんだ？　ツアーがないときは一日じゅう、《クラッシュ・オブ・クラン》でもやるのか?」オデルは、ふたりで勉強していたときに、イアンが〝ゲーム部屋〟を持っていると話していたのを思い出した。

「好きなことをなんでもやるさ」とイアンは言った。

「テネシー大の奨学金は捨てるのか?」

「半額免除の奨学金だ」とイアンは訂正した。「ああ、おまえの言うとおりだ。ロックンロールこそが、今も、これまでも、そしてこれからもずっとおれの夢なんだ。そしてブリタニーがリードボーカルをやれば、もうだれにもおれたちを止めることはできない。おまえが来年どこの大学でプレイするにせよ、イヤフォンでフィズを聴きながら練習することになるだろう」

「だといいな」とオデルは言った。「じゃあ、おれは少し走るよ。リラックスさせてくれてありがとう」

「オデル・シャンパーニュ、サインをもらえるか?」イアンが彼を追うように叫んだ。オデルは手を振って去っていった。

「ダグのパーティーで会えるか?」イアンは叫んだ。

オデルは右手の親指を立て、小走りでロッカールームに戻った。そのとき、増え続ける観客を覗き見て、ブリタニーのこと、イアンのこと、そして彼らのバンドのことを考えた。

彼はギタリストが言ったことは正しいとわかっていた。

フィズはずっと頑張ってきた。

なのに……何をブリットは悩んでいるのだろう？　オデルはトンネルに向かいながらそう思った。トンネルを抜けたところで立ち止まると、母親からのメッセージがあることを期待して、最後にもう一度だけ携帯電話を取り出した。なかった。

オデルは十月のひんやりとした空気を大きく吸い込むと、右の拳を左手に押し当てて、気合を入れた。

ゲームの時間だ、ベイビー。

2

レス・パタースンは、実際にフットボールをしたことはなかった。喘息《ぜんそく》のせいでできなかったのだ。だが、子供の頃からフットボールが大好きで、血管にはテネシー・オレンジが流れていた。一九八二年、テネシー大ヴォルズがアラバマ大の連勝を阻止したとき、彼は十歳だった。時計がゼロを示したとき、彼と彼の父親はフィールドになだれ込み、ネイランド・スタジアムのゴールポストが倒されるのを目撃した。高校時代、彼はリンカーン・カウンティ高校ファルコンズの用具係を務めた。当時は伝説的なコーチのジョン・メドウズがサイドラインを闊歩《かっぽ》していた時代で、彼は通算三百勝近くも上げたこのコーチから教えを吸収した。

大学に入ると、テネシー大のヘッドコーチ、フィリップ・フルマーの下でプレイの統計分析を担当した。二年間、大学院で助手を務めたのち、教員免許を取得し、ジャイルズ・カウンティ高校の二軍アシスタントコーチに就任した。そして二〇一一年、ついにヘッドコーチに指名された。就任以来、何度か優秀な成績を収め、郡タイトルも一度獲得した。だが今年は、もっと高い目標を掲げていた。州タイトルだ。混雑したロッカールームを見渡し、外の満員の観客の絶え間なく湧き上がる歓声を聞きながら、彼はそう思った。オデル・シャンパーニュがジャイルズ《G》・カウンティ《C》高《H》校に転校してきたことで、彼のチームは優勝候補の一角から、最有力候補へとなったのだ。そして今夜、ＧＣＨが州チャンピオンシップを獲得するという強いメッセージを送るチャンスを迎えていた。

「膝をつけ」とパタースンが言った。その声は風邪の影響と、一週間ものインタビューのせいでしゃがれていた。胃もキリキリと痛んだ。キックオフの前には制酸薬をもう一錠飲むことになるだろう。

彼のチームが今からプレイする試合ほど大きな試合が、プラスキで行なわれたことはあっただろうか？　スタジアムや校庭が人であふれかえっているだけではなかった。ジャイルズ・カウンティ高校対タラホマ高校の試合は、ＥＳＰＮ（米国のスポーツ専門チャンネル、メディア）の今週の高校フットボールの注目試合に選ばれていた。しかも、その三十分後には、五十ヤードライン上でなんとロックコンサートが行なわれることになっている。

いや、こんなゲームは今までになかったし、これからもないのではないかとパタースンは思った。だから彼は、チームの試合前の最後の数分間に援軍を呼んでいた。

「諸君、この一週間はいい練習ができた」と彼は始めた。「一生懸命練習してくれたきみたちのことを誇りに思う。マスコミとこの大騒ぎのすべてにも、期待していたとおりに対応してくれた。今の時点で、きみたちに話すことはもうない。ラインがブロックし、オデルがわれわれの知っているように走ってくれれば、彼らにわれわれを止めることはできない。相手にはしっかりしたクォーターバックがいるが、われわれのようなディフェンスとも、オデルのようなアウトサイド・ラインバッカーとも対戦したことはないはずだ」彼はことばを切った。あまりひとりの選手にばかり焦点を当てたくなかった。たとえ、この一週間、ESPNがずっとそうしてきたとしても。ほかにも才能のある選手がチームにはいる。だが全国に眼をやったとしても、オデル・シャンパーニュに匹敵するほどの選手は、数えるほどだろう。

「あのフィールドに向かう前に、ある人物に来てもらって、ひと言話してもらうことにした。フットボールのフィールドでも、人生でも、非常に大きなステージでプレイしてきた人物」彼は一瞬、間《ま》を置いた。「そしてきみたちの知っている人物だ」パタースンは、ロッカールームのドアの脇に立っていたアシスタントコーチのロニー・デヴィッドソンにうなずいた。デヴィッドソンはためらうことなくドアを開けた。

「諸君、拍手で迎えよう。ジャイルズ・カウンティ高校ボブキャッツが生んだ最も偉大なプレイヤー。背番号41番、ボーセフィス……ヘインズだ」

　彼が大きな足取りで部屋に入ってくると、チームから歓声と口笛、そして気合のこもった「すげぇ」や「イエイ」の声が飛び交った。ボーセフィス・オルリウス・ヘインズは黒のジーンズにボタンダウンのフランネルシャツ、そして茶色のボマージャケットを着ていた。百九十五センチ、百十キロ近い体格のボーは、ドアそのものとほとんど同じ大きさだった。しばらく戸口に立って、できるだけ多くの選手と眼を合わせた。数秒後、歓声が収まると、スタジアムにあふれかえった観客のざわめきだけが聞こえた。ボーが部屋の真ん中まで歩くと、汗と革、そして〈オールド・スパイス〉の制汗剤のにおいが鼻腔《びこう》を満たした。自分自身の栄光の記憶が一気に甦《よみがえ》ってきて、思わず微笑みそうになった。ボーはジャイルズ・カウンティ高校で州選抜に、そしてアラバマ大では三年生のときに、プレシーズン・オールアメリカンに選ばれたが、膝の故障により、その後、選手としてのキャリアを終えていた。

　彼はパタースン・コーチと握手をした。コーチは二、三歩、後ろに下がると、準備ができたら話すようにとボーに仕草で示した。

「ありがとう、パタースン・コーチ」ボーは、滑らかに剃《そ》り上げた頭に手をやりながら、そう言った。さらに数秒間、チームのメンバーの顔を見た。彼が眼にした表情は、決意と恐れ、不安の入り混じった顔だった。逆境に襲われたときに、だれもが経験する自然な感情だ。

四方を囲む壁の外では、少なくとも五千人のファンが歓声をあげていた。ある者はフットボールの試合を見に来ており、別の者は、試合の直後に行なわれるコンサートのよい席を取るために来ていた。ひとつだけたしかなことは、このロッカールームにいる大部分の少年たちは、人生でこのような大観衆の前でプレイすることは二度とないということだった。

「おれのアドバイスはシンプルだ」ボーはようやく口を開くと、低いバリトンの声で話した。何人かの少年がよく聞こうと近づいてきた。「第一に、自分の仕事をしろ。オフェンスラインの三番手であろうと……」ボーの視線はオデル・シャンパーニュに向けられた。「……先発のテールバックであろうと。個々のプレイにおける自分の役割にしっかりと眼を向け、それだけに集中するんだ。そうすれば、自分自身に対し、そして最も重要なことにチームに対し、勝つための最高のチャンスを与えることになる」ボーはことばを切った。「第二に、できるかぎり激しく、そしてすばやくプレイするんだ」彼はニヤリと笑った。「おれには法律事務所で事件に取り組むときに使うことばがある。おれの人生の哲学みたいなもんだ。T・J、そのことばが何か、みんなに教えてやってくれ」

T・J・ヘインズはそう言うと、父親に向かってうなずいた。

ひょろっとした少年が立ち上がると、部屋のなかを見まわした。「ケツの穴全開《ワイド・アス・オープン》でいくぞ」

「ケツの穴全開《ワイド・アス・オープン》でいくぞ」とボーは言った。「きみたちひとりひとりは、その体のなかに、どれだけ速く、激しくプレイできるかを決めるエンジンを持っている。そしてだれもがときに楽なプレイをし、自分を追い込まないことがある。プレイで手を抜いて怠けてしまうと、自分のなかにあるエンジンはほとんど熱くなることはない。そしてそういった中途半端な努力は自分をだめにする。フットボールのフィールドでも、人生でもだ」彼はことばを切ると、ひとりひとりの選手を見た。「ケツの穴全開《ワイド・アス・オープン》でいくというのは、自分のエンジンをフルスロットルで回転させることを意味する。百十パーセントの努力、自分の持てるすべてを発揮し、そこから、もう少しだけ、スロットルをまわすんだ。フットボールのワンプレイは五秒から十五秒だ。そして、その一秒一秒、四クォーター、四十八分間できるかぎり激しく、そしてすばやく、ケツの穴全開でプレイすれば、勝つための最高のチャンスが生まれる」彼はふたたびことばを切ると、今度は壁を指さした。「そしてもうひとつのロッカールームにいる連中は、きみたちと向かい合うことをいやがるだろう」アドレナリンが部屋じゅうに満ちてくるのを感じながら、ボーは五秒間、間《ま》を置いた。「わかったか？」

「イエッサー！」チームが声を揃《そろ》えて叫んだ。

「なんだって？」

「イエッサー！」

「よし、じゃあ」ボーは最後に全員を見て言った。「勝ってこい」

3

ジャイルズ・カウンティ高校ボブキャッツがフィールドに出ていくとき、ボーはロッカールームの外の廊下に立っていた。T・Jのヘルメットを叩《たた》き、ブッカー・Tの息子のジャーヴィスのショルダーパッドを叩いて彼らを送り出した。チームのエネルギーを感じていた。ボーは、専門家の証言を得るためにアーカンソー州リトルロックへ一週間出張していて、くたくたに疲れていたが、何があってもこのゲームを見逃すわけにはいかなかった。最後にロッカールームから出てきたのはオデルだった。彼はボーに気づくと立ち止まった。

「いいスピーチだったね」と彼は言い、拳を突き出した。ボーは自分の拳をぶつけた。それからその若者は眉をひそめた。「母を見ませんでしたか？」

「いや、今着いたばかりなんだ」

「今日一日、見ていないんです、ミスター・ヘインズ。昨日の九時頃に仕事を上がったはずなのに、それ以来、ずっと行方不明なんです。また酒を飲んでるんじゃないか心配で。あなたからも電話をしてくれませんか」

「わかった、そうしよう」とボーは言った。

オデルはコンクリートの床に視線を落とした。ボーはフェイスマスクをつかみ、引っ張り上げると彼の眼を見た。「ゲームに集中しろ」フィールドの方向を指さした。「あの百ヤードのグラウンドに。聞いてるか？」

オデルがうなずくと、ボーは両手を彼のヘルメットの両脇に置いた。「自分のコントロールできることに集中するんだ、坊主。おまえに母親を治すことはできない。それは彼女にしかできないんだ。おまえにできることは自分をコントロールすることだけだ。自分をコントロールして……あそこで勝ってこい。戦ってこい」

オデルはようやく悲しげな笑みを浮かべて言った。「はい」

「それから、覚えておいてくれ、明日の午前中に農場でおまえが必要だ。特別にやることがあって、T・Jとライラが手伝ってくれる。おまえにも来てほしい」

「わかりました」とオデルは言った。「行きます」

オデルがトンネルを抜けると、ボーは携帯電話を手に取り、サブリナ・シャンパーニュの連絡先を探した。彼女の番号にダイヤルして待った。呼び出し音が五回鳴っても出ない。メールを送った。〝サブリナ、試合を見に来てるのか？　オデルがきみのことを心配している〟携帯電話をポケットに戻した。そしてトンネルを抜けると自分の眼にしているものに息を呑《の》んだ。

ホーム、ビジターともに観客席は満員だった。高校の応援歌が流れるなか、ボブキャッツのメンバーがフィールドに出てくると歓声が耳をつんざいた。一九七〇年代半ばに、ボール・〝ベア〟・ブライアント・コーチがボーの試合を見に来たときもこんなに多くの人がいただろうか？

いや、そんなことはない、とボーは思った。もちろん、新しい〝ブリックヤード〟――地元の人間は、サム・ディヴィス・スタジアムのことを親しみを込めてそう呼んでいた――は、以前のスタジアムよりも収容人員が増えていた。それにあのときはおれたちの試合のあとにロックコンサートが開かれることもなかった。

ボーは観衆を見上げて微笑んだ。ホームチームのボードに混じって、フィズというバンドのポスターを掲げている者がいるのが見えた。そのグループのリードボーカルは、プラスキ出身のブリタニー・クラッチャーという少女で、彼女とバンドメンバーはメジャー・レコードレーベルと契約寸前までいっているという噂だった。

「信じられる？」なじみのある声が耳元でした。

ボーが顔を向けると、主任保安官補のフラニー・ストームが観客席を値ぶみするように見ていた。フラニーは明るい褐色の肌をした三十代の女性だった。ジャイルズ・カウンティ高校時代にバスケットボールの州選抜に選ばれ、リップスコーン大学ではリトル・オールアメリカンに選ばれていた。その後、WNBA（女子プロバスケットボール・リーグ）で数年プレイしたのち、怪我《けが》が原因で法執行機関の職に就くことになった。百八十二センチで細身の彼女は、普段は強さを周囲に放っている女性だった。だが今夜は、カーキ色の制服を着ていてさえ、かなりリラックスしているように見えた。

「いや」とボーは言った。「ブリックヤードにこんなにたくさんの人が入るのは見たことがない」

「ベアがあなたのプレイを見に来たときでも？」彼女は顔を向けると、茶色のいたずらっぽい眼で彼を見た。だがボーは知っていた。その眼は一瞬で捕食者の眼に変わるということを。フラニーとは、彼女の叔母のエリーが二十年間、ボーのアシスタントを務めていたこともあって、よい関係を維持していた。だが昨年、ある事件で主任保安官補と弁護士の関係は張り詰めたものとなった。それ以来、ボーは彼女を前にすると、気まずい緊張感を覚えるようになっていた。今も、親しげな会話の裏で、不安な感情を抱いていた。

「まさにあの夜のことを考えていたところだが、答えはノーだ」彼はようやくそう言った。

「今回のほうがはるかに多い」

「もしジャクソン・ファイブがあの夜の試合後に演奏していたら、もっと観衆が集まってたかもしれないね」

「かもな」ボーは同意した。「フィズのことはほんとうなのか？　メジャーデビューするというのは？」

フラニーは首を傾げた。「みんなはそう言ってる」

ボーは足元を見つめ、それからフラニーに眼を戻した。「今夜は勤務なのか？」

「残念ながらね。おおぜいの保安官補がスタジアムの周辺の警備に当たっている。スタンドにも何人か群衆整理のために配備している」

「トラブルを予想してるのか？」

「いいえ、でももしもに備えておきたい」

ボーは顔をしかめた。「トラブルと言えば、オデルがもう二十四時間、母親を見ていないと言っていた。サブリナを見かけたら連絡してもらえないか？　あいつは母親がまた酒を飲んだんじゃないかと心配してる」

「わかった」フラニーは、食いしばった歯のあいだから漏らすようにそう言った。「あの女性はリハビリ施設か刑務所に入るべきよ。前回、公衆の面前で酩酊《めいてい》したときに刑務所に送るべきだったのに、保安官はそうしなかった。息子にフットボールの才能がなければ、今頃彼女の哀れなケツはクソ間違いなく檻《おり》のなかだったはずよ。おまけに今は〈サンダウナーズ・クラブ〉で働いている……」

「それはあの子のせいじゃない」とボーは言った。

「わかってる。でもこのまま彼女を放《ほう》っておいたら、オデルやほかの人のためにならないわ」

彼はいっとき彼女を見つめ、主任保安官補の強さとそのことばから窺《うかが》える良識に感心した。

そして微笑んだ。

「どうしたの？」

「きみがいてくれて、プラスキはラッキーだ。そうじゃないか？」

　彼女は鼻で笑った。「どうとでも言って」彼女は右手でフィールドのほうを示した。「T・J はフットボールを気に入ってる？」

　ボーは腕を組んだ。「愉《たの》しんでいる」

「忘れないうちに言っておくけど、この暴力的なゲームをプレイさせることで、バスケットボールの将来を危険にさらす必要はないんじゃない？」フラニーの口調は鋭く、皮肉が込められていた。

「四年生なんだ。この試合でプレイしないことを後悔したくなかったんだろう……」

「……父親がとても得意にしていたゲームを」とフラニーは言った。「理解はできる。けど、もしここで負傷でもしたら、もっとひどい後悔を覚えることになる。バンダービルト大とテネシー大から奨学金のオファーを受けてるんでしょ？」

「ああ。そして、彼がほんとうに望んでいるものをまだ待っている」

「アラバマ《バ　マ》大？」

　ボーはうなずいた。「おれはほかの大学でもいいんだが、あの子は――」

「父親のプレイした大学でプレイしたいのね」と彼女は言った。

　ボーは芝生に視線を落とした。「そして母親の」無意識のうちに、彼は左手の薬指を親指で撫でていた。二十年間、結婚指輪があったところだ。ボーの妻のジャスミン――タスカルーサで出会ったその日からボーは彼女のことをジャズと呼んでいた――もアラバマ大学の陸上競技の選手だった。彼女が亡くなって三年になるが、今でも、毎日彼女のことを思い出しては胸が痛むことがあった。特に子供たちが何かを達成した節目節目に、それを母親と共有することができないことについて、ほろ苦い思いを感じていた。

ボーは腕に軽く手が置かれたのを感じた。フラニーに眼をやると、彼女の眼は和らいでいた。

「また会いましょう、オーケイ？　T・Jの活躍を祈ってるわ。それからサブリナを見かけたら連絡する」

「ありがとう」とボーは言った。喉に何か塊があるような感覚を覚えながらフィールドに眼をやった。そこではT・Jがほかのプレイヤーたちとランニングパスを繰り返していた。彼はかつてのボーと同じ41番の背番号をつけていた。今年、T・Jがつけられるようにと、学校が永久欠番から復活させたものだった。フットボール一年目からT・Jは優秀な成績を収め、先発のポジションを獲得していた。まだシーズン半ばなのにもかかわらず、七つのタッチダウンパスをキャッチしていた。州選抜に選ばれることは確実なようだ。ボーはそんな成績を誇らしく思ったが、それ以上に自分の息子が立派な青年に成長したことが誇らしかった。T・Jが高校四年生だなんて信じられなかった。一年もしないうちに大学へと巣立っていくのだ。

ボーは振り返ると、観客席の下のホーム側のサイドラインに沿って立っている学生たちを見た。眼を凝らしてライラを探したが、見つけられなかった。彼の娘は、どこかで友達といっしょにいるのだろう。おそらくフットボールの試合よりもフィズの話に夢中になっているに違いない。電話を取り出すと、短く〝大丈夫か《u ok》?〟と打った。ほとんど同時にサムズアップの絵文字が返ってきた。それから数秒後、〝フラニーと話してるの見たよ……〟と追加で送られてきて、そのあと笑顔のマークが続いた。

ボーは携帯電話に向かってため息をつくと、ポケットに戻した。子供たちはふたりとも、彼がまたデートしてもいいという、それとない、あるいはあからさまなサインを送るようになっていた。だがボーはまだその一歩を踏み出せなかった。もう一度薬指を触り、満員のスタジアムを見渡すと、哀《かな》しみのマントに体が包まれるのを感じた。信じられない夜だった。子供たちにとって。ジャイルズ・カウンティ高校にとって。プラスキにとって。

だがボーセフィス・ヘインズにとっては、過去三年の多くの夜と同じように、この夜もどこかむなしく思えてならなかった。彼は子供たちを愛し、自分とT・J、そしてライラとプラスキで切り拓《ひら》いてきた新しい生活を誇りに思っていた。彼はまた、クー・クラックス・クラン発祥の地という汚名を背負いながらも、十代のふたりのアフリカ系アメリカ人のスーパースターを祝うイベントを開催している故郷の街に対し、感慨を覚えていた。今、生きていることは素晴らしいことであり、この瞬間を愉しむべきだとわかっていた。だがそれでも、ホームチーム側のスタンドに眼をやり、従兄弟《いとこ》のブッカー・Tが席を確保してくれていることを願いながらも、ボーは自分の心に砦《とりで》を築こうとする憂うつな気持ちから逃れることができなかった。

妻が恋しかった。

4

オデル・シャンパーニュはゴールラインに立ち、歯を食いしばった。ブリタニーを心配する気持ちも、母親に対する不安もどこかにいってしまった。これからプレイする四十八分間、不安はある決定的な感情に取って代わられる。

怒りだ。

試合開始前の数秒間、彼は自分の体が、文字どおり、怒りに震えるのを感じることができた。多くの人は彼が感じているのはアドレナリンだと言うかもしれない。だがオデルにはよくわかっていた。アドレナリンは現れては消える。ジェットコースターで胃が空っぽになったように感じたり、あるいは店からパンを盗んで警備員に追いかけられたときの恐怖に満ちた危険を感じたときのように。

だがオデルがフットボールのフィールドで感じるものはそれらとは違った。それは決して消えることがなかった。彼にエネルギーと強さを与え、感覚を高め、だれにも自分を止められないという気持ちにさせた。

このすぐれた特質をだれに感謝すればいいのだろうか。彼はホームスタンドの、選手の両親のために準備された区画に眼をやった。母親がそこにいないこと、ミスター・ヘインズが電話をしても出なかったことを知っていた。

今夜はいったい何でハイになっているのだろう？　コカイン？　マリファナ？　ジン？　だれにわかるだろう？　世話をするのをやめることができたらとも思ったが、母親を捨てることはできなかった。自分の怒りの真の源である、父親の行動を真似ることは絶対にできなかった。

くたばれ、ビリー……

思考の静寂のなかでさえ、オデルは父さんと呼ぶことはできなかった。両手で拳を作り、ぎゅっと握りしめた。

タラホマ高校のキッカーが十月の空にボールを蹴ると、オデル・シャンパーニュは、両手の拳をゆるめた。世界はトンネルのなかに入るように狭くなり、百ヤード先まで広がる緑の芝生しか見えなくなった。

5

スタジアムから五キロほど離れた、プラスキのダウンタウンにある〈キャシーズ・タバーン〉は静かだった。秋の金曜の夜は、フットボールの試合が終わるまでは人通りもまばらとあって、それも不思議ではなかった。キャシー・デュガンはバーカウンターの奥に立ち、レジのなかの紙幣を数えながら、レストランの唯一の客に眼をやった。クリート・サーテインは八十代の男性で、一週間に三日か四日はバーに現れ、いつも缶の〈ナチュラル・ライト〉を飲みながら、〈サンドロップ・ボトリング・カンパニー〉でフォークリフトのオペレーターをしていた頃の話をした。雪のように白いひげをたくわえた彼は、キャシーが覚えているかぎり毎年十二月には、ダウンタウンで開催されるクリスマス・フェスティバルでサンタクロースを演じていた。いつもならこの時間にはもう店を出ているはずだった。噂では、キャシーの店にいないときは、郡で唯一のストリップクラブである、悪名高き〈サンダウナーズ・クラブ〉で過ごすのが好きだということだった。キャシーはそのゴシップに対し、不快に思うべきなのか、感動するべきなのかわからなかったが、心の奥のほうでは、その噂がほんとうであることを願っていた。それがほんとうなら、驚きだったからだ。そして、過去十年間の大半をこの店でドラフト・ビールとウィスキーを注いできた、キャシー・デュガンの人生においては驚きというのはめずらしいことだった。

レジを閉めると、彼女はクリートが長居をしていることに何か理由があるのか尋ねてみることにした。彼のほうに向かってゆっくりと歩きながら、店の奥をちらっと見た。いつもなら金曜日の夜は、もう少しするとバンドの演奏があるのだが、今夜はそれもなかった。フィズがブリックヤードで演奏する今夜は。キャシーはひとり微笑んだ。こうなったことには、自分にも責任がある。

「クリート、なんでまだここにいるんだい？」

老人は彼女を見上げると、乾杯をするように、〈ナチュラル・ライト〉の缶を差し出した。

「家でひとりで試合を見たくなかったから、ここで時間をつぶそうと思ったんだ。いいだろ？」

キャシーは後ろの壁に掛けられた大画面のテレビを見上げた。「そうだね。けど何も注文しないで長居してもらっちゃ困る。チーズバーガーでも持ってこようか？」

「ああ、マァム」とクリートは言った。「それとナッティ（〈ナチュラル・ライト〉のこと）も持ってきてくれ。さあ、行った行った。キックオフを見逃したくないんだ」

「また家まで車で送らせるつもりじゃないだろうね、クリート？」

彼は首を振った。眼はテレビのスクリーンに釘付《くぎづ》けになっていた。

キャシーはあきれたように眼をぐるりとまわした。「ボブキャッツは今年、州チャンピオンになれそうかい？」そう尋ねて、テレビを見上げると、ドアのベルがチリンチリンと鳴り、新しい客がやって来たことを告げた。

「オデル・シャンパーニュが怪我をしないでいるかぎり、負けることはない。あの子はジャイルズ・カウンティ高校でプレイしてきたなかでも最高の選手だ」

「ボー・ヘインズよりも？」キャシーは訊いた。バーカウンターに一番近い席に坐《すわ》ったその客がだれなのか気づき、胃がぎゅっと締まるような感覚を覚えた。

クリートは静かに笑った。「ボーもオデルのほうがいい選手だと言うと思うね」

「へえ」とキャシーは言い、新しい客のほうに大きな足取りで近づいた。胸のなかでざわざわとしたものを感じていた。

「驚いたよ。リハーサルしてなくていいの？」

その客はキャップを目深にかぶり、ガムを噛んでいた。口元に指を当ててシーッと言った。

「わたしにシーッとか言わないで、ブリタニー」キャシーはそう言うと向かいの席に坐った。

「それにそのキャップで人目を忍べると思わないほうがいいわよ」振り向いた。「ねえ、クリート、ここにいるのがだれだかわかる？」

クリートは缶ビールから顔を上げると、眼を凝らした。「ああ、やあ、ブリタニーじゃないか。ブリックヤードにいなくていいのか？」クリートはビールをひと口飲むと、テレビの画面に眼を戻した。「きみのボーイフレンドはもう火がついている。あの走りを見ろよ」彼はテレビの画面を指さし、拳をカウンターにぶつけた。

　ブリタニーはため息をついた。そしてキャップを取ると、肩までかかる茶色の豊かな巻き毛をあらわにした。「気づかれなかった頃が懐かしいわ」

「嘘ばっかり」とキャシーは言った。「それにわたしのまわりでそんなことは二度と言わないで。わたしはここまで来るのになんだってしてきた。フィズはミリオンセラー・グループになる。そして、オデルのことはクリートの言うとおりよ。彼は信じられないほどすばらしい。あなたはスタジアムで彼を応援すべきよ」

　ブリタニーはテーブルに眼をやり、コースターを手に取るといじりだした。両手で何かをいじるのは、明日のことなど気にしていないとばかりにガムを噛むのと同じく、緊張しているときの彼女の癖だった。ガムがないときは、ストローやペンをかじっていた。ブリタニーはコンサートの前にはいつも少したかぶっているが、今日は何かが違った。ほんとうならバンドのほかのメンバーとともにスタジアムにいるはずだった。

「どうしたの、ブリット？」とキャシーは訊いた。

　ブリタニーはキャシーをちらっと見ると、またテーブルに視線を戻し、コースターを指に挟んで曲げた。「今朝、ジョニー・ニューバーグと打ち合わせがあった」

　キャシーは心臓の鼓動が激しくなるのを感じていた。「ジョニー・ニューバーグ？」

　ブリタニーは顔を上げると、ゆっくりとうなずいた。「彼女はレコード会社の――」

「エレクトリック・ハイ」キャシーがさえぎるように言った。「ジョニーには何度かコンタクトしたことがある。どうしてそのことを教えてくれなかったの？　わたしは――」

「オファーがあった」

キャシーは、ブリタニーが言ったことを理解するのに、何度かまばたきをしなければならなかった。そしてあまりにも大きな声で叫んだので、クリートが顎と首にビールをこぼしてしまった。

「おい、キャシー」とクリートが怒鳴った。「静かにしていてくれ。それから手がすいているときにお代わりを持ってきてくれ。ほとんどこぼしちまったから」

キャシーは、椅子をつかんでテーブルのまわりをまわして、ブリタニーのすぐ隣に置いた。

「詳しく教えて。詳しく」

「アルバム一枚。十二曲」

「彼らは――」

「作詞はボブ・フォークト」

キャシーはまた叫び声をあげそうになるのを押し殺した。「彼ならバンドのサウンドにぴったりよ。モーガン・スペリーやクラッチの詞が大好きなの」

ブリタニーはうなずいた。何も言わなかった。

「お金のほうは？」

ブリタニーは、キャシーにはほとんど聞き取れないほど、小さな声で言った。「前金として五十万ドル。次のアルバムのオプションとしてさらに十五万ドル」

キャシーは驚きのあまり眼をしばたたいた。彼女がフィズのリードボーカルを退いたとき、後任を選ぶのに苦労した。何度も試行錯誤を繰り返した。よいシンガーもいたが、いずれもキャシーと同じ問題を抱えていた。何かが足りないのだ……それがなんであれ。歌はうまいのだが、突出したものがなかった。

ブリタニーを見つけたことで最後のピースがはまり、すべてがうまくいった。彼女はビックランド・クリーク・バプティスト教会で、幼い頃から歌っていたが、その歌声は、キャシーが今まで出会ったなかでも最も多彩だった。アレサ・フランクリンを歌い上げれば、人々の心臓を高鳴らせた。マイケル・ジャクソンのように高音でやさしく歌うこともできれば、ジャニス・ジョプリンのようにハスキーに歌うこともできた。どんなカバー曲も自分のものにし、バンドがオリジナル曲を作る上で大きな力となった。夏には彼らの《トゥモロウズ・ゴーン》が初めてラジオで流され、とうとう大きな話題となった。

キャシーは、自分が手配し、サウスイースタン・カンファレンス（大学のカレッジスポーツで、アメリカ中南部および東南部の大学が所属するカンファレンス）の各大学都市で開催されたコンサートのことを思い出した。タスカルーサ、オーバーン、ノックスビル、アセンズ、オックスフォード、スタークビル、フェイエットビル、そしてゲインズビル。ナッシュビルでも知名度が上がることを願いながら、何度もコンサートをした。最後の一歩を踏み出すことを祈りながら。そして今、ついに……

「オファーは書面で受け取った？　もしそうじゃないなら、ちゃんとそうしておく必要がある。署名された書面がなければ、最終的なものにはならない――」

「キャシー――」

「それから契約書を弁護士に見てもらう必要もあるかも。ボー・ヘインズには、事件に関する情報を提供したことが何度かあるから貸しがある。だから――」

「キャシー、お願い――」

「ジョニー・ニューバーグ！」キャシーはまた叫び声をあげた。「信じられない。バンドが頑張ってきたから――」

「彼らは、バンドは求めていないの」とブリタニーは言った。その声は不安に震えていた。「わたしだけなの」

キャシーは胃から空気が抜けていくような感覚を覚えた。大きく眼を見開いて、ブリタニーを見つめた。そしてショックは怒りへと変わった。一本の線になるまで眼を細めた。

「ごめんなさい、キャシー」とブリタニーは言った。「間違ってるよね。もしわたしがエレクトリック・ハイと契約したら、バンドは解散することになる。わたしがフィズをばらばらにすることになる」

「なら契約しないで」キャシーは吐き捨てるように言った。ブリタニー・クラッチャーをにらみつけながら、ようやくそのことに気づいた。「もう契約した、そうなんでしょ？」

ブリタニーは泣きだした。「明日の朝になったらLAに出発する」嗚咽《おえつ》をこらえながらそう言った。「ごめんなさい」

「明日？」

ブリタニーはうなずいた。

キャシーは息を呑んだ。息苦しくなっていた。テーブルの両脇をつかんで、自分を支えようとした。「マイケル・ザニックの仕業ね、そうなんでしょ？」

ブリタニーは眼をそらした。キャシーはブリタニーの肩をつかむと揺すった。

「契約するにはそれしかなかったの」

キャシーはまたブリタニーを揺すった。「あの男がどうやってわたしを騙《だま》したか話したよね。あいつはわたしを利用して、この街の有力者の情報を引き出したり、紹介させたりしたあげく、用がなくなったら、ガムを吐き出すようにわたしを吐き捨てた。同じことをあなたにもしてるのよ。それにあなたのほうがわたしよりも失うものが大きい」

「おい、ちょっと、少し落ち着けよ、キャシー」

キャシーが振り向くと、クリート・サーティンが血走った眼で見ていた。「すぐビールを持っていく」

「わかった」とクリートは言うと、テレビに眼を戻した。だがキャシーにはわかっていた。

老人は今もまだ眼の片隅でこちらを見ているはずだ。

キャシーはブリタニーを見た。「どうしてわたしたちにこんな仕打ちができるの？」彼女は言った。その声は震えていた。「バンドに。わたしに。マイケルは自分のことしか考えていないのよ」

「彼はふさわしい人物を知っていて、オファーを取りつけてくれた。それにバンドにも大金を提供してくれた。その資金であなたは大学都市でのギグを開催した」

「どのバンドもそうやってスタートした。どのバンドも。R・E・M、フーティー・アンド・ザ・ブロウフィッシュ、デイヴ・マシューズ・バンド……」

「今の音楽業界はそんなふうには動いていない。わたしは《アメリカズ・ゴット・タレント》の決勝まで行ったのよ、キャシー。ほんとうならもう契約しているはずだった。決勝に残ったほかの出場者たちはほとんどがもうレーベルに所属していて、そのうちバンドとして契約したのはひとりもいない」彼女はガムを取り出すと、コースターに貼りつけた。「フィズがわたしの足かせになってるの。ミスター・ザニックがやっとそのことを教えてくれた。これはわたしのチャンスなの。テレビに出てから一年以上も経って、チャンスを失いつつある。わかってくれるでしょ？」

「わからない」とキャシーは言った。立ち上がると、吐き気が波のように押し寄せてくるのを感じたがなんとかこらえた。ブリタニー以外には聞こえないような低い声で話した。「わたしにわかっていることは、あんたが日和見《ひよりみ》主義のバカ女だということよ。そしてマイケル・ザニックはあんたにとって完璧なマネージャーだということね」キャシーはことばを切った。「あんたもあいつとヤッたの？」

「いいえ」とブリタニーは言った。「ここでそんなことをしたのはあなただけよ。わたしはあなたのようにはなりたくない。契約がほしかったの。あなたにはそれができなかった」

「もう少しなのよ」とキャシーは言った。

「ううん、違う」ブリタニーはレストランを見渡した。「あなたはバーテンダーよ、キャシー。マネージャーじゃない。あなたがわたしたちを大学のカバーバンド以上の存在にしてくれるつもりがないとわかったとき、わたしはそれができる人物を探した」

キャシーはブリタニーをにらんだ。彼女を叩かないようこらえるのに精いっぱいだった。

「彼は自分の善行に対して見返りを求めてくるわよ。彼のことはよく知ってる。マイケル・ザニックはただ善意だけで何かをすることはない。そしてもしあんたがそれを彼に与えなければ……」

「彼のことはコントロールできる」ブリタニーはそう言うと、唇を噛んだ。

「あの男が以前、マンディ・バークスにしたことを知ってるでしょ？」

「訴えは取り下げられたわ」

「だからって、彼が彼女をレイプしていないことにはならない」

ブリタニーはニヤッと笑った。「あなたは偽善者よ、キャシー。ザニックの過去を知っていながら、あなたは彼とのデートをやめなかった。なのにどうしてわたしが彼とビジネス上の関係を持つのをやめさせようとするの?」

キャシーは腕を組んだ。ブリタニーの言うとおりだとわかっていた。「両親は知ってるの?」

ブリタニーは首を振った。

キャシーはテレビのほうを親指で示した。「あんたのボーイフレンドはどうなの? 彼には話したの?」

ブリタニーの唇が震えだした。「手紙を書いた。面と向かっては話せなかった」

「わたしたちと同じように、彼のことも見捨てるのね」

「そんなんじゃないの、キャシー。あなたにもわかってるはず。これはチャンスなの」

「バンドはどうなの? だれか知ってるの?」

「まだよ。まずあなたに話したかった。あんなこと言ったけど、わたしは……あなたがしてくれたことにほんとうに感謝している」と彼女は言った。眼の隅から涙があふれそうになっていた。「それにフィズはわたしなしでもやっていける。またあなたがリードボーカルを務めるのもいいんじゃない?」

キャシーは鼻で笑った。彼女が歌っていたのははるか昔のことだ。十年前にその夢はついえていた。《アメリカン・アイドル》に挑戦して、最初の二ラウンドはうまい具合に通過したものの、結局、歌に個性がないと言われた。彼女がサラ・マクラクランの《アイ・ウィル・リメンバー・ユー》を歌ったあと、サイモン・コーウェルは「ほかの千人の女性もあなたと同じように歌える」と言った。そのあともバンドのために歌ったものの、そのタレントショーの失敗で、彼女の魂はこなごなに打ち砕かれてしまった。

もう成功するとは信じられなかった。そして、何よりも信じることこそが、パフォーマーにとって必要なものだった。

「出ていって、ブリタニー」とキャシーは言うと、身を乗り出して、ブリタニーを椅子から引き下ろした。怯《おび》えた眼を見て、また彼女をひっぱたいてやりたいと思った。「今夜のフィズのステージを台無しにしたら、あんたの首をへし折ってやるからね」彼女はささやくように言った。「それとLAに行く前に、あんたに預けてあったわたしのものを返して」

それから、バーの唯一の客が見ていることを意識して、彼女は少女の額にキスをした。

「オーケイ、それじゃあ」クリートにも聞こえるような声でキャシーは言った。「今夜はぶちかますよ。わたしのシフトはジュリーに任せてあるから、九時ちょうどにスタジアムで会いましょう」キャシーは二、三歩、後ろに下がった。「上演開始は九時三十分。照明についてはアール・モリングと打ち合わせ済みよ。歌う準備はできてるね？」

ブリタニーは涙を拭い、うなずいた。そしてドアのほうに歩きながら、キャシーを見ずに言った。「あなたがしてくれたことを絶対に忘れない」

ドアが閉まると、キャシーはつぶやいた。「わたしもよ」

6

オデル・シャンパーニュは、プレイヤーとして多くの長所を持っていた。百八十センチ、九十七キロの体格は、ランニングバックとして理想的だった。四十ヤードを四秒四二で走る卓越したスピードを誇り、フィールドのどの位置からでも得点でき、相手にとっては非常に危険な存在だった。さらにベンチプレスで百三十五キロ、スクワットで二百二十五キロを上げるパワーも兼ね備えており、どんなタックルでも意のままにかわすことができた。

だがオデルの最もすぐれた才能を挙げるとしたら、それらのいずれでもなかった。彼の最もすぐれた資質は、殿堂入りしたランニングバックがみな備えていた、より知的なものだった。

洞察力だ。

オデルは〇・五秒前には何もなかったところに穴が開くのを見ることができた。三点差を追うボブキャッツは自陣深くにいて、試合終了三分前でフォースダウン・アンド・ワン

（四回目の攻撃で、次の攻撃権が得られるファーストダウンまで一ヤードを残していること）の絶体絶命の状況だった。オデルはクォーターバックからのトスを受け、右に展開した。左眼の片隅に道が見えた。彼は右足に力を入れると、中央に向かって左に切り込んだ。

そして水門が開かれた。

ボブキャッツのアナウンサー、アール・モリングはこの試合をラジオで実況しながら、ほとんど過呼吸のような状態に陥っていた。

「シャンパーニュが切り返し、穴が開いた。抜けた。だれも追いつけない。五十ヤードラインを越えた、残り四十ヤード……三十ヤード……二十ヤード……十ヤード……五ヤード……タッチダウン、ボブキャッツ！　オデル・シャンパーニュがまたやってくれた！」

解説者のチャック・ターナーも息を切らしながら、付け加えた。「この選手はほんとうに驚かせてくれる。今シーズン最高のプレイだ。フォースダウン・アンド・ワン。試合終了間際でフォースダウンの大ピンチ。シーズン最後となるかもしれないプレイで、シャンパーニュはなんと八十三ヤードの独走を見せたんだ。アール、オデル・シャンパーニュのようなプレイヤーを見たことあるか？」

「こんなのは人生で初めてだよ、チャッキー。なんてこった、ブリックヤードは興奮のるつぼだ」

オデルは、タッチダウンのあとにいつもそうしてるように、ボールをレフリーに渡した。いつもと同じように振る舞え。アラバマ州タウンクリークの少年リーグでプレイしていた頃、父のビリーがオデルにそう言った。派手なパフォーマンスはするな。ビリー・シャンパーニュは、父親らしいことはほとんどしてくれなかったが、オデルはそのアドバイスだけはよく覚えていた。チームメイトがまわりで飛び跳ねているなか、オデルはT・J・ヘインズと胸をぶつけ合った。それからホーム側のスタンドに眼をやった。どこにいるんだ、ブリット？彼はそう思った。コンサートのリハーサルをしていることは知っていたが、少なくともテレビで自分のプレイを見てくれていることを願った。

パタースン・コーチがオデルのヘルメットを平手で叩いた。「よくやった、O《オー》」そしてチームを集めた。「残り二分三十秒だぞ。百五十秒だ。やつらに一インチたりとも与えるな、わかったか？」

「イエッサー！」

「オデル、このチームがするべきことは？」

彼はコーチを見た。そしてチームの全員を見た。「終わらせる《フィニッシュ》！」

「なんだって？」パタースン・コーチが叫んだ。

「終わらせる《フィニッシュ》！」全員が声を揃えて叫んだ。

タラホマ高にチャンスはなかった。観衆が熱狂するなか、キック・リターナーがボールを取りそこない、十五ヤードラインまでしか戻せなかった。三回のパス失敗で、ファーストダウンまで十ヤード残したままフォースダウンを迎えていた。最初の三つのプレイでは、オデルは後方に下がってカバーしていたが、このプレイではそうするつもりはなかった。敵のレフトタックルには自分をブロックできないとわかっていた。ボールがスナップされると、オデルは一瞬で敵陣に入り込んだ。教科書どおりのやり方で敵クォーターバックに右肩からタックルした。ボールが転がり落ちた。

「ファンブル！」アール・モリングの声がラジオから響いた。「オデルのクォーターバック・サック、そしてボールは彼が押さえた。時計がゼロを示すまで、オデル・シャンパーニュは得点を取りに行くつもりだ。これで勝負ありだ。ボブキャッツはいまだ負け知らずだ」

「なんということだ」チャック・ターナーが言った。「なんということだ」彼は繰り返した、その声は畏敬の念に満ちていた。「なんというプレイヤーだ」

オデルはタッチダウンを決めたあと、ふたたびボールをレフリーに渡した。チームメイトが集まってきて、サイドラインで見ていた生徒たちもフィールドになだれ込んできた。

大混乱だったが、彼は平穏を感じていた。これまでの人生のなかで、オデル・シャンパーニュがまったくの平穏を感じるのはフットボールのフィールドのなかだけだった。

そしてブリットといっしょにいるときだった。すぐに彼女といっしょになれることを考えながら、そう思った。

7

ブリタニー・クラッチャーはジャイルズ・カウンティ高校にしつらえられたバンド控室でテレビを見ていた。心臓の鼓動が速くなっていた。まだ、キャシーとの口論について考えていた。彼女はフィズの臨時マネージャーであるキャシーにすべてを話してこなかった。彼女に嘘をついていた。この数週間、マイケル・ザニックと交渉してきた契約には条件があったのだ。

ブリタニーは自分がしたことを誇りに思ってはいなかった。だが目的は手段を正当化する。ザニックは、そのことばどおり、彼女にメジャー・レーベルとの契約をもたらしてくれた。

「O《オー》はほんとうにすげぇな」テレビを見ていたイアンが両手を叩きながらそう言った。イアンはキャシーの弟で、ジャイルズ・カウンティ高校の四年生、バンドのなかではオデルと最も親しかった。ガンズ・アンド・ローゼズのスラッシュのように首の下まであるブロンドのカーリーヘアが、いかにもフィズのリードギターらしかった。テレビから眼をそらすと、好奇心に満ちた眼でブリタニーを覗き見た。そして彼女に手を振って言った。「もしもーし、地球からブリタニーへ。どうした？」

「ごめんなさい」彼女はそう言うと、両手で腕をこすり、テレビを見上げた。オデルを見るのさえつらかった。彼はその粗野な外観の下に、やさしさを持っていた。付き合い始めたときは、そのやさしさに気づいていなかった。彼女は妹のジーナが子供たちのためにソフトボール・チームのコーチをしているのを見に、エクスチェンジパークに行ったときのことを思い出していた。彼は文句ひとつ言わず、ボールの投げ方やバッティングの構え方を教えながら、子供たちとの交流を愉《たの》しんでいた。フットボールのフィールドでの荒々しさとは裏腹に、オデルは傷つきやすい一面も持っており、それがまたとても魅力的だった。ちょっとしたユーモアのセンスもあり、彼女は彼からガムを噛んでいることをいつもからかわれるのを愉しんでいた。どういうわけか、彼女が茹《ゆ》でたピーナッツを好きなことが理解できないようで、いつも気持ち悪いと言っていた。バンドの練習中に、シカゴ・ブルズのテーマ曲を流し、実況アナウンサーのようにメンバーひとりひとりを紹介するのが好きだった。「テネシー州プゥゥゥラスキ出身、百七十八センチ、死ぬほどのいい声を持ち、茹でたピーナッツに異常までの不健康な愛を抱く四年生、ミズ・ブリッタ……ニー・クラッチャー」ブリタニーは彼がメンバーひとりひとりにくだらない紹介の文句を考えていたことを思い出した。イアンにはとっておきを用意していた。「リードギター、優秀な家庭教師にして、とんでもないゲームおたく、イアン……デュゥゥゥゥゥゥゥゥゥガン」

ブリタニーは笑みをこらえた。イアンが負けていないのがわかっていた。ふたりが冗談を言い合っているのを見るのが懐かしかった。

涙をこらえながら、オデルの手のことを思い出した。たくましく、たこができていたが、彼女の肌にはとてもやわらかく感じた。なのに……

自分の行動をどう直接伝えればいいかわからなかった。

彼が手紙を読んで理解してくれればと思った。彼女はスタジアムに着いたとき、ロッカールームに忍び込んで、彼のロッカーのなかに手紙を入れておいたのだ。彼とトンネルで会う直前だった。

ブリタニーは狭い部屋のなかを見渡し、ほかのバンドメンバーが自分を見ていることに気づいた。「わたし緊張してるみたい」彼女はそう言うと、無理に笑ってみせた。

「どうってことないさ、ブリット」とイアンは言った。「ここの連中はみんなおれたちのことを愛してくれている。わが家みたいなもんだ」

「わかってる。ただ……」彼女はイアンを見て、それからキーボードのテディ・バンドリックを見た。背が低く、小太りのアルビノの少年は、バンドのみんなから愛情を込めて〝テディ・B〟と呼ばれていた。そしてドラムのマッケンジー・サンタナ――マック――に眼をやった。マックはラテン系の少女で、黒髪はサイドを短く刈り上げ、トップを逆立たせており、額にはあざがあった。彼女はバンドのなかで最も声が大きく、ブリタニーにしかめ面を向けると言った。

「どうしたんだい、ブリット？」

「なんでもない」とブリタニーは言った。

「気を引き締めていくよ」マックはそう言うと、頭の上で腕をストレッチした。「あと三十分でショータイムだよ」

エレクトリック・ハイとの契約についてバンドメンバーに伝えなければならないとわかっていたが、今はそのときではなかった。これまでで最も大きいコンサートの前は。そのつもりはなかった。それくらい彼らのことを愛していた。

「ショータイムよ」彼女は繰り返した。

8

午後九時三十分、ブリックヤードのスタジアム照明が突然消えた。試合終了後の三十分間、低くざわめいていた観衆から、大きな歓声と拍手が湧きおこった。

フィールド上のプレスボックスで、キャシー・デュガンは心のなかでカウントダウンを始めた。

十……

ジャスティン・クロスは三十五年間ずっとジャイルズ郡で暮らしてきており、高校のグラウンドキーパーの責任者だった。試合前、コンサートの照明プランについて打ち合わせをしたとき、彼はキャシーにウインクをしてきた。五年前、ジャスティンから何度かデートに誘われたが、結局そこから先に進むことはなかった。彼はキスが下手《へた》で、息はかみ煙草《たばこ》の〈グリズリー〉のにおいがした。

九……

その記憶に眉をひそめながらも、ジャスティンがここまで何もミスしていないことにほっとし、キャシーは暗闇に身をゆだねた。そして歓声に。

八……

テレビのクルーがキックオフの時点では五千四百名と見積もっていた観衆は、今は優に七千名を超えているに違いなかった。フィズがこれまでに演奏したなかでも最大の観客数だ。あるいはこれからも。キャシーはそう思った。

七……

キャシーは試合の最後数分間を見ることができた。オデル・シャンパーニュが勝利を決定づけるタッチダウンをひとつのみならずふたつも決め、スタジアムは大興奮となっていた。

六……

バンドの様子を見に行き、弟のイアンの頬にキスをすると、みんなに準備はできているかと尋ねた。

五……

彼女はブリタニーを見ようとさえしなかった。

四……

それから自分の準備に取りかかり、アール・モリングがスポットライトの準備ができているかたしかめた。

三……

彼は問題ないと言っていたが、今こそそれが試されるときだ。

二……

歓声は神経質なほど熱狂的になっていた。

一……

キャシーは指を鳴らしてアールに合図した。「今よ!」

暗闇のなかから、五十ヤードライン上のステージのイアンのエレキギターにスポットライトが当てられ、彼がドゥービー・ブラザーズの《チャイナ・グローヴ》を弾き始めた。

だれもがこの曲を知っていた。だれもがそのイントロを知っていた。そしてそのフレーズを聴いて、興奮でゾクゾクしないわけがなかった。フィズはドゥービー・ブラザーズの曲をいくつかカバーしていたが、この曲はキャシーの一番のお気に入りだった。彼女の弟を輝かせてくれ、ブリタニーの声のすばらしさをいかんなく見せつけることができる曲だ。

　これまでのスタジアムが騒がしいとしたら、ブリックヤードは今やデフコン１（最高度の防衛準備状態）だった。キャシーは頭を前後に動かし、弟の真似をしてエアギターを弾いた。眼下の観客席は、ファンが飛び跳ねだし、文字どおり揺れていた。子供も大人も両手を空に向かって突き出し、その多くは眼を閉じており、まるで祈っているかのようだった。キャシーは大好きな古い映画『フットルース』でケヴィン・ベーコン扮するレン・マコーマックが街のみんなに向かってダンスは最高だと演説する場面を思い出した。あのダヴィデ王も主の前で飛び跳ねて踊ったのだと。

　キャシーはフィズのコンサートのことを、一部はロックコンサートであり、一部は伝道集会のようなものであると表現する人がいることを知っていた。それはあながち間違いではなかった。

　マッケンジー・サンタナの安定したドラムビートが、テディ・Bの力強いキーボードに続く。歓声の音量レベル——もしそれがわかったとしてだが——が、さらにもう一段上がったようだった。キャシーがもう一度アールに向かって指を鳴らすと、スポットライトがステージの左隅へと移動した。

キャシーはその光景に息を吞んだ。

ブリタニー・クラッチャーは白いスパンデックスパンツに黒のタンクトップ、頭には赤いバンダナを巻き、豊かな茶色い髪をその下から垂らしていた。ベースギターを肩から下げていた。スポットライトを受けて、肌は金色がかった茶色に輝き、左手を天高く掲げて、人差し指と小指でロックンロールのシンボルを作っていた。ギターのビート、キーボード、そしてドラムに合わせて頭を前後左右に動かした。キャシーが心臓の鼓動が高鳴るのを感じながら、眼下の席を見ると、学生たちがボールのように飛び跳ねていた。

彼女はポケットから携帯電話を取り出すと、ジャスティン・クロスにメールを送った。

〝今よ〟

三秒後、スタジアムの照明がつき、キャシーはその明るさに眼をしばたたいた。ブリタニーのボーカルが空気を切り裂いた。

その声を正確に言い表すのは難しかったが、キャシーの頭に浮かんだのは、もうひとりのブリタニーの声をさらに深い声にしたものだった。ポップクイーンのブリトニー・スピアーズではなく、アラバマ州アセンズ出身のブリタニー・ハワードだ。彼女は自らのバンド、アラバマ・シェイクスで有名になり、ここ数年は《レイト・ショー・ウィズ・デイヴィッド・レターマン》から《サタデー・ナイト・ライブ》まで、あらゆる番組に出演していた。だがブリタニー・クラッチャーの声は、ドゥービー・ブラザーズのほとんどのヒット曲やブラック・クロウズのハードロックサウンドなど、元々は男性ボーカリストが歌う曲を歌いこなすことができるような荒々しさをより備えていた。

そんな彼女に裏切られたのだと思い出しながらも、曲がコーラスに入ると、爪先でリズムを取らずにはいられなかった。音楽の持つ魔法とパワーだ。才能豊かなアスリートと同じく、才能豊かなシンガーは、ほんの束の間《つかのま》であっても、人を別の場所へと連れていくことができる。

キャシー・デュガンは、微笑みを浮かべてその光景を見ながら、私生活が破綻していた偉大なミュージシャンたちのことを考えた。幸せな普通の生活を送れた者はほとんどいなかった。

そして多くのミュージシャンは早くしてこの世を去っていた。バディ・ホリーやセレーナなどのアイコン。まるで流星のようだ。一瞬の輝きを放ち、消えてしまった。

キャシーは腕を組み、胸に強く押しあて、ブリタニーをにらむように見た。

彼女は自分のなりたかったすべてだった。そう思いながら、キャシーは人気バンドのマネージャーもどきの仕事が終わろうとしていることを悟っていた。

明日にはニュースになるだろう。フィズは、今日は偉大に見えるかもしれない。だが明日には……

明日は来ない《トゥモロウズ・ゴーン》。キャシーはそうつぶやくと、その皮肉に頭を振った。《トゥモロウズ・ゴーン》。フィズの代表曲であり、初めて、そして唯一ラジオでオンエアされた曲だった。もっとあるはずだった。もっとあってよかったのに。

それなのに彼女が台無しにしてしまった。彼女とマイケルが……

「すばらしいコンサートだ、キャシー」とアールが言った。彼は彼女のすぐ隣に立っていた。安っぽいアフターシェイブローションのにおいがした。ジャスティン・クロスのときとは違い、二年前に彼と付き合っていたときには、キス以上のことまでしていたが、そのことを思い出して吐き気を催さないようにした。憂うつな気分がキャシーの血管を流れだしてきた。

「たぶんこのコンサートのあと」アールは続けた。「ぼくら――」

「黙ってて、アール」とキャシーは言い、彼をにらんだ。「スポットライトに集中して、いい？」

「わかったよ、マァム」彼は小声で「クソ女《ビッチ》」とささやいたが、キャシーは気づいていなかった。全身の感覚が鈍くなったような気分だった。

ブリタニーこそが最後のピースだったのだ。リードボーカルとしての彼女がいれば、フィズはアラバマ・シェイクスやザ・ブラック・キーズのようにビッグになれたかもしれなかった。いやもっと偉大な存在になっていたかもしれなかった。

彼女はそうなるだろう、とキャシーは思った。両手をプレスボックスの窓ガラスにつき、胃にむかつきを覚えながら。ただ、彼女はわたしたちをいっしょに連れていってはくれない。

キャシーはニヤついているアール・モリングを横目で見た。彼の黄色く、煙草のやにで汚れた歯に気づいた。そしてわたしはずっとプラスキに取り残される。

眼を閉じると、心のなかに憎しみが湧きおこるのを感じた。自分自身に対して。プラスキに対して。

だが、そのほとんどはブリタニー・クラッチャーに対するものだった。

「明日は来ない《トゥモロウズ・ゴーン》」彼女はつぶやいた。

9

オデルはその手紙を手に取った。この一時間で何度も何度も読みなおしていた。ロッカールームの外では観客席を足で踏み鳴らす音が響き、歓声に混じって、彼のガールフレンドのパワフルな歌声も聞こえた。

元ガールフレンドだ。オデルはそう思った。黄色い紙を見つめ、最後にはそれをくしゃくしゃに丸めた。捨ててしまいたかったが、代わりにジーンズのポケットに押し込んだ。

みんな去っていく。そう思いながら、今はだれもいない部屋のなかを見渡し、それから床のタイルに眼をやった。父親は、彼が五歳のときに出ていった。タウンクリークの小さな家を出ていって、二度と戻ってこなかった。

母親も去ってしまった。肉体的にはともかく、ほかのあらゆる意味において、母はずっと存在しないも同然だった。オデルは自分が子供の頃の母をかろうじて覚えていた。愉しそうで、いつも笑っていて、冗談を言っていた。

そして今、ブリタニーも彼の元を去ろうとしていた。いつもならグラウンドで感じた怒りは試合が終わると消えた。だがあの手紙を見たとたん、激しい勢いで甦ってきた。

立ち上がると、ロッカーを殴った。小さなへこみができた。さらに殴った。何度も何度も。

どうして自分の愛する人はみんな去ってしまうのだろう？

叫びながら、何度もロッカーを蹴った。そしてベンチに坐ると、血まみれの手で荒々しく顔をこすり、うつむいてタイルを見つめたまま何度も眼をしばたたいた。

ブリタニーもだ。彼はベンチから立ち上がると、バスルームに入り、拳の切り傷を血が止まるまで洗い流した。鏡のなかの自分を見た。

「彼女を止めるんだ」そうささやいた。彼女はおまえを愛している。磁器製のシンクを握りしめ、眼を閉じた。心臓の鼓動が速くなり、怒りが体の隅々まで染み込んでいった。

彼がプラスキに来て、六カ月になっていた。コーチもチームメイトも、だれもがよくしてくれた。近所の人たちも、彼の母親がアパートメントの階段をよろめきながら上っていくのを見て見ぬふりをしてくれた。それは人々が彼に何かを求めていたからだ。オデルはすばらしいフットボール・プレイヤーだった。彼がフィールドで結果を出しているかぎり、すべてークリ高校からの退学――はすべて水に流される。過去の罪――窃盗の前科、少年暴行罪、タウンクリーク高校からの退学――はすべて水に流される。

彼の人生はずっとそうだった。そして大学でも同じだろう。スポーツ特待生の運命《さだめ》だ。膝を痛めたり、よい成績を残せなくなったら、あっという間に見捨てられる。まるで腐り始めた肉片か何かのように。

それが自分のすべてで、これからもずっとそうだろう。

だがブリタニーとのことは違った。

ふたりが出会ったのは夏の練習のときだった。ブリタニーは、スポーツはしなかったが、フットボールチームが観客席を昇るトレーニングをしているかたわらで、トラックでジョギングをしていた。ダグ・フィッツジェラルドのようなチームメンバーの何人かは彼女に口笛を吹いたりしていたが、オデルを含むほとんどの少年たちは畏敬の念を持って彼女を見ていた。《アメリカンズ・ゴット・タレント》の決勝に進出した少女のことはチームのなかでも話題になっていた。チーム練習が終わると、オデルは何周か走ることにし、彼女と並んで走った。自己紹介をしようとしたとき、胃が重くなるような感覚を覚え、一瞬吐いてしまうかと思った。過度の暑さのせいもあって、観客席での練習は過呼吸を引き起こすことがあり、ひどい場合には下痢になってしまうこともあった。ブリタニーに近づけるという興奮のせいで頭がぼうっとなり、彼はその後者の症状――下痢――になってしまうのではないかと思った。冗談だろ？　彼はタイミングの悪さを呪った。口をつぐんだまま、一周走り、ロッカールームにたどり着くまで胃をコントロールできるよう神に祈った。やがて彼女のほうが話しかけてきた。

「感激するべきなのかしら？」

彼は走りながら、彼女に向かって首を傾げた。「何について？」

「偉大なオデル・シャンパーニュ、注目の五つ星スター候補がわたしと走りたがってることについて？　次は何？　このまま観客席の裏に行くのかしら？　タウンクリークではこの方法でうまくいったの？」

「何をわけのわからないこと言ってるんだよ」オデルは右手で腹を強く押さえながら、なんとかそう言った。「ただ走りたかっただけだよ」

「嘘ばっかり」彼女は言い放った。「あなたは二十回も観客席を昇り降りしていた。その声を聞けばわかるわ。どうやら水分補給が必要なようね。今、一番やっちゃいけないのは走ることよ」ありがたいことに彼女がスローダウンして歩きだした。彼もそうして、六月の暑い空気を吸い込んだ。胃のなかの燃えるようなむかつきにはまったく効果がなかった。

「ブリタニー・クラッチャーよ」と彼女は言った。

「知ってる」と彼は答えた。

「わたしがだれだか知ってるなら、なんで話しかけようともしないで一周走ったの？」

オデルは顔をしかめた。「緊張してたんだ」

「待ってよ、フットボールのスーパースターが緊張して女の子に話しかけられなかったって言うの？」

「いや、そうじゃなくて」と彼は言い、頭を振った。いったいどうしちまったんだ、と思った。正直に話すことにした。「何か話そうと思ったんだけど、胃が痛くなって。もしかしたら……その」声はしだいに消え入るようになった。顔はろうそくの炎の先のように熱くなっていた。

「もしかしたら、何？」彼女の顔に大きな笑みが広がり、クスクスと笑った。

オデルは首の後ろを撫でながら頭を振った。最後には彼もクスクスと笑った。「漏らすかもって」

今度は、彼女が腹を抱えて笑った。落ち着くと、彼の手に触れて言った。「今夜は何か予定はあるの、オデル・シャンパーニュ？」

ふたりは彼女の車で映画を観に行き、映画が終わるとマーティン・メソジスト大学に車を止め、時間をかけてキャンパスを歩いた。結局、アートセンターの近くの見晴らし小屋に一時間近く坐っていた。オデルはブリタニーとはどうしてこんなに話しやすいのか不思議だった。おそらく最初の出会いが恥ずかしかったので、彼女にはなんでもストレートに話せると思ったからかもしれない。あるいは彼女が自分と同じ運命を抱えているからかもしれない。ブリタニーはとんでもなくすばらしいシンガーだった。それがみんなの見ている彼女だった。ブリタニー・クラッチャー。フィズのリードボーカル。将来はレコード会社との契約が待っていた。オデルにNFLとの契約が待っているように。だが彼女も両親とのあいだに問題を抱えていた。オデルとは正反対の。彼女は捨てられたわけではなかった。家族といて息が詰まりそうだったのだ。

おれたちはたがいを必要としている。

オデルは眼を開くと、鏡のなかの自分をもう一度見つめた。甘かった。

ブリタニーは自分を必要としていなかったのだ。ちゃんと話をすることさえしないで去ってしまった。試合前にトンネルで話したとき、レコード会社との契約のことも、彼を置いて去ることも話す機会はあったのにそうしなかった。

彼に残されたのはいまいましい手紙だけだ。

シンクの両脇を握りしめると、なんとか落ち着こうとした。が、できなかった。こんな終わり方はありえなかった。こんな仕打ちをさせるわけにはいかなかった。

オデルは手を洗い終わると、ロッカールームを出て、夜の寒さのなかに身を投じた。フィールドに向かうと、人々が道を開けた。ほとんど知らない少年たちとハイタッチをしたり、拳をぶつけ合ったりしたあと、T・J・ヘインズとジャーヴィス・ロウといっしょになった。チーム内でオデルの親友と呼べるのは彼らだけだった。

「どこにいたんだ、O《オー》？」T・Jが訊いた。

「少し気分を落ち着かせてたんだ。タフなゲームだったからな。ほんとうにヒリヒリするゲームだった」

「ダグのパーティーには行くのか？」

オデルはコンサートのあと、時間をつぶしてから、ブリタニーといっしょにパーティーに行くつもりでいた。だがその計画も無駄になった。「ああ、いいね。乗せてってくれるか？」

「なあなあ」とジャーヴィスが割って入ってきた。オデルの脇腹をその太い腕で突っついた。

「おまえの彼女、今夜は最高じゃないか」

オデルは一瞬顔をこわばらせたが、なんとかうなずいた。「いつもどおりさ」

「このあと彼女と会うのか？」

オデルはステージを見上げると、ポケットに両手を入れた。指先にしわくちゃの手紙を感じていた。「ああ」と彼は言った。「会うつもりだ」

10

ブリタニーにとって歓声は、枯渇したエネルギータンクに注ぎ込まれるガソリンのようなものだった。スタジアムを見渡し、観客席で少年や少女たちが跳び上がっているのを見ると、アドレナリンが全身を駆け巡るのを感じた。これこそがほんとうに大切なことだ。彼女はパフォーマーだった。シンガーだ。フィズといっしょであれ、彼女ひとりであれ、ステージの上で一番自由を感じた。音楽に合わせて動き、歌う。そこには純粋で無垢《むく》な何かがあった。

人前で歌うたび、彼女は六歳の頃の自分に戻った。ビックランド・クリーク・バプティスト教会でみんなの前に立ち、イースターの定番である《アップ・フロム・ザ・グレイヴ・ヒー・アロウズ》を歌いだす。会衆席の男性、女性、そして子供たちが「アーメン」と叫ぶ。それが彼女の心のよりどころだった。神と宇宙と彼女自身をひとつに感じる場所。

アーメン。彼女は心のなかでそう唱え、深いやすらぎを覚えた。イアン・デュガンのエレキギターが背後で鳴り響き、すべてが流れ去っていった。ザニックと交わした取決め。ジョニー・ニューバーグとの朝のミーティング。エレクトリック・ハイと交わした個人での契約。両親、特に父親とのあいだで抱える問題。そして最後に、オデルに残してきた手紙。

その日のほとんど、特にキャシーと話しているとき、ブリタニーは自分がイスカリオテのユダになったような気持ちでいた。だが今、このバンドの最も人気の高い曲を歌い始めると、心配や不安、恐怖が吹き飛んでいくのを感じていた。

「昨日は永遠《イエスタデイズ・フォーエバー》……」と彼女は歌った。観衆を見渡した。みんながアンコールを求めてライトをつけた携帯電話を掲げ、前後に揺れていた。「……でも明日は来ない《トゥモロウズ・ゴーン》」

アーメン。ブリタニーはもう一度心のなかで唱えた。

アーメン。

第二部

11

二〇一六年十月十五日 土曜日

死体はスクールバスの最後部の列で発見された。グレーのジョガーパンツにブルーの長袖のTシャツを着ていた。足は汚れた靴下を履いており、左足の靴下は数センチずり落ちて、かかとが見えていた。

被害者の顔の横の床には、バブルガムのピンクの塊があった。

主任保安官補のフラニー・ストームはぐっと唾を飲み込むと、死体から眼をそむけた。埃《ほこり》にまみれたバスの窓から外を見つめ、呼吸を整えようとした。

「大丈夫ですか、主任《チーフ》?」

フラニーは声のするほうに眼を向けた。保安官補のタイ・ドッジェンだった。

「被害者に見覚えは、タイ?」

彼は死体に眼をやった。フラニーは彼の視線を追った。死んだ少女の頭、首そして肩は座席の前の床に落ちていた。脚だけが通路に伸びていた。

「なんてこった《ジーザス・クライスト》」ドッジェンはささやくように言った。「ブリタニー……」

フラニーは涙が頬を伝って落ちるのを感じた。七時間前、彼女はこの少女がジャイルズ郡史上最大のコンサートで歌っているのを見ていた。サム・デイヴィス・スタジアムの五十ヤードライン上でスポットライトを浴びて輝いていたブリタニー・クラッチャーは、ステージを支配していた。フラニーが驚いたのは、シンガーとして有名になっていたにもかかわらず、彼女がコンサートのあとに、待っていた少年少女たちにサインをしたり、写真撮影に応じたりしていたことだった。

彼女は死んだ。その死体を見ながらも、フラニーはまだ信じられなかった。ブリタニー・クラッチャーは死んだ。法執行官としての経験のなかで、フラニーは知り合いの殺人事件を捜査したことはなかった。唇を嚙むと、自分のなかに渦巻いている感情を抑えようとした。イズラエルとテレサ・クラッチャー夫妻にこのニュースをどう伝えたらいいのだろう？クラッチャー家は、ジャイルズ郡最大の黒人教会であるビッククランド・クリーク・バプティスト教会の長年の信徒だった。フラニーも生まれたときから、この教会に通っており、彼女の両親とエリー叔母さんは、クラッチャー家と親しかった。

ブリタニーは先週の日曜日も教会で歌っていた。フラニーはそのことを思い出して唇を震わせた。「《アメイジング・グレイス》」彼女はしわがれた声でそう言った。

フラニーはもう一度、深呼吸をした。暖房のないバスのなかで、彼女の吐き出した息が白くなった。十月中旬にしては例年よりも少し肌寒く、気温は七度を下回っていた。眼をしばたたいて、なんとか自分の仕事に集中しようとした。被害者の額には紫色がかった、大きな血腫があった。それ以外は、フラニーにはわからなかった。Tシャツは汚れているように見えたが、それが血痕なのか、それ以外のものなのか判断がつかなかった。床と死体の上の座席にはガラスの破片があった。死体のにおいのほかに、気の抜けたビールのようなにおいがするような気がした。

「法医学研究所に連絡して」フラニーはようやくそう言った。ブリタニーの鼻孔と上唇に乾いた血痕を認め、しっかりとした口調で言った。「大至急、鑑識も呼んでちょうだい」

「イエス、マァム」とドッジェンは言うと、バスの狭い通路を歩いていった。先頭まで着くと振り向いた。「通報者ともう一度話をしますか?」

フラニーは眼をしばたたくと、黒いゴムの床の上に落ちている白い発泡スチロールのカップに眼をやった。カップの縁には、まだコーヒーのしずくがついていた。清掃作業員のダリル・ヒッチコックは午前四時の薄暗がりのなか、八丁目通りのバス置き場に到着し、バスの清掃を始めた。五時過ぎ、四台のバスの清掃を終えると、小さな事務所にある〈キューリグ〉のコーヒーマシンで〈フォルジャーズ〉のコーヒーを淹れ、次のバスに向かった。モップとバケツをステップの下に置き、いつものとおり、目視でバスの内部の汚れ具合を確認しようとした。いつもならこぼれたソーダの跡や包装紙などのごみを毎日の泥や埃の汚れとともに見るはずだった。だがドアを開けてステップを上がると、後ろの座席のほうから強いにおいがした。通路を半分ほど進んだところで、靴下を履いた足が突き出ているのが見えた。彼はもう一歩踏み出して立ち止まった。ブリタニーの生気のない眼が彼を見つめていた。

ダリルはコーヒーの入った発砲スチロールのカップを床に落とし、よろめきながらあとずさった。通路を進み、ステップから降りると、外で膝からくずおれて、激しくあえいだ。しばらくして落ち着くと、携帯電話を取り出して911に電話をした。

フラニーと、タイ・ドッジェンを含むほかの六名の保安官補が午前五時三十二分に現場に到着したとき、彼から聞き出した情報はそれだけだった。ダリルは話しているうちに過呼吸になってしまい、今は救急隊員に付き添われていた。

「ええ」とフラニーは言った。「彼からは正式な供述を取る必要がある。でも今は、周辺の捜索を優先させて、何か手がかりが見つからないかたしかめましょう」到着後、フラニーは四人の保安官補にバス置き場全体とその周辺を全方位八百メートルまで徹底的に捜索するよう命じていた。

「了解しました、マァム」とドッジェンは言い、バスのステップを降りていった。入れ違いに別の保安官補が入ってきた。二十歩離れたところからでも、フラニーにはその男の息遣いが荒いことがわかった。

「主任《チーフ》」ブラッドリー・マッキャン保安官補が声をかけ、親指で肩越しに指さした。「犬が割れたビールのボトルをバス置き場の北の端で見つけました」彼は咳《せ》き込むと、苦しそうにあえぎ声を呑み込んでから続けた。「ボトルに血が付着しているようです」

フラニーは首と腕に鳥肌が立つのを感じた。頭のなかは疑問でいっぱいだった。バスの前方に向かって通路を大きな足取りで歩きながら、マッキャンに詳しい情報を尋ねようとしたが、保安官補の苦しそうな声がそれをさえぎった。

「犬はほかにも見つけています」

12

「ああ、嘘でしょ」フラニーは、足元で震えている人物を見てそう言った。

彼は泥まみれのグレーのスウェットパーカーを着て、バス置き場の端の低木の茂みのなかに横たわっていた。腕と脚を胎児のように丸め、たった今、眼を覚ましたかのように、茶色い眼を大きく見開いていた。

二頭のジャーマン・シェパードが彼の上で吠《ほ》えていた。

フラニーは男の怯えた眼をじっと見ると、タイ・ドッジェン、ブラッドリー・マッキャン、そして自分たちのまわりに集まってきたほかの保安官補たちに眼をやった。彼らのそれぞれの眼がその男がだれなのか知っていることを物語っていた。「オーケイ、ただ見ているだけじゃなく、自分の仕事をしてちょうだい。マッキャン保安官補、ここで見たものをすべて写真に撮って、わかった?」

「はい、マァム」とマッキャンは言った。彼はすでに犯罪現場用のカメラを持ってきており、地面に横たわる男の写真を撮り始めた。

フラニーが近づいてよく見ると、男が両手で一着の服をしっかりと握っていることに気づいた。懐中電灯で男の胸元を照らし、それがスウェットシャツだとわかると喉が締めつけられるような感覚を覚えた。黒地に金色の文字の刺繍《ししゅう》が前面に施されたフリースのプルオーバーだった。

「GCHS」タイ・ドッジェンが声に出して言った。その声の激しさは容易にわかった。彼の横では、マッキャン保安官補が矢継ぎ早にその服の写真を撮っていた。「彼には小さすぎる」

「彼のじゃない」とフラニーは言った。三週間前、彼女はビックランド・クリーク・バプティスト教会の水曜の晩餐《ばんさん》でブリタニーを見ていた。彼女は母親と妹と席に着いていた。そのときの彼女は、今、眼の前の男が握りしめているのと同じプルオーバーを着ていた。

「彼女は四年生でしたよね?」とドッジェンは尋ねた。

フラニーはうなずいた。「音楽の奨学金でベルモント大学への進学が決まっていたけど、巷《ちまた》ではフィズがレコード会社と契約する寸前だという噂も流れていた」彼女は男に一歩近づき、しゃがみこんだ。現場を荒らしたくなかったので、そっと歩くように心がけた。数時間後には、鑑識課員がこの場所の隅々までDNAやその他の証拠を徹底的に集めるだろう。眼を凝らしてスウェットシャツを見ると、前面に血痕のようなものがあった。

　フラニーは立ち上がると、後ろを見た。ふたりの保安官補が地面に転がっているものに覆いかぶさるようにしていた。彼女はふたりに近寄ると、彼らが何を調べているのか、かがみ込んでよく見ようとした。

　シルバーとブルーの〈バドライト〉のラベルは完全な状態で残されていた。ボトルの底も無傷だったが、ロングネックの部分が割れており、ギザギザになったガラスしか残っていなかった。赤黒い物質が覆っており、滴ってラベルにも付着していた。

「オーケイ、離れて」と彼女は指示し、ふたりの保安官補はボトルから下がった。「お願いだから、触ったり、動かしたりしないでね。凶器かもしれないから」

　フラニーは地面に坐り込んだ男に視線を戻した。マッキャン保安官補が男の頭からフードを取った。フラニーは、マッキャンがさらに写真を撮っているあいだ、懐中電灯で男を照らした。次に何をするべきか考えていると、〈バドライト〉のロングネック瓶の六本パックが地面に転がっていることに気づいた。ビールは六本全部あり、栓も開けられていなかった。最後に彼女は、懐中電灯を下に向けてひざまずき、男を見た。眼の焦点が合っていなかった。

「オデル、そのスウェットシャツを渡しなさい」と彼女は言った。その口調はやさしかったが、断固としていた。

彼はフラニーに眼をやり、それから自分の手のなかの衣服を見た。

「さあ」とフラニーは命じた。

彼がその衣服を彼女のほうに差し出した。腕が震えていた。

「渡してちょうだい、いいわね？」

オデル・シャンパーニュ——昨夜のESPNのハイスクール・ゲーム・オブ・ザ・ウィークでタラホマ高校と対戦し、ジャイルズ・カウンティ高校に三つのタッチダウンをもたらした男——は、手放したスウェットシャツが地面に落ちていくのを見ていた。虚《うつ》ろな嗚咽《おえつ》を漏らすと、また横になり、両腕で顔を覆った。

フラニーはドッジェン保安官補のほうを見た。「彼を起こして、保安官事務所に連れていって事情聴取するのよ」

「主任《チーフ》」ドッジェンの顔は蒼白《そうはく》だった。「この事件は——」

「わかってる」とフラニーは言い、ため息をつくと、東の方向に眼をやった。太陽が地平線から陽射《ひざ》しを覗かせていた。「マスコミがハゲタカのように襲いかかってくるでしょうね」そう言うと、マッキャン保安官補を見た。「バスの内部も写真を撮っておいて。死体と死体の上の座席、通路、被害者の顔のそばにあったガムをあらゆる角度から撮っておいて。すべてよ。わかった？」

「はい、マァム。了解しました」彼はカメラを持って、バスのほうにゆっくりと歩いていった。

フラニーは大きく息を吐くと、冷静になろうとした。「オーケイ、タイ。オデルに手錠を掛けて、保安官事務所に連行して。とりあえずは不法侵入で身柄を拘束しておくことができる」彼女は眼を細めて保安官補を見た。「わたしが行くまで、だれにも彼と話をさせないで、いいわね？」

「イエス、マァム」とドッジェンは言い、ベルトのバックルから手錠をはずした。「保安官にはもう連絡しましたか？」

フラニーはすでにバスのほうに戻ろうとしていた。「保安官はノックスビルのセミナーに参加していて、今、こちらに向かっている」彼女は肩越しに保安官補を見た。「あなたなら彼の最初の指示がなんだったか、わかるんじゃない？」

ドッジェンは疲れたようにうなずいた。「彼女には電話したんですか？」

フラニーはポケットから携帯電話を取り出した。「今からする」親指を連絡先リストの上に置いたが、タップする前に、身の毛のよだつような悲鳴がバスのほうから聞こえてきた。

「嘘でしょ」フラニーは叫んだ。心臓と胃が締めつけられるような感覚に襲われた。だめだ……携帯電話をポケットに戻した。電話はあとまわしにするしかない。

走りだした。

13

フラニーがバスに戻ると、ブラッドリー・マッキャンとふたりの保安官補――グレタ・タイスとジャック・モランが、大きな黒人女性を押しとどめようとしているのが見えた。「あそこにあの子がいるんでしょ？」

その女性は両頰に涙を流しながら、そう尋ねた。彼女の視線は保安官補の後ろのハイスクールバスのなかへ続くステップに向けられていた。「ブリタニー！」彼女はその名を叫び、その声がフラニー・ストームの胸に突き刺さった。

テレサ・クラッチャーは黒のパンツにラベンダー色のピーコートを着ていた。今の取り乱した姿であっても、ビッククランド・クリーク・バプティスト教会の日曜学校で二十年間、フラニーを含む四年生を教えていた頃の彼女のままだった。フラニーはその女性の肩にやさしく手をまわした。「ミセス・クラッチャー、お願いだから落ち着いてください。大変お気の毒ですが」

「あのバスのなかにあの子がいるの？」

フラニーは次に来ようとしていることに身構えた。法執行官にとって、愛する人の死を伝えることほどつらい仕事はない。テレサの家のドアをノックしてこの恐ろしい知らせを伝えるとしてもひどく困難だったろうに、それをこんな形で告げなければならないとは、なんとも耐え難いことだった。

「ええ、マァム。ブリタニーです」

二秒ほど沈黙があった。まるで津波が隆起する前に、海が静かになったかのようだった。そして低いうめき声が聞こえてきた。テレサ・クラッチャーがフラニーの腕のなかに倒れ込んできた。フラニーはゆっくりと硬いアスファルトにつきそうになるまで膝を折った。彼女は悲嘆に暮れる母親をしっかりと抱きとめた。テレサのうめき声はしだいに大きくなり、苦《く》悶《もん》の叫びに変わっていた。

フラニーはまた叫んだ。八丁目通りに停車しようとしている何十台ものテレビ局の中継車を見たのだ。眼を凝らすと、その後ろに十六歳のジーナ・クラッチャーがいるのが見えた。

「ジーナ、こっちへ来て!」フラニーが叫ぶと、ティーンエイジャーの少女は言われたとおりにした。ほっそりとした姉とは違い、ジーナは母親に似てがっしりした体格だった。表情は虚ろだった。どうやらショックの初期段階にいるようだった。

「お母さんを車で家まで送ってほしいの」

ジーナは眼をしばたたくと、フラニーの後ろのスクールバスに眼をやった。「姉さんはそこにいるの?」

「ええ、そうよ、ジーナ」

「死んじゃったの？」その質問にはなんの感情もこもっていなかった。フラニーはあらためて少女がショックを受けているのだと察した。

「ええ、そうよ」

ジーナの顔がわずかに歪んだ。が、それ以上はなかった。

フラニーは立ち上がると、少女の肩に手を置いた。「よく聞いて。お母さんを家まで送って。そばを離れちゃだめよ。状況が落ち着いたらすぐに行くから」

ジーナの顔は蒼白だったが、なんとかうなずいた。「だれがやったの？」

フラニーは少女の背後に眼をやった。ドッジェン保安官補が手錠を掛けられたオデル・シャンパーニュをパトカーのところに連れていこうとしていた。

「あれはオデル？」ジーナがフラニーの視線の先を追って尋ねた。

「まだ――」

フラニーが言い終わる前に、テレサが勢いよく歩きだし、あきらかに目的を持って保安官補に近づいていった。

「テレサ、止まって！」フラニーは走って追いつこうとした。タイスとモランのふたりの保安官補も彼女のあとに続いた。

「あんたがやったの？」とテレサは叫んだ。走りだしていた。

フラニーは、テレサがオデルとドッジェンに追いつく寸前に彼女の前に立ちはだかった。

「あんたがやったのね？」テレサは繰り返した。フラニーをまわり込むようにしてオデルを見た。オデルは保安官補がパトカーのドアを開けているあいだ、地面を見つめていた。フラッシュが何度か光った。フラニーは、縁石のところにいるカメラマンが、まるで自分の命が懸かっているかのように写真を撮っていることに気づいた。「すぐにここから出ていきなさい」フラニーは怒鳴った。指を鳴らして、タイス保安官補に言った。「グレタ、あの記者とカメラマンに伝えて。公務執行妨害で逮捕されたくなかったら、すぐに現場から離れるようにと」

フラニーが気を取られているあいだに、テレサが脇をすり抜け、パトカーに向かって突進していた。彼女はオデルのパーカーのフードをつかんで揺すった。「どうしてブリタニーを傷つけるの？　どうして？」彼女の胸が上下し、声が震え始めていた。「イズラエルの……い、言うとおりだった……あんたのこと」

フラニーは両手でテレサを包むようにして抱え、オデルから引き離すと、タイ・ドッジェンに向かって首をパトカーのほうに傾けて叫んだ。「行って！　すぐに」

ドッジェンはオデルをパトカーの後部座席に押し込むと、ドアを閉めた。そして車の前方をまわって運転席に駆け寄った。数秒後、パトカーは八丁目通りに向かって飛び出していき、見えなくなった。

カメラのフラッシュの光が照らすなか、フラニーはテレサをモラン保安官補のところへ連れていった。「娘の車に乗せて、家まで送ってやって」フラニーは周囲を見まわし、ジーナがスクールバスを見上げているのを見つけた。テレサがオデルに向かって突進していたときからまったく動いていなかった。

フラニーは少女のほうに歩いていきながら、小声で悪態をついた。事態はますます制御不能になっていた。

さらに多くのサイレンが耳をつんざくなか、携帯電話を取り出した。パスワードを入力したあと、連絡先リストを探し、すぐに目的の人物を見つけた。ほかの連絡先には名前が書いてあったが、その人物は肩書だけだった。

検事長《ゼネラル》。

アドレナリンと恐怖が混じりあって血管を駆け巡るような感覚に襲われながら、フラニーはその肩書をタップし、オプションメニューを見て、携帯電話の番号をタップした。

二回目の呼び出し音で相手が出た。「何があったの？」

その女性の鋭い声からは、自信と権威が放たれていた。

「検事長《ゼネラル》」フラニーはそう言うと、自分の声に不安を聞き取り、落ち着きを保とうとした。「殺人がありました。検事長の力が必要です」

「どこ？」

「八丁目通りのスクールバス置き場です」

一瞬の間《ま》があった。ジャケットを着ているようながさがさという音がした。「すぐに向かう」

14

午前六時五分、黒の〈クラウン・ビクトリア〉が二台のニュースヴァンの後ろに止まった。色あせたジーンズに、茶色のレザージャケット、カウボーイブーツを履いた女性が車から降りてきた。漆黒の髪はネイビーのキャップの下に隠されていた。

ヘレン・エヴァンジェリン・ルイスはジャイルズ郡、モーリー郡、ローレンス郡およびウェイン郡からなる、第二十二司法管轄区の検事長を二十年以上務めていた。テネシー州法では、ほかの州とは異なり、法廷において検察のトップを〝検事長《ゼネラル》〟と呼んでいた。ほとんどの検事長は、法廷の外ではそう呼ばれることはなかったが、ヘレン・ルイスは違った。フラニーはヘレンがその軍隊風の呼び方（ゼネラル――General――には〝将軍〟という意味もある）以外で呼ばれるのをほとんど聞いたことがなかった。彼女が近づいてくるのを見ながら、何人かの記者がこそこそと質問しようとしているのを見た。

「ルイス検事長、身柄を拘束している容疑者についてコメントをお願いできませんか？」

「検事長、被害者がブリタニー・クラッチャーだというのはほんとうですか？」

ヘレンはマスコミの攻撃を無視して、フラニーに向かって一直線に歩いた。フラニーがカジュアルな服装の検事長を見ることはあまりなかった。彼女は、いつもは黒いスーツとヒール姿で法廷に現れた。だが、法廷でのいでたちと違う姿であっても、ヘレン・ルイスは落ち着きと自信をにじませて、フラニーに向かって大きな足取りで歩んできた。主任保安官補はすばやく息を吸うと、姿勢を正した。

フラニー・ストームは身長百八十二センチ、体重六十三キロで、引き締まったアスリートのような体型をしていた。男性であれ、女性であれ、彼女がその人物を前にしてアドレナリンの分泌を感じることはほとんどなかったが、ヘレン・ルイスはその例外のひとりだった。

「話して」とヘレンは言い放ち、フラニーの脇をかすめるようにしてバスのほうに歩いていった。

「被害者はブリタニー・クラッチャー。彼女のことは聞いたことがあると思います」

ヘレンは立ち止まって、フラニーのほうに向きなおった。「歌手の?」

フラニーはうなずいた。「去年の《アメリカズ《A》・ゴット《G》・タレント《T》》で決勝に進出しました。フィズのリードボーカルです。昨晩、試合のあと、ブリックヤードでコンサートをしました。行かれましたか?」

「いいえ」

フラニーはその先を待ったが、検事長は何も言わなかった。ヘレン・ルイスが世間話をしたり、自分の私生活について詳しく話したりすることはあまりなかった。「被害者は十八歳です」フラニーは続けた。「ジャイルズ・カウンティ高校の四年生」ことばを切った。「彼女の家族のことはよく知っています」

検事長は腕を組んだ。「個人的な感情があなたの捜査能力に影響を及ぼすと考えてるの？」

ヘレンの口調には共感のかけらもなく、フラニーは思わず歯がみした。

「いいえ」

「よろしい」ヘレンはそう言うと、バスのステップを上った。フラニーは怒りと恥ずかしさが込みあげてくるのを感じながら、あとに続いた。ヘレンは遺体のところまで歩くと立ち止まり、ブリタニーを見た。フラニーは頭のなかから事件のこと以外は追い出そうとした。

数秒後、ヘレンは荒い息を吐いた。「いまいましい」と彼女は言った。「あの記者たちは被害者の身元をもう知っていた。なぜ？」

「おそらくブリタニーの母親と妹のことを知っていたんでしょう」

ヘレンは振り返ると、フラニーの顔を覗き込んだ。検事長の眼はメキシコ湾のような青緑色をしていた。怒りをあらわにしてフラニーを見つめていた。「ふたりがここにいたの？」

「ブリタニーの母親のテレサ・クラッチャーと妹のジーナが二十分前、マスコミの何人かとほぼ同時にやって来ました。テレサは保安官補がふたりがかりで車に乗せなければなりませんでした。ブリタニーの名前を叫んで、われわれが拘束した容疑者に詰め寄り……」フラニーはことばを濁した。

「どうして家族は事件のことをそんなに早く知ったの？　あなたが連絡したの？」

「いいえ」

「記者の連中も容疑者のことを知ってたわ」

「バス置き場の北端で男を発見しました。寝ていたのか、気を失ったかしていて、その男のものとはサイズの違うスウェットシャツを持っていました」

「被害者の？」

「間違いないと思います」とフラニーは言った。「数メートル離れたところに血のついた割れたビールのボトルも落ちていました」

「その男に見覚えは？」

フラニーはうなずいた。「彼も被害者同様、とても有名な人物です」

ヘレンは無表情だった。「だれ？」

「オデル・シャンパーニュ」

いっとき、ふたりはただ見つめ合っていた。やがてヘレンがうめくように声をあげた。

「たしか被害者とは付き合っていたのよね」それは質問ではなかった。

「はい」

「被害者の母親が彼に詰め寄ったと言ってたわね」

「はい」

ヘレンは頭を振った。「フラニー、どうしてそんなことをさせたの？」

フラニーの顔が赤くなった。「いろいろなことがいっぺんに起きて」

「それは言いわけにはならない」

「わかってます」とフラニーは言った。「彼を連行しなければなりませんでした。テレサが彼に気づいたんです。記者たちが写真を撮りだして、しばらく手に負えない状況になってしまったんです」

「記者連中はいったいどうやってこんなに早く事件のことを知ったの？」とヘレンは訊いた。「朝の六時よ。通信係からはいつ連絡を受けたの？」

「五時二十五分です。五時三十分過ぎにはここに到着していました」

ヘレンはニヤリと笑った。「保安官事務所のだれかがリークしたのね」

フラニーは歯を食いしばり、熱い怒りのほとばしりを胸に感じた。「ありえません。うちの事務所には殺人事件の捜査について情報をリークするような人間はいません」

ヘレンは眼を細めてにらみつけた。「そうかしら？　わたしの経験ではちょっと違うけど」

フラニーは唇を噛んだが、しっかりと検事長の視線を受け止めた。「ご自身のことを考えたほうがいいんじゃないですか？　この郡でわたしが知っている唯一の密告者は検事局の人間です」

しばらくのあいだ、ふたりはにらみ合った。両者のあいだの摩擦はまぎれもなかった。保安官補として働き始めた最初の数年間、フラニーはヘレンと良好な関係を築いていた。それどころか、彼女はヘレンのことを師と仰いでさえいた。検事長は、男性が支配する職業で伝説的なキャリアを築いてきた。それはまさにフラニーが求めているものだった。ふたりでいっしょに取り組んだ事件では、ヘレンは格別の注意を払ってフラニーに証拠の重要性や、法廷で使うか否かについて説明してくれた。フラニーは覚えが早く、ふたりのペアは強力なチームとなった。

だが昨年の春、検事長の元夫であるブッチ・レンフローが自宅で殺害され、フラニーがその事件の捜査を担当することになったことですべてが変わってしまった。証拠はすぐに、そして圧倒的なまでにヘレンを有力な容疑者として示した。彼女は起訴され、死刑を求刑された。過酷な裁判の結果、彼女の弁護人が最後の最後に、別の容疑者を示す新たな証拠を見つけ、陪審員は彼女に無罪を宣告した。十月のこの無罪宣告と十一月の検事長への再選以来、ヘレンはフラニーに対し、よく言えば超然とした、悪くいえばどこか無礼な態度を取るようになった。フラニーのほうは、ブッチ・レンフローの死についてまだ重大な疑念を抱いていたことから、ヘレンをどこか避けるようになっていた。この事件は裁判中にヘレンの弁護人が別の容疑者の可能性を示す理論や事実を提示したにもかかわらず、いまだ未解決だった。幸いにも、ふたりは検事長の裁判以来、重大な事件をいっしょに担当したことはなかったが、それも大きく変わろうとしていた。

もしオデル・シャンパーニュがブリタニー・クラッチャーを殺したのだとしたら……。フラニーは、最後はヘレンの冷たいまなざしから眼をそらした。被害者がブリタニーであること、彼女の年齢や新進のロックスターというステイタスを考えると、この事件は大きな注目を浴びることになるだろう。だがオデルの関与はこの事件を別の次元に引き上げてしまう。フットボールはディープサウス（米国南部の保守的な地域）では特に人気が高く、オデルは豊かな素質を持った有望な選手だった。全米のあらゆる有名大学から奨学金のオファーを受けていた。しかも彼には前科があった……

「マスコミに情報をリークしたのは検事局でも保安官事務所でもないと思います」フラニーはようやくそう言うと、頭をバスの前方に向けてぐいと傾けた。「遺体を発見したのはダリル・ヒッチコックです。彼の妹はヴァインで働いています」

ヘレンは眉を上げた。ヴァインはカシミール・ヴァインの略でこの街のオンライン・ブログのことだった。

「賭けてもいい」とフラニーは続けた。「ダリルはわれわれがここに来るまでに妹に電話かメールをしたんでしょう」

「いまいましい」とヘレンは言った。その口調には憤慨がにじんでいた。「メルヴィンには連絡した？」と彼女は訊いた。そしてふたりとも遺体に眼をやった。

「すぐに来るはずです」とフラニーは言った。「鑑識はどうします？　州警には連絡しましたか？」

「ええ」とヘレンは言った。「ドッジェン保安官補からの連絡を受けて、担当者がこちらに向かっている。一時間以内には到着するはずよ」

フラニーは安堵《あんど》するように荒い息を吐いた。検事長とのあいだに問題を抱えているとはいえ、彼女はヘレンの経験と知識をありがたく思った。「容疑者を発見した場所へ案内します」フラニーはそう言うと、遺体に背を向け、大きな足取りでバスのなかを進んだ。

「マスコミはすぐに結論に飛びつきたがるでしょうけど、容疑者と特定するにはまだ少し早いんじゃない？」ヘレンはフラニーの後ろに近づくと言った。「参考人と呼んだほうがいいわね。少なくとも彼から話を聞くまでは」

フラニーは歩みを止めず、振り向くこともしなかった。「そうは思いません。彼は遺体から二百メートルも離れていないところで発見され、数メートル先には凶器と推定されるものが発見されています。しかも被害者が水曜の教会の晩餐会で着ていたスウェットを握りしめていました」ステップの下で、彼女はヘレンが下りてくるのを待った。「それにオデル・シャンパーニュには前科があり、何かと悪い評判もあります」フラニーは続けた。怒りを全身から発散させていた。「わかってますか？」

一瞬、ヘレンは何か反論しようとするかのように眼を細めた。が、その眼がかすかにやわらいだ。「ええ、よくわかっている。でも話を聞くまでは、彼はあくまでも参考人よ。もしわれわれが確実で堅固な証拠に基づかず、知見や風説に基づいて、軽率で性急な判断を下したらどうなると思う？　法廷で被告弁護人に恥をかかされることになるでしょうね」ヘレンはことばを切ると、フラニーに一歩近づいた。「わ、か、っ、て、る？」

フラニーは足元のアスファルトに眼をやった。検事長が正しいことはわかっていた。怒りで冷静さを失ってしまった。ただうなずくしかなかった。

「よろしい」とヘレンは言った。「まずは……現場の捜査を終わらせましょう」

15

ヘレンは主任保安官補のあとについて、バス置き場の北端まで向かうあいだ、腕に鳥肌が立つのを感じていた。十月の寒さのせいではなかった。彼女は捜査や裁判の進行に不安を感じていても、それを冷静な態度で隠すことができた。それは彼女の検察官としての才能のひとつだった。だが今は、フラニー・ストームの後ろを歩きながら、ブリタニー・クラッチャーの遺体を思い浮かべ、感情を落ち着かせるのに苦労していた。

別の画像も頭に浮かんでいた。夜、彼女を眠らせてくれない画像。

暗い墓地。元夫の墓石。手にはウィスキーのボトルを持っている。鼻腔のアルコールのにおいと舌ざわり。背後から聞こえる聞きなじみのある声。その声は彼女がしたことをすべて知っていると告げる。たった一度の過《あやま》ちがその人物の人生を決めるべきではないとわかっていると。

「ここで彼を発見しました」とフラニーは言い、ありがたいことに催眠術にかかったような、ひどく苦しいヘレンの思いを打ち破ってくれた。

ふたりはバス置き場の端にたどり着いた。およそ十五メートル四方のエリアが黄色いテープで囲まれており、そのなかの二本の木の下の草むらに、赤いテープでおよそ三メートルの小さな半円が描かれていた。「あちらの赤いテープのなかにも」とフラニーが言った。

ヘレンは眼を凝らすと、体を乗り出した。赤い円のなかの地面にボトルが六本入ったカートンがあった。「あれは何？」

「〈バドライト〉の六本パックです」

「シャンパーニュの？」

「ええ、結論に飛びつくわけにはいきませんが……」フラニーの声には小ばかにするような皮肉がにじんでいた。ヘレンはそれも仕方ないとわかっていた。「……けど、そうだと思います。彼を連れていった保安官補は彼からビールのにおいがすると言っていました。飲酒していたかどうか確認するための血液検査に同意するか尋ねるつもりです。おそらくほかにも何かわかるかもしれません」

「ほかにドラッグをやっていたと疑ってるの？」ヘレンはフラニーに鋭い視線を向けた。

「いいえ。ですがやっていないことがわかります」

「割れたボトルはどこで発見したの？」

フラニーは振り向くと、黄色いテープの内側にある場所を指さした。

「まだそこにある？」

「オデル以外は何も動かしていません。鑑識の連中に現場を荒らしたと怒られたくないですから」

「よろしい」とヘレンは言った。ふたりの保安官補が犯行現場の境界をガードしていることに気づいた。黄色いテープのなかに入ると、赤い円へと歩いていった。ひざまずくと、血がついたロングネック瓶を見た。

「間違いなく血のようね」彼女は眼を細め、首を傾げてそう言った。ビールのラベルの両側がさらに血で覆われていることに気づいた。それからオデル・シャンパーニュが発見された草むらのなかのより大きな赤い半円に眼をやった。「眠っていたか、気を失っていたと言っていたわよね？　どうしてわかったの？」

「発見した保安官補が彼を揺すって起こしたからです」

「ほかに何か目立った様子は？　驚いてるようだった？　怯えていた？　罪の意識を感じていた？」

「彼は汚れたグレーのスウェットパーカーを着ていました。それ以外は、とにかくショックを受けているようでした。何が起きているのかわかっていないような」

「持ち物は何か見つかった？　バッグは？　サッチェルバッグは？　ひげそりセットとか？」

「いいえ」

「シャンパーニュがここにいるあいだ、彼がどんな姿勢をしていたか写真は撮った？」

「はい、あらゆる角度から。それにマッキャン保安官補がすでに被害者の複数の写真を含む、バス全体の現場写真も撮っています」

「シャンパーニュの近くには、スウェットシャツ以外にブリタニーのものはなかったの？」

「いいえ、ありませんでした」

「額の血腫とTシャツの染み以外に、遺体に何か異常な点はなかった？」

フラニーがうなじを撫でた。ヘレンは、彼女が自分の見たものについて考えているのだとわかった。「はい」と彼女は言った。「ブリタニーは靴を履いていませんでした。〈ビルケンシュトック〉を履いていましたが……ご存じだと思いますが、スリップオン式のサンダルで――」

「〈ビルケンシュトック〉がなんなのかは知ってる」とヘレンは言い放った。

「とにかく、それがバスの運転席の近くにありました」

「彼女が投げたっていうこと？」

はないかと」

「わたしの直感では」とフラニーは言った。「恐怖を感じて、襲撃者に向かって投げたので

「わかった」とヘレンは言い、自分の〈クラウン・ビクトリア〉の方向に歩きだした。「それは興味深いわね。シャンパーニュは留置場にいるの？」

「はい」とフラニーは言い、大きな二歩でヘレンに追いついた。ふたりは同時に黄色いテープを越えた。「あなたが最初に会いますか、それともわたしが？」

「あなたがやって」とヘレンは言った。「彼の表情を見てみたい。何か読み取れるか見てみましょう」

「わかりました」とフラニーが言った。ふたりは集まってコーヒーを飲んでいる保安官補のグループに歩み寄った。フラニーはいくつか指示を叫んだが、ヘレンはそのまま自分の車まで歩いた。息を吸うと、歩みを速めてふたたび報道陣のあいだを通り抜けた。報道陣の数は三十分前に彼女が着いたときの二倍に膨れ上がっていた。質問が投げかけられたが、彼女には勢いよく押し寄せる雑音にしか聞こえなかった。耳元を貨物列車が通るような音だ。ブッチ殺害事件で無罪を言い渡されてからおよそ一年。再選から十一ヵ月。そのあいだ、彼女は自分のしたこと、あるいは自分の新たな人生の分岐点についてまだ整理できていなかった。検事長としての仕事はこなしていたが、法廷には立っていなかった。殺人事件捜査の興奮やストレスに直面することはなく、ましてや陪審裁判のプレッシャーにさらされることもなか

った。

でもこれからは……

ブリタニー・クラッチャーはアフリカ系アメリカ人のティーンエイジャーだ。地元の愛されるバンドのメンバーである才能豊かなシンガーだった。ヘレンは彼女のことはよく知らなかったが、フラニーが言っていたように、プラスキは小さな街だ。そしてブリタニー殺害は郡全体を巻き込む大きな話題となる。住民は正義を期待するだろう。

わたしにそれをもたらすことができるのだろうか？

ヘレンは〈クラウン・ビクトリア〉の運転席に坐ると、うめき声をあげた。イグニションをまわすと、もう一度、元夫の墓石の前にいた男の声を聞いた。これまで何度も聞いてきたように頭のなかで再生された。

この世界では善良な人々がひどい過ちを犯すことを知っています……

「わたしにはできない」彼女はささやくように言った。ますます増えつつある記者たちを横目にスクールバスを見ていた。

ギアを入れて前進させた。保安官事務所に行って参考人に事情聴取をするような気分ではなかった。逃げだしたい気分だった。

ヘレンは両手でハンドルを強く握った。わたしは十一カ月間、ずっと逃げ続けている……

16

午前六時五十五分、イズラエル・クラッチャーは病院の手術棟で術前確認の真っ最中だった。手術のための麻酔設備やモニターがすべて準備されていることを確認していた。すべて問題ないことに納得したあとは、患者であるジョセフィン・ギルゼナストという名の四十三歳の教師の病室を訪れ、腹部子宮全摘出手術の麻酔に関し、確認することになっていた。

イズラエルは公認麻酔専門看護師《CRNA》になって十八年だったが、いまでも手術の朝はアドレナリンが湧いてくるのを感じていた。それはかつてジャイルズ・カウンティ高校ボブキャッツの一員としてフットボールのフィールドに立つ前の感覚と似ていなくもなかった。イズラエルが手術に惹《ひ》かれる理由もそこにあるのかもしれない。競争心を刺激するための集中力がそこには必要だった。全体を見渡すと最後の確認をしてうなずき、大きな足取りで手術室を出て、患者の待つ病室に向かった。ナースステーションで手に消毒剤を塗ると、ミズ・ギルゼナストのカルテを手に取り、麻酔に関する事項を確認した。彼女の病歴を調べていると、腕をつかまれるのを感じた。

「イズラエル、電話よ」

「聞いておいてくれ、ジュディ」とイズラエルは言った。「ミズ・ギルゼナストの問診をしなきゃならないんだ。どんなトラブルの原因にもなりたくないんでね。今日はドクター・ロイヤーに叱られる気分じゃない」

イズラエルはプラスキの産婦人科医のトップにあるドクター・ジョン・ロイヤーの執刀する何百もの手術でCRNAを担当した経験があった。イズラエルと看護師たちは、優秀であると同時に気難しい医師から罵倒されるのはだれだろうと冗談を言い合うのが常だった。だがジュディが何も言わず、ただ彼の腕をさらに強く握ると、イズラエルはカルテから眼を上げた。

看護師の頰を涙が伝い、その眼は真っ赤だった。「お願い、イズラエル。電話に出て」

イズラエルはジュディにカルテを渡すと、カウンターをまわって電話のほうに歩いた。看護師がふたり、心配そうに彼を見ていた。胃にしこりができるような感覚に襲われながら、電話を手に取った。「もしもし」と彼は言った。

「パパ、わたしよ、ジーナ」その声は弱々しく単調だった。

「やあ、ベイビー。どうしたんだ?」長い沈黙が流れ、イズラエルは苛立《いらだ》たしそうに自分の脚を叩いた。「ジーナ、これから手術があるんだ。何が――」

「ブリタニーが大変なの」そのことばの背後で大きな音がしたが、彼の下の娘はいつものように抑揚のない口調で話していた。

イズラエルは唾を飲み込み、ジュディに視線を戻した。彼女は両手で口を押さえながら、彼を見つめていた。まわりの看護師の机に眼をやると、全員が彼を見ていた。その先の廊下では、ドクター・ロイヤーがもうひとりのCRNAであるチャド・ミードと話をしていた。イズラエルは考えた。どうやらロイヤーはすでに自分抜きで手術をする準備をしているようだ。適応し、克服するんだ。気難しい医師の声が聞こえてくるようだった。

「何があったんだ？」イズラエルはなんとか訊いた。その声はしわがれていた。

「帰ってきて、パパ」とジーナが言った。「ママがひどく動転していて、それに庭の芝生のなかまでたくさんの人が入ってきて」一瞬の間《ま》があった。「怖いの」

「ジーナ、何が――？」イズラエルは言いかけてやめた。手術棟は恐ろしく静かで、全員の眼が今もまだ彼に向けられていた。嘘だ。彼は思った。お願いだ、神様、嘘だ……

「今から帰る」と彼は言い、電話を切った。

まだ全員が彼を見ているとわかっていたが、だれとも眼を合わせることなく、机をまわった。長年の同僚である、ドクター・ロイヤーにうなずくとその脇をかすめるようにして通り過ぎた。医師は口元で「なんと言ったらいいか」と言っていた。

イズラエルには何も聞こえなかった。

一分後、彼は病院の外にいた。自分の車に向かって走りだしていた。ブリタニーの映像が、心臓に突き刺さろうとする短剣のように襲ってきた。裏庭のブランコのそばで初めて歩いたときのこと。数年後、母親と手をつないで幼稚園に通う姿。あの頃はとても恥ずかしがり屋だった。教会で初めてひとりで歌ったときのこと。六歳の少女の声に会衆は総立ちになって拍手を送った。あの頃はふたりの関係はまだ良好だった。

「嘘だ」イズラエルはことばを詰まらせながら、車を走らせた。十分後、私道に車を止めた。近所の人たちが涙で眼を潤ませながら近づいてきた。だがイズラエルは彼らから逃れた。信じたくなかった。

家のなかに勢いよく入ると、ジーナがソファに坐って、携帯電話を見つめていた。「ママはどこだ？」

ジーナは立ち上がった。が、何か言う前に、テレサが寝室から出てきた。手と腕は震え、顔と頬はむくんで、赤くなっていた。

「あの子は大丈夫だと言ってくれ」とイズラエルは言った。なんとか声の震えを抑えようとした。

テレサは泣き続け、イズラエルのほうに歩いてきた。彼の手をつかもうとしたが、彼はそれを押しのけた。

「ブリタニーは無事だと言ってくれ」とイズラエルは言った。「お願いだ」椅子の背もたれをつかんで体を安定させ、窓の外に眼をやった。人々と車が集まっていた。

「あの子は……し、死んだわ」テレサはなんとかそう言った。

彼は彼女をにらみつけた。その打ちひしがれた様子を見て、自分のなかでも何かが砕け散るのを感じた。「どうして？」

テレサは顔をくしゃくしゃにして、床を見つめた。

イズラエルは彼女の肩をつかむと揺すった。「どうして？」繰り返した。怒りと絶望が自分のなかで燃え上がるのを感じていた。

彼女は唇を嚙むと、彼の眼を見た。「殺されたの」食いしばった歯の隙間から漏らすようにそう言った。「わたしたちのベイビーは……殺されたの」

イズラエルの眼からとうとう涙が流れた。「ほんとうなのか？」

テレサは夫の耳元に体を寄せると言った。「オデルがやったのよ。あなたは正しかった」

イズラエルは体を引いて、妻を見つめた。彼女はうなずくとささやくように繰り返した。

「彼らがあいつを逮捕するのを見た。あいつを連れていくのを見た」

17

オデルは取調室の扉がスライドして開いたことにもほとんど気づいていなかった。ひたすら黄色い軽量コンクリートブロックの壁を見つめていた。だが何も見ておらず、何も聞いていなかった。脳の一番奥では、自分がショック状態にあるとわかっていた。自分の殻にこもり、まだそこから出てくる準備ができていなかった。

「オデル?」

彼は背の高い制服姿の女性が向かいに坐ったのにも気づいていなかった。ひたすら壁を見ていた。動きたくなかった。ましてや話す気にもなれなかった。

「オデル、わたしの名前はフラニー・ストーム。ジャイルズ郡の主任保安官補よ。昨晩と……今朝のあなたの行動についていくつか訊きたいことがある。聞いてる?」

彼女のことばは、まるで背後で掃除機がかけられているかのように、聞こえては消えを繰り返していた。オデルは何も言わなかった。

「オデル、昨日の晩、試合のあと何をしたか教えてくれる?」

何も言わないでいると、その女性の両手がふたりを隔てている机に押しつけられるのを感じた。

「昨日の晩、ブリタニー・クラッチャーに会った?」

彼はフラニーをちらっと見た。フラニーの存在に気づいていることを初めて示した。

彼女は腕を組むと言った。「彼女に会った?」

オデルは視線を軽量コンクリートブロックの壁に戻した。頭が痛かった。

「オデル、昨日の晩、何があったのか話してちょうだい。どうしてバス置き場に行くことになったの?」

オデルは息を吸った。眼を閉じて、また開けた。

「手紙を見つけたわ、オデル」

無意識のまま、彼の視線はフラニーに向けられた。

彼女はうなずいた。「別れたことは知ってるのよ」彼女はことばを切った。「そのことで怒ったの？　いつ受け取ったの？　試合の前？　それともあと？」

彼は唾を飲み込んだ。吐き気がした。

「声に出して読んでもかまわない？」

オデルが彼女をにらんだ。

「わかった」彼女は両手を上げた。「やめとくわ」そう言うと金属製のテーブルに両肘をつき、彼の眼を見た。「オデル、ブリタニーは死んだわ。殺された。あなたは彼女の死体から数百メートル離れた場所で発見された」彼女は唇を舐《な》めた。「昨日の晩に何が起きたかを早く話してくれれば、すぐにでも帰れるわよ」

オデルの胸の鼓動が速くなった。歯を食いしばり、吐かないようにした。いろいろな映像が頭のなかに浮かんできた。ジャーヴィスとT・Jといっしょにダグ・フィッツジェラルドのビールパーティーに行ったこと。何杯ビールを飲んだ？　自分の拳を見た。昨日の夜、ロッカーを殴ったせいで皮がむけていた。顎に触ると、どこか痛かった。ダグのパーティーで喧嘩でもしたのだろうか？　何もかもがぼんやりとしていた。

したかったのはあの手紙の苦痛を消すことだった。ブリタニーが街を出る前に、なんとか連絡を取りたいと思って何度かメールを送った。バス置き場で会おうと書いた。パーティーでだれかと口論し、だれかの車に乗せてもらって家に帰った記憶があった。途中、ビールの六本パックを買ったが、どこでだろう？　それからバス置き場に着き、バスのステップを上がった。彼女がそこにいることを知り、捨てられたことに怒りを覚えた。彼女の裏切りに。バブルガムのにおいがし、それから……

ブリタニー……

オデルは両手のなかに顔をうずめ、ようやく自分の殻から出てきた。体が震えだし、覆いかぶさるようにしてコンクリートの床に吐いた。そしてうめき声をあげると、両方の拳で顔の両脇を殴った。胸が盛り上がり、ようやく苦悶に満ちた嗚咽を漏らした。そしてもう一度。彼は背中を軽く叩く手を感じ、それからドアが開いて閉じる音を聞いた。洗剤のレモンのような香りがし、モップが床を拭っているのが見えた。眼を拭くと椅子の背にもたれかかった。

女性保安官補の眼はやさしく、その顔は心配そうに歪み、しわが寄っていた。

「コーラとクラッカーを持ってこようか？　どう？」

彼はうなずくと、膝に手をついて体を乗り出した。ブリタニーの幻が頭のなかで踊っていた。

一分後、コーラの赤い缶とクラッカーのパッケージが金属製の机の上に置かれた。オデルはパッケージを開けると、クラッカーを口に入れた。だが食べられなかった。コーラに口をつけると、何度か咳き込んだ。

「オデル、大丈夫？」女性が尋ねた。

彼は首を振った。

「何が起きたのか教えてちょうだい。クラッチャー一家はなんらかの答えを知るべきよ、そう思わない？　ミセス・クラッチャーがどれだけ動揺していたか見たでしょう」

オデルは頭を垂れた。テレサ・クラッチャーの激しいまなざしを思い出した。そして彼女のことばも。イズラエルの言うとおりだった……

ようやくオデルはテーブルの向かい側に坐る保安官補を見て、呼吸を整えようとした。以前にもこのような取調室で、やっていないことや、やったことを訊かれたことがあった。彼にはわかっていた。眼の前の女性保安官補がどれだけやさしく振る舞っていようと、自分のことなどなんとも思っていないのだ。彼は深く息を吸った。かすかな嘔吐《おうと》物のにおいと床洗剤のにおいが混じりあって鼻腔を満たした。また吐き気を催したが、吐いてしまわないようになんとかこらえた。

「オデル――」

「弁護士が来るまで何も話すつもりはない」

保安官補の表情がこわばった。「わかったわ」とフラニーは言った。「それはだれ？」

オデル・シャンパーニュがプラスキで知っている弁護士はひとりしかいなかった。「ミスター・ヘインズ」と彼は言った。「ボーセフィス・ヘインズ」

18

ヘレンは鏡のそばに立ち、腕のなかに顔をうずめたオデルをマジックミラー越しに見ていた。「どう思う?」と彼女は訊いた。オデルに眼を向けたまま、平静な声を保とうとした。オデルが弁護士の名前を口にしたときから、ヘレンの心臓の鼓動は激しくなり、頭痛も感じていた。

フラニーが答えないでいると、ヘレンは彼女のほうを見て、会議室のテーブルに坐っている主任保安官補の顔を覗き込んだ。「フラニー?」

「わかりません」フラニーは、ため息をつき、頭を振ると、ようやくそう言った。「あなたはどう思いますか?」

ヘレンは腕を組んだ。「判断するにはまだ早い。彼の反応が悲しみやショックからなのか、それとも自分のしたことに対する後悔からなのかは、なんとも言えない」

「あるいはその三つすべての組み合わせなのか」

「そうね」とヘレンは同意した。「拳の切り傷に気づいた?」

「はい」

「彼の拳のいずれか、または両方が、被害者の額の血腫を引き起こした可能性は?」

フラニーは低くうなった。「可能性はあると思います。オデルは力が強い。ですが、額へのパンチがあのような切り傷を彼の拳に与えるかは疑問です。もっと鋭利なものを殴ったような気がします」

「その前に何かを殴って、それからブリタニーを殴ったのかもしれない。あるいはビールのボトルで、それが壊れるまで殴ったのかもしれない」ヘレンはことばを切り、よく考えた。「鑑識の結果を見る必要がある……けれど賭けてもいい、シャンパーニュの指紋がボトルの底部分のあらゆるところに付着してるはずよ」

「なら、わたしもボトルについた血痕がブリタニーのものと一致することに賭けます」

「メルヴィンから何か連絡は」

「鑑識がバスのなかの作業を終わらせしだい、遺体を死体安置所《モルグ》に送って、検視を始めるそうです。時間については連絡するそうです」

「その場に居合わせたい」

「わたしもです」とフラニーは言った。立ち上がると、マジックミラーのそばのヘレンの隣に立った。「別れの手紙はオデルの動機になります」

「そうね」とヘレンは同意した。「検視や鑑識の結果、驚くようなものが出てこなければ、彼には手段と機会があったこともたしかなようね」

「くそっ」とフラニーはつぶやいた。「なんて……ひどいことを」

「わかってる。でも、予断に基づいて判断を下すわけにはいかない。すべてを解明し、自分たちが正しいと確信を得る必要がある。一度彼をブリタニー殺害で逮捕したら……」ヘレンは口ごもった。フラニーが同じことを考えており、この事件がマスコミに注目されることを彼女も望んでいないのがわかった。

「フィズのほかのメンバーを集めて話を聞きましょう」とフラニーは提案した。「フットボールチームのメンバーにも事情を訊いています。もしオデルが自分の所在について明らかにしないつもりなら、彼の友人たちからその情報を得ることができるかもしれません」

「そうね。被害者とオデルのメール、通話、それにSNSについては調べさせている？」

「ドッジェンがやっています。彼はそういった分野が得意なので」

「わかった」とヘレンは言った。頭の上で両手を伸ばし、マジックミラー越しにもう一度オデルを見た。「両方の両親からも話を聞く必要がある。彼の両親と彼女の両親。得られるものはすべて得る。あなたはクラッチャー一家と知り合いのようだから、そちらはあなたが担当して」彼女はマジックミラーを指さすと、フラニーを見た。「彼の家庭環境については何か知ってる？」

「よくありません」とフラニーは言い、眼を細めてヘレンを見た。「母親はひどい状態です。

彼は昨日の晩、試合の前に母親を探していました」

「母親を見つけて」とヘレンは言い、ドアに向かって歩いた。

「あなたはどうするんですか？」

ヘレンはフラニーを見た。「彼の弁護士と話をする」

19

土曜日の午前九時三十分、ボー・セフィス・ヘインズはゲートのある入口の前に立っていた。セキュリティ・コードの数字を打ち込み、古びた錬鉄製のゲートが開くのを待った。覚えているかぎりずっとゲートに飾られていた金めっきのWの文字がないのは、今でもどこか奇妙な感じがした。今は、矢印とともに、〝少年少女のためのルーズベルト・ヘインズ農場の未来の家〟と書かれた六十四号線の看板だけがこの場所の目印だった。

ボーは砂利敷きの私道を進み、工事の進捗状況を確認した。彼の生物学上の父親、アンディ・ウォルトンが〝ビッグ・ハウス〟と呼んだプランテーション様式の邸宅が今も私道の先の高台にあった。この農場の反対側にある小屋で育った少年時代、ボーは、ビッグ・ハウスは世界で一番大きな邸宅に違いないと思っていた。今、スピードを落とし、カバーに覆われたフロントポーチを眺めると、この場所のすべてのものが小さく見えるような気がしていた。

その理由のひとつは、子供にとってはすべてが大きく見えるという事実と関係あるのだろう。ボーのように小さな家で育った少年にとっては特に。

その家が小さく見えるもうひとつの理由は、その邸宅の左右と背後で、三つの建物の基礎工事が行なわれていたからだった。これらのそれぞれの離れも骨組みがなされており、いずれもアンディ・ウォルトンの元の邸宅ほど大きくはないが、それら全体の存在が、ビッグ・ハウスを小さく見せているような気がした。この少年少女の家は新しい時代の到来を告げるものだった。複雑な過去を消し去ることはできないが、この土地を何かよいものに変えていくのだ。そう思うとボーはおおいに満足だった。

ボーはシルバーの〈シボレー・タホ〉を駐車すると、運転席から降りた。冷たく、新鮮な空気を吸うと、両手を頭の上で伸ばした。先月トウモロコシを収穫したばかりで何も生えていない畑の列を見渡した。彼はこの土地を、問題を抱えた十代の若者たちのために使おうと考えていた。だがただの農場として終わらせたくなかった。従兄弟のブッカー・Tは春先にトウモロコシを植え、予定どおり、九月に収穫を終えていた。

ボーはあくびをした。今週は製造物責任訴訟の専門家証人の証言録取のために、テネシー州、ジョージア州、アーカンソー州を飛びまわってへとへとだった。関節がこわばって痛かった。片方の脚、さらにはもう片方の脚をトラックの後ろのバンパーに押しつけた。中年になってからのボーは、七〇年代後半にアラバマ大学でブライアント・コーチの下でラインバッカーとして活躍していた頃のようには体が柔らかくはなかった。車内の広い〈シボレー・タホ〉とはいえ、長時間休みなしに運転し、硬いマットレスと硬い枕のホテルで眠ったあととあって、自宅の居心地よさを求めて筋肉が悲鳴をあげていた。昨夜はコンサートのあと、遅くに家に着き、六時間とはいえ、ようやくぐっすりと眠ることができたのだった。

ボーセフィス・ヘインズは、元々寝つきのよいほうではなかった。小さい頃でさえ、常にエンジン全開で、全速力で行動することしか知らなかった。

「ケツの穴全開《ワイド・アス・オープン》でいくぞ」彼は声に出してそう言うと、建設現場を歩き、実りの多かった旅のことを考えた。調停は来週行なわれるが、証言録取の結果から考えると、この件は百万ドルを超える金額で和解が成立する可能性が高いだろう。

依頼人であるダレン・マリンズは勤務先の工場で、運転していたフォークリフトを急旋回させた際に、これが横転して下敷きになったことから、下半身不随になった。ボーは微笑んだ。和解金があれば、ダレンは娘ふたりを大学に行かせ、彼の残りの人生の医療費に充てることができる。またその資金で彼自身ももう一度学びなおし、肉体労働に頼らずに生計を立てる道を見つけることができるだろう。

ボーはコンクリートの板と木製のボードのまわりを歩いた。ここはいつかほかに住むところのない少年少女たちの寮になる場所だった。彼はもう一度大きく息を吸った。訴訟の行方については気が早いとわかっていた。調停がうまくいく見込みはあったが、和解が決まっているわけではない。

弁護士業務において、確実なものなどほとんどないのだ。

それでも正直に言えば、事態は好転していると感じていた。十一ヵ月前に全米の注目を集めた殺人事件の裁判で、ヘレン・ルイス検事長の無罪を勝ち取って以来、依頼件数は急激に増加していた。なんでも屋のアシスタント、ロナ・バークスは毎日新しい事件の問い合わせに追われていた。昨年の今頃には考えられなかったことだが、パートナーを雇わなければならなくなる日もそう遠くはないかもしれない。

ボーは頭を振った。ビッグ・ハウスの背後の建物――カフェテリアと娯楽室になる予定だった――の木枠にぶ厚い手を走らせながら、新しい人生に感謝の気持ちを覚えていた。だがそれでも、いつも憂うつな気分がともにあった。

どうしてジャズは彼がここまで来るのを、生きて見守ってくれなかったのだろう?

砂利を踏みしだくタイヤの音に現実に引き戻された。顔を上げると、黒の〈ジープ・ラングラー〉が私道をゆっくりと近づいてくるのが見えた。ボーは顔をほころばせ、車のほうに大きな足取りで歩いていった。車がボーの〈シボレー・タホ〉の隣に完全に止まる前に、助手席のドアが勢いよく開き、白と茶色のイングリッシュ・ブルドッグが彼に向かって飛び出してきた。

六歳のリー・ロイは体重が三十キロ近くあり、二十メートル走るだけでゼーゼー言って、両足をボーの腹に押しつけた。「元気だったか?」とボーは訊き、犬の耳の後ろを撫でながら、内気そうな笑顔で近づいてくるふたりのティーンエイジャーに眼をやった。

「遅刻だぞ」ボーは声を荒らげて怒ったふりをしてから、ニヤッと笑った。「妹を起こすことができなかったのか?」

「今回はわたしのせいじゃないよ、パパ」とライラは言った。ボーがクレジットカードの請求書について騒いだときに、彼女の母親がボーに向かって放ったような、キラキラとしたいたずらっぽい笑みを浮かべた。ライラは色あせたジーンズにフランネルのボタンダウンを着て、黒髪をポニーテールにしていた。十五歳のライラは、ボーにとってはまだ幼い女の子だったが、ジャイルズ・カウンティ高校に編入してから、少なくとも八センチ近く背が伸び、今は百七十五センチと、母親と同じ身長になっていた。やがて、男の子とデートするようになるのだろう。そう考えると思わずぞっとした。

「ライラの言うとおりだよ」とT・Jは言い、頭を振った。トーマス・ジャクソン《T・J》・ヘインズはボーよりは五センチほど背が低い、すらりとした体格で、テネシー州南部ではトップクラスのシューティング・ガードだった。そしてアメリカン・フットボールのワイドレシーバーとしても悪くなかった。昨晩のタラホマ高校との試合でも四回のキャッチで八十ヤードを稼いでいた。「今回はライラのせいじゃない。オデルの家に迎えに行ったんだけど、だれも出てこなかったんだ。電話もしてみたけど、留守番電話につながった。何分か待ったけど、あきらめた」

「ほう」とボーは言った。「メールはしたのか？」

「うん、したよ。まだ返事はない」T・Jは足元の草むらを見た。

「どうした？」とボーは訊いた。

「なんでもない」

「そんなことないだろ。どうした。言ってみろ」

T・Jはポケットに両手を入れた。「昨日の晩、ダグ・フィッツジェラルドのパーティーに行ったんだ。なんて言うか……手に負えないことになって」

「どういう意味だ？」

「いっぱい飲んだってことでしょ」ライラが思わず漏らした。

「ライラ！」T・Jがライラをにらんだ。

ボーは顔をしかめた。高校生の子供たちが酒を飲んだり、してはいけないことをいろいろとしていることは知っていた。いつの時代もティーンエイジャーとはそういうものだ。ボー自身も高校生のときに酒を飲んだことがあった。だが息子にはそうあってほしくないと思っていた。「それで」と彼は言った。注意深くことばを選んだ。「ほんとうなのか？」

「はい」とT・Jは答えた。

「おまえも飲んだのか？」

「飲んでない」とT・Jは言い、ボーの眼をしっかりと見た。「けどほかの子たちは飲んでた……オデルも含めて」

「だからって、彼が今朝、家にいない理由にはならないだろう」

「あいつはぼくとジャーヴィスといっしょにパーティーから帰ろうとしなかったんだ。残って、ブリタニーを探したいって言って」T・Jは顔をしかめた。「あんなオデルは見たことがなかった。飲みすぎて、やたらと声がでかかった。それに……」T・Jはことばを濁した。

「それに、なんだ？」

T・Jは頭を振った。「なんでもない。ただあいつのことが心配なんだ」

ボーはうなじを撫でながら、農場に眼をやった。彼も心配だった。オデル・シャンパーニュのように失うものの大きいアスリートは、パーティーで酒を飲むべきではないのだ。T・Jには何度も言ってきたし、オデルにも言ってあった。アスリートはスキャンダルの標的にされる。それにオデルのこれまでの経歴から考えて、トラブルに巻き込まれるわけにはいかなかった。飲酒だけでも厄介で残念なことだったが、ボーが心配しているのはそれだけではなかった。

オデルはこれまで農場での労働を一日も休んだことがなかった。ここ数ヵ月間、彼は土曜日と日曜日のほとんどはここで過ごしていた。彼はたくましく、ボーに命じられた農作業や建築の仕事をひとりでこなせるだけでなく、この農場のあるべき姿に対する、鋭い視点も持っていた。彼は人生の多くをひとりで過ごし、育ってきた。ボーはこの若者の判断を頼りにするようになっていた。

特に印象的だったことばがあった。敷地のフェンスの塗装で、ボーとT・Jを手伝っていたとき、オデルはサマーキャンプに行ったことがないと口にした。タウンクリークの子供たちはキャンプに行って、泳いだり、ハイキングをしたり、キャンプファイヤーのまわりに坐って話をしたりするものだった。彼は何人かの友人からその愉しかった経験について聞いていた。「ここはそんな場所になるかもしれない」オデルはそう言った。「おれみたいな子供たちが普段できないようなことを学ぶことができる場所に」そしてボーが忘れることのできないひと言を言った。「けど、それ以上のことを期待してるんです、ミスター・ヘインズ。あなたがここをそれ以上のものにしたいと思ってるのを知っています。ここは単に住むところを提供するだけじゃなく、〝家〟であることを感じさせる農場であるべきだと思っています。子供たちには尊敬する人が必要です……列からはみ出したときにそれを教えてくれるだれか……傷ついたときに抱きしめてくれるだれかが」彼は広大な土地を見まわすと、悲しそうな眼でボーを見た。「それがおれがずっと望んできたことなんです」彼は塗装の手を休めることなく続けた。「ここで働く人たちがいい人であってほしい。ここの子供たちにはそれが一番必要なんです。彼らの人生によい影響を与える人が」彼はもう一度ボーをちらっと見た。「あなたやここにいるT・Jみたいな人が」そう言うと彼は微笑み、T・Jの腕の横をペンキで塗った。ふたりはふざけてペンキを塗りあった。

ボーはふたりを遊ばせていたが、オデルのメッセージは強く心に響いていた。彼はこの農場で働き、いっしょに生活をするカウンセラーや里親候補の面接を積極的に行なっていた。施設以上にスタッフの人選が重要であることについては彼もオデルと同じ意見だった。

今日まで、オデルは一度も仕事を休まなかった。そんななかでボーと彼の子供たち――特にT・J――は、問題を抱えたこの少年に親近感を抱くようになっていた。彼の生い立ちはボー自身の困難な子供時代とも違うものだった。ボーは昨晩の試合のことと彼が母親を心配していたことを思い出した。携帯電話を取り出すと、サブリナ・シャンパーニュがボーのメールに返信もせず、折り返し電話もかけてきていないことを確認した。彼は〝大丈夫か《U OK》?〟と短くタイプし、オデルに送った。それから、彼に対する心配は置いておき、子供たちふたりに腕をまわした。「寂しかったぞ。長いこと家を空けてすまなかった。おばあちゃんによくしてくれたかな?」

「したよ」とライラは言った。

ジュアニータ・ヘンダーソンは子供たちの母方の祖母だった。ジャズの両親との関係はあまりうまくいっていなかった。特にジャズの死後一年ほどは。親権争いがあり、一時的に、ジュアニータとエズラ・ヘンダーソンが子供たちの親権を得ていたこともあった。だが昨年の十月、ルイス検事長の裁判で勝利した一週間後、ボーはふたたび親権を取り戻した。それ以来、少なくともジュアニータとの関係は、徐々によい方向に向かっていた。自分が留守にしているあいだ、子供たちといっしょにいてほしいと彼女に頼んだとき、断られるものと思っていた。だが彼女はためらうことなくイエスと言ってくれた。ボーはジャズの父のエズラとも同じようになることを願うばかりだったが、たとえ火炎放射器でも、彼のボーに対する凍りつくような苦い感情を溶かすことはできないのではないかとも思っていた。

「よかった」とボーは言った。

「帰ってきてくれてうれしいわ、パパ」とライラは言った。「昨日の晩はあまり話せなくてごめんなさい。でもコンサートすごくなかった?」

「試合もコンサートもすばらしかった」ボーは同意した。「プラスキであんなにエキサイトした夜はこれまでなかった」

「で、今日はいっしょに寝れるのよね」とライラは訊いた。

ボーは娘の首をぎゅっと抱きしめ、T・Jをちらっと見た。「頼んだものを持ってきてくれたか?」

T・Jはうなずいた。「うん、父さん、けどどうして――」

「すぐわかる」とボーは言い、かがんでリー・ロイの耳の後ろをもう一度撫でてやった。「それからきびきびとした足取りでトラックのほうに向かった。「ずっと前にやっておくべきだったことをやるんだ」

一時間後、ボーとT・Jは汗まみれになり、それぞれセーターを脱いだ。

「どうしてチェーンソーを使わないのか、もう一度説明してよ」とT・Jは言った。

ボーはクスクスと笑うと樫《かし》の木のてっぺんを見上げた。そしてライラの顔を見て、斧《おの》を差し出すとウインクした。「もう二、三回やってみるか?」

彼の娘は顔を歪めると、両手を握ってみせた。「どうして手袋を持ってくるように言ってくれなかったのか、もう一度教えてよ」彼女はからかうように言った。彼女は何度か挑戦していたが、手が痛くなってきたので、ボーがやめさせていた。ソフトボールの入団テストがもうすぐなので、バッティングの腕前を損ねたくなかったのだ。一方でT・Jはフットボールとバスケットボールのために、もう少し体を鍛える必要があった。斧を使って木を切り倒すのは彼にとってよいトレーニングになった。

だがこれはトレーニングのためでも、だれかのためにしていることでもなかった。ボーは四十五年という時間を挟んで起きたふたつの殺人事件の現場となったその木に眼をやった。

ボーの人生はこれらのふたつの殺人によって運命づけられてしまった。一九六六年、五歳の少年だったボーは、自分の父親だと思っていた男がクー・クラックス・クランのメンバーによってリンチされるのを目撃した。そこにいて、すべてを見ていた。メンバーのリーダーが指示を出すと、ルーズベルト・ヘインズの乗っていた馬が蹴られ、ルーズベルトの首は馬から落下する力と縄に締めつけられる力で折れてしまった。ボーは止めようとしたが、顔面に蹴りを受けた。

四十五年後、アンドリュー・デイヴィス・ウォルトンはKKKのリーダーを退き、有力な投資家となっていた。彼は癌《がん》を宣告され、余命わずかとなっていたが、〈サンダウナーズ・クラブ〉で銃殺された。死体はここまで運ばれ、首に縄をかけて枝から吊《つ》るされた。死体には火がつけられ、この木もほとんどが炎に焼かれてしまった。だが、驚くべきことにこの木は生き残った。幹には炎の焼け焦げた跡が残り、下枝の一部も損傷を受けていた。

死体が吊るされた枝は、炎によって焼けてしまっていた。ボーはその枝のあった部分を見て、眼を閉じた。二度目の殺人については目撃していなかったが、彼自身が殺人の容疑者として起訴されたのだった。

裁判は、最終的に起訴が取り下げられ、アンディ・ウォルトンを殺した真犯人が、長いあいだ、埋もれていた真実とともに明らかになった。ルーズベルト・ヘインズはずっとボーの父親を演じていたが、ボーの生物学上の父親はアンディ・ウォルトンだったのだ。ルーズベルト・ヘインズとアンディ・ウォルトンの殺害のきっかけは、ボーの母親とアンディのあいだの不倫だった。

多くの悲劇があった。ボーはそう思った。頭《こうべ》を垂れると、娘の手が彼の腕をつかむのを感じた。

「大丈夫、パパ」

ボーはうなずくと、長く、深い息を吐いた。それから何とか笑顔を作ると、斧を娘に差し出した。「もうひと振りどうだ？」

彼女は微笑むと、斧を手にした。そしてバッティングの構えから、木に強烈な一撃を加え、彼らが作った割れ目をさらに数センチ深くした。彼女は斧を父親に返すと言った。「最後はパパが倒して」

十分後、もう一度強い一撃を加えると、木がぐらつき、傾き始めた。少年時代に泳いだことのあった池に向かって倒れるのを見て、ボーは眼に涙が浮かぶのを感じた。人は人生に区切りをつけて、ほんとうに前に進むことはできるのだろうか？ それとも受け入れることのほうが重要なのだろうか？ 悪いことは、やがて人々の魂に溶け込んでいき、受け入れることで痛みに取って代わるのだろうか。

ボーセフィス・ヘインズは哲学者ではなかったし、そうなりたいとも思わなかった。彼は法律家であり、過去を乗り越えて自分自身を変えたいと思っていた。この空き地で起きた出来事への執着が、彼の結婚生活を破綻させ、子供たちとの生活を必要以上に困難にさせてきた。

だが彼らはここにいた。ふたたびいっしょになったのだ。彼は眼を拭い、同じように泣いているふたりに眼をやった。彼は昨年のクリスマスに、ようやく自分の子供時代のことをふたりに話していた。だが自分のほんとうの父親についてはいっさい話さなかった。斧についての父親をからかったりしながらも、ふたりはこの農場のこの場所が自分たちの父親に与えた痛みのことも知っていた。

「愛してる、ふたりとも」

「愛してるよ、父さん」とT・Jは言った。

ライラは歩み寄るとボーを抱きしめた。「わたしも愛してる、パパ」彼女は体を離すと言った。「農場のこの場所をどうしたいか考えた？」

ボーは雑木林の茂みに続くこの空き地を眺め、その前にある池を見つめた。彼は左のほうを指さした。「そこに大きな小屋を作りたい。子供たちがパーティーをしたり、ダンスをしたりするための集会所だ」彼はニヤリと笑った。「アイスクリーム・パーティーもいいな。今もまだ人気があるのなら。子供たちが神に祈ったり、彼らが信じる存在ならなんでも祈りを捧《ささ》げたりする場所だ。おれはこの場所を笑いと愉しみ……そして平和に満ちあふれた場所にしたい」彼はことばを切った。「池のほとりにピクニックテーブルを置いて、コイやクラッピーを放せば、釣りもできるかもしれない」

彼は娘を見つめた。「どうだ？」

「すてき。いつ頃準備できるの？」

ボーは広大な敷地を眺めた。スケジュールは順調に進んでいた。「年末かな？　運がよければクリスマスまでに」

「盛大なキックオフ・パーティーをしなきゃ」彼女はそう言うと、肩をすくめた。

「そうだよ、父さん」とT・Jは言った。「バンドか何かを呼べばいい。フィズに演奏してもらうとか」

「いいな」とボーは言うと額の汗を拭った。遠くで、車が近づいてくるのが見えた。今日はだれも呼んでいなかったが、〈クラウン・ビクトリア〉が近づいてくるのを見ると、胃が締めつけられるような感覚に襲われた。その車に乗っている人物はひとりしかいなかった。

「検事長がどうしてこんなところに？」とT・Jは訊いた。

ヘレン・ルイスが大きな足取りで彼らのほうに近づいてきた。表情はこわばっていた。どこかおかしい。ボーはそう思った。

「ハイ、ライラ」ヘレンは言い、手を差し出すと、少女の手を握った。「ごめんなさい、けど少しだけお父さんをお借りできるかしら？」彼女は厳しいまなざしをボーに向けた。ビジネスライクだった。

「わかった」とライラは言った。

ボーが近づくと、ヘレンも子供たちから離れ、二、三歩ボーに歩み寄った。

「どうした？」とボーは訊いた。

「昨晩、ブリタニー・クラッチャーが殺された」

ボーは何か言おうとしたが、ことばが出てこなかった。昨晩、ブリックヤードのステージで見た少女のことを思い出した。彼女のバンドのパフォーマンスはとても魅力的で、疲れ果てていたボーに、必要としていたアドレナリンを与えてくれた。観客席は子供たちやティーンエイジャー、大人たち――老いも若きも――の観客でいっぱいだった。ビートに合わせて飛び跳ねるようなコンサートは何年ぶりだろう。また肌の色や年齢に関係なく、人々が同じようなことをしているコンサートを見るのも。ブリタニーの音域とその声が持つエネルギーは彼がこれまでの長い人生で聴いてきたもののなかでも特に印象的だった。ビックランド・クリーク・バプティスト教会で成長していく彼女が、まだ一年生のときに聖歌隊で歌い、昨夜プラスキの多くの人々にしたように、会衆を驚かせたのを見ていた。彼は絶望の波が押し寄せてくるのを感じた。「何が？」と言うのが精いっぱいだった。

「彼女の遺体が今朝、八丁目通りにあるバス置き場のスクールバスの後部座席で発見された。額には大きなあざがあった。死因は鈍器による外傷と思われるけど、まだ検視は終わっていない」

ボーは眼をしばたたいた。彼はバス置き場から八百メートル近く離れているジェファーソン通りに住んでいた。朝食を食べているときに、警察のサイレンの音が聞こえたのを思い出した。「なんてことだ。何か手がかりはあるのか？」

「そのためにここに来たのよ」とヘレンは言った。

ボーの全身が緊張にこわばり、右側の息子をちらっと見た。

ヘレンは手を伸ばし、彼の腕に触れた。「だれもT・Jのことは疑ってはいない。われわれはオデル・シャンパーニュの身柄を拘束している」

「オデル？」ボーは眉を上げた。

ヘレンはうなずいた。「彼は凶器と推定されるものといっしょに遺体の近くにいるところを発見された。まだ詳しいことは言えないけど、彼が重要参考人よ」

ボーは草むらをじっと見つめながら、さっきT・Jが、昨日の晩、オデルの様子がおかしかったと言っていたことを思い出した。「なんてことだ」と彼はささやくように言った。ヘレンを見た。「検事長、それでもあなたがなぜここに来たのかわからない」

「われわれはフットボールチームのメンバー全員から話を聞くつもりよ。T・Jからも事情を聞く必要がある。あなたが保安官事務所まで連れていく？」

「もちろんだ」とボーは言い、もう一度子供たちを見た。ふたりは心配そうな表情をしていた。これまでの二時間ほどのよい雰囲気が一瞬で消えてしまったかのようだった。「それだけか？」

「いいえ。オデルは弁護士が同席しないと話さないと言っている、そして……」彼女はことばを切った。ボーは検事長の口調と振る舞いに不安のようなものを感じ取った。「……彼はあなたがその弁護士だと言っている」

20

二十分後、ライラとリー・ロイを家で降ろしてから、ボーとT・Jはジャイルズ郡保安官事務所に入っていった。フラニーがふたりを待っていた。

「息子は事情聴取を受けるために来た」ボーは息子の肩を抱いて言った。「事情聴取に立ち会いたい」

「もちろん」とフラニーは言った。その口調は歯切れがよかった。昨晩のようなリラックスした雰囲気はなかった。ボーの見慣れたフラニー・ストームの姿だった。

「まずオデルと話したい」

フラニーは顔をしかめた。「オーケイ、T・Jはあなたが終わるまで、わたしのオフィスで待たせておく」

「それまで質問はなしだ、約束だぞ?」

「約束する」フラニーはそう言うと、T・Jの腕を取り、廊下を歩いて自分のオフィスに連れていった。

彼女が戻ってくると、ボーはニヤリと笑った。「よし、じゃあ、彼のところに連れていってくれ」

フラニーが壁に設置されたボックスに数字を入力すると、金属の扉が滑るように開いた。ボーは弁護士接見室へと続く狭い廊下を進んだ。この場所には何回も来ていた。弁護士としては数多く、そして一度は拘留された被告人として。

「逮捕したのか?」とボーは訊いた。ふたりはオデル・シャンパーニュが待っているドアの前で向かい合った。

「いいえ」とフラニーは言った。ボーは主任保安官補の口調に苦痛を聞いて取った。彼女はその苦痛を放出するかのような眼で彼を見ていた。「けれど証拠は積み上がっている」

21

正方形の小さな接見室にボーが足を踏み入れると、オデルが立ち上がった。「ミスター・ヘインズ、すみません。まず電話をしなければならなかったんですが――」

「坐るんだ」ボーはそう言うとオデルの椅子を指さした。「さあ」

オデルは言われたとおりにした。ボーは周囲を見まわした。部屋のなかには金属製の机とプラスチック製の椅子がふたつあった。あいかわらずだな、と感じ、思わず頭を振った。五年前、アンディ・ウォルトン殺害で裁判にかけられていたとき、彼は依頼人としてこの部屋にいた。そして昨年、検事長が死刑裁判の被告人となった事件では、この部屋で数えきれないほどの打ち合わせをした。それ以来、ボーは留置場を避けるかのように、刑事事件はもう引き受けないと心に決めていた。それが今、ふたたびここにいる……。ボーはそう思った。

向かいの席に坐って脚を組み、少年をじっと見た。オデルは未決囚が着るオレンジ色のジャンプスーツを着ていた。おそらく彼の衣服は、DNAと指紋の検査が行なわれているのだろう。眼は充血し、脚をテーブルの下で揺すっていた。ボーは少年の手に視線を向けた。

「拳が傷ついている。なぜだ?」

「試合のあとで何度か自分のロッカーを殴ったんです」

「なんでまたそんなことをした? 試合終了間際のふたつのタッチダウンで勝利を決めたというのに」

オデルは机をじっと見た。

「おれを見るんだ、坊主。眼を見て聞きたい。そうじゃないと嘘を言っているかどうかわからない」

オデルはゆっくりと眼を上げた。「嘘は言ってません。昨日の晩の試合のあとに自分のロッカーを殴ったんです。頭にきて……ブリタニーが別れると言ったから。彼女は手紙を残し、そこにはレコード会社と契約を結んで、朝にはLAに旅立つと書いてあった。試合の直前に会っていたのに。ふたりでトンネルのところに立ってフィールドを見ていたんです。集まった観衆を眺めていた。何かおかしいと思ったんだ。彼女はおれを愛してるって言ってくれた。それが最後のことばだった」彼の充血した眼が輝いた。「ロッカーに手紙を見つけたんです。いつそれが置かれたのかわからなかった」

「なんと書いてあった?」

「街を出ると。エレクトリック・ハイからのオファーを受けた。夢にまで見ていたあこがれのレーベルだから断ることはできない。朝には出ていくから、悲しい別れはしたくないって」彼はそこまで言うと、涙を拭った。「きれいな別れをしたい。おれのフットボールでの幸運を祈ると」彼の唇は悲しげな笑みに歪んだ。「もしおれが南カリフォルニア大学からの奨学金のオファーを受けるなら、それに越したことはないとも書いてありました」

「なぜそんな急に街を出るのか、書いてなかったのか?」

「スタジオができるだけ早くレコーディングを始めたがったそうです。契約はソロでのデビューで、バンドのほかのメンバーが怒るとわかっていた。父親が反対するということも。彼女は言い争いも喧嘩もしたくなかったんです」

ブリタニーの父親の話を聞いて、ボーは胸がむずがゆくなるような感覚を覚えた。イズラエル・クラッチャーは高校時代、ボーのチームメイトだったが、友人とまではいえなかった。

「手紙にはほかに何か書いてあったのか?」

「はい。チャンスがドアをノックしたら、応えなければならないと」彼は鼻を鳴らした。

「そう書いてありました。彼女はそれでおれが理解してくれると思ったんでしょう」

「だが、おまえは理解できなかった」

オデルは首を振った。「ええ、そうです」

「それでおまえはカッときて、自分のロッカーを殴った」ボーはその口調に失望を隠すことができなかった。彼はオデルが農場や家を訪れたときに何度も忠告してきた。チャンピオンであるかどうかが試されるのは逆境にどう対処するかによってなのだと。それは自分の息子にしてきたのと同じアドバイスだった。大学時代のフットボールのコーチ、ポール・〝ベア〟・ブライアントやロースクール時代の恩師であり、彼の親友でもあったトム・マクマートリー教授から受け継いできたことばだった。冷静さを保つことが重要だ。フットボールのフィールドでも、人生でも。感情を爆発させることは、自滅以外の何ものでもない。そしてそのアドバイスは、オデル・シャンパーニュにとっては二重の意味があった。彼には逮捕歴があった。窃盗。暴行。喧嘩でタウンクリーク高校を退学になっていた。彼は常に監視の眼にさらされていた。自分の思いどおりにいかないからといって、感情を爆発させるわけにはいかなかったのだ。ボーはこのことを何度も彼に話していた。

彼は眼の前の若者をにらみつけ、昨晩オデルがした最悪の攻撃が自分のロッカーを殴ったことであることを願った。「答えるんだ」

「はい、そうです。カッときてしまって」

「手紙はどこだ?」

オデルは扉の外をちらっと見た。「警官が持っていきました」

動機だ。ボーはそう思った。検事長が農場で言っていたことを思い出した。彼が凶器と推定されるものといっしょに遺体の近くにいるところを発見されたと彼女は言っていた。

「試合のあとは何をしたんだ?」

オデルは肩をすくめた。「コンサートを観《み》ました」

「だれといっしょだった?」

「T・Jとジャーヴィス」

息子の名前を聞いて、ボーは胃が締めつけられるような感覚を覚えた。「コンサート中に何があった?」

「特には何も」

「そのあとは? スタジアムでブリタニーと会ったのか?」

「いいえ、おれはT・Jとジャーヴィスといっしょにスタジアムを出て、パーティーに行きました」

「ダグ・フィッツジェラルドの家だな?」ボーは息子が話していたことを思い出した。

オデルはうなずいた。「ええ、そこに数時間いました」

「酒は飲んだのか？」

オデルはテーブルを見つめた。

「おれを見るんだ」ボーは言った。「飲んだのか？」

「はい。ダグがビールを用意していて。少し飲みました」

「少しとはどのくらいだ？」

オデルはため息をついた。「わかりません。たぶん五杯。もっとかもしれない」

「ブリタニーはパーティーに来たのか？」

「いいえ。メールをして、来るように書いたけど、返事はなかった」

「ほかにもメールを送ったのか？」

「はい」とオデルは言った。

「何通ぐらいで、どんな内容だった？」

「何通かは思い出せません。頭にきてたから。何通目かでバス置き場で会ってくれと書きました」

ボーはまた胃が締めつけられるような感覚を覚えた。殺害現場だ……「なぜバス置き場なんだ？」

「それはそこが……初めてのときの場所だったんです」彼はそこまで言うと、天井を見上げた。ボーは、今度は眼をそらしたことを怒らなかった。「夏のあいだ、ブリタニーは教会の女の子のひとりがエクスチェンジパークでソフトボールをするのを見に行ったんです。彼女の妹がコーチをしていて、おれも実際にブリタニーと何度か練習を見に行ったことがありました。とにかく、彼女とそこで会いました。愉しかった。ふたりで子供たちにサインをした。それが終わると彼女は少し歩かないかって言いました。気持ちのいい夜でした。おれたちはバス置き場にたどり着いた。そこは彼女とバンドのメンバーがときどきたむろして、息抜きをする場所だったんです」彼はことばを切った。「だれもいないとき、おれたちはバスのうちのひとつに乗って、そして……」

「わかった、じゃあ」とボーはやさしい口調で言った。「昨日の晩の話に戻ろう。ブリタニーは会うと言ったのか？」

オデルは首を振った。「最初は」

「どういう意味だ？」

オデルはうなるように続けた。「つまり、最初はおれを無視するつもりだったんだと思います……それで彼女が返信してこないから、おれはひどいことをメールしてしまったんです」

「どんな？」

オデルは両手に顔をうずめた。「『くそったれ』とか、そんなことを」手を机の上に戻した。「それ以上は思い出せないんです。パーティーで自分が抑えられなくなって。ジャーヴィスが家まで送ってくれようとしたけど断りました。しばらく取っ組み合いになったけど、結局おれは折れなかった。それでT・Jとジャーヴィスは帰っていきました」

ボーは唇を引き締めた。T・Jはジャーヴィスとオデルが取っ組み合いにまでなったことは言っていなかった。「それから?」

「そのあとは、何もかもぼんやりとしていて、たしかイアン・デュガンとしばらくいっしょにいました。フィズのイアンです。彼もひどく酔っぱらっていました」とオデルは言った。「二、三杯飲んで、アパートメントまで送ってもらいました」

「イアンにはブリタニーとの別れのことを話したのか?」

「ええ」

「ブリタニーがソロでデビューすることについては?」

オデルは肩をすくめた。「話したと思います。彼女に頭にきてたし、何か言ったのはたしかだと思います」

「だれにアパートメントまで送ってもらったんだ?」

「思い出せません。イアンは酔っぱらいすぎていて運転できなかった。だからパーティーにいたほかのだれかだと思います。覚えてるのは、小さな車だったたってことだけです。SUVやトラックじゃなくて。とにかく、母さんが家に帰ってるかどうか知りたかった。けどいなかった」オデルは眼を大きく見開いて言った。「ミスター・ヘインズ、母さんから何か連絡は？」

「いや、ない」

オデルは両手を揉《も》み合わせた。ボーは手を伸ばすと少年の肩に触れた。「彼女はおれが見つける。約束する、O《オー》」

「母さんは知ってるんだろうか、おれが……」オデルの声が震えだした。

「おれが見つける」ボーは繰り返した。「だが力になってほしいのなら、昨晩起きたことを全部話してもらう必要がある。自分のアパートメントに着いたあとは？」

「母さんはいなかった。イアンとほかの連中はもう少し車を乗りまわすって言ってたけど、おれはそんな気分じゃなかった。彼らが帰ってから、しばらく眠ってしまった。試合とアルコールのせいでくたくただったんです。眼が覚めたとき、ブリットからのメールに気づきました」

「彼女はなんと？」

「バス置き場にいると。街を出る前におれに会いたいって」

「彼女がそのメールを送ったのはいつだった？」

「わかりません」

「おまえはどうした？」

「バス置き場に行きました」

「どうやってそこに？」

「母さんはまだ戻っていなかったから……歩いて」

「歩いたんだな？」

彼はうなずいた。「実際にはほとんどの道のりを走りました。まだアルコールが残ってたけど。うちのアパートメントはカレッジ通りにあるので、二キロちょっとだった」

「途中でどこかに立ち寄ったか？」

オデルはテーブルに視線を落とした。

「オデル？」

「〈スリンキーズ・ガソリンスタンド〉に寄って、〈バドライト〉の六本パックを買いました」

ボーはその場所を知っていた。自分もガソリンを入れるために立ち寄り、何度かビールを買ったこともあった。「店員は売ってくれたのか？」

オデルの顔に悲しげな笑みが戻った。「パーカーのフードを下ろしたら、店員がおれだってことに気づいたんです。オデル・シャンパーニュだってことに。そうしたら言ったんです。ジャイルズ・カウンティ高校で最高の選手だ。すばらしい試合をしたって。そしてビールは店のおごりだって言いました」オデルは低くうなった。「それから注意するようにとも」

「ああ」とボーは言った。「そのアドバイスに従えばよかったのにと思うよ。自分が何者なのかわかっていてくれたらと。続けろ」

オデルは深く息を吸った。「バス置き場に着いたとき、スクールバスのひとつのそばの地面にスウェットシャツが落ちているのに気づきました。ブリタニーのでした。ひと目見てわかったし、手に取ってみたら彼女の香りがした」彼の声は震えだした。「いつもバブルガムの香りがした。思ったんです……」彼の声はかすれていた。

「どう思ったんだ？」

「彼女がおれをからかってるんだと思ったんです」とオデルは言った。「バスのステップを上がりました。彼女の脚が廊下に投げ出されているのが見えた。おれは何か言いました……思い出せない。何か『会いに来たよ、ブリット』みたいなことを。けど彼女は応えなかった。それから彼女のサンダルの片方が床に落ちてることに気づきました。もっと近づくと、額にあざがあって……割れたボトルが落ちていた。彼女の眼を見たけど、生気がなかった……」

オデルは嗚咽を漏らし、顔を両手にうずめた。

ボーはふたたび手を伸ばし、少年の肩に置いた。そしてほとんどささやくような声で言った。「それから何があったんだ、坊主？」

オデルはボーの顔を見上げた。涙が頬を伝っていた。「わかりません」彼は両手を差し出した。「そのあとのことは何も覚えてないんです。わかってるのはしばらくして気づいたときに犬が自分に向かって吠えていたことです」

ボーは椅子の背にもたれかかると、脚を組んだ。聞いたことをすべて考えてみた。欠けているピースはまだたくさんあったが、オデルの話はもっともらしかった。殺人現場に彼がいたことや、フラニーが言っていた彼に不利な証拠があることの説明にはなった。やがて立ち上がると、少年を見下ろした。「オデル、ほんとうのことを話してくれるか？」

「はい、神に誓います」

「彼女を殺したのか？」

「いいえ、殺していません。おれはブリタニーを愛していました、お、おれは、彼女を傷つけたりしません」

ボーは数秒間、オデルの眼を見つめ、それからドアのほうに歩きだした。

「ミスター・ヘインズ、おれの弁護人になってもらえませんか？」

ボーは立ち止まると、彼を見ずに話した。「おれはクラッチャー一家のことをずっと以前から知っている。坊主、おれは……」

「あなたしかいないんです、ミスター・ヘインズ。あなたに断られたら、ほかにはだれもいないんです」

「そんなことはない。もし弁護士を雇えないなら、裁判所が任命する」

「ミスター・ヘインズ、お願いです……」

ボーはようやく振り向くと彼を見た。「オデル、おれはこの数年間、家族にいろいろな苦労をかけてきた。この事件でまた家族に苦労をかけることはできないんだ」

オデルは何か言いかけたが、口を閉ざした。眼を拭うと言った。「わかりました。行ってください。もう結構です」

「オデル、引き受けないとは言っていない」

「だれも必要ない。行って、放っておいてください。父さんみたいに。母さんみたいに。ブリタニーがしようとしたみたいに」

「もしおれが引き受けられないなら、いい弁護士をつけるようにする」

オデルは鼻で笑った。「気にしないでください、ミスター・ヘインズ。あなたがいなければ、チャンスはない。あなたがノーと言うなら、おれは自分で弁護します」

ボーは腕を組んだ。「それは大きな間違いだ」

オデルは低くうなった。「おれの人生そのものが間違いだったんだ」

ボーは立ち去ろうとしたが、オデルの苦悶に満ちた声が彼を止めた。「ミスター・ヘインズ?」

「なんだ、坊主?」

「母さんを見つけてください」

22

ボーはフラニーのオフィスで、T・Jが昨晩の出来事について供述しているのを、身を固くして聞いていた。その内容は、ふたつの細かい点を除いて彼が農場で話したことと一致していた。ひとつはジャーヴィスとオデルの口論についてだった。ふたりが地面を転がるほどの取っ組み合いになり、T・Jを含む、パーティーに来ていた生徒の何人かがふたりを引き離さなければならなかったという。これがうまくない内容である一方、もうひとつのほうはさらに悪かった。

「T・J、あなたとジャーヴィスがダグ・フィッツジェラルドの家を出る前に、オデルはブリタニーについて何か言ってなかった？」

T・Jはボーをちらっと見た。彼はしっかりとうなずき返した。「ほんとうのことを話すんだ、坊主」

「あいつ酔っぱらってたんだ、ミズ・フラニー。まともじゃなかった」

「T・J、オデルがあなたの友達だってことは知ってる。けど彼がブリタニーについてなんと言ったか知る必要があるの」

「ブリタニーがあいつをフッたって言ってた。手紙にそう書いてあったって。丸めた手紙を出して見せてくれたんだ」

「彼はそれを読み上げたの？」

「ううん、その紙を差し出しただけ」

「ほかにブリタニーについて何か言ってた？」

「あいつとジャーヴィスが口論になったあと、おれたちが帰るとき、あいつに言ったんだ。自分に厳しくなる必要があるって。おまえはオデル・シャンパーニュ、将来有望なフットボール選手なんだぞって。あいつをなだめようとして、ほかにも女の子はいるじゃないかって言った」

「オデルはなんと答えたの？」とフラニーは訊いた。

「あいつは自分には無理だって言った。そしてこんなふうに自分が捨てられるなんてありえないって」

「ほかには何か言ってた？」

「ええ、マァム」T・Jは咳払《せきばら》いをすると床を見つめた。「こんなふうな仕打ちをされて黙っているつもりはないって」

　廊下に出ると、ボーはT・Jに車に行くように言った。充分離れると、フラニーを見た。

「検事長はどこに？」

「死体安置所でわたしを待っている。ブリタニーの遺体の検視がもうすぐ始まるから」彼女はことばを切った。「彼女からあなたに電話させましょうか？」

「ああ」とボーは言った。「ありがとう」彼は立ち去ろうとしたが、フラニーの声が止めた。

「ボー？」

彼は振り向いた。

「ごめんなさい」と彼女は言った。「ほんとうに。T・Jを巻き込まずにすめばよかったんだけど」

「わかってる」ボーはなんとかそう言った。

いっとき、彼女はボーには読み取れない表情で彼を見つめた。「オデルの弁護をするつもりなの？」と訊いた。

ボーは彼女の後ろの壁の染みに眼をやった。「わからない」そう言いながらも、自分が直面している決断の重さが、ずっしりと肩にのしかかってきているのを感じていた。「どうするべきだと思う？」

彼女は彼の腕に触れた。「その質問には答えられないわ、弁護士さん」彼女は立ち去ろうとしたが、ボーが呼び止めた。

「フラニー、ブリタニーが有名人だったことを考えると、逮捕に向けて圧力がかかっているのはわかる。だが性急に進めないでほしい。あそこにいる少年には……」ボーは留置場に続くドアを手で示した。「……将来があるんだ」

「ブリタニーにもあった」とフラニーは言った。その声は十二月のように冷たかった「そしてあそこにいる男がそれを奪ったのかもしれない」

「彼は十八歳だ」とボーは言った。自分の声に嘆願の響きを聞いていた。

フラニーは頭を前に突き出すと、彼をにらみつけて言った。「彼女もそうだったわ」

23

家の裏の屋根付きのポーチで、ボーはハンバーガーのパテをひっくり返し、ビールをボトルからぐいっと飲んだ。拘置所から戻ってきて四時間が経過していた。彼はブッカー・Tを家に招き、アラバマ大《バマ》のフットボールの試合を見ながら夕食を取ることで、その日をいつもと変わらない日常に戻そうとした。すでに試合の趨勢《すうせい》は決まっており、アラバマ大がさらに追加点を決めると、ボーはT・Jをちらっと見た。彼はテレビのスクリーンを見ようとせず、宙を見つめていた。

そこには日常は戻っていなかった。いつになれば戻るのだろう。だがやってみないわけにはいかなかった。彼はフライ返しで屋外の暖炉の上に掛けられたテレビを差すと言った。

「セイバン・コーチはタスカルーサで着実に結果を出しているな」彼は自信たっぷりにそう

言った。「注目の十月の第三土曜日だというのに楽勝だ。アラバマ大対テネシー大の試合は、以前はもっと意味があったんだがな」

「毎年、テネシー大《ヴォルズ》を叩きのめしておいて、喜んでないふりをするのはやめろよ」とブッカー・Tは言った。「それに何が起こるかわからん。あっという間に逆転するさ」だがそう言うと頭を振って続けた。「けど四十九対十はある種の公開処刑だな。来週、バマはどこと対戦するんだ？」

ボーが答える前にT・Jが割って入った。その口調は穏やかだった。「テキサスA&M大だよ。噂ではESPNの《カレッジ・ゲーム・デイ》がタスカルーサにやって来るらしい」

「そうなのか？」とブッカー・Tは訊いた。自分のボトルからビールをひと口飲むと、ボーにウインクをした。ブッカー・タリアフェロ・ロウ・ジュニアはボーの従兄弟で、ボーが出会ってきたなかでも最も体のでかい男のひとりだった。百九十八センチ百三十キロをはるかに超えるブッカー・Tはボーの人生のなかで数少ない、彼や彼の周囲にいる人間の多くを見下ろす存在だった。「じゃあ、お父さんに頼んで見に行くんだな。たぶんバスケットボールのコーチと顔合わせができるかもしれない」

「たぶんね」とT・Jは言った。声にはあまり熱意がこもっていなかった。自分の席から立ち上がった。「父さん、自分の部屋に行って、Xboxしたいんだけど、いい？」

「ああ、いいよ」とボーは言った。「ライラの様子を見てきてくれるか？」

ボーは息子が去るのを見送ってから、従兄弟を見た。「大変な一日だった。ライラは午後のあいだずっと部屋にこもって泣いている」

「その件について教えてくれ。ジャーヴィスも連れてこようとしたがだめだった。あいつはおまえのハンバーガーが大好きなのに」ブッカー・Tは頭を振った。「保安官事務所から戻ったあとは、ずっと部屋にこもっている」

「保安官事務所はほんとうにチームの全員から話を聞いたのか?」

「そのようだ」とブッカー・Tは言った。「連中の多くは昨晩オデルを見ている。そして全員がコンサートにいた。事情聴取を受けるのは筋が通っている」

ボーはうなずいて同意した。「その知らせを聞いたとき、おれたちは農場のあの空き地にいた」

「じゃあ……あの木を切り倒したのか?」ブッカー・Tは訊いた。

「ああ」

「三人で?」

「交代で」とボーは言った。

ブッカー・Tは微笑んだ。「いい頃合いだ」一瞬、間《ま》を置いてから続けた。「どんな気分だった?」

「いい気分だ」とボーは言った。「すっきりした」

「あそこは娯楽室に最適だ。月曜日には建築家と会う」

「クリスマスにはオープンできそうか？」とボーは訊いた。

「オープンは無理かもしれないが、工事は終わってるだろう。来年一月の上旬には、最初の子供たちを迎えることになる」ブッカー・Tは両手をこすり合わせた。「おまえのやろうとしてることはほんとうにいいことだ、ボー。ほんとうにすばらしい」

「おまえのアイデアだ」とボーは言った。

ブッカー・Tはニヤリと笑った。「おっと、そうだった。忘れるところだったよ。おい、ハンバーガーはもう焼けたんじゃないか？　おれには栄養が必要なんだ」

ボーはニヤッと笑い、従兄弟の胴まわりについてひと言言おうとしたところで、彼の携帯電話が鳴った。取り出して画面に表示された番号を見たが見覚えがなかった。普段なら、勧誘の電話と判断するところだったが、その日一日に起きたことを考え、出ることにした。

「もしもし」

「ボー、フラニーよ」彼女の声は不安げだった。

腕に寒気を感じた。「何があった？」

沈黙があった。彼女が近くにいるだれかに何か話しているようだったが、ボーにはそれがだれなのか聞き取れなかった。そしてフラニーが電話に向かって話した。「サブリナ・シャンパーニュを見つけた」

24

十五分後、T・Jに留守を頼み、ボーとブッカー・Tは六十四号線沿いの〈サンダウナーズ・クラブ〉に車を止めた。フラニー・ストームが彼女のパトカーのそばに立ち、しかめ面をして待っていた。ボーはブッカー・Tのピックアップトラックから飛び出すと、ふたりのほうに歩いた。彼女の隣には、毛布のようなものにくるまったサブリナ・シャンパーニュがいた。彼の従兄弟はトラックのなかに残った。

「ボーセフィス・ヘインズ」サブリナは不明瞭なことばでそう言うと、毛布を広げた。ボーは何も見ないうちに眼をそらした。「はい、あなたの好きなようにしてちょうだい」

フラニーの声がレーザーのように空気を貫く。「ミズ・シャンパーニュ、今度そんなことをしたら、公然わいせつと売春の罪で逮捕しますからね、聞いてますか?」

サブリナはクスクスと笑い、しゃっくりをした。「はい、マァム。アイアイ、主任《チーフ》」彼女は敬礼するふりをした。彼女の毛布がまたはだけそうになった。

ボーはフラニーを見て言った。「どこで――」

「二階のVIPルーム。〝プライベート・ダンス〟とやらをしてた」フラニーは人差し指と中指で引用符を作ってみせた。ボーはその意味するところを知っていた。彼はここ何年かにわたって、〈サンダウナーズ・クラブ〉とはいろいろな関わりがあり、VIPルームがダンス以外の多くのことに使われることを知っていた。フラニーはボーに近づき、声をひそめて言った。「オデルのことはまだ何も言っていない」

「おれにできることはあるか?」

「彼女をどうしたらいいかわからない。身柄を拘束したくはない。ほかにもいろいろ事件を抱えているし。彼女のアパートメントに送り返すわけにもいかない。今は鑑識が部屋を調べてるから」

「おれの家に連れていくわけにもいかないな」

「イエイ、ベイビー」サブリナは会話に割って入ると、ボーの腕に倒れ込んだ。「あんたの家に連れていきなさい。そうすればいいことしてあげるわ、ボーセフィス」

フラニーはため息をついた。「ほかに何か考えは?」

「おれの事務所に泊まらせてもいい」とボーは言った。そう言いながら考えていた。「あるいはホテルに泊めるか。それとも――」

サブリナ・シャンパーニュが悲鳴をあげ、ボーのことばを一瞬でかき消した。彼女が地面に倒れそうになるところを、ボーとフラニーが腰のあたりをつかんで支えた。彼女がまた悲鳴をあげた。

「サブリナ、どうした?」ボーが訊いた。

「胃が」と彼女は言った。「死ぬほど痛いの」また悲鳴をあげ、自分の腕を嚙んだ。

ボーは彼女の額に手を当て、その熱さに思わず手を引いた。「芝居じゃないようだ」と言った。「触ってみろ」

フラニーはサブリナの額に手を当てた。「病気のようね」とフラニーは言った。ボーは彼女の声に安堵の響きを聞いたような気がした。「クラブのなかでは胃の痛みについては何も言っていなかった」

「ああ、おれは医者じゃないが、どうやら熱があるようだし、ここ何日も飲みっぱなしだったとしたら、アルコール依存症の解毒病棟に入れる必要がある。きみがよければ、おれが連れていこう」

「わたしが連れていく」とフラニーは言った。

「オーケイ、彼女をパトカーに乗せるのを手伝おう」彼は手を差し出すと、サブリナ・シャンパーニュをお姫様抱っこで持ち上げた。

「胃が」と彼女は言い、顔をしかめると、彼の顔に向かって咳き込んだ。ボーはラム酒と煙草のにおいを嗅いでむせ返りそうになった。

「落ち着くんだ」と彼は言い、彼女をフラニーのパトカーの後部座席に乗せた。体を起こすと、もう一台のパトカーが砂利敷きの駐車場に入ってくるのに気づいた。男性の保安官補が窓を下ろした。「大丈夫ですか、主任《チーフ》?」

「ヒルサイド病院の救急治療室《ER》までついてきて」

「はい、マァム」

彼女はボーを見た。「来てくれてありがとう」

ボーはうなずいた。「彼女を見つけてくれてありがとう」

「少なくとも病院にいれば安全ね」

「そしてトラブルからも脱せる」ボーは付け加えた。

「そう願うわ」フラニーはそう言うと、自分の車に乗り込んだ。


二台のパトカーが駐車場を出ていくのを見送っていると、背後で足音がした。「さてさて、兄弟、なんでまたプラスキのあらゆる道は、最終的にこのごみために続いてるんだろうな?」

ボーはしゃがんで砂利をひとつかみ手に取ると、それを投げた。小石が道路に落ちるのを見ると言った。「どうやらそのようだ」彼はブッカー・Tを見た。「さあ、帰ろう。ハンバーガーを温めなおそう」

「気を悪くしないでくれ、ボー。このちょっとした修羅場を見て食欲がなくなっちまった」

「おれもだ。サブリナはとてもまともに見えることもあるんだがな。ほとんど魅力的に。なのに自制心を失ってしまう」

「ここで働くことは逆効果だろうな」

「いつから働いてたんだろう?」とボーは訊いた。オデルは母親が〈サンダウナーズ・クラブ〉で働いているとは言っていなかった。

「そんなに長くはないだろう。〈ヒッツ・プレイス〉をクビになったのはいつだ?」

「八月の下旬だ」とボーは言った。「おれがその仕事を紹介したんだが、オーナーが電話をしてきて、最初の数日はよく働いたが、そのあと理由もなく二時間も遅刻するようになったそうだ。クビにするしかなかった。そのことで彼を責められんよ」

「それでここに来て一カ月、すでにVIPルームで体を売っているってわけだ」

「話を聞いてたのか?」とボーは言った。

「ウインドウを開けていた。全部聞いてたよ。見つけたのがほかの保安官補じゃなく、フラニーで、彼女はラッキーだったな。じゃなければ、息子の隣の監房に入ってただろうからな」

いっとき、ふたりは無言のままだった。ようやくブッカー・Tが、ふたりのあいだで宙に漂っていた質問をした。「で、あの子の弁護をするのか、しないのか?」

「わからない」とボーは言った。

「もし保安官事務所がまだあの子の身柄を拘束しているのなら、かなり強力な根拠があるに違いない」

　ボーは何も言わなかった。従兄弟の言うとおりだとわかっていた。

「ボー、おまえはあの子に借りはない」とブッカー・Tは言った。「おまえがオデルのことを気に入っているのはわかる。おそらくあの子のなかにおまえ自身を見てるんだろう。だが殺人事件の弁護を引き受ける必要はない。おれたちは子供の頃からイズラエルとテレサのことを知っている。おまえとイズラエルが、あまり仲がよくないのも知ってる。だがあいつの娘を殺した罪で起訴された男をほんとうに弁護できるのか？」

「起訴されたとしても、有罪が証明されるまでは無罪だ」

「そんなことはわかってる。その主張はほかの弁護士にさせておけと言ってるんだ。おまえではなく」

「あの子は今日、おれ以外のだれにも弁護はさせないと言っていた。おれがだめだと言えば、自分ひとりで裁判に臨むと」

「なら、あの子は愚かで、そうなる運命だとしか言えない」

　ボーは眼を細めて従兄弟を見た。「冷たいな」

「真実だ」とブッカー・Tは言った。「もしおまえがオデル・シャンパーニュを弁護すれば、友人たちや教会、家族と対立することになる。おまえがこの混乱に関わることを、ライラやT・Jが喜ぶとでも思ってるのか？」ブッカー・Tは、〈サンダウナーズ・クラブ〉の砂利敷きの駐車場を手で示した。「見ろ、もうすでにここまで巻き込まれている」

別の話だ」

「おれがオデルと親しいのを知っていて、フラニーが電話をくれたんだ。それに昨日の夜の試合で彼が母親を探していることを彼女に言ってあった。これは彼を弁護するかどうかとは別の話だ」

ふたりのあいだをさらなる沈黙が流れた。聞こえてくるのは、〈サンダウナーズ・クラブ〉の店内のスピーカーから流れてくるカントリーミュージックのナンバーだけだった。

「いつ決めるつもりだ？」

「わからない」とボーは言った。

ブッカー・Tはボーのほうに一歩近づくと、肉づきのよい人差し指をボーの胸に突きつけた。「いいか、おれのアドバイスは単純明快だ。やめておけ」彼は自分のトラックのドアを開けた。「それから明日のブリタニーの通夜には参列したほうがいい。参加しなかったら、ケツを蹴飛ばすからな」

「行くよ」とボーは言い、助手席に乗り込んだ。トラックが六十四号線に入ると、ボーが尋ねた。「イズラエルにはもう会ったのか？」

ブッカー・Tはハンドル越しに覗き込みながらうなずいた。

「どんな様子だった？」

ブッカー・Tは顔をしかめた。「あいつとはいつ以来会っていない？　同窓会か？」

「ああ」とボーは言った。

ブッカー・Tは皮肉っぽく笑った。「プラスキでもっとも成功した黒人のふたりが、そんなに長いあいだ、話もしていないとはな」

「おたがいさまだ。おれとイズラエルは高校時代から水と油のようなものだった。同窓会で何があったか覚えてるだろ」彼はことばを切った。「おれの質問に答えていないぞ。あいつはどんな様子だった?」

ブッカー・Tは首を振った。「イズラエルはいつもどこか気難しい。話しやすい人間ってわけじゃない」

「やつはいやな野郎だ」とボーは言った。が、そのことばを口にしたそばから罪悪感を覚えていた。彼らは今、三十一号線を走っていた。遠くにプラスキのダウンタウンの灯りが見えた。

「多くの人がおまえについても同じことを言ってるよ、兄弟」

ボーはブッカー・Tをにらみつけた。従兄弟の言っていることはおそらく正しいのだろう。

「言いたいことがあるならはっきり言えよ」

「イズラエルはひどい状態だ。今日会いに行ったがひと言も話さなかった。うめき声ひとつあげなかった。ただポーチに坐って、手すり越しに遠くを見つめていた。あいつのことが心配だ。あの冷たい外見の下に、燃えるような何かがあるような気がした」ブッカー・Tはボーをちらっと見た。「言ってる意味がわかるか?」

ボーにはわかった。高校時代に何度か、そして大人になってからも一度、ボーはイズラエル・クラッチャーの導火線に火がつくのを見たことがあった。怒りに火がつくと、彼は恐ろしい存在になる。

おれのように、とボーは思った。「わかってる」とボーは言った。

「あいつが何かするんじゃないかと心配なんだ」

「たとえば?」

「わからない。けどブリタニーはイズラエルのすべてだった。彼の誇りであり、喜びだった。ここ何年か、彼が笑っているのを見たのは、彼女のことを話しているときだけだった」

「ほかに彼に何かあったのか?」とボーは尋ねた。「経済的な問題とか、夫婦関係で」

「よくは知らない。だがブリタニーを失ったことで崖っぷちに立たされているような気がして、心配なんだ」

「おまえとあいつはずっと仲がよかったからな」とボーは言った。「そしておまえもこの一年間、いろいろなことを経験してきた。もう一度あいつと話してみたらどうだ?」

ブッカー・Tはハンドルを握りしめた。ボーのほうを見ようとしなかった。「やってみたさ。おれの見ているものがただのトラウマであることを願うよ。起きたことを考えれば、ごく自然なことだろう」

「だがおまえはそうは思っていない」とボーは言った。

ブッカー・Tはボーに顔を向けた。「ああ、思っていない」

一分後、ブッカー・Tはボーの家の私道に入り、車を止めた。大きく息を吸い、そして吐き出した。「もう裏のポーチでハンバーガーとビール、フットボールを愉しむって気分じゃないな」

「もともとそういう気分じゃなかったしな」

「おれもだ。けど〈サンダウナーズ・クラブ〉の件がなければなんとかなったんだがな」

「おたがいにな」とボーは言い、従兄弟の肩を叩いた。彼はトラックから降りると、振り返り、ウインドウを下ろしているブッカー・Tを見た。「来てくれてありがとう」

「この事件は引き受けないでくれ、ボー」ブッカー・Tは懇願するように言った。「毎晩、おまえのケツをトラブルから救い出すハメになるのはごめんだ」

「そりゃあ、あべこべじゃないのか、兄弟」

ブッカー・Tは豪快に笑うと、トラックをバックさせ、数秒後、ダウンタウンに向かって走り去っていった。いっとき、ボーは庭を見まわし、それから昨年の十一月に購入した煉瓦《れんが》造りの家を見た。ほぼ二十年近くのあいだ、ボーの一家はわずか三ブロック離れたフラワー通りに住んでいた。ライラは以前住んでいた家を買い戻してほしいと言ったが、それはできなかった。

とりあえずはこれがベストだ。ボーはそう考えた。ポケットに手を入れ、家々や木々のあいだからプラスキのダウンタウンを眺めた。街灯と満月にその一部を照らされたジャイルズ郡裁判所の屋根が見えた。以前の家と同様、ここからも、その気になれば裁判所や、裁判所から一ブロック離れたところにある彼のオフィスに歩いていくことができた。

ボーは、プラスキに戻ってきたことで、彼と彼の家族にとって、新たなスタートの機会を与えられたことに感謝していた。だが家への階段を小走りで上がり、最後に振り向いて裁判所に眼をやったとき、不吉な予感を背筋に感じた。ブリタニー・クラッチャー殺害事件は、彼がこれまでプラスキで聞いてきたなかでも、最悪の犯罪のひとつであり、彼の人生においても数少ない事件だ。もし、オデル・シャンパーニュが起訴されたら……

ボーは深く息を吸いこみ、そして吐き出した。眼の前で自分の吐き出した息が白くなるのが見えた。この事件は、被害者が有名人だったことや、被告人のアスリートとしての知名度から、全米のメディアの注目を集めるだろう。

いまいましいサーカスのようになるだろう。自分はほんとうにその一部になりたいのか？ また物議を醸すような事件に巻き込まれることはT・Jとライラにとってフェアといえるのだろうか？ これまでのところ、三人はプラスキに戻ってきたあとも問題なく過ごしてきたが、今回の事件によってまた困難な状況に巻き込まれることになるかもしれない。T・Jはもうすでに証人候補として事件に巻き込まれていた。

これ以上はそのことを考えたくなかった。少なくとも今夜は。最後にもう一度プラスキのダウンタウンに眼をやった。まるで毒ヘビに嚙まれたかのように、苦痛に満ちた歴史の影から立ち上がることのできない故郷の街を哀れに感じずにはいられなかった。だが、戸口からなかに入り、子供たちが寝る準備をしている二階を見上げながら、何よりもイズラエルとテレサ・クラッチャー夫妻をほんとうに気の毒に思った。ボーにはわかっていた。子供を失うことは、人が耐えうる最悪の痛みであることを。

彼は扉を閉めると、それにもたれかかった。眼を閉じ、クラッチャー一家のために黙禱《もくとう》を捧げた。

そして自分の子供たちのことを神に感謝した。さらに自分たちが築いた新たな人生を。

主よ、どうかおれにそれを台無しにさせないでください。

25

イズラエル・クラッチャーはプラスチック製の長椅子に坐り、満月を見上げていた。手には半分空いた〈ジムビーム〉のボトルを持ち、ゆっくりと口元に運ぶと、ぐいっと飲んで眼を閉じた。バーボンが喉を焦がして下りていった。夜の寒さにもかかわらず、彼は熱かった。熱っぽかった。

その朝に着た手術着のままだった。週末に麻酔専門看護師としてオン・コールのシフトになっていたので、もしものときのために準備しておいたのだ。正直なところ、何を着ていくかというようなことを考えたくなかった。何も考えたくなかった。

だが、病院からあった唯一の連絡は、外科部長のペグ・モートンからのもので、週末のシフトは交代し、娘の死を悼むため一週間の休暇を与えるという知らせだった。彼は休みがほしいとは言っていないと反論したが、モートンは譲らなかった。手術が行なわれるときは常に命が危険にさらされる。そして麻酔による合併症は致命的になる可能性がある。「あなたには休みが必要よ、イズラエル。わたしたちもブリタニーの死にひどくショックを受けている。あなたもそうでしょう。それにほかにもあなたが抱えていることを考えると……」

彼女は最後まで言わなかった。そしてイズラエルも無理に聞き出そうとはしなかった。彼にはわかっていた。ここ数カ月間、自分の人生がひどい状態になっていることを。そしてプラスキは小さな街だ。手術室は小さなペイトン・プレイス（閉ざされたコミュニティに住む人々の生活を描いた一九五七年の映画『青春物語』の舞台となった架空の都市）でもあった。

イズラエルはバーボンをもうひと口飲むと、ホテルのプールに眼をやった。カレッジ通りにある〈コンフォート・イン〉は〈リッツ・カールトン〉に間違われることはないが、快適で清潔なホテルだった。彼は七月四日からここに泊まっていた。テレサが言うところの〝事件〟以来だ。事態は数日か、数週間で収束すると思っていた。

だがそうはならなかった。

イズラエルは眼が涙で熱くなるのを感じていた。だがそれを拭おうとはしなかった。彼はあまり泣くことはなかった。むしろ、あらゆる種類の弱さや脆弱《ぜいじゃく》さを軽蔑していた。自分をコントロールしていたかった。それが麻酔専門看護師に魅力を感じた理由でもあった。医師は手術を行なう。だが、麻酔専門看護師が適切に麻酔を施し、患者の状態をモニターしなければ、手術はうまくいかない。手術全体が麻酔専門看護師の手に掛かっている。手術のあいだ、管理者として行動する麻酔専門医よりも麻酔専門看護師のほうがより支配権を持っているのだ。

しかし人々や家族のこととなると、支配力ははかなく、うまく働かなかった。自由な意志というのは厄介なものだ。ブリタニーが九歳の頃から、彼は彼女の歌手としてのキャリアを導いてきた。なのに気がつけば、いつの間にかその地位を取って代わられていた。最初は〈キャシーズ・タバーン〉の抜け目のないバーテンダーに。そしてそのあとはもっと危険な人物に。

イズラエルはブリタニーが難しい時期を迎えていると感じていた。彼女は強情で頑固だが、ばかではない。自分の人生のなかで新たに知り合った人々を信頼できないとそのうち理解するだろう、と。

だが忍耐は、イズラエル・クラッチャーにとって、最大の美徳ではなかった。そして独立記念日に感情を爆発させてしまったのだ。

その結果、今、自分はここにいる。そう考えながら、ボトルをゆっくりとあおった。

そしてブリタニーはもういない。

ウィスキーのボトルを飲み干したあと、イズラエルは重い足取りで二階の自分の部屋に戻った。だれとも会わないように階段を使った。カードキーをスロットに差すと、小さな部屋に入り、ベッドの上に坐った。プールサイドで平穏に過ごすため、わざとナイトテーブルに置いていった携帯電話を手に取った。どのくらい階下《した》にいただろう？　一時間？　二時間？　時間の感覚がなくなっていた。その日、ブリタニーの死を知ってからというもの、一秒一秒がすべてあいまいだった。

彼は携帯電話の画面を見つめ、ため息をついた。十五件のメール。二件の不在着信。ほとんどのメールは教会の友人からだったが、テレサからのメールが一件あった。月曜日の葬儀の詳細について確認するために、午前中にホランド牧師と会うことを忘れないようにという内容だった。ジーナからのメールもあった。彼女は寂しいと言い、苦しい胸のうちを綴《つづ》っていた。〝お願い、帰ってきてパパ。お願い。ママが壊れてしまいそう。ママにはパパが必要なの。わたしたちにはパパが必要なの。特に今は〟彼の下の娘は直接話すよりもメールで感情を表現するほうがずっと気楽なのだ。彼は娘の気遣いにほっとした。

イズラエルはまぶたの裏が熱くなるのを感じた。が、自動操縦のように返信をタイプした。

〝できることならそうしたい、ベイビーガール〟それはジーナから帰ってきてほしいと言われるたびに返してきたのと同じ返答だった。

最初の不在着信は、見覚えのない番号からだった。おそらく勧誘か何かだろう。二件目は友人のブッカー・T・ロウからだった。ブッカー・Tは何か必要なものはないかというメッセージも残していた。イズラエルはどちらにも返事をしなかった。だれもが彼に必要なものはないかと訊いてくるが、そんなものはなかった。

ただ……ブリタニーに戻ってきてほしいだけだった。だれもそうしてはくれなかった。

彼は眼をぎゅっと閉じ、昨日の晩、ブリックヤードの舞台に立つブリタニーをまぶたの裏に見た。彼女はいつものようにステージを支配していた。

だれもがどこまでも行けると言っていた。最終的にはグラミー賞も獲《と》るだろう。だがイズラエルにとって、特に今は、父親に認められたときに最高に明るい笑顔を見せる十歳の女の子の姿しか思い浮かばなかった。彼女が初めてコンテストで歌ったのは、アラバマ州ハンツビルで行なわれた南東部タレントコンテストだった。参加した子供たちはほとんどが伝統的な古いナンバーを歌っていた。気持ちを高めさせるか、悲しいか、その両方であるゆっくりとした曲。だがブリタニーはドゥービー・ブラザーズの《リッスン・トゥ・ザ・ミュージック》を力強く歌って優勝し、観客を圧倒した。彼とブリタニーは、〈メロウ・マッシュルーム〉でピザとルートビールを分け合って祝福した。ふたりとも幸せだった。イズラエルには娘と仲違《なかたが》いをするなど想像すらできなかった。

新たな涙がイズラエルの頰を伝った。昨晩のコンサートのあと、彼女とバンドのメンバーが道具を片付けているとき、彼はフィールドに降りて娘に話しかけた。ただ演奏がすばらしかったと伝えたいだけだった。肩を叩くと、彼女は振り向いて軽蔑に満ちたまなざしでこう言った。「なんの用?」

イズラエルは彼女の口調と態度のあまりの冷たさにほとんどたじろぎそうになった。「すばらしかった」なんとかそう言った。

「ありがとう」と彼女は言うと、彼を無視して、ギターをケースに入れる作業に戻った。そこには十歳のときにピザとルートビールを分け合った少女——まるで世界でただひとりの存在であるかのように父親に話しかけていた少女——の面影はまったくなかった。

イズラエルはそのとき怒りを感じた。そしてそれは今も同じだった。娘の殺害からまだまる一日経っていないホテルの部屋で、彼は今もまだあのまなざしに怒っていた。軽蔑されたことに。

ほかにもいろいろとあったが、イズラエルには思い出せなかった。ただ娘への最後のことばが軽率に怒りを込めたことばだったということしか。

肘をつき、両手で顔を強くこすった。そしてベッドから立ち上がると、ホテルの小さな部屋のなかを歩きまわった。心臓の鼓動が速くなっていた。バーボンを飲めば、興奮も治まると思っていたが、どうやらかえって逆効果だったようだ。

ようやくスーツケースのところに行くと、下着と靴下の下を探り、拳銃の鋼鉄の冷たさを感じた。銃を取り出すと、ベッドに戻った。弾倉に弾丸が入っていることをたしかめた。撃鉄を起こすと、銃身を口にくわえた。

自分にはこうすることがふさわしい……

イズラエルは部屋の反対側にある鏡に映る自分の姿を見た。やるんだ。自分に言い聞かせた。やるんだ。

ドアを激しく三回ノックする音があり、彼はギクッとした。指はまだ引き金の上をさまよっていた。やるんだ。

眼をしばたたくと、もう一度鏡に映った自分を見た。

さらに三回激しくノックする音がした。女性の声。「イズラエル？　そこにいるの？」

テレサ。

「くそっ」とイズラエルはつぶやいた。指はまだ引き金に掛かっていた。やるんだ。自分自身にもう一度言い聞かせた。

「イズラエル！」

彼は立ち上がると、鏡のなかの自分をにらみつけた。そして拳銃をナイトスタンドの一番下の引出しに入れると、ふらついた足取りでドアまで歩いた。ドアノブをまわすと、三十二年連れ添った妻がそこにいた。彼女の眼は泣いたせいで赤かったが、声は力強く、しっかりとしていた。

「保安官事務所に来てほしいそうよ」

イズラエルは話そうとした。が、心臓の鼓動が激しくなり、話せなかった。戸口に肘をつき、自分がやろうとしていたことを考えた。拳銃の金属の味がまだ口のなかに残っていた。

「イズラエル、どうしたの？」

彼は部屋のなかに戻るとベッドに坐り、何度か深呼吸をした。

「お酒を飲んでたの？」

彼は胸のあたりで腕をしっかりと組んだ。もう少しで自分を撃つところだった。痛みを止めるところだった。

「イズラエル、話して」

彼は大きく息を吐くと、眼をしばたたいて集中しようとした。「ど、どうして保安官事務所に？」なんとかそう言った。

「捜査状況を説明したいそうよ」

「あの男をもう逮捕したのか？」

「わからない。ただわたしたちと話がしたいと言っている。電話をしたけど、あなたは出ないし、メールにも返信しない。いったい何をしていたの？」

イズラエルはじゅうたんの敷かれた床を見つめ、眼をこすった。

「においからすると、飲んでたようね」

「テレサ――」

「文句を言うつもりはない。もう文句を言うのはやめた。フラニーが保安官事務所に来るように言ってるわ。わたしはそこへ行く途中よ。あなたもいっしょに行きたいんじゃないかと思ったの」

そのことばに少し心を動かされたように、彼はなんとかうなずいた。「あの男のことを何度警告した？」

「とにかく準備をして」とテレサは言った。「そんなことを言ってもなんの役にも立たない……たとえあなたが正しかったとしても。ロビーにコーヒーがあるようだから、持ってくるわ」

「テレサ――」

彼女はもう歩きだしていた。

イズラエルはドアを閉め、バスルームに入った。顔に水をかけ、歯を磨くと、なんとか見られるようになったと思った。部屋を出る前に、銃を引出しから取り出し、スーツケースのなかの衣服の下に戻した。

この三カ月半、彼の住まいだった監獄のような部屋のなかを見まわした。オデル・シャンパーニュ。彼は思った。娘に警告したことを思い出した。ブリタニー、あいつはおまえにふさわしくない。あいつはトラブルの種だ。彼に関わるとおまえもトラブルに巻き込まれるぞ。

だがその忠告は何ひとつ受け入れられなかった。彼はまた怒りが自分のなかに渦巻いてくるのを感じた。が、うんざりしたようにため息をついた。どうでもよかった。

何もかもどうでもよかった。

26

午後十時三十分、フラニー・ストームは、大きなマホガニーの机を挟んで、ハンク・スプリングフィールド保安官の向かいに坐っていた。ふたりはクラッチャー夫妻との面談を終えたばかりで、保安官の執務室にいた。

「彼らはすべてを受け入れたと思うか？」ハンクは充血した眼をこすりながら訊いた。

「まだショックを受けています」とフラニーは言った。「このような犯罪に巻き込まれた被害者家族がそうであるように」

「ほとんどことばを発しなかった。わたしたちに対しても、たがいにも」

「打ちひしがれていました。ふたりとも自分たちの娘が死んだことを信じられないし、こんな恐ろしい方法で自分たちから娘が奪われるような世界が存在することを信じられないんです」

　ハンクは発砲スチロールのカップからコーヒーをひと口飲んだ。「わたしもそう思う。だが何かほかのものがあるようにも感じた。クラッチャー邸を捜索した保安官補によると、イズラエルがそこで生活している形跡がなかったそうだ。きみはふたりのことはよく知ってるんだよな」

「ええ、以前からずっと」とフラニーは言った。

「その……ふたりは別居してるのか？」

「わかりません。わたしは小さい頃からビッグランド・クリーク・バプティスト教会に通っています。クラッチャー夫妻はわたしの覚えているかぎり、ずっと教会の信徒でした。テレサとふたりの娘は毎週日曜日に通っていて、ブリタニーは聖歌隊で歌っていました。イズラエルがいっしょに来ることはほとんどありませんでした。彼は病院で麻酔専門看護師をしていて、いつも長時間働いていたので、あまりそのことは気にしていませんでした。家族が教会に行っているあいだ、夫が家に残るというのは彼にかぎらないと思います」

　ハンクは両手をテントのように組み、それをじっと見た。「彼からにおいがするのに気づいたか？」

「アルコールのようでしたね」

「バーボンだ」とハンクは言った。「それに眼を見るかぎりでは、かなり飲んでいたようだ」

「彼は悲しみのなかにいます、ハンク。もしあなたの娘にこんなことが起きたらどうです?」フラニーはハンクに三人の娘がいることを知っていた。長女は十六歳だった。フラニーは彼が頬を叩かれたように大きく眼を見開いているのを見て、すぐに自分の口にしたことばを後悔した。「ああ、ごめんなさい」彼女は立ち上がると、窓際へと歩いた。疲れていた。遺体の発見からずっと、ほとんど休みなしで働いてきたのだ。

苛立《いらだ》ってもいた。検事長はいったいどこにいるの?

事件のあった今日の午後、フラニー、ハンク、そしてメルヴィン・ラグランドとともに検視に立ち会って以来、ヘレンは姿を消していた。フラニーは遺族との面談に同席してほしいと思っていた。また一日の仕事を終える前に、いっしょに証拠について検討したかった。彼らは検視官の最終的な報告書を待っていた。ラグランドは今晩遅くか、明日の朝一番には終えると言っていた。このような大きな事件では、ヘレンはいつもなら早い時点から捜査に加わりたがった。

だが検事長は検視が終わるとすぐに保安官事務所を出ていき、戻ってこなかった。

「フラニー、大丈夫か?」

彼女は肩越しに保安官を見た。彼は心配そうに彼女を見ていた。「ええ、ハンク。この事件は身につまされるところが多くて。言ったように、クラッチャー夫妻のことはずっと知っていたし、ブリタニーの成長も見守ってきた」彼女は少しためらってから続けた。「それに検事長は事件に積極的に関わってこない。ここにいるべきなのに」

「彼女には昨年からいろいろあったし、それにあれ以来、最初の殺人事件だから……」彼はことばを濁した。

「それはよくわかってるけど、それでは充分じゃない」とフラニーは言った。「わたしにとっても、もちろんクラッチャー一家にとっても」

「彼女はほかの多くの検察官よりもはるかに捜査に関与してきた。わたしがナッシュビル市警に勤めていたときは、逮捕前に検察官が関与することはまれだった。検事長はこれまでずっと細部にまで注意を払ってくれて、むしろわたしたちを甘やかしてきた。今回は、一歩下がって、わたしたちに自分たちの仕事をさせることにしたのかもしれない」

「そうかもしれない」フラニーはそう言うと眼を閉じ、額を冷たい窓ガラスに押し当てた。けど、わたしはそうは思わない。

27

ジャイルズ郡裁判所の二階にある巡回裁判所の法廷に灯《とも》りが灯っていた。ヘレン・ルイスは陪審員席の後ろの列に坐っていた。靴を脱ぎ、手にはタイ・ドッジェン保安官補がまとめたブリタニー・クラッチャーの携帯電話の使用状況に関する報告書を持っていた。すでに何回かその報告書を読んでいたが、そこに書かれていることが信じられなかった。

ヘレンが土曜日に仕事をすることはほとんどなかった。一週間のうち、唯一自由な日だった。昨年、元夫の殺害容疑で起訴されるまでは、土曜日はダグ・ブリンクリーの射撃場でいろいろな銃を撃つのがお気に入りの過ごし方だった。今でも、時折することもあったが、射撃によってストレスが解消されることはもうなかった。それどころか、引き金を引くたびに、ブッチの顔が頭に浮かぶのだった。

席を立つと、法廷越しに証人席をじっと見た。その席は、歴史あるジャイルズ郡巡回裁判所の法廷のなかにあって、陪審員席を正面から見据える位置にあった。そして彼女の右には、これまで二十年以上にわたって、ヘレンがテネシー州を代表して犯罪容疑者を起訴してきた席があった。そして最後に、約一年前に自分が坐った被告人席に眼をやった。

殺人事件の裁判の被告人というのは、決してなりたくない立場である。そして推測するに、オデル・シャンパーニュは間もなくこの席に坐ることになるだろう。ドッジェンの携帯電話に関する報告によると、ブリタニーが最後にメールをした相手はオデルで、そのメールのなかでブリタニーはバス置き場にいるので会いたいと彼に告げていた。ブリタニーに捨てられたことに腹を立てていたオデル・シャンパーニュは、友人のT・J・ヘインズにこんなふうな仕打ちをされて黙っているつもりはないと言っていた。現場にあった割れたビールのボトルからは唯一オデルの指紋だけが確認され、彼自身は現場から二百メートルも離れていないところで発見されていた。

検視官のメルヴィン・ラグランドは、死因は明らかに額への鈍器による外傷で、被害者の頭蓋骨は骨折していたと話していた。予備的見解ではビールのボトルが使用された凶器であるとしていたが、その点は最終報告書で明らかにすると述べた。たしかにボトルの底は硬く、犯行に充分耐えうるものだった。

ビールのボトルが凶器だとすると、オデルは完璧な容疑者になる。

「動機、手段、機会」ヘレンはつぶやいた。「嫉妬に駆られたボーイフレンドが怒りに任せて元彼女を殺害した」彼女はそう続けた。陪審員席のまわりを歩き、法廷の中心に立つと、冒頭陳述をするときのように十二の席を見つめた。

彼女はこの事件を証明することができた。疑いはなかった。そしてフラニー・ストームから受け取ったメールによると、保安官事務所に対し逮捕を求めるプレッシャーが高まっていた。そうなれば、オデルは弁護士を必要とする。

ボーは彼を弁護するつもりなのだろうか？　彼女にはわからなかった。彼はヘレンの事件以後は、刑事事件の仕事はやめたと言っていたが、オデルを見捨てることは彼には難しいだろう。ボーがあの少年の弁護をしないとなったら、いったいだれがするというのか？　オデルや彼の母親が優秀な弁護士を雇うだけの余裕があるとは思えなかったし、裁判所が選任した弁護士ではヘレンの敵ではないだろう。

彼女は窓を覆うワインレッドのカーテンを見つめた。それは法廷をまるでオペラハウスか、劇場のように感じさせた。昨年の秋、彼女は陪審員の評決を待っていた。陪審員長が彼女を見て「無罪」と言った。あのドラマはいったいなんだったのだろう。

「因果は巡る」ヘレンは声に出して言った。過去の決断は必ず自分に返ってくると知っていた。そのほとんどについては昨年その代償を支払った。そして今もまだ支払っていた。自分自身が殺人者なのに、どうして殺人でだれかを起訴できるというのだ？

それは再選を果たして以来、彼女を悩ませてきた多くの疑問のひとつだった。彼女が裁判を避け、重要な仕事はほとんどグロリアに任せていた理由もそこにあったのかもしれない。グロリアには、ゆくゆくは自分の後継者になってもらうために訓練を積ませているのだと言っていた。自分の推薦があれば、次の選挙でグロリアが当選する可能性は高いだろう。永遠に検事長の地位にいることはできない。そしてグロリアにはバトンを渡されたときの準備をしてほしかった。

今がそのときなのかもしれない……

ヘレンは傍聴席のあいだの通路のひとつを歩き、古びたバルコニーを見上げた。外のプラスキのダウンタウンの通りから次々と聞こえてくるクラクションの音が、ヘレンをびくっとさせた。眼をしばたたくと、傍聴席の椅子のひとつに崩れるように坐った。どこか落ち着かず、不安だった。この職務に残された時間を刻む時計の音を聞いているような気がした。

因果は巡る。彼女はもう一度思った。そして、そこに書かれている情報が変わっていることを願って、自分の手にしている紙をもう一度覗き込んだ。オデルのメールは、彼が逮捕される理由を示していたが、その一方で、ブリタニーの携帯電話の使用状況には、ヘレンが決して眼をそらすことのできない事実が記されていた。彼女の胸の奥に寒気を感じさせる事実。オデルの名前が通話やメールの記録に頻繁に登場する一方で、別の名前ももっと多く登場していた。それどころか、オデルとバンドのグループメールを除くと、ブリタニーが亡くなる前の二十四時間で、最も多く、iPhoneでやりとりしていた相手はひとりしかいなかった。九十秒から十分までの通話が六回、メールが十通。最後の一通は金曜日の午後十一時十七分だった。

ヘレンはこの十一カ月のあいだに、自分にも何回かかかってきていたその名前と番号に指を走らせた。

「マイケル」と彼女はささやき、眼を閉じた。人生の壁が自分に迫ってくるのを感じていた。

28

ボーは眠ろうとしたが、だめだった。頭のなかをブリタニーの死と、オデルの弁護を引き受けるべきかについての疑問が駆けめぐっていた。

ベッドに入る前にフラニーにメールをした。彼女によると、サブリナ・シャンパーニュは救急治療室《ER》に入り、解毒病棟に収容されるだろうとのことだった。彼女は彼の協力にあらためて感謝した。そこでボーは気になっていたことを訊くことにした。〝オデルは逮捕されたのか?〟

〝いいえ、でも逮捕された時点で知らせる〟というもってまわった返信が返ってきた。〝逮捕されたら〟ではなく、〝逮捕された時点〟ということばがポイントだった。

朝の四時半に、とうとう眠るのをあきらめた。子供たちの様子を見て、ふたりがまだ眠っているのをたしかめると、リー・ロイをトイレのために外に出した。それからスウェットとスニーカーを身に着けると、ドアから出て、鍵を閉めた。ジェファーソン通りをきびきびとした足取りで歩きだしたときには、空気はひんやりとして爽やかだった。太陽はまだ昇り始めておらず、いくつかの電柱とたまについている家の灯りだけが周囲を照らしていた。八百メートルほど歩いたあと、ボーは脚のストレッチをしてから、ジョギングを始めた。

足音をたてて舗装道路を走りながら、ボーはオデルのことを考えた。少年がプラスキに来てから六カ月になる。そんな短いあいだではあったが、ボーは彼のことが、心から好きになっていた。ブッカー・Tが言っていたように、オデルはボーにかつての自分自身を思い出させた。ボーは、両親を失い、叔父と叔母に育てられていたので、オデルの境遇に共感を抱いていた。週末に農場で働くように提案したのはそれが理由だった。そして折に触れて母親のアルコール依存症やドラッグの問題にどう取り組むか、アドバイスを与えてきた。おまえに母親を治すことはできない、坊主。おまえにできることは彼女を愛することだけだ。母親といっしょに溺れる義務はないんだ。

ボーはオデルのよき相談相手であり、そして今、オデルはボーを必要としていた。だが自分の子供たちもおれを必要としている。ボーはそう思った。彼にはわかっていた。時折、正しいことをするのがひどく難しいことがある。ブッカー・Tは言っていた。もしボーがオデルの弁護を引き受けた場合、間違った側《ザ・ロング・サイド》に立つことになるだろうと。だが正しい側とはなんなのだ？

八丁目通りに着き、T・Jが昔リトルリーグの野球をプレイしていたエクスチェンジパークの横を走りながら、ボーは拘置所の接見室でオデルと会ったときのことを思い出していた。自分は彼を信じているのだろうか？

まだその質問に答える準備はできていなかった。スクールバス置き場が眼に入ってくると、ボーはペースを落とした。その場所を見渡し、眼を細めると、バス置き場の南側にあるバスの周囲を警察の黄色いテープが取り囲んでいるのが見えた。ボーは立ち止まり、およそ二十四時間前にブリタニーの遺体が発見されたその場所を遠くから見た。頭のなかにいくつもの質問が浮かんだ。

ここで殺されたのか？

それとも殺されたあとに、ここに運ばれたのか？

なぜここで？　なぜ犯人は死体をスクールバスのなかに遺棄したのか？　そこにメッセージはあるのか？

ボーは立ち止まって腰に手を当て、バス置き場を見渡した。ガレージの上にライトがあるが、あまり明るくはなかった。早朝であるこの時間帯に通行人が何かを目撃することができるかは疑わしかった。それにもしガレージにビデオカメラがあったとしても、遺体が発見された南側まで撮影しているとは思えなかった。

それらの要因はこれが計画的な犯行であることを意味しているのだろうか？　それとも運がよかっただけなのだろうか？　ボーの気づいていないビデオがあって、何かを映しているかもしれない。南側のカレッジ通りに眼をやると、信号機が見えた。信号機にはビデオカメラがあることを知っていたが、おそらく検察側が手に入れるだろう。

オデルの弁護士もそれを見たがるだろう。

バス置き場の斜め向かいにはストリップモールがあり、ビデオがある可能性があった。保安官事務所はもうそれらの提出を要請したのだろうか。

ボーは意を決して足を動かし、ペースを上げて、マディソン通りの坂を駆け上がると、マーティン・メソジスト大学の寮や校舎を通り過ぎた。男子学生が学生寮のひとつからアスリート用のバッグを肩にかついで出てくるのが見えた。その学生は黒人だった。その若者の後ろに、同じ寮からふたりの男性が出てきた。ふたりとも白人でジムバッグを持っていた。ボーが手を振ると、彼らも手を振って返してきた。これがここに住んでいる人以外には見えないプラスキの通常の姿だった。この街で暮らしていない人々にとって、プラスキが意味するものはひとつしかなかった。

ダウンタウンに着くと、ペースを落とし、マディソン通りにあるなんの変哲もない煉瓦造りのビルに取り付けられたプレートの前で足を止めた。言い伝えによると、一八六五年のクリスマスイブ、六名の南部連合の兵士がこのビルの二階で、当初は〝社交クラブ〟であることを意図した会合を行なったとされている。クー・クラックス・クランの創設を記念したプレートは、一九九〇年代初めに、ビルのオーナーによって裏返しにされていた。世界で最も有名なヘイトグループの〝創設の父たち〟に敬意を表しにやって来る、頭のおかしい連中にうんざりしたのだ。今、人々が眼にするのは、黒と緑の板だけだった。

ボーは、これまでの人生のなかで何度も、プラスキの悲劇的なルーツを思い出させるこの古めかしい建造物に引き寄せられるように訪れていた。悲しみに暮れるとき、そして勝利のあとでさえも、このプレートは、ボーに自分の仕事はまだ終わっていないということを思い出させてくれた。正義の追求は決して終わることはないのだと。それは絶えることはなく、そして無情だった。十一月の雨のようになかなかやまず、骨を追い求める犬のように執拗《しつよう》だった。

ケツの穴全開《ワイド・アス・オープン》でいくぞ。ボーはそう思った。プレートからジャイルズ郡裁判所に視線を移した。太陽がようやく昇り始め、その荘厳な建築物のてっぺんの金色のドームを明るく照らしていた。

ボーセフィス・ヘインズは、ほんとうの意味での歴史好きではなかったが、亡き妻は歴史が好きだった。ジャズは毎晩《ヒストリー・チャンネル》を見ていて、〝歴史は繰り返される〟という格言を信じていた。

ボーはかつての自分自身の殺人事件の裁判について、そしてオデル・シャンパーニュに対して差し迫っている裁判について考えながら、また同じことが起きようとしているのではないかと思った。オデルの犯罪歴が、保安官事務所や最終的には陪審員の判断を曇らせることになるのではないだろうか？　ボーは、少年がタウンクリークで間違いを犯したことを知っていた。だが彼が現在の自分にたどり着くまでに耐えてきた心痛も見ていた。彼は有名な大学の奨学金を獲得する寸前まで来ていた。全米でも有数のランニングバックだ。女の子にフラれたからといって、すべてを投げ出してしまうなんてことがあるだろうか？　まわりから見て、オデルがブリタニーを愛していたことは明らかだった。そんな彼が冷酷に彼女を殺したりするだろうか？

おれは彼を信じているのだろうか？

ブリタニー・クラッチャー殺害は、ボーが知っている、オデル・シャンパーニュの最近の行動とはまったく一致しなかった。彼は新しい人生を送ろうとしていたのだ……

ボーは裁判所から視線を移し、自分の新しい家の方向に眼をやった。おれのように。ボーは思った。ため息をついた。わかっていた。どのように切り取ろうとも、ジャイルズ郡で起きた新たな悲劇の中心には、今回も人種問題が存在するだろうということを。プラスキで黒人が公平な裁判を受けられるだろうか？　ボーがアンディ・ウォルトン殺害容疑で起訴されたときは、陪審員が実際に判断を下す前に起訴が取り下げられた。

もし裁判が最後まで続いていたら、おれは勝利していただろうか？

だが、この事件はいっそう複雑になるだろう。被害者であるブリタニーもまた黒人女性だからだ。歴史的に見て、黒人女性の命は、法制度においては軽視されてきたことをボーは知っていた。白人であるか、黒人であるかを問わず、どれだけ多くの加害者が黒人女性に対する残忍な犯罪において、軽い刑しか受けてこなかったことだろう。彼はジョン・グリシャムの原作を元にした映画『評決のとき』のことを思い出した。被告側弁護人であるジェイク・ブリガンスは最終弁論で、陪審員の注意を引くため、十代の黒人の被害者を白人に置き換えて想像するよう求めた。そのシーンを見て、ボーは怒り狂った。なぜ白人の命のほうが、黒人の命よりも大切だというのか？　だがディープサウスの白人陪審員にとっては、これが悲しい現実だった。昨日、ボーがティーンエイジャーであるオデルの将来についてフラニーに言及したとき、彼女は当然のごとく、ボーのことばに含まれる偽善を指摘した。ブリタニーにも将来があった……

彼女は有名人でもあった。そしてそのことが最後の、そして最もこの事件を複雑にしている要因だった。ボーはその夜、少なくとも十を超えるオンラインのニュース記事が、彼女が《アメリカズ・ゴット・タレント》の決勝に進出したこと、フィズの知名度、そして彼らの初のビッグヒットについて詳しく伝えるのを見ていた。そしてもちろん、ブリタニー殺害と犯人についてのさまざまな可能性についても。さらにどの記事も、彼女のボーイフレンドで、フットボールのスター、オデル・シャンパーニュが身柄を拘束されていることについて触れていた。そしてそのほとんどが、オデルがタウンクリーク高校を退学になっていることと、彼の窃盗の前科について触れていた。

ボーは深く息を吸い、そして吐き出した。白い息が朝の空に昇っていった。彼は何も書いていないプレートにもう一度眼をやった。その裏には黒人に対する憎悪犯罪を蔓延《まんえん》させた組織を称《たた》えることばが書かれている。そして歴史的な裁判所に眼を移し、かつては有色人種専用だったバルコニーのある巡回裁判所の法廷のことを思い浮かべた。

人は過去から逃れることはできるのだろうか。ボーはふたたび緑と黒のプレートを見下ろした。

街が罪の悪臭から完全に解き放たれることはできるのだろうか？

29

日曜日の朝七時、フラニーが保安官事務所に到着したとき、入口にたどり着くには記者の群れをかき分けなければならなかった。

「主任《チーフ》、逮捕はしたんですか？　オデル・シャンパーニュはブリタニー・クラッチャー殺害で逮捕されるんでしょうか？」

「シャンパーニュが逮捕された場合、今週のマーシャル・カウンティ高校との試合にはどう影響しますか？」

「ブリタニー・クラッチャーがメジャー・レコードレーベルとのあいだでソロデビューの契約を交わしていたというのはほんとうなんでしょうか」

「今日の午後、記者会見があると聞いています。時間についてはわかりますか？」

フラニーは入口を通り抜けると、確固とした足取りで廊下を進んだ。ハンク・スプリングフィールド保安官の執務室にプラスキ市長のダン・キルゴアと郡政委員が何人か、そして最近、市の顧問弁護士に就任したレジナルド・〝サック〟・グローヴァーを含む人々がいることに気づいた。フラニーは呼吸を整えようとした。昨夜はあまり眠れなかったが、報道陣とのやりとりや、街の有力者たちがハンクの執務室に揃っているのを見て、アドレナリンが体を駆けめぐった。

捜査本部となった会議室に足を踏み入れると、郡検視官のメルヴィン・ラグランドが彼女を待っていた。検視官は痩せた男で、天候に関係なく、いつも白の半そでボタンダウンシャツにクリップオン・タイ、カーキのパンツに茶色のペニー・ローファーといういでたちだった。肘当てのついた古びた茶色のスポーツジャケットを着ていた。シャツのポケットにはペンが二本差さっていた。

「頭蓋骨の前面に鈍器による外傷がある」とラグランドは言い、会議室のテーブルの上を、ホッチキスで留められた報告書を滑らせた。「死亡推定時刻は土曜日の午前一時から三時のあいだだ」

フラニーは報告書を受け取ると、ページをめくった。無意識のうちに保安官に連絡をしようと、携帯電話を手に取るが、彼の執務室にいる人々のことを思い出した。「何してるのよ、ハンク」彼女はそうつぶやいた。

「わたしがここに来たときには、市長やほかのお偉方といっしょだった」とラグランドが言った。

「わかってる」フラニーはうなるようにそう言った。プレッシャーが大きくなりだしている。

「パタースン・コーチもさっきまでここにいた」

「彼が何を？」フラニーは問いただした。

「わたしを責めないでくれよ」ラグランドは両手を上げてそう言った。「ただ伝えてるだけなんだから。けど想像するに、彼は自分のチームのスタープレイヤーが今週の練習に参加できるか心配してるんだろう。金曜日にマーシャル・カウンティ高校との試合があるから」

　フラニーは歯がみをして、反応しないようにした。報道陣のひとりもオデルがフットボールの試合に出られるかどうかを訊いていた。少女がひとり死んでいるというのに、フットボールのことを心配するなんて信じられなかった。ああ、悲しいかな、だがここはテネシーなのだ。『プライド 栄光への絆《きずな》』（H・G・ビッシンガーのノンフィクションを原作とするスポーツ映画。テキサス州の高校のフットボールチームについての過酷な現実を描いた作品）はテキサスだけの話ではないのだ。「ハンクはこの報告書を見たの？」

　ラグランドはうなずいた。

　フラニーはテーブルの上に坐った。「検視のあと、ビールのボトルが凶器である可能性が高いと信じていると言ってたわよね。今もその意見に変わりはない？」

　彼はもう一度うなずいた。「ああ、変わりはない。被害者の頭部の血腫と、それに伴う頭蓋骨の内外の損傷をさらに調べた結果、ビールのボトルがその損傷を引き起こすために用いられたと、いっそう確信するに至った。加えて、被害者の眉毛や髪、Tシャツから発見された小さなガラスのかけらは、ビールのボトルのガラスと完全に一致している。バスの床から発見されたガラスの破片も同様だ。もちろん、法医学研究所が、〈バドライト〉のボトルに付着した血液やそのほかのDNAが、被害者のものと一致することを確認するのを待つ必要はあるが、そうじゃないことは想像できない」彼はことばを切ると、これまでに陪審員の前で何度もしてきたように、確固たる信念を持って自身の意見を述べた。「わたしの意見では、割れたビールのボトルがブリタニー・クラッチャーの死を引き起こした凶器だ」

フラニーは天井を見上げた。「オデル・シャンパーニュはガールフレンドに捨てられた怒りのあまり、ビールのボトルで彼女の頭を殴った。ガラスが割れて飛び散り……彼女の頭蓋骨も粉々にした」一瞬ことばを切ると、感情のたかぶりと疲れに震えた声で続けた。「プラスキの最も明るい光のひとつを消した」

「捜査官はきみだ」とラグランドは言った。「だがわたしの結論もまったく同じだ」

30

ヘレンはジャイルズ郡保安官事務所の割り当てられた場所に車を止めると、カメラの波を押しのけて進んだ。なかに入ると、なじみのある、そして歓迎したくない訪問者が彼女を出迎えた。

「やあ、こんにちは、検事長《ゼネラル》」サック・グローヴァーが漂白した歯をすべて見せて、彼女に微笑みかけた。チャコールグレーのスーツを着て、豊かな赤毛は塗ったばかりのジェルで輝いており、まったく乱れていなかった。彼女にはわからなかった。どうして街の有力者たちはこのヘビのような男を市の顧問弁護士に選んだのだろう。サックの政治生命は、昨年彼女の裁判のために検事長代理を務めて失敗した時点で絶たれたものと思っていた。だがこのろくでなしはしぶとかった。前任のサム・フィーが死んだとき、サックはいつものように、コネを用いて、その後任にもぐり込んだのだ。

「サック」とヘレンは言った。「ドラマを愉しんでる？」

「ひどい状況だよ」と彼は言った。そのしかめ面は明らかに作り物で、ヘレンはひっぱたいてやりたくなった。

「あなたがここにいることですべてがよくなると信じてるわ」

彼は彼女の背後に集まっている報道陣に一瞬眼をやった。その眼に興奮が宿っているのを見逃しようはなかった。サック・グローヴァーは何よりもカメラが大好物なのだ。「検事長、われわれは容疑者を逮捕する必要がある。クラッチャー一家に正義が果たされるべきだ」彼はことばを切ると、入口のほうを顎で示した。「世間は見ている。わたしはプラスキをこれ以上悪評にまみれさせたくない。昨年のあなたの裁判でもう充分だ」

「自分の失敗のことを言ってるの？」

彼は腕を組んだ。何か言う前に、ヘレンが一歩進み出て、彼のパーソナル・スペースに侵入した。

「〝われわれ〟とはどういう意味？　あなたは保安官事務所の人間じゃないし、もちろん検事局《うち》の人間でもない」

「プラスキだよ、検事長。わたしはこの街を代表している。この街に悪評が立つのを見たくない。〈ホシマ〉が新たな雇用を創出するようになり、すべてがうまくいっていた。そしてブリタニー・クラッチャーはこの街をＫＫＫ《クラン》発祥の地以外の何かで有名にしてくれようとしていた。彼女はすでに昨年《アメリカズ・ゴット・タレント》で有名になったが、メジャー・レコードレーベルと契約することでさらなる飛躍が見込めるはずだった」

「そのことを知ってるのね」

「保安官は親切にもいくつかの事実を教えてくれた。今日の午後三時には記者会見を行なう。通夜の一時間前だ。保安官にはそのときにオデル・シャンパーニュをブリタニー・クラッチャー殺害容疑で逮捕したと発表できればいいと話してある」

「彼がやったと確信してるのね？」

「違うのかね？　凶器に指紋があり、彼自身も遺体の近くで発見された。それに彼女は彼に別れを告げていた。どうしたんだね、どんな検察官にとってもスラムダンクを決めるような簡単な事件じゃないか？　ましてや神である検事長《ゼネラル》にとっては」

「光栄ね」とヘレンは言うと、彼を押しのけた。サックのごますりにはうんざりだ。数分そばにいるだけでスライムを浴びせられたような気分になった。

「今回の件では、きみといっしょに仕事がしたい、ヘレン」とサックは言い、ヘレンと並んで歩いた。「ハンクはわたしと市長を記者会見に招待してくれた」

ヘレンは爆発寸前だった。「すばらしい。われわれの殺人事件捜査が三つの指輪（トールキンの物語に出てくる魔法工芸品）の全面協力で行なわれることがわかってうれしいわ」

サックは顔をしかめた。「どうしてわたしをそんなに嫌うんだね、検事長？」

ヘレンは我慢できなかった。「なぜならあなたが、わたしがこの世で一番嫌いなものだからよ」

彼はニヤニヤと笑って言った。「それはなんだね？」

「能なし」とヘレンは言った。「信じられないほど並外れた能なしよ」

ヘレンは捜査本部の置かれた会議室のドアを開け切らないうちに、全員に話し始めていた。「いったいどんな理由でサック・グローヴァーをわたしの捜査に参加させるのがいいアイデアだなんて思ったの？」彼女はハンクをにらみ、それからフラニーをにらんだ。「ふたりともそこまでばかなの？」

フラニーはヘレンをにらみ返すことで、その犯人がだれなのかを彼女に知らしめた。ヘレンは会議テーブルの端に坐っているハンクのところまで歩くと彼の胸に人差し指を突きつけた。「正気なの？」

ハンク・スプリングフィールド保安官の顔は桜色に染まったが、なんとか声を抑えて言った。「検事長、この事件がどれだけの注目を浴びているかわかってるんですか？《アメリカズ・ゴット・タレント》のプロデューサーが昨晩、わたしに電話してきました。どういうわけかわたしの携帯電話の番号を手に入れて、最新の状況を訊いてきました。彼らは自分たちのSNSのページでブリタニーの追悼を特集しています。ここの受付にはCNNやフォックス・ニュース、そのほかテネシー州のあらゆる報道機関がメッセージを残しています。外の騎兵隊気取りの連中を見たでしょう？」

「ええ、ハンク、見たわ。マスコミ対応も仕事のひとつよ。五年前のアンディ・ウォルトン事件のことを忘れたの？　けど、してはいけないことはこれ以上の混乱を招くことよ。サック・グローヴァーを捜査に加えることで、あなたはバーナムとベイリー（P・T・バーナムとジェームズ・アンソニー・ベイリー。リングリング兄弟とともにリングリング・ブラザース・アンド・バーナム・ベイリー・サーカスを作った）をサーカスに招いたのよ。あいつは能なしよ。そしてわたしたちは能なしに付き合っている暇はないの。わかった？」

「検事長……」ハンクはことばに詰まり、ヘレンから眼をそむけた。「どうしたらいいかわかりません。一方では、パタースン・コーチとフットボールファンがケツに貼りついて、オデルを逮捕しないのなら釈放しろと言うし、もう一方では、市長や郡政委員、市の顧問弁護士が、あの少年を逮捕しろと急《せ》き立ててくる」

「ここでも、検事局でも、そんな戯言《たわごと》に基づいて判断を下したりはしない」彼女は部屋のなかを見渡した。そこにはフラニーのほかにドッジェンとマッキャン保安官補が聞き入るようにして立っていた。「ここでは証拠に基づいて、証拠だけに基づいて判断を下す。全員、理解した?」

「はい、マァム」とフラニーが言った。

「はい、検事長」とドッジェンが言った。

「イエス、マァム」とマッキャンも続いた。

「ハンク?」

保安官は長いため息をつくと、ヘレンに眼を戻した。「検事長、証拠はオデル・シャンパーニュがブリタニー・クラッチャー殺害について有罪だと声高に叫んでいます」

ヘレンは昨日の晩、巡回裁判所の法廷で調べた携帯電話の記録について思い出した。因果は巡る。彼女はふたたびそう思った。「そのとおりね」彼女はようやく言った。「メルヴィンが検視報告書をメールで送ってくれた。それに割れたビールのボトルとバス内部から採取された指紋を合わせせると、彼を逮捕するには充分以上な証拠がある」彼女はフラニーのほうを見た。「主任《チーフ》、ずいぶん静かね」

「わたしは待つべきだと思います」とフラニーは言った。「われわれ全員が最近関わった最も有名な事件では、逮捕が早すぎたかもしれなかった」彼女はヘレンを見つめた。ヘレンは彼女の譲歩に心を動かされたようにも見えたが、苦痛を覚えているようでもあった。

あなたは正しかったのよ、フラニー。ヘレンはそう思った。

「待つとは、何を？」とハンクが訊いた。

「指紋の分析もまだ終わっていませんし、被害者の友人や教師への事情聴取にもまだ着手していません。彼女の自宅の捜索も完了させ、ブリタニーが金曜の晩と土曜の未明にどこに行ったのかについても時系列にまとめなければなりません」

「フラニー、そんなことを待っていたところで、われわれがすでに知っていることは変わりはしない」とハンクは言った。

「じゃあ、電話の記録はどうなの？」とフラニーが反論した。「みんな、彼女が死んだ日にブリタニーがだれと多く話していたか知ってるはずよね」

「ザニックは彼女のマネージャーでした」ドッジェンが言った。「ロサンゼルスのレコードレーベル、エレクトリック・ハイのジョニー・ニューバーグという女性からの電話を昨晩受けました。彼女は金曜日、ブリタニーとマイケル・ザニックにZバンクのザニックのオフィスで会うためにプラスキを訪れていました。ニューバーグはロサンゼルスに戻って、ブリタニーの死を知ったそうです。ザニックからは何も聞いていなかったので、われわれに情報を求めてきたんです」

「つまり、ザニックには明らかに彼女と連絡を取る理由があったわけだ」とハンクは付け加えた。

「夜の十一時に？」とフラニーは訊いた。

「その頃、彼女はブリックヤードでフィズとのコンサートを終えていた。確認しただけかもしれません」とマッキャンが割って入った。

「彼はその日何度も確認している」

「何が言いたいんだ、フラニー？　ザニックが彼女を殺したとほんとうに考えているのか？」とハンクは訊いた。

「わからない」とフラニーは言った。「けれど保安官事務所は昨年、ザニックを十代の少女のレイプ容疑で逮捕している。鼻の利く弁護人ならだれでも、特にボーセフィス・ヘインズのような有能な弁護人ならブリタニーとザニックの関係に飛びつくでしょうね」

「彼女の言うとおりね」とヘレンは言った。自分の役割を演じようとした。が、心のなかでは激しく動揺していた。因果は巡る。

「ザニックへのレイプ容疑はあなたの事務所が取り下げました、ヘレン」とハンクは言った。「あの大富豪を相手にまた負け戦《いくさ》を挑むんですか？」

不安な気持ちと裏腹に、ヘレンは保安官の反応に怒りを覚えていた。「ハンク、これは勝ち負けの問題じゃない。ブリタニー・クラッチャーに正義が果たされるか否かの話よ。そのことはわかってるわよね？」

「ええ、検事長、わかっています。ですが、時間は待ってくれません」彼はフラニーをちらっと見た。「主任《チーフ》、劇的な変化がないかぎり、今日の午後、オデル・シャンパーニュを逮捕し、午後三時に記者発表をする」

「あなたがサック・グローヴァーの命令を受けていることがわかってよかったわ」とヘレンは言った。

「わたしはだれからの命令も受けません」とハンクは言った。「ですがこの場合は、サックとキルゴア市長が正しいと考えます。逮捕するのかしないのか、決めなければなりません。そしてオデルが有罪であることはわれわれのだれもが認めている」彼は両手で机を叩くと立ち上がった。「以上です」と彼は言い、ドアに向かって歩きだした。「検事長」彼は振り向き、ヘレンを見た。「主任《チーフ》」フラニーを見た。「ふたりにも記者会見に参加してほしい」

31

オデルは監房のドアがスーッと開く音で眼を覚ました。彼は小さなテーブルの隣の簡易ベッドに横になっていた。ひとりの男が、以前に会った女性保安官補を従えて入ってきた。オデルはテレビ、インターネットのニュース記事でその男を見たことがあった。保安官……

「ミスター・オデル・ジェローム・シャンパーニュ」その男が言った。

「はい」彼は簡易ベッドに坐った。

「わたしの名前はハンク・スプリングフィールド。ジャイルズ郡の保安官だ」彼は女性のほうをちらっと見た。彼女はオデルをじっと見ていた。「テネシー州法に基づき、自らの職務の下、きみをブリタニー・クラッチャー殺害容疑で逮捕する。きみには黙秘権があり……」

オデルは残りのことばを聞いていなかった。両手に顔をうずめ、泣きだした。頭のなかに浮かぶのは、バスの通路だけだった。自分がひどく怒っていたこと。そして……

……ブリタニー。

32

電話がかかってきたとき、ボーはカリー・センターにいた。ライラがトレッドミルを走っているかたわらで、彼とT・Jはウエイトを持ち上げていた。

「たった今、彼を逮捕した」フラニーが電話の向こう側でそう言うと、一瞬、間《ま》を置いた。「第一級殺人」

ボーは眼を閉じ、また開けて言った。「ずいぶんと早かったな。逮捕は早くとも月曜日か、火曜日だと思っていた」

電話の向こう側は無言のままだった。同意したのだろうか、それとも手の内を明かさないつもりなのだろうか？　いずれにしろ、ボーはフラニーがあまり多くを語らないだけの賢明さを持ち合わせているとわかっていた。

「教えてくれてありがとう、フラニー」

「三時に記者会見で発表される」

ボーは怒りのうずきを感じた。「保安官事務所にとっちゃビッグイベントだ。容疑者を逮捕したことをみんなに知らせるというわけだ」

「報道陣がみんなうちを攻め立ててきてるのよ、ボー。今日じゅうに、なんらかの情報を提供しなければならなかった」

「捜査中だと言うよりは、容疑者を逮捕したと発表するほうがはるかにいいからな」

「ノーコメントよ」

「ほんとうにオデルが彼女を殺したと思ってるのか?」

さらに沈黙が流れ、やがてうんざりしたようなため息が聞こえた。「ええ、思ってるわ」

フラニーは電話を切ると、保安官事務所の廊下を歩き、正面玄関のガラスの前に立った。マイクがセットされており、サック・グローヴァーがすでにそこにいて、何人かの記者から個別にインタビューを受けていた。ボーの質問について考えた。自分はほんとうにオデルがブリタニーを殺したと信じているのだろうか?

彼女はうつうつとした気持ちに襲われるのを感じていた。信じていたのは、検事長が陪審員の前でオデルが有罪であることを証明できるということだ。ボーがオデルの弁護を引き受けたとしても、検事長が勝つと信じていた。証拠が強固なのだ。

だがそれでもその質問に対する答えは……。検事長自身はなんと言っていた？　これは勝ち負けの問題じゃない。ブリタニー・クラッチャーに正義が果たされるか否かの話だ。

われわれはそうしているのだろうか？　マイクの前に集まってくる報道陣を見て、彼女はそう思った。

「準備はいいか？」彼女の隣に立ったハンクが訊いた。

彼女は憂うつな気持ちを声に出さないようにして言った。「準備オーケイよ」

33

ボー、T・J、ライラの三人は、三時ちょっと前にジムから帰宅した。子供たちも記者会見を見たがったので、三人でバックポーチのテレビの前に立って待った。テレビの画面では、テネシー・タイタンズがクリーブランド・ブラウンズを相手に接戦を繰り広げていた。タイタンズのクォーターバック、マーカス・マリオタがパスを投げるために後ろに下がったところで、画面がフットボールの試合から地元のレポーターに切り替わった。若い女性がカメラに向かって直接話しかけた。

「ジャイルズ郡保安官事務所から、地元の歌姫ブリタニー・クラッチャー殺害事件について、速報をお伝えします。スプリングフィールド保安官が記者会見を開きましたので、われわれもその模様をみなさまにお伝えします」そして画面は建物の前に切り替わった。何人かの人々がマイクの近くに並んで立っていた。ボーは全員を知っていた。市長と市の顧問弁護士のサック・グローヴァーが、保安官、フラニー、そして検事長とともに演壇に立っているのを見て、体じゅうにアドレナリンが湧き出るのを感じていた。

ハンク・スプリングフィールド保安官は、きれいに刈った茶色の髪をした、若々しく見える四十前後の男だった。ハンクは道具箱のなかで一番鋭い道具というわけではないが、ボーはいつも彼が正直で公平な男だと思っていた。ハンクは咳払いをすると、マイクに向かって話しだした。「数分前、保安官事務所は、ブリタニー・クラッチャー殺害容疑で拘束していた容疑者を逮捕しました。容疑者は……この郡のほとんどの人が知っている――」ハンクは一瞬、間《ま》を置いた。「オデル・ジェローム・シャンパーニュです」

ボーは子供たちをちらっと見た。T・Jとライラは、ふたりとも眼を大きく見開いて、テレビを見つめていた。

「では」と保安官は続けた。「ストーム主任保安官補から捜査状況について説明し、その後質問を受け付けます」

ハンクがマイクから下がると、フラニーが彼のいた場所に立った。

「ミスター・シャンパーニュは、われわれが被害者の遺体を発見した直後に身柄を拘束されました。われわれの捜査によれば、彼がこの凶悪な殺人事件の加害者であることは証拠によって明白に示されています」フラニーはことばを切ると、マイクの前に集まっている報道陣を見渡した。「現時点では詳細までは明らかにすることはできませんが、喜んでいくつかの質問をお受けします」そう言うと彼女はカメラに映っていない記者を指さした。

「主任《チーフ》、動機についてはわかっているのでしょうか？」

フラニーの表情はストイックで冷静なままで、なんの感情も見せなかった。テレビの画面越しに見ながら、ボーは彼女の落ち着きと自信に感服した。「言いましたように、詳しいことについてはお話しできません」

「ミスター・シャンパーニュの犯罪歴についてはどうですか？」男性の声が尋ねた。「彼は前の高校を退学になっていますよね？　そのことは今回の彼の逮捕に関係したのでしょうか？」

「いいえ」とフラニーは言った。「関係はありません。考慮した事実はこの犯罪に関連したものだけです」

「主任《チーフ》、ミスター・シャンパーニュはこの国でも最高のフットボール・プレイヤーのひとりです。この事件の係争中、彼はプレイできるのでしょうか？」

フラニーは眼を細めた。「ミスター・シャンパーニュは保釈なしの条件で拘束されています。その質問にはそこまでしかお答えできません」

「主任《チーフ》、ブリタニー・クラッチャーはこの街で愛されていた人物です。彼女と彼女のバンドは先週金曜日の夜にジャイルズ郡史上最大のコンサートを行ないました。彼女を殺した犯人は、ここプラスキで公平な裁判を受けられるのでしょうか？」

フラニーは眼をしばたたいてから、自分の右側をちらっと見た。「わたしの答えは、もちろん、イエスですが、この件に関してはヘレン・ルイス検事長に答えていただくのが適切でしょう。検事長？」彼女が顔を向けると、テレビカメラは漆黒の髪を持ち、黒いスーツ、黒いヒールの女性を捉えた。

検事長は正装をしている。ボーはそう思った。ヘレンはゆっくりとした、そして悠然とした足取りでマイクに近づいた。「ええ、わたしはミスター・シャンパーニュがジャイルズ郡で公平な裁判を受けることができ、かつ受けるものと信じています」

「検事長、州は死刑を求刑するのですか？」

ヘレンは眼を細めたが、ためらいは見せなかった。「どんな刑を求めるかはまだ決めていませんが、被告の年齢と、今われわれの眼の前にある事実を考えると、死刑が適切であるとは考えておらず、テネシー州法によっても認められるとは考えていません」彼女はことばを切った。「ですが、われわれは適用されうる最高刑を求めますのでご安心ください。被害者とその家族には正義が果たされるべきです」

「検事長、噂では地元の弁護士ボーセフィス・ヘインズ氏が昨日、拘置所を訪れたそうですが、ミスター・ヘインズが被告弁護人なのでしょうか？　もしそうであれば、ミスター・ヘインズを相手に裁判を戦うことをどうお考えですか？　つまり彼は一年前にあなたが殺人容疑で起訴された裁判の弁護人でした」

「ミスター・シャンパーニュの弁護人はまだ決まっていません」とヘレンは言った。

「今の質問の残りの部分について、コメントはありますか？」同じ記者が迫った。

「いいえ」

「検事長、キルゴア市長とミスター・サック・グローヴァーがこの場にいます。そのことについてコメントはありますか？」

「いいえ」ヘレンは繰り返し、市長と市の顧問弁護士をちらっと見た。「必要であれば、彼らからコメントがあるでしょう。わたしからは現時点ではこれ以上はありません」

ボーは笑いをこらえることができなかった。検事長は、おれと同じようにこのサーカスを気に入っていない。さらに質問が浴びせられるなか、ヘレンはマイクから離れた。

「これは痴情のもつれによる殺人なのでしょうか？」

「ミスター・シャンパーニュは被害者と付き合っていたんでしょうか？」

サック・グローヴァーは演壇に駆け寄ると、両手のひらを差し出した。「質問にお答えします。市長とわたしは、単に保安官事務所への支持を表明するためにこの場にいます。またわたしたちは、この街全体がクラッチャー一家を支援していることを知っていただきたいと思っており、さらにブリタニーに正義が果たされることを望んでいます。今は困難な時期ですが、危機的な時期にこそ、街は一致団結する必要があります。プラスキは――」

「ありがとうございました、ミスター・グローヴァー」とフラニーが言い、サックの前に出てさえぎった。一瞬、サックは抗議しようとしたが、すぐに微笑むとカメラに向かって手を振った。「検事長がお話ししたように」フラニーはカメラをじっと見ると、断固とした口調で言った。「今日は、これ以上コメントはありませんが、事件の進展に応じて、定期的にブリーフィングを行ないます。ありがとうございました」

テレビの画面は一瞬、真っ暗になり、ナッシュビルのニッサン・スタジアムに戻った。タイタンズのテールバック、デリック・ヘンリーがマリオタからのハンドオフを受け、中央を三ヤード突進したところだった。ボーも子供たちもフットボールの試合にはまったく関心を示していなかった。

ボーはライラを見た。彼女は眼に涙を浮かべていた。

「おいで、ハニー」と彼は言い、大きな腕で彼女を包んだ。

「ひどいわ」と彼女は言った。「ブリタニーのことが好きだった……けどオデルがこんなことをするとは思えない」

「わかるよ」ボーはそう言うと、ロッキングチェアのひとつに坐り、虚ろな表情をしている息子に視線を向けた。

「おまえは大丈夫か？」

「信じられない」とT・Jは言った。「ぼくは親友に不利な証言をすることになるんだ」

ボーは床を見つめた。そしておれは彼の弁護士になるかもしれない……

34

わたしは何をしているのだろう？　ヘレンはそう思い、ハンドルに顔をもたせかけ、眼を閉じた。

記者会見のあと、彼女はずっとジャイルズ郡の通りを走りながら、事件のことを考えていた。保安官事務所にいるべきだ。あらゆることを監督し、問題が起きないようにしなければならなかった。フラニーはわたしがどこにいるのかと戸惑っていることだろう。

最終的に彼女の車は、マイケル・ザニックの邸宅の前の道路の路肩に止まった。この十一カ月間に何度もしてきたように。

「ばかげてるよ、母さん」

息子の声が現実に引き戻した。ヘレンはハンドルから顔を上げた。眼を開き、深く息を吸った。

「ぼくが怖いの？」と彼は続けた。からかうような口調は消えていた。

そうよ。だがヘレンは答えなかった。代わりに一瞬ためらってから、エンドボタンをタップし、携帯電話を置いた。

そしてため息をつき、巨大な邸宅に最後の一瞥《いちべつ》をくれると、車のギアを入れ、三十一号線に戻った。

35

マイケル・ザニックは母親が三十一号線を去っていくのを見守った。まだ携帯電話を耳に当てたままだった。数秒間、そうしていたあと、ようやくリクライニングチェアの上に電話を放り投げた。そこは三十分前、〈クラウン・ビクトリア〉がヘッドライトを消したのに気づいたときに坐っていた椅子だった。

この数カ月間、窓の外を見ることが多くなっていた。仕事をしたり、テレビを見たり、インターネットを調べたりするふりをしながら、彼女が〝訪問〟していないか、数分おきにブラインドの隙間から覗き見た。

情けないとわかっていた。自分の弱さがいやだった。それでも、自分を止められなかった。

それに次に会うときは、母は〝訪問〟してくるのではないとわかっていた。彼女は公式の立場でここを訪れるだろう。彼とブリタニーは、ふたりの関係について目立たないようにしてきたが、ブリタニーのレコードレーベルとの契約と、その交渉をしていた人物も明らかになるだろう。彼は重要参考人か、あるいは重要な証人となるだろう。

ブリタニーの人生の最後の二週間について、彼以上に知っている人物はいないはずだ。あるいは最後の日について。

ザニックは大酒飲みではなかったが、この三十六時間で、昨年一年間で飲んだよりも多くの量の酒を飲んでいた。弱い人間ほど、苦痛を取り除くために、アルコールや抗うつ剤に走ることが彼には理解できた。特に今、先週、同じこの居間で、エレクトリック・ハイと契約したあと、これから何をしたいかをシルクのパジャマ姿で飛び跳ねながら話すブリタニーのことを思い出しながら。ふたりはテイクアウトの〈ドミノ・ピザ〉を食べながら、彼が今立っているこの居間で、『クリード』を観ていたのだ。

ザニックは、人生でほんとうに幸せだったときのことを思い出せなかった。だが、ブリタニーとの一カ月に及ぶ〝付き合い〟はそれに近いものだった。

もちろん彼は、彼女が自分を利用していることを知っていたが、それは彼の金《かね》や影響力のためだけではないことも知っていた。彼女の目的のひとつはもっと幼稚な、彼女の幼さを表すものだった。

父親への仕返し。ザニックはそう思った。そしてふたたび立ち上がると窓から外を見た。夜のこの時間、三十一号線を走る車はほとんどなかった。

振り向くと、だれもいない自分の家を見渡した。自分もブリタニーを利用していた。彼はこれまでの人生、ずっと何かに執着してきた。昨年秋、母親への復讐《ふくしゅう》という壮大な計画が吹き飛ばされたあと、何か別なものに執着する必要があったのだ。

ブリタニーは彼の要求を見事に満たしてくれた。彼女は若く、才能があり、野心家だった。彼は六月の初めに〈ヒッツ・プレイス〉のバーで彼女の歌っているところを見て、すぐにその才能に気づいた。独立記念日のパーティーでフィズに演奏を依頼し、休憩中にブリタニーと初めて話をした。部屋のなかは騒がしかったので、彼女をパティオに誘い、バンドやライブのことをふたりで話した。外でも、彼女の声は身を寄せなければ聞き取れないほどだった。だがどうやら彼はブリタニーの父親が考えるよりも近づきすぎてしまったようだった。

顎に当たるまで、パンチは見えなかった。顔を上げると、男が自分に覆いかぶさり、娘に近づくなと言っていた。男はブリタニーの腕をつかんだが、彼女は抵抗し、男の肩を拳で殴っていた。

イズラエル・クラッチャーが娘の顔に平手打ちをしたとき、パティオにはおおぜいの人々がいた。平手打ちの音のあと、静寂が流れた。そしてブリタニーの母親がイズラエルとブリタニーのあいだに割って入り、イズラエルに去るように言った。ザニックの屋敷の警備員もやって来て、怒れる父親に同じように命令し、やや力ずくではあったが、彼を屋敷の外に連れ出した。ザニックは告発せず、彼の知るかぎりでは、ブリタニーも同様だった。翌日、ザニックは彼女のキャリアについてマネジメントをすることを申し出、誠意の証《あか》しとして、バンドになにがしかの資金を提供した。九月中旬、彼女が《アメリカズ・ゴット・タレント》の決勝に進出したちょうど一年後に、ブリタニーは、ふたりのあいだの取決めを秘密にしておくことを条件にようやく彼のオファーを受けた。家を出たブリタニーは、週に二日から三日、彼の家に泊まりに来るようになっていた。

彼はそういった成り行きすべてをむしろ愉しんでいた。ブリタニーは十八歳だったので、ザニックと同棲《どうせい》していても、違法ではなかった。それに厳密な意味において、ふたりは実際に〝同棲〟していたわけではなかった。だが昨年、彼が十五歳の少女を法定強姦《ごうかん》したとして起訴された事実――もう少しでプラスキの街への〈ホシマ〉の自動車製造工場誘致を台無しにし、彼自身を十年の刑に服させることになりそうだった――を考えると、法的には成年であるとはいえ、十代の少女を家に滞在させていることを知れば、住民は怒り狂うだろう。イズラエル・クラッチャーが独立記念日に娘がザニックといっしょにいるところを見て怒ったのもそれが理由だった。

ザニックは気にしなかった。彼はプラスキ出身ではなかったし、人を驚かせるのは愉しかった。仲間を愉しませるのも好きだった。地元の魅力的なバーテンダー、キャシー・デュガンと一年ほど断続的に付き合っていたが、昨年のクリスマスに別れていた。彼はすぐに人々に関心を失いがちで、キャシーにも飽きてしまったのだ。彼女もまた彼を利用しており、その動機は明らかだった。彼女は、彼と付き合う女性が求めるのと同じものを求めた。それは金《かね》そのものというよりも、自分の家族のための保障のようなものだった。

ザニックも家族を必要としており、彼はそれをブリタニーとのあいだに見いだしていた。彼は、フィズのマネージャー代わりだったキャシーを利用して、独立記念日の彼の屋敷でのライブを計画したのだった。

キャシーとは違い、ブリタニーは家族に対する保障には関心がなかった。彼女は自分自身のキャリアの踏み台として、そして父親への復讐のために彼を利用したのだった。

そのことが事態をよりエキサイティングにした。

そしてより不安定にした。彼女は、ザニックは金曜日の夜にブリタニーと会ったときのことを思い出しながらそう思った。彼女は、ザニックが仲介したエレクトリック・ハイとの契約について罪悪感を覚えていた。そしてバンドとボーイフレンドを置いて去ることを考えなおそうとした。心変わりするにはもう遅いと彼が言うと、彼女は動揺し、とにかく契約を破棄すると言って脅した。彼は、朝、荷物をまとめてアバナシー・フィールド空港で会おうと彼女に告げた。

「だめ」とブリタニーは言った。「できない」そしていきおいよくドアを閉めて、家を出ていった。

ザニックは彼女が出ていくときに、自分がなんと言ったか思い出せなかったが、激怒したと言っても決して言い過ぎではなかった。彼はばかにされることが嫌いだったのだ。キッチンに歩いていくと、冷蔵庫を開け、今は五本しかなくなった〈バドライト〉のカートンを見つめた。そしてうめき声をあげた。

ブリタニーの拒絶を受け入れることができなかった。

36

午後六時三十分、ボー、T・J、ライラは、クラッチャー家の前で、ブッカー・Tとその息子ジャーヴィスに会った。この時間になると、ほとんどの弔問客は、すでに帰ったか、出てくるところだった。

「来てくれてありがとう」とブッカー・Tは言い、ボーの肩を抱いた。

「家族の様子はどうだ?」ボーは家のほうを顎で示しながらそう訊いた。

「テレサはなんとか頑張ってこなしている。泣きそうになってはいるが、持ちこたえている。弔問客と話をし、ブリタニーとの愉快な思い出に笑ってさえいる。ジーナはおれやほかの人についてもほとんど眼に入っていない。虚ろな眼で両親の隣に立っているだけだ」

ボーは頭を振った。「つらいに違いない」

ボーとブッカー・Tはすぐに、ちょうど弔問に訪れていたビッククランド・クリーク・バプティスト教会でいっしょになったことのある老夫婦と握手をし、ハグを交わした。

「イズラエルはどうなんだ?」老夫婦が去ると、ボーが訊いた。

ブッカー・Tは歯のあいだから息を吸い、顎をぐいっと引いた。「大丈夫とは言えない」

「どういう意味だ?」

「昨日の晩に話したとおりなんだが……さらに悪くなっている」

ボーは両手をズボンのポケットに入れた。「機会があれば、彼と話してほしいということだったな」

ブッカー・Tは眼を細めた。「ああ、だが機会を待つ必要はないようだ」

「どうして?」

「おまえと話したいと言ってるからだ」

ボーは眉をひそめた。「何を?」

「それだけしか言っていなかった。おまえが来るかどうか知りたがったんで、来ると言ったら『よかった、あいつと話がしたい』と言ったんだ」

ボーは唾を飲み込んだ。イズラエル・クラッチャーと最後に会話らしきものを交わしたのはいつだっただろうか?

「構えるな」とブッカー・Tは言った。「あいつはひどく傷ついている」

五分後、ボーと子供たちは家のなかに入り、モーリス・ダニエルズ——みんなからはモーと呼ばれていた——という男の後ろに立って待った。モーは自宅で床屋を営んでいて、プラスキの黒人のほとんどは、彼に髪を切ってもらっていた。モーの前には、幼い子供ふたりを連れたアフリカ系アメリカ人の若い夫婦と、ネイビーの花柄のドレスを着た、ボーの知らない白人女性がいた。

「ボーセフィス、いつになったらまたうちに来てくれるんだ？」とモーが訊いた。ボーはこの老人がだれに対してもあだ名ではなく、ちゃんとした名前で呼ぶことを思い出した。

ボーは微笑むと、スキンヘッドの頭を撫でた。「こんな頭じゃ、あんたにできることはあまりないよ、モー」

「おれならあんたよりも滑らかに剃ることができるよ」モーは眼を輝かせながらそう言った。「あんたの顔をもっときれいに見せることもできるぞ。この街に戻ってきたのに、おれのところに来ないなんてひどいじゃないか。あんたの息子は何度か髪を切ったぞ」彼はそう言うと、T・Jにうなずいた。彼はポケットに手を入れて車のキーをいじっていた。ボーが残って、クラッチャー一家と話をする必要があったときのために、別々の車で来ていた。

ボーはブッカー・Tから聞いた話を思い出し、また胃に痛みを感じた。イズラエルがおまえと話したいと言ってる……

「トーマス・ジャクソン、おまえのお父さんにうちに来るように言ったはずだぞ」モーのしわがれた声がボーの思考をさえぎった。「ちゃんと伝えたか？」

T・Jはボーをちらっと見てから、モーに視線を戻した。「ごめんなさい、ミスター・ダニエルズ。忘れてた」そう言うと自分のiPhoneに眼を戻した。

モーは彼を手で払った。「最近のティーンエイジャーは何も覚えてないんだな。あのくだらない道具に夢中で忙しすぎるんだ」

「まったくだ」とボーは言った。並んでいると、ネイビーの服を着た女性がすれちがった。その眼は涙で赤くなっていた。ボーが彼女に向かってうなずくと、その女性も仕草で返した。

「こんにちは、ボー」

「ハイ」すれ違いざまにボーはそう言った。彼はモーを見た。「あれはだれだったっけ、モー？　見覚えはあるんだが――」

「ミス・リトル。ジャイルズ・カウンティ高校でずっと合唱団を指導していて……たしか七〇年代からだったかな……ほかにボイストレーニングもやっていた。彼女はブリタニーの唯一のボイスコーチだ」

ボーは高校時代、合唱団で歌ったことはなかったが、思い出した。「ジョイス・リトル」ささやくように言った。「おれが高校にいた頃はチアリーディング・チームを指導していた」ボーは頭を振った。「石器時代に戻ったような感覚だ」

「おまえが近所の床屋でまともな髪型にしてもらっていた頃さ」モーはからかうようにそう

言うと、ボーの腕を強く握った。眼の前では若いカップルが弔意を表すのを終えていた。

「うちに来いよ、ボー。モーじいさんは永遠に生きてるわけじゃないし、おまえといろいろ話したい。おまえに話したいこともたくさんあるし、おまえの話も聞きたい」

「そうするよ」とボーは言った。よいことにしろ、悪いことにしろ、そして醜いことにしろ、プラスキの出来事についてモー・ダニエルズほどよく知っている人間はいないはずだと思った。

ボーは年老いた理髪師を見た。彼自身の髪はサイドにけば立つような白髪があり、頭頂部はきれいに禿《は》げあがっていた。思わず微笑んだ。だが彼が体を寄せてテレサ・クラッチャーの頬にキスをするのに眼を向けたときに、初めてイズラエル・クラッチャーと眼が合った。ボーの微笑みは消えた。

イズラエルは黒いスーツに白いシャツ、暗いワインレッドのネクタイをしていた。身長は百八十センチを超え、体重は八十キロぐらいだろうか。ボーにとって、イズラエルは今もまだジャイルズ・カウンティ高校ボブキャッツの痩せた筋肉質なクォーターバックのままだった。

イズラエルはモーの手を握り、何度もうなずいていた。そしてモーが立ち去ると、背筋をまっすぐ伸ばし、子供たちの前に進み出てきたボーをにらみつけた。

一瞬、ぎこちない沈黙があり、ボーとイズラエルはたがいに見つめ合った。張り詰めた緊張が眼に見えるようだった。

ようやくボーがほかのふたりの家族に眼を向けた。

「テレサ、このたびはなんと言ったらいいか」とボーは言い、体を寄せると、彼女の肩をハグした。

「来てくれてありがとう、ボー」とテレサが言った。その声はすすり泣くようだった。彼らがみな高校生だった頃、テレサ・クラッチャーはとても魅力的な女性だった。長い脚に曲線的な体型で、ついつられてしまうような笑顔がすてきだった。ブッカー・Tもボーも彼女に夢中だったが、テレサの眼にはイズラエルしか映っていなかった。今でも彼女は魅力的だったが、年齢やストレス、疲労が彼女のまぶたの下にしわを作っていた。十代の頃は長く自然だった茶色い髪も、今は短く切って三つ編みにしていた。ボーは彼女から体を離すと、テレサとイズラエルのあいだにいる少女に眼を向けた。

ジーナ・クラッチャーは母親と同じショートヘアで、地味な黒のドレスを着ていた。がっしりとした体格で、ボーが体を寄せてハグをすると、腕と背中の筋肉が引き締まるのを感じた。

「とても残念だ、ジーナ」と彼は言った。

彼女はボーを見つめたが、何も言わなかった。そのまなざしは鈍く、まるで抗うつ剤を飲んでいるかのようだった。「その……ほんとうに残念だ」ボーは繰り返した。

最後に、ボーはもう一度イズラエルに視線を戻し、手を差し出した。「イズラエル、今度のことはほんとうに残念だ。ほんとうに」

イズラエル・クラッチャーは眼の下にくまができ、瞳のまわりは赤く充血していた。口を開いて、何か言おうとしたがことばは出てこなかった。なんとかうなずくだけだった。

「話があるとブッカー・Tから聞いたんだが」

イズラエルは眼をしばたたいた。まるでトランス状態から抜け出したかのように。ようやくことばを発したとき、その声は乾いて弱々しく聞こえた。「時間はあるか?」

ボーはうなずいた。

イズラエルがテレサに何かささやき、彼女は不満そうなまなざしで夫を見たが、勝手にすれば、と言うかのように頭を振った。

振り向くと、後ろには数名の弔問客しかいなかった。テレサはイズラエルが早々に逃げ出すことに腹を立てているようだ。それともほかに何かあるのだろうか? ブッカー・Tは、クラッチャー夫妻が夫婦関係に問題を抱えているかもしれないと言っていた。

T・Jに妹を連れて家に帰るよう小声で告げてから、ボーはかつてのチームメイトのあとを追って、家のなかに入っていった。壁に飾られた子供たちの絵や写真に眼を奪われた。リビングルームの暖炉の上にはビックランド・クリーク・バプティスト教会の油絵があった。テレサが描いたのだろうか。さまざまな年齢の娘たちが写った家族写真や、ジーナとブリタニーの子供の頃の印象派風の肖像画があった。肖像画には地元で愛されているアーティストのレベッカ・ミムズの署名があった。

ブリタニーの写真は、子供時代のあらゆる年齢のものがいたるところに飾られており、そのなかには《アメリカズ・ゴット・タレント》のほかのファイナリストたちといっしょに撮った写真もあった。額装されたその写真のなかで、ブリタニーは黒のカクテルドレスに紫の石がついたチャームネックレスを身に着け、輝くような笑顔を見せていた。ボーはこの夜のことを覚えていた。子供たちといっしょに彼女がリンダ・ロンシュタットの《ブルー・バイユー》を歌うのを観ていた。ボーと子供たちは彼女が勝つはずだと思っていた。ブリタニーの死によって打ち砕かれた家庭を見渡しながら、ボーは自分の家庭のことを考えた。そこにはライラの写真がいたるところにあった。そしてジャズの……。ボーは思った。今でもジャズのことが……

小さな書斎に入り、イズラエルがドアを閉めると、ボーは足がずっしりと重くなるのを感じた。書斎のなかには長方形の木製の机があった。机の後ろにはイズラエルのフットボール選手時代の写真が額装されていくつか飾られていた。そのうちの一枚のなかでは彼がテネシー大チャタヌーガ校《UTC》モカシンズの背番号18番のユニフォームを着て、よく知られたハイズマン・トロフィーのポーズを取っていた。左の脇の下にボールを抱え、右腕をまっすぐ伸ばしてタックラーをかわしていた。ボーは写真に近づくと言った。「UTCでもクォーターバックとしてプレイしたのか？」

「いいや、コーナーバックにまわされた。当時は黒人のクォーターバックはあまりいなかった。高校で先発のクォーターバックとしてプレイできたのは運がよかったよ」

壁に沿って視線を動かすと、自分の家にもある写真に眼が留まった。近くに寄って見ると、写真の下に文字が刻まれていた。〝ジャイルズ・カウンティ高校ボブキャッツ　一九七七年州チャンピオン〟写真のなかに自分自身の顔を見つけ、人差し指で触ってみた。

「百万年も前のことのように思えるな、どうだ？」とボーは訊いた。

「ときには」イズラエルは同意した。「別のときにはすべて昨日のことのようにも思える」

「最高のチームだった」とボーは言った。

「いや、違う」とイズラエルが言った。「おれたちはいいチームだった……そしておれたちには百年にひとりのプレイヤーがいた。『背番号41番、ボーセフィス・ヘインズ』」彼は実況中継のアナウンサーを真似て言った。興奮が彼にエネルギーを与えたようだった。イズラエルの声は少し力強くなった。「ラッシュでチームをリードし、タックルでもチームをリードした。パントが必要なときにはパントを蹴り、フィールドゴールがロビー・ハーランには長すぎるときには、ボーセフィスが代わりに蹴った」

「イズ、おまえもいい選手だった。全額奨学金でUTCに行ったんだろ。ブッカー・Tも大学でフットボールをした」

彼は鼻で笑った。「ブライアント・コーチはおれやブッカー・Tを見に、プラスキに来やしなかった。おれたちにもっとチャンスが与えられていたら、彼も見に来てくれたかもしれない。だがおれたちがボールを持つと、ウェイツ・コーチはおまえにボールを渡させた。おまえは州大会の前にほとんど使いつぶされていた」

「ハーシェル・ウォーカー（一九八〇年代にＮＦＬで活躍したアメリカン・フットボール選手）はなんて言ってた？　『いくら走っても疲れたことはない。あのボールは重くない』だったかな」

「おまえはハーシェルよりうまくなれたはずだった。高校時代にあそこまで酷使されていなければ、アラバマ大で膝を壊すこともなかった。そう思ったことはないか？　もしおまえが三年間、あらゆるプレイで使われていなかったらと」

　ボーは歯を噛みしめた。娘の死を悼んでいるこんなときまで、彼が自分に対する嫉妬をくすぶらせていることが信じられなかった。ボーに再会したことが気晴らしになり、昔の不満を吐き出すことで、娘の死のことを考えなくてすむのだろう。あるいはイズラエルはその程度の小さい人間なのかもしれない。ボーにはわからなかったが、かつてのチームメイトと言い争うつもりもなかった。

「ウェイツ・コーチがあそこまでおまえにばかりボールを預けなければ、おれたちのうちのもう何人かはディヴィジョン１の大学に入《はい》れていたかもしれない」イズラエルは続けた。「そしておれにもっとパスを投げる機会が与えられていたら、大学でもクォーターバックをやっていたかもしれない。おれにはＮＦＬでもプレイできる実力があった」彼はため息をついた。「そしてもしNFLでプレイしていたら、おれは公認麻酔専門看護師《CRNA》ではなく、医師になっていたかもしれない。そしてもし、もしそうなっていれば、おれは家族をプラスキから連れ出すことができたかもしれないし、可愛《かわい》い娘は殺されずに、今も生きていたかもしれない。ジャイルズ・カウンティ高校が受け入れるべきではなかった悪の種に、娘が殺されることもなかったかもしれない」イズラエルは自分の椅子にどすんと坐ると、向かいの席に坐るようボーに仕草で示した。ボーはクッションの端に坐り、肘を膝の上に置いた。

「おれに話したいことがあると言っていなかったか、イズラエル。過去を作り直そうっていうんじゃないだろ」

イズラエルは自分の机に視線を落とした。ボーは彼の手が震えていることに気づいた。彼が右手で左手を押さえ、まっすぐボーを見た。「最後に会ってから、どのくらいになる？」

「わかってるんだろ」とボーは言った。

イズラエルは顔を歪めて苦笑した。「九年前の同窓会以来か」

「ああ」とボーは言った。「最後にどうなったか覚えてるか？」

イズラエルの眼が暗くなった。「おまえに殴りかかった」

「逆だと思う」

「おれの記憶では、殴り合いが始まる前に止められたはずだ」

「またそうしたいのか？」とボーは訊いた。脚を組んで、椅子の背にもたれかかった。「殴り合いをしたいのか？　それで物事がうまくいくのか？」

イズラエルはボーの後ろの壁を見ていた。「おれにとっては、何をしたところで物事がうまくいくことはない。ブリタニーは死んだ。聞いてるか？　おれの娘は死んだんだ」

「何か言えればいいんだが」

「ことばなんていらない――わかってるだろうが」イズラエルは言い放った。「おまえも人生で多くの地獄を味わってきた。愛する人を殺された。ことばに救われたことがあるか？」

「時間以外は何も助けてはくれない」

「時間はすべての傷を癒す。そう言いたいのか？　そんな使い古されたことばをおれにかけるのか？　言いたいのはそれだけか？」

「何にも傷を癒すことはできない、イズ。だが時間はある意味、傷口をふさいでくれる。人々を痛みから守ってくれる。また使い古された陳腐なことばを言うのはいやだが、人生は続くんだ。望むと望まざるとにかかわらず」

「おれにとっては違う」とイズラエルは言った。「おれの娘に正義が果たされるまでは」

しばらく沈黙が流れた。ボーは男を悲しみにゆだねた。ようやく咳払いをすると低い声で言った。「なぜおれと話したかったんだ、イズ？」

イズラエルは咳をし、眼を拭った。「おまえはルイス検事長のことはよく知ってるな？」

「ああ、去年の裁判ではおれの依頼人だったし……彼女のことはよい友人だと思っている」

「あの記者会見は見たか？」

ボーはうなずいた。

「死刑を求めないことをどう思う？」

「そうだな……死刑はすべての殺人事件に適用されるわけじゃない。加重事由が必要だ。もしこれが痴情殺人だとしたら、必ずしも死刑が認められるわけではない。被告人の年齢も軽減要因になると考えている」

「それはいったいどういうことだ？ やつは成人なんだぞ」

「彼は十八歳だ。かろうじて成人ではあるが、まだ高校生だ」

イズラエルは荒い息を吐き、頭を振った。「おれの娘を殺した人間にのうのうと息を吸わせるつもりはない」

ボーはかつてのチームメイトの動揺と無力感を感じ取った。「おまえが自分の手で正義を下さないよう忠告する。そんなことをすれば最悪の結果になる、イズ。家族をさらなる悲劇に巻き込みたいのか？」

「あいつはおれの娘を殺した」とイズラエルは言った。

「もし彼がやったのなら、検事長が彼を長いあいだ刑務所に入れるようにするはずだ」

イズラエルは眼をしばたたいた。「検事長はおれの娘のために正義を果たしてくれるのか？」

「彼女はおれの知っているなかでも最もすぐれた法律家のひとりであり、文句なしに最高の検察官だ」

「街の人々のなかには、彼女が元夫を殺して逃げおおせたと思っている者もいる」

ボーは唇を嚙んだ。彼は同じような噂をいくつか聞いていた。「彼女は無罪を宣告された」

「無実であることと同じではない。おまえのような優秀な弁護士なら、有罪の依頼人であっても無罪を勝ち取ることができる。やったことがないとは言わせないぞ。それにおまえはまだおれの質問に答えていない。ルイス検事長はおれの娘のために正義を果たしてくれるのか?」

ボーの脳裏に、その朝の長く苦しみに満ちた散歩のときに考えたことが甦った。この狂った世界で、正義を果たすことは可能なのだろうか? この街では……

「おまえは、保安官事務所が正しい人間を逮捕したと思うか?」とボーは尋ねた。

「おまえは根っからの弁護士だな、ボー」とイズラエルは言った。「質問に質問で答える」

「オデルの有罪を示す証拠がなければ、検事長は彼の逮捕に同意しないだろう。おまえはブリタニーとオデルが付き合っていたことは知っていたのか?」ボーは自分が今、イズラエルを尋問しているとわかっていたが、どうすることもできなかった。彼は弁護士だった。そして結局のところ、検事長について尋ねることで尋問の扉を開いたのはイズラエルなのだ。

「ああ、知っていた。そして、彼は危険な人物だと娘に言った。ブリタニーは世界を自分のものにする寸前だった。なぜそんなときに彼のようなトラブルを自分の人生に持ち込むんだ?」

「ブリタニーに敵はいたのか?」

イズラエルはうつむくと、両手で顔をこすった。「保安官補がいろいろと訊いてきた。おれは何も知らない。だが保安官事務所との話し合いのなかで出てこなかったことがあり、気になっている」

「それは何だ?」

「ボストンからやって来て、〈ホシマ〉の工場を誘致した金持ちの若造のことは知ってるな? 去年、そいつを相手に訴訟を起こしただろう?」

ボーは背筋に冷たいものが走るのを感じた。「ああ」

「ここ数週間、あいつが娘のマネージャーになっていたようだ」

ボーは自分の耳を疑った。「イズラエル、ブリタニーがマイケル・ザニックと関係してたと言うのか?」

「ああ、そうだ」

「仕事だけの関係だったのか?」ボーは自分の胸の鼓動が高まっているのが聞こえ、感じることができた。

「わからない」とイズラエルは言い、また机を見つめた。「だがそれ以上のことがあったと思っている」

37

数分後、ボーはクラッチャー家の階段を重い足取りで下りていた。長い一日と前日の睡眠不足から疲れ切っていたが、体にはアドレナリンが満ちていた。ザニック。考えた。昨年十一月の調停で会った、きゃしゃな見た目の起業家のことを思い出していた。そのときザニックはボーがマンディ・バークスの代理人として起こした暴行事件に関する民事裁判を百五十万ドルで和解にしたのだった。

あの男は平穏を金で買った。

地区検事局が起訴した強姦罪は、ヘレン自身の殺人事件の裁判のあいだに、ヘレンのアシスタントであるグロリア・サンチェス検事補によって取り下げられた。

あの男は十五歳の少女をレイプして逃げおおせた……

マンディのために多額の和解金を手に入れたとはいえ、ザニックが実質的に罰を受けることなく逃れたという事実は気に入らなかった。百五十万ドルという金額も、富豪である彼にとっては雀《すずめ》の涙程度でしかないのだ。ザニックが厳しい罰を受けなかったことはマンディの母親であり、ボーのアシスタントでもあるロナ・バークスにとってもおおいに不満だった。

ロナは渋々ザニックの和解提案を受け入れたが、裕福な経済界の大物が軽い罰だけで解放されたことを決してボーに忘れさせなかった。

階段の最後の段に足を掛けたときに顔を上げ、階段を上ってくる制服の保安官補にぶつかりそうになるのをすんでのところでよけた。

「やあ、フラニー」とボーは言った。彼女は階段の上まで着くと振り返り、彼をじっと見た。

「ボー」と彼女は言った。無表情だった。

「何かあったのか？」

「イズラエルとテレサに事件の近況報告に来たのよ」

「何か進展でも？」

彼女は眼を細めた。「この事件の弁護人として事件に関与するまでは……あなたには関係のないことよ」

ボーは彼女の視線を受け止めた。フラニーの反応は当然だとわかっていたが、それでもその冷たい態度が理解できなかった。特に昨晩、サブリナ・シャンパーニュの件で彼女を助けたあととあっては。彼女が玄関に向かうために背を向けたとき、ボーは彼女を怒らせてみることにした。「なあ、フラニー。きみは今回こそ正しい人物を逮捕したと確信してるのか？」

彼女は肩越しに彼を見た。「前回、正しい人物を逮捕しなかったとは思っていないわ」

「ほんとうはそうは思っていないはずだ」とボーは言った。

フラニーは強く歯を食いしばり、ボーにはその音が聞こえるようだった。「以前がどうであれ、オデル・シャンパーニュはブリタニー・クラッチャー殺害で有罪になる」

ボーは一歩前に出た。「きみの言うとおりかもしれない。だがひとつ教えてくれ」

フラニーは彼のほうを向くと、両手を腰に置いた。「何?」

「マイケル・ザニックがブリタニーのマネージャーを務めていたことを知っていたのか?」

「ええ」フラニーはためらうことなく答えた。「ふたりの関係についてはすべて知ってる」

だがボーは彼女の顔に苛立《いらだ》ちと恐れの入り混じった何かがよぎるのを見逃さなかった。

「ちょっと興味深いと思わないか?」

「ノー・コメント」と彼女は答えた。

38

一時間後、フラニーはジャイルズ郡保安官事務所に大きな足取りで入っていった。メルヴィン・ラグランドの検視結果をブリタニーの両親に伝えたとき、その会話は緊張に満ちた、悲痛なものとなった。家をあとにする前、彼女は、ブリタニーがマイケル・ザニックとなんらかの関係があったかどうかをふたりに尋ねた。

テレサとイズラエルはその質問に気分を害したようだった。テレサは何も知らないと言ったが、イズラエルは、最後にはザニックがフラニーの殺される直前に、彼女のマネージャーになっていたことを知っていたと明かした。それがきっかけとなってふたりは言い争いを始め、テレサは部屋を出ていってしまった。パトカーに乗り込むまで、フラニーは混乱する頭で考えた。ブリタニーは秘密を抱えていたのだろうか？

これまで、事情聴取でマイケル・ザニックについて話した者はいなかった。だがブリタニーの携帯電話は、彼からの電話やメールであふれていた。

ザニックが秘密のひとつだ。スピードを上げて保安官事務所へと車を走らせる道すがら、彼女はそう考えた。ブリタニーにはほかにも秘密があったのだろうか？　ほかにもわれわれの知らないことがあるのだろうか？　ブリタニーの最後の二十四時間について時系列的に組み立ててたしかめてみたところ、コンサートの終わった午後十一時から彼女が死ぬまでのあいだに大きなギャップがあることがわかっていた。ブリタニーの〈4ランナー〉を捜索した結果、彼女が十二時四十一分にウエスト・カレッジ通りのサントラスト銀行のATMで二百ドルを引き出していることが、ハンドバッグのなかにあったレシートからわかっていた。だが確認できたのはそれだけだった。LAに行くための資金だったのだろうか？　ブリタニーのメールによると、現金を引き出す前に、マイケル・ザニックの家を訪れているようだった。だがザニックは事情聴取に応じていない。

もっと知る必要がある。

車を駐車場に止めながら、フラニーはクラッチャー家の前でボーが挑発してきたことを思い出していた。もうひとつの疑問が頭のなかに浮かんできた。

わたしはまた間違いを犯そうとしているのだろうか？

捜査本部に戻り、ドッジェン保安官補とマッキャン保安官補のあいだに検事長が坐り、犯罪現場の写真を検討しているのを見たとき、フラニーの疑念と恐怖は混じりけのない敵意へと変わっていた。「どこにいたんですか？」

ヘレンは手にしていた写真から眼を上げると、顔をしかめた。「わたしに言ってるの？」

「ええ、あなたです。午後の記者会見のあと、ずっと連絡を取ろうとしてたんですよ」

「今、ここにいるでしょ」とヘレンは言った。「あなたもそうだと思うけど、クラッチャー家の通夜に参列したあと、ここに直行して、しばらく前からここにいたわ。あなたを待っていたのよ」

「なぜ電話やメールに返信をくれなかったんですか？」

「忙しかったからよ。ほかにも事件を抱えているの。いくつかは月曜日に公判が控えている。この捜査に加わるようになって、それらの事件があとまわしになってしまっていた」

「あなたはいつも最初から捜査に参加してきました。それがあなたのやり方です。もっとも自分自身の殺人事件から逃れたあとは、それは変わったのかもしれませんね」フラニーは言ったそばから後悔した。が、頑固な性格上、言ってしまったからには撤回することはできなかった。部屋を見まわすと、ふたりの保安官補はうつむいて床を見つめていた。

ヘレンは椅子から立ち上がった。「あなたたちは出ていってくれるかしら。ストーム主任保安官補とふたりきりで話がしたいから」

ふたりきりになると、ヘレンはフラニーのパーソナル・スペースを侵すまで近づいた。

「今回だけは見逃してあげる、フラニー。わたしはあなたのことが好きだし、あなたが優秀な捜査官になると思っている。でも、また今回のように一線を越えるなら、あなたには消えてもらう。わかってる？　クビにすることになる」

「わたしをクビにできるのは保安官だけです」とフラニーは言った。

「ハンクは、わたしの機嫌が少しでも悪いとパンツのなかで小便を漏らす。彼はわたしの言うことならなんでもする。だから自分のことは自分でどうにかしなさい」

いっとき、ふたりの女性はたがいににらみ合っていた。どちらの視線にも毒があり、どちらも引き下がらなかった。

「で、何があったの？」ヘレンは低い声で尋ねた。

「被害者には秘密がありました」

「どういうこと？」とヘレンは訊いた。

「ブリタニーは家族にもかなり大きな秘密を隠していました……おそらくオデルにも」

ヘレンは腕を組んだ。ブリタニーの隠していた秘密が何か悟ったとき、首と腕に冷たい震えが走るのを感じた。「彼女の新しいマネージャー？」

フラニーはうなずいた。「イズラエルは知っていましたが、テレサは知らなかったと言っています。ブリタニーの才能と野心を考えれば、彼女が、次のキャリアのステップを上がるための裕福な後援者を探そうとするのは驚くことではありません。充分なカネと影響力を持った人物がいくつかのドアを開けてくれる。まったく理にかなっています。ですがその人物には十代の少女に少し強い関心を持ちすぎたという過去があります」

「マイケル・ザニック」ヘレンはなんとかそのことばを吐き出した。

「そうです」とフラニーは言った。「彼はこの事件のあらゆるところに現れてきます」

39

月曜日の朝八時三十分ちょうど、ボーは一丁目通りの自分の事務所の前に車を止めた。イグニションを切ると、扉に掛かっている金色の小さな看板を見上げた。そこには〝ボーセフィス・ヘインズ法律事務所〟とステンシルで黒い文字が書かれていた。

ボーは司法試験に合格した数カ月後に事務所を開いた。当初は裁判所から二ブロックという理想的な場所に間借りしていた。だが九〇年代初めに最初の大きな勝利を収めたあと、このビルを購入した。弁護士としてのキャリアをスタートさせた当初は、刑事弁護や労災補償事件などを手がけてきた。努力と粘り強さ、そして運にも恵まれたことによって、高額な医療費のかかる傷害を被《こうむ》った依頼人の人身傷害事件をいくつか手がけることができた。その後、二件の巨額の陪審評決と一件の百万ドルを超える巨額の和解金を得て、ボーはテネシー州南部で最も必要とされる原告側弁護士のひとりとなった。

ここ五年間は、自らの殺人事件の裁判、真の父親の発見、そしてジャズの死と、彼のキャリアと人生は大きな危機を迎えた。ほとんどすべてを失った。だがヘレン・ルイス検事長の弁護を引き受けたことでもう一度、頂点を目指すことができた。

ビルのドアを開けると、見慣れた光景が眼に飛び込んできた。彼の秘書兼受付兼パラリーガルのロナ・バークスが、電話の受話器を首と肩のあいだに挟み、コンピューターに向かって猛烈な勢いでタイプをしていた。ストロベリーブロンドの髪をポニーテールにし、茶色のブラウスに色あせたジーンズを穿《は》いていた。ボーが愉しんでいるような眼で見ていることに気づき、あきれたように眼をぐるりとまわした。「はい、今週中に提出します、ミズ・マーティン。今、訴状を仕上げているところで、ボーが明日、最終の確認をします」彼女の声ははきはきとして、活気に満ちていた。数秒後、電話を切るとため息をついた。「あの女、わたしを殺すつもりよ」

「ステラ・マデリン・マーティン」とボーは言った。「ジェローム・マーティンの遺産管理人。六十五号線で彼のSUVのブレーキが利かなくなり、前を走るピックアップトラックに追突したあげく、エアバッグが作動しなかったために即死したんだったな」ボーはことばを切った。ロナは椅子をまわしてボーのほうを向き、腕を組んだ。「〈ホシマ〉の工場が進出してきてから、彼らに対する初めての事件だ」彼は続けた。「彼らの顧問弁護士は催告書に対してまだ何も言ってきていないのか?」

「電話してほしいそうよ」

「結構」

「早期の和解を望んでくると思う?」

「ああ。ここで製造するモデルとは違うが、〈ホシマ〉の連中も工場がオープンする前から悪い話を報道されたくはないだろう」

ロナは、長年の覚醒剤の乱用の産物である歯のかぶせものを見せないように口を閉じたまま、ニヤリと笑った。ロナ・バークスは、かつてはストリッパーで麻薬依存症だった。だがすでに四年、麻薬と手を切って十代の娘を育てていた。ボーがこれまでに出会ったなかでも最も勤勉な人物のひとりだ。ザニックの和解金を受け取ったあとも、たいていの人なら引退して悠々自適の生活を送るところを、一日も休まずに働いた。娘のマンディのために信託口座を作り、家を買うための資金を除いて、ほとんどをそこに預けていた。ボーは、事務所に残ってくれるという彼女の決断をありがたく思った。

「パートナーを採用することについて考えてくれた?」とロナは訊いた。

「もうパートナーはいるよ」ボーはからかうように言った。「あとはきみがロースクールに合格するだけだ」

ロナの笑みが作り笑いに変わった。「笑えない。「まじめな話、この状況を見てよ、ボー……」彼女はファイルフォルダーが高く積み上げられた机の上を手で示した。「今週だけで新規案件が三つ。これから提出する訴状が五件。木曜にはマリンズの調停がある」彼女はそこまで言うと、眉をひそめた。「その件はどう思ってるの?」

「どうかな……」

「ボー?」

「早まったことを言って運を逃したくないんだ。だがあの事件は裁判になっても被告にとってよい結果にはならないだろう。まず和解になるだろうな」

彼女は机の上に腕を伸ばし、体を乗り出した。「いくらで?」

ボーは首を傾げると考えるふりをした。「百二十万ドル」

ロナは小さく口笛を吹いた。「なんてこと。この六カ月で百万ドルを超える和解が三件よ。間違いなくパートナーを採用できるじゃない」彼女はこぢんまりとした受付エリアをさっと見まわした。「事務所の拡張は考えてる? 二階を倉庫以外に使うか、もっと広い場所に引っ越すとか?」

「おれはここが気に入っている」とボーは言った。「おれにとっては大きさよりも機動性のほうが重要なんだ。もうひとりのチームメンバーから連絡は？」

「キーズに行って以来、連絡はないわ」

ボーは鼻を鳴らした。「一週間前だぞ」

「フーパーがどんなかはわかってるでしょ」

そのとおりだった。彼の調査員は変則的な勤務の仕方をしていた。趣味で〈ウーバー〉のドライバーをし、出張がないときは、アラバマ州ディケーターのウォーターフロントにある自分のオフィスで調査をしていた。だが昨年のヘレンの事件で初めて雇って以来、事務所にとっては欠かせない存在となっていた。「あいつが電話をしてきたら、話があると伝えておいてくれ」

「〈ホシマ〉の件で彼に調べさせるの？　エアバッグとブレーキの問題をもっと掘り下げるとか？」

「いや、その件についてはもう充分調べてくれた」ボーはうなじを撫でた。オデル・シャンパーニュの事件が頭に浮かんだ。マイケル・ザニックはブリタニー・クラッチャーのマネージャーを務めていた。検事長の事件のとき、フーパーはザニックについて調べつくしている。ボーは首を傾げた。順序が逆なのはわかっていた。自分はまだその事件の弁護を引き受けるか決めていないのだ。

「どうかしたの？」とロナが訊いた。

「いや」とボーは言い、手を下ろすと自分のオフィスへ続く廊下の方向に歩きだした。

「フーパーを捕まえたら、何か伝えておくことはある？」

ボーは受付エリアと廊下のあいだの戸口で立ち止まった。「新しい事件であいつの力が必要になるかもしれないとだけ」

「オー……ケイ。何かわたしに言っておくことは？」

ボーは肩越しに彼女を見た。「きみの娘さんは今、プラスキ・アカデミー高校に通ってるんだったな？」

「ええ、一月にそこに転校した。和解金がなければ無理だったわ」

「ジャイルズ・カウンティ高校にいたとき、ブリタニー・クラッチャーのことは知っていただろうか？」

ロナの顔が曇った。「ええ、それどころか友達と言ってもよかった。マンディは音楽に興味があるから。ブリタニーに起きたことはほんとうに恐ろしいことよ。マンディもショックを受けている。クラッチャー家とは知り合いなの？」

「ああ」とボーは言った。「ブリタニーの父親とは高校でいっしょにフットボールをプレイした。あのな、もしかしたら……」ボーはことばを濁した。

「もしかしたら何？」

「いや、気にしないでくれ。フーパーから連絡があったら、おれに電話するよう伝えてくれ」

ボーは歩きだしたが、彼女のことばに足を止めた。

「なるほど、それでわかったわ」ロナはそう言うと顔をしかめ、机から黄色い付箋をはがし、彼に差し出した。

ボーはその付箋を手に取った。書かれている文字を読んで体がこわばった。〝サブリナ・シャンパーニュ〟とあり、見覚えのない番号が書いてあった。

「刑事事件はもうやらないんだと思ってたけど」とロナは言った。

ボーがメモから顔を上げると、彼のアシスタントはまだ顔をしかめ、腕を組んでいた。

「だれも引き受け手のない事件なんでしょ、違う？　今、引き受けている事件に影響が出る可能性もある」

「なんとかするさ」とボーは言った。「それにまだ引き受けたわけじゃない」彼女がさらに何か言う前に、大きな足取りで廊下を進み、自分のオフィスに入った。ドアを閉めると、そのままドアに背をもたせかけた。弁護士業務は順調にいっている。人生も。

この事件は引き受けるべきじゃない。絶対に。

40

三時間後、ボーはクラッチャー家のキッチンテーブルに坐っていた。昼食を断ったにもかかわらず、彼の前にはチキンサラダ・サンドイッチが置いてあった。テレサは緑色のバスローブを着て、冷蔵庫のそばに立っていた。眼鏡をかけ、髪の毛を丸く束ねていた。化粧はしておらず、眼は泣いたせいか、寝不足のせいか、あるいはその両方で赤くなっていた。ボーはここにいて、この女性の痛ましい記憶をさらに掘り起こさせることに罪悪感を覚えていた。だがそれはむしろ控えめな表現だったかもしれない。恥ずかしさで顔が赤くなっていた。この事件に関わるのなら、ある質問に関する答えを知っておかなければならなかった。そしてテレサこそが最も信頼できる情報源だとボーにはわかっていた。

「こんなふうに押しかけてきてすまない」タイルの床を見つめている彼女を見て、ボーはそう言った。「昼食はいらなかったのに」ボーが坐るやいなや、彼女はサンドイッチを作り始め、有無を言わせず、彼の前に置いたのだった。

「どうぞ食べて」とテレサは小さな声で言った。見た目と同じく、その声も疲れているようだった。「教会の人たちがいろいろと持ってきてくれて、冷蔵庫に入りきらないくらいなの。そろそろ捨てなきゃならない」彼女は自嘲ぎみに笑った。「だれもが食べ物を持ってくることしか思いつかないなんておかしいわよね。チキンサラダを食べたわ。フライドチキンや六種類のいろいろなマカロニ・アンド・チーズも。あらゆる種類のパイやケーキも」彼女は嗚《お》咽《えつ》をこらえた。「ブリタニー以外はなんでもある。どんなに食べても、泣いても、話しても、あの子は帰ってこない」

ボーは無理やりサンドイッチをひと口食べると、甘い紅茶で流し込んだ。「おいしいよ。ほんとうにありがとう」

「どういたしまして」とテレサは言い、ボーの横の椅子にどすんと坐った。「お通夜以来、やってきたのはあなたが初めてよ。みんな入口の階段に食べ物を置いていくけど、家のなかには入ってこない。今は、わたしたちはのけ者なのよ。みんなお気の毒にって言う。ほんとうにそう思ってくれているのはわかってる。けど、みんなあまり近づきたがらない。わたしたちに起きたことが、自分たちにも起きてほしくはないのよ」

「みんな、どうしていいかわからないのだろう」

「そうかもしれない」彼女は眼を細めて彼を見た。「で、どうしてここに来たの？　昨日の晩来てくれたのも驚きだったのに、今日もまたここにいるなんて」

「昨日はほかの人々と同じようにお悔やみを言いに来た。だが、イズラエルが気になることを言っていた」

彼女はどこかぼんやりとした眼で彼を見た。「彼が自分の書斎にあなたを連れていったときのこと？」

ボーはうなずいた。「彼は、保安官事務所がブリタニーに正義を果たすとおれが信じているか知りたがった」ボーは注意深くことばを選んだ。「そして死刑は選択肢にないだろうと知って動揺していた」

「だったらどうだというの？　正義があの子をお墓から掘り出して生き返らせてくれるとでも？　彼らがオデルを死刑にしたからって、あの子が戻ってくるの？」

ボーはテーブルから手を引いた。「テレサ、きみの娘さんを殺した犯人が捕まって、罰を受けてほしいとは思わないのか？」

「警察は犯人を捕まえた」とテレサは言った。「わたしはオデルがバス置き場にいたところを見た。彼はわたしを見ようとさえしなかった。有罪に決まってる。イズラエルはブリタニーにあの男とは別れるよう警告していた、なのにあの子は頑固だった。ほんとうに頑固だった」

「オデルがブリタニーに不適切なことをするのを見たことは？」

テレサは首を振った。「いいえ。でもだからってなんの意味もない。どちらにしろブリタニーにほとんど会ってなかったから」

ボーは脳がくすぐられるような感覚を覚えた。「どういうことだ？　彼女はここに住んでたんじゃないのか？」

テレサはまだボーを見ていた。「いいえ。七月に家を出た。その後は教会だったか、ライブだったかで一回会っただけよ」

　ボーは腕を組んだ。「なぜ彼女は家を出たんだ？」

「なぜなら、彼女は十八歳で、ルールに従って生きていくことにうんざりしてたから。バンドのイベントでどんどん帰りが遅くなっていたけど、わたしたちは夜は家にいてほしかった」

　テレサの練習したような口調から、ボーはそれがすべてではないような気がしていた。同じ話を保安官事務所の人間にも何度も話したに違いない。「それだけが家を出た理由なのか？」

　彼女は眼をしばたたくと、テーブルから立ち上がり、キッチンカウンターに近寄った。

「コーヒー飲む？」

「テレサ、ブリタニーが家を出たのにはほかにも何か理由があるのか？」

　テレサはキャビネットを開け、コーヒーのパッケージを取り出した。それからコーヒーの入ったカプセルを取り出すと、〈キューリグ〉のコーヒーマシンにセットした。

「テレサ――」

「あの子と父親は仲がよくなかった」

「マイケル・ザニックが彼女のマネージャーになったことと関係があるのか？」

　テレサはカウンターに両手を置き、黒い液体が〈キューリグ〉の下に置いたマグカップに滴り落ちるのを見ていた。キッチンはフレンチローストの香りに包まれた。いっとき、コーヒーマシンのごぼごぼという音以外、何も聞こえなかった。しばらくすると、彼女はマグカップをテーブルの上のボーの皿の前に置いた。「弁護士はみんないつもコーヒーを必要としているんでしょ、違う?」彼女は無理やり笑顔を作った。ボーは彼女をじっと見た。

どこかおかしかった。今日は通夜のあとの月曜日だ。なのに、テレサはひとりで家にいる。ザニックについての質問に対する答えが知りたかったが、そっちは待つことができた。「テレサ、ブリタニーの葬儀は今日の午後じゃなかったか?」

彼女はまたボーに背を向けるとコーヒーマシンの横のシンクに向かって歩きだし、ゆっくりと両手を洗った。

ボーは立ち上がると、彼女に近づいた。「テレサ?」

「ビッククランド・クリークで午後三時から葬儀がある。ホランド牧師が司宰を務めてくれる。そのあと、メイプルウッド墓地で埋葬が行なわれる」彼女はことばを切った。「家族だけで」

「テレサ、残りの家族はどこにいるんだ?」ボーが着いて以来、ジーナの姿もイズラエルの姿も見えなかった。テレサだけと話ができることはありがたかったが、彼女しかいないというのは腑《ふ》に落ちなかった。

「イズラエルはきっとホテルにいるわ」彼女は嗚咽をこらえてそう言った。「ジーナは……わからない。あの子は姉の死を受け入れられないでいる。今日は葬儀のために学校は休んでいるけど、カリー・センターに行って、トレーニングをしてるか、シュート練習でもしてるんじゃないかしら」

ボーは首を傾げた。「なぜ、イズラエルはホテルにいるんだ?」

テレサはカウンターをぎゅっと握った。「わたしたち別居してるのよ、ボー。七月から」

ボーは驚いた。イズラエルはブリタニーと同じ時期に家を出ていた……。それは偶然ではありえない。だがブッカー・Tはボーにそのことについて何も言っていなかった。彼はイズラエルの親友のひとりだというのに。「すまない。知らなかったんだ……」

彼女は口を拭くと、カウンターの上にあったプラスチックのカップを蛇口の下に置いた。半分まで水が入ると、ゆっくりと飲んだ。「だれにも言っていない。親しい友人にも。いずれにしろ、イズラエルはわたしといっしょに教会に行くことはほとんどなかったし、それがわたしたちにとっては唯一のコミュニティとの付き合いだったから」彼女は苦笑した。「わたしたちの人生は子供たちだった。それでもふたりでブリタニーのバンドのイベントには参加したし、ジーナのバスケットボールの試合も見に行った。何事もなかったかのようにいっしょに坐っていた」彼女はもうひと口、カップから飲んだ。「だれもおかしいとは思わなかったと思う」

「だが何かがおかしかった。なんだ?」

彼女はようやく振り向くと、ボーの顔を覗き込んだ。「わたしたちの夫婦関係について話すためにここに来たの? ほんとうはわたしに何か尋ねたいんじゃないの?」

「もう訊いた」とボーは言った。

「そう、ならもう帰ってもらえるかしら。葬儀の準備をしなければならないから」

「テレサ、すまない。もうひとつ訊きたいことがある」

彼女は腕を組んだ。「何？」

「ブリタニーはどこに住んでいたんだ？」

「友達のターシャの家にいると言ってた。マーティン・メソジスト大学の一年生の子よ。キャンパスの近くにアパートメントを借りてるって言ってた」

「信じていたのか？」

「ええ、でも……」テレサは口ごもった。

「でも、なんだ？」

「ううん、なんでもない。帰って、ボー。わたしを動揺させないで」

「テレサ、このことをすべて警察に話したのか？」

彼女は眼をそらした。「出ていって、今すぐ」

ボーは動かなかった。「きみとイズラエルがブリタニーのために正義を果たしたいのなら、捜査当局にすべて正直に話すべきだ。そうでなければ、真実を知ることはできない」

「真実？」彼女はボーに近寄った。「真実は、あなたの息子も親しくしている、ブリタニーのボーイフレンドがビール瓶であの子を殴って殺したのよ」彼女は両手を上げて顔を覆った。

「それ以外のことは関係ない。わたしとイズラエルの夫婦生活も。ブリタニーが出ていったことも。ええ、わたしたちの家庭はめちゃくちゃよ、ボー。そう言わせたいの？　ブリタニーが夜遅くまで出かけていて、家にいないのもわたしたちのせいかもしれない。わたしたちがあの子をトラブルに巻き込んだのかもしれない。全部、そうなのかもしれない」彼女は体を乗り出すと、両手を膝の上に置き、すすり泣きだしてしまった。「そのことでわたしがずっと苦しんでいないとでも思ってるの？」

ボーは胸に痛みを覚えた。そしてテレサと話し始めたときに自分を覆っていた罪悪感が、復讐を果たそうとするかのように戻ってくるのを感じた。「テレサ、すまない。イズラエルが昨日の晩、言っていたことが気になって、たしかめに来た。きみのためだと思ったんだ」

彼女は体を起こした。「いいえ、違うわ。あなたは何年もわたしの家には来なかったわ、ボーセフィス・ヘインズ。イズラエルの言うとおりね。あなたは自分のことしか考えていないクソ野郎よ。だから自分の家族も台無しにした。うちよりももっと大きな騒ぎだったわよね」彼女のまなざしは怒りに燃えていた。「あなたがまともな男だったら、ジャズもあんな目に遭わなかったかもしれない。今も生きていたかもしれない。そう思ったことはないの？」

「毎日だ」とボーは言った。「クソ毎日だ」ボーは背を向けると、正面玄関へ通じる戸口に向かって歩きだした。そしてドアの前で立ち止まった。テレサに顔を向けることなく、話しだした。「テレサ、ブリタニーとマイケル・ザニックの関係について、何かほかにも知っている人間に心当たりはないか？」

「やっとわかった。テレサ婆さんは頭の回転が遅いけど、ようやくあなたのしようとしてることがわかったわ、ボー。あの殺人犯の弁護をするつもりなのね、そうでしょ？　わたしたちを助けようとしてるんじゃない。あなたの新しい事件のことを調査してるのね」

彼は肩越しに彼女を見た。まだシンクのところに立っていた。腕を組み、眼は怒りに燃えていた。「テレサ――」

「わたしの家から出ていって。なぜイズラエルがあなたを巻き込んだのかわからない。けど出ていって。今すぐに」

41

ボーは保安官事務所の会議室でフラニーを待っていた。クラッチャー家を出たあと、ここに直行していた。ボーは受付の職員にフラニーと話す必要があると言い、重要な件だと言い添えた。

到着して二分も経たないうちに、部屋のドアが開き、フラニーが入ってきた。カーキの制服を着ており、襟には〝主任保安官補《Chief Deputy Sheriff》〟と刺繡《ししゅう》がしてあった。立ったまま訊いた。「どうしたの？」

ボーは手のひらをテントのように組み、彼女を覗き込んだ。「クラッチャー家に行ってきたところだ」

「あそこでずいぶんと長い時間を過ごすのね。あなたとイズラエルがそんなに仲がいいとは知らなかった。あなたたちふたりには何もないと思ってた」

ボーはうつむいたまま、会議室のテーブルを叩いていた。「イズラエルとおれはジャイルズ・カウンティ高校でチームメイトだった。当時も今も仲のよい友人というわけではないが、昨日の通夜であいつの言っていたことが、ずっと気になっていたんだ」

「ザニックがブリタニーのマネージャーだったということ? ボー、ザニックをこの事件に結びつける証拠は何も挙がっていないのよ。すべてがオデルを指さしている」

「そのことじゃない。イズラエルはおれに、保安官事務所は彼の娘のために正義を果たすことができると思うかとおれに訊いたんだ」

フラニーはボーの向かいの席に坐った。「その質問に対する答えはイエスよ」

「そうなのか? フラニー、もしブリタニー・クラッチャーがザニックと関係があったのなら、事件の構図は少し変わってくるんじゃないか?」

「ええ、そうね」とフラニーは言った。「それで満足、ボー? ええ、マイケル・ザニックの存在はこの事件に暗い影を落とすことになる。彼はブリタニーのマネージャーだった。彼女が死ぬ前の数日間、数週間、ふたりは多くの時間をいっしょに過ごしていた。それにブリタニーのルームメイトによると……」彼女はボーをにらんだ。「……ええ、彼女が家で生活していなかったことは知っている。父親と疎遠になり、イズラエルとテレサ夫妻が別居していることも知っている。もうめちゃくちゃよ」

「彼女のルームメイトが話したことを言おうとしていたな。ターシャのことか？」

「ターシャ・ファーガスン」と彼女は言った。「なぜあなたにこんなことまで話してるんだろう」

「なぜならきみが優秀な主任保安官補だからだ」彼は体を乗り出した。「おれがこの事件の弁護を引き受けた場合は、こういった情報を入手する権利がある」

「罪状認否のあとにね」

ボーは微笑んだ。「お願いだ」

彼女はあきれたように眼をぐるりとまわすと、指でテーブルを叩いた。「ターシャは、ブリタニーが毎晩彼女のアパートメントにいたわけじゃないと言っていた」

「彼女はブリタニーがどこに行っていたか話したのか？」

「いいえ」

「ザニックといっしょだったと思わないか？」

「わからない。彼は供述を拒否している」

ボーは頭のなかでチェッカーの駒が盤から落ちるような不穏な感覚に襲われた。「それ自体が警鐘を鳴らしているようなものだ」

「彼は金持ちよ、ボー。金持ちは警察の捜査には協力したがらない。金儲《かねもう》けに忙しいのよ」

「彼はブリタニーのマネージャーで、彼女が死ぬ数時間前に大手レコードレーベルとの契約を仲介した。おれには彼が何かを隠しているようにしか思えない」

フラニーは唇をすぼめた。「可能性はある。けど、わたしたちがオデルに対して持っている証拠のすべてを変えるようなものではない」

「オデルがハメられているとしたら？　だれかほかの人物が、嫉妬か狂気、あるいはその両方からブリタニーに死んでほしいと思い、オデルが犯罪歴や……肌の色のせいでここやそのほかの場所でも公平な裁判を受けることができないことをよく知っていて、彼に罪を着せたのだとしたら？」

「陰謀論ね。もしあなたがこの事件の弁護を引き受けるのなら、幸運を祈るわ、ボー。被害者も黒人だということ、忘れたの？」

「忘れてはいない」とボーは言った。「それにきみやほかのみんなと同じように、彼女を殺した人物に罰を与えたいと思っている。だがおれにはオデルが彼女を殺したとは思えないんだ。あの子のことはよく知ってる。おれの下で働いていたんだ。あの子の力になろうとしてきたんだ」

「ならあなたが弁護を引き受けるべきね」とフラニーは言った。「でもわたしには、あなたが詐欺師に騙《だま》されているように聞こえる。人生をずっとトラブルにまみれてきた少年よ。窃盗の前科もいくつかある。フットボールのスター選手ということで暴行罪を取り下げられたこともあるし、最終的には前の高校を退学になっている。ほんとうならジャイルズ・カウンティ高校は彼のような経歴を持った人物を受け入れるべきじゃなかった。でも彼はフットボールがうまかった。で、どうなるかはあなたも知ってるでしょ」

「その見方は短絡的だ」とボーは言った。ゆっくりと立ち上がりながら、怒りが体じゅうで燃え上がるのを感じていた。「およそ一年前に、殺人の濡《ぬ》れ衣《ぎぬ》を着せられた依頼人の弁護をして、無罪を勝ち取った記憶がある。あれは今回と同じようにきみの事件じゃなかったか」

「なら、教えて、ボー。ブッチ・レンフローは公平な扱いを受けたといえるの？　彼の殺害事件では、その後だれも起訴されていない。事実上、未解決のコールドケースよ。あなたは今回もそれを望んでいるの？　弁護士としてのあなたの技能で水を濁らせることで、今度の被害者も正義を果たすことをできなくしたいの？」フラニーも立ち上がった。

ボーははっきりとした口調で言った。「おれはただ真実を知りたいだけだ」

フラニーは咳払いをした。「この話は終わりよ。もしこの事件の証拠についてもっと知りたいなら、検事長に訊いてちょうだい。それにあなたは被告代理人として出廷する必要がある」彼女はドアノブをつかんで開けた。一瞬、立ち止まって、彼のほうに振り向いた。

「知ってると思うけど、わたしは子供の頃、あなたを崇拝していた。叔母はあなたの秘書をしていることをとても誇りに思っていて、わたしはプラスキで唯一の黒人弁護士、偉大なボーセフィス・ヘインズの話を聞いて育った。あなたのことをこのコミュニティのヒーローだと思っていた」ボーは何も言わなかった。彼女は人差し指を彼に向けた。「エリー叔母さんがあなたがしようとしていることを見たら、胃の痛い思いをするでしょうね。ブリタニー・クラッチャーはあなたの教会の一員だった。わたしたちの教会の。彼女はあなたのかつてのチームメイトの娘よ。この街で、そして世界で活躍しようとしていた、すばらしい才能を持った若い黒人女性。オデルの味方をすれば、地域や友人、あなたが守ってきたすべてを敵にまわすことになる。その覚悟はあるの？」

ボーはその質問を宙に漂わせた。

「それに結局のところ」とフラニーは続けた。怒りが声からにじみ出ていた。「このザニックについての話はオデル・シャンパーニュに殺害の動機を与えることにしかならない。幸運を祈るわ」

そう言うと彼女は彼の顔の前でドアを叩きつけるように閉めた。

42

ブリタニー・クラッチャーの葬儀は、コイ・ホランド牧師によって執り行なわれた。ビックランド・クリーク・バプティスト教会は満員で、外の駐車場に設置されたテレビからなかの様子を見ている参列者もいた。キャシー・デュガンは遺族の真後ろの二列目、弟のイアンの隣に坐っていた。ほかのバンドメンバーもいっしょだった。彼女は弟の手を強く握り、ハンカチでそっと眼を拭った。

ホランド牧師は、詩篇二十三篇のおなじみのことばで儀式を始めた。

「主は羊飼い、わたしには何も欠けることがない」（日本聖書協会新共同訳）

牧師が続けるなか、キャシーはテディ・Bとマックに眼をやった。ふたりとも眼に涙を浮かべ、なんとか彼女にうなずいた。彼女はうなずき返した。

「姉さん、落ち着いて」イアンが彼女の隣でささやくように言った。

「主はわたしを青草の原に休ませ、憩いの水のほとりに伴い」

キャシーがこのバンドでリードボーカルとして歌うのは三年ぶりだった。正しいことのようには思えなかった。特に自分がしたことのあととあっては。

「魂を生き返らせてくださる。主は御名《みな》にふさわしく、わたしを正しい道に導かれる」

だがブリタニーの母親がバンドに唯一求めたことを断れるだろうか？

「死の陰の谷を行くときも、わたしは災いを恐れない。あなたがわたしと共にいてくださる。あなたの鞭《むち》、あなたの杖《つえ》、それがわたしを力づける」

金曜日の夜まで、キャシー・デュガンは自分が正しい人生を送ってきたと信じていた。自分が天国に行くということになんの疑いも持っていなかった。自分の父親と祖母に天国でもう一度会えるのだと。

「わたしを苦しめる者を前にしても、あなたはわたしに食卓を整えてくださる」

今彼女は、自分は天国には行けないかもしれないと思っていた。なんでわたしはあんなことをしてしまったのだろう？　どうして？

「わたしの頭に香油を注ぎ、わたしの杯《さかずき》を溢《あふ》れさせてくださる」

ホランド牧師の後ろで、キャシーは弟が数分後に演奏するであろうアコースティック・ギターの音に集中しようと思った。昨晩、彼女の家のガレージでこの曲のこのバージョンのリハーサルをした。いい曲だということはわかっていたが、それでも違和感を覚えていた。

「命のある限り、恵みと慈しみはいつもわたしを追う」

キャシーはもう一度涙を拭いた。審判の日に主はわたしに慈悲を与えてくれるだろうか。

「主の家にわたしは帰り、生涯、そこにとどまるであろう」

ホランド牧師が参列者に黙禱《もくとう》を求めると、キャシー、イアン、テディ・B、そしてマックはゆっくりと説教壇に向かって歩きだした。テディ・Bとマックが厳粛な表情で両脇に立つ一方、イアンとキャシーはそのあいだに置かれたスツールに坐った。イアンが冒頭のフレーズをかき鳴らすと、キャシーは歌い始めた。歌の大部分は、感情を抑えて歌うことができたが、コーラスに入ると、涙をこらえることができず、かすかに声も割れてしまった。

「昨日は永遠《イエスタデイズ・フォーエバー》……愛してる、ブリタニー……

でも明日は来ない《トゥモロウズ・ゴーン》」

43

主任保安官補のフラニー・ストームは、ノックなしに地区検事長のオフィスに入っていった。葬儀のあとにまっすぐここに来ていた。

「検事長は？」ヘレンの長年の受付係兼アシスタントのトリシュ・デモニアを見ると、フラニーは訊いた。

トリシュがすぐに答えないでいると、フラニーは彼女の机の前を通り過ぎ、検事長のオフィスに向かい、ドアノブを握った。

「検事長はいません――」

だがトリシュのことばは、フラニーがばたんとドアを閉める音にかき消された。一瞬、状況が理解できなかった。フラニーが保安官事務所の一員となって以来、オフィスの壁を覆っていた、高名な法律家としてのキャリアを示す見慣れた装飾品やトロフィーはそこにはなかった。壁には何もなかった。机の上にも一枚の紙以外には何もなかった。フラニーがその紙を手に取ると、そこには地区検事局の見慣れたレターヘッドがあった。

関係者各位

わたしはここに、第二十二司法管轄区地区検事長を無期限で休職することを発表します。この決定は自身の健康に関する個人的な理由によるもので、主治医の忠告に基づくものです。わたしに代わって、首席検事補であるグロリア・サンチェスが地区検事長代理を務めることを希望します。グロリアはわたしが最も信頼し、尊敬する優秀な検察官です。

敬具

ヘレン・エヴァンジェリン・ルイス

時間をかけて何度か手紙を読み直したあと、フラニーはオフィスを出た。手にはまだその手紙を持っていた。「これはほんとうなの？」彼女はトリシュに訊いた。

ベテランのスタッフはうなずいた。「今朝、オフィスをきれいにしていきました。その手紙のオリジナルはペイジ判事に送ってあります」ハロルド・ペイジは第二十二司法管轄区巡回裁判所の首席判事であり、地区検事長代理の指名は彼の判断にゆだねられていた。

「彼が検事長の推薦どおり、グロリアを検事長代理に任命するかしら？」

トリシュは別の紙をフラニーに渡した。「もうしました」

フラニーはその紙をひったくると眼の前に掲げて見た。ハロルド・ペイジ判事が出した行政命令で、グロリア・サンチェス検事補を第二十二司法管轄区の臨時検事長代理に任命するというものだった。

フラニーはその紙からトリシュに視線を移した。彼女の顔は青白く、眼は赤かった。「ショックだったでしょうね？」

「まだ信じられない」と秘書はなんとか言った。その声は震えていた。

「手紙にある以外に何かほかに言ってなかった？」

トリシュは両手を握りしめた。「疲れたって言ってました。選挙以来ずっと疲れていて、特にここ数日は負担が大きかったって。クラッチャー事件には、今の自分に提供できる以上のものがふさわしいと」

フラニーはトリシュを見つめたが、嘘を言っているようには見えなかった。もう一度、ヘレンの手紙に眼をやった。こんなのおかしい。彼女は検事長のオフィスに戻ろうとした。が、背後で受付エリアに入ってくる足音を聞き、躊躇《ちゅうちょ》した。振り向くと、グロリア・サンチェスが大きな足取りでフラニーのほうに向かって歩いてきた。若い検事は、オリーブ色の肌に、茶色い髪、そして痩せた体つきをしていた。彼女はフラニーから数メートルのところで立ち止まった。いっとき、ふたりの女性はたがいに見つめ合った。グロリアが検事局に入ったのと、フラニーが保安官事務所に入ったのはほぼ同じ時期だった。フラニーは同僚のなかに友人と呼べる人間は少なかったが、グロリアのことはずっと好きだった。仕事が終わったあとに、カリー・センターでいっしょにトレーニングをすることもあった。

「大変な一日だったね……検事長」かすかにからかいのこもった口調でフラニーは言った。

「あなたのこの週末についても同じことが言えた」グロリアは疲れた笑みを浮かべながら返した。「まだやるべきことはたくさんあるわ」

44

午後九時、ヘレンは〈クラウン・ビクトリア〉の運転席に坐り、丘の上の邸宅を見ていた。携帯電話が何度か鳴った。画面を見ると、そらんじている番号が表示されていた。今回は出なかった。彼と話したくなかった。だれとも話したくなかった。結局、三十一号線に戻って街に向かい、メイプルウッド墓地の近くに車を止めた。

今日、ブリタニー・クラッチャーはこの墓地に埋葬された。ヘレンはビックランド・クリーク・バプティスト教会で行なわれた葬儀には列席しなかった。荷物をまとめ、休職願いを作成したあとは、プラスキのダウンタウンを通って、自宅まで車を走らせた。段ボールの箱をすべて降ろすと、ほとんど無意識のうちにスーツケースに荷物を詰め込んだ。質問の嵐に襲われるのはいやだった。話したいなら、電話をしてくればいい。

そして自宅を出てから、ジャイルズ郡の裏道を何時間も走りまわった。いろいろなことを考え、最後には必ず同じ結論に達した。

自分は正しいことをした。自分がオデル・シャンパーニュを殺人罪で起訴するなどできるわけがない。ボーが彼の弁護人を務める可能性があるならなおさらだ。それに自分の息子が重要参考人とあっては……

ヘレンはプラスキの何千もの息子や娘たちの最後の休息の地となった二万五千平米の土地を見つめた。この三カ月半、ヘレンは何度もこの墓地を囲んでいるフェンスを乗り越え、今は亡き元夫の墓のそばに坐った。ブッチに謝り、神に赦《ゆる》しを請うた。そして何度も酔った。

今夜、なかに入るつもりはなかった。ブリタニーの埋葬は数時間前に終わっており、まわりに人や車は見えなかったが、夜にここで人に見られるようなリスクを冒すわけにはいかなかった。いずれにしろ、陽が暮れてから墓地にいるのは違法だった。

ヘレンはなんとか苦笑いを漏らした。自分がして、逃げおおせてきたことを考えれば、日没後に墓地に不法侵入することに思い悩むなどばからしいことだった。それでもそう思った。彼女の人生はすべて皮肉な茶番と化していた。

最後にもう一度、赦しを請うた。

そして自分自身と自分がなってしまったものを憎み、ヘレン・エヴァンジェリン・ルイスはプラスキをあとにした。

45

ボーはベッドの上の女性をじっと見ていた。その女性は意識を失ったり、取り戻したりを繰り返していた。「サブリナ」彼はささやいた。「わたしだ、ボーだ。会いに来たぞ」

彼女が顔を上げないので、彼は小さな部屋のなかを見まわし、彼女の血圧や酸素飽和度、そして心拍数を表示しているさまざまなモニターに眼をやった。看護師がやって来て、サブリナの額に冷たいタオルを置いた。

ボーは立ち上がって、スペースを空けた。サブリナがロナに伝えた数字は病院の電話番号だった。彼女は、フラニーが救急治療室に搬送したあと、日曜日の夜にサザン・テネシー・リージョナル・ヘルス・システム——かつてはヒルサイド病院として知られていた——の解毒病棟に収容されたのだった。彼女が面会を認めたのは自分の息子とボーだけだった。

看護師が出ていこうとしたとき、ボーはサブリナの眼が開いているのに気づいた。坐ると、彼女の手を取った。「おい、大丈夫か?」

「ボー?」

「ああ、ここにいるよ」

「来てくれたのね」サブリナの眼の端に涙が浮かんだ。

「きみが呼んだんだろ」彼はそう言うと、もう一度病室を見まわした。「気分はどうだ？」

「体が震えてる。ひどく」

「金曜日に何があったんだ？　試合中、何度も電話やメールをしたんだぞ」

彼女は顔をしかめた。「試合……忘れてた」

「忘れていたのはそれだけじゃない」とボーは言った。

「あの子はやってない」と彼女は言い、眼を閉じた。「あの娘《こ》を傷つけるはずがない」

「どうしてそのことを知ってるんだ？」

「ストーム主任保安官補が何度かやって来た。オデルについていくつか訊いて、わたしのアパートメントを家宅捜索するって言ってた」彼女はドアのほうを指さした。「それにテレビルームがあって、そこでテレビを見ることができるの。そこに行くたびにあの少女の殺人事件の新しいニュースが流れていた」

「保安官事務所はきみの家から何か発見したのか？」

「ストーム主任は何も言ってなかった」

ボーは椅子を後ろに下げると、脚を組んだ。部屋のなかは汗と嘔吐《おうと》物、そして洗っていない体の酸っぱいにおいが混じっていた。必要以上には長居をしたくはなかった。

「医者はなんと言っている？」ボーは訊いた。

「膵炎《すいえん》」と彼女は言い、最後のことばとともに咳き込んだ。「それからアルコール依存症。

リハビリを受けさせたがってる」

「受けるべきだ」

「そんな余裕はない」とサブリナは言った。「保険でカバーできないし。それにうまくいくわけがない」

「やってみなければわからないだろう」

「そう言うのは簡単よ。みんなわたしを治せると思ってる。リハビリを受けて、精神科医に診《み》てもらえばいいと。グループ・セラピーとやらをね」彼女はあざけるように笑った。「わたしの名前はサブリナ・シャンパーニュ。アル中よ」

「治療は多くの人々に効果が見られている」

彼女は咳き込んだ。「わたしにはだめだった。タウンクリークにいた三年前にもやってみた。ブラッドフォードで九十日間。三カ月間、一日三箱の煙草をただ吸っているだけだった。だから今では煙草もやめられなくなった」

「そのあいだ、オデルはどうしてたんだ?」

「アラバマ州トリニティの伯母さんのところにいた」

ボーは腕を組んだ。「オデルはきみがここにいることを知ってるのか?」

彼女の唇がまた震えだした。「ええ、拘置所に電話をして電話番号を伝えてもらったら、昨日、電話をしてきたわ。あなたに弁護を依頼したけど、まだ返事をもらえていないと言ってた」

「できるかどうかわからない」とボーは言った。「クラッチャー家とは長い付き合いなんだ」

「あの子は彼女を殺しちゃいないのよ、ボー」彼女は哀れな声でそう言った。「あの子は無実なの。そのことをわかってほしい」

「おれが弁護人になるかどうかにかかわらず、彼は公平な裁判を受けるだろう」

彼女は鼻で笑った。「ほんとうに？　タウンクリークからやって来たよそ者の黒人が？　そんなこと思っちゃいないんでしょ、ボーセフィス・ヘインズ」

「なぜ、おれにここに来るように言ったんだ？」

彼女はベッドから身を乗り出し、ボーの手を握った。「あの子を助けて、ボー。お願い。助けてあげて」

ボーは彼女の手を振りほどいた。においにむせないようにこらえた。「オデルには考えてみると言った。そして考えているところだ」

「考えるだけじゃあの子を救えない」

「きみは、自分が彼の力になれると思ってるのか、サブリナ？　医者は膵炎の原因はなんだと言ってる？」

彼女の眼はまた潤んだ。

「きみが死ぬほど酒を飲んでるからだろう、違うか？　それがきみの息子を助けることになるのか？　きみはアルコールとドラッグに溺れているのに、助けを求めようとしない」

「ボー、わたしの夫は、オデルが五歳のときにわたしを捨てた。わたしはあの子をひとりで育ててきた」

「そしてそれをずっと誇りに思っているんだろう。だがだからといってアルコールやドラッグに溺れる言いわけにはならない。それをこれからの人生ずっと松葉杖のように支えにして生きていくことはできないんだ」ボーは歯を嚙みしめた。「つらい時期だということはわかる。想像することはできる。だがビリーがきみを捨てて去ったからといって、きみの人生を投げ出す言いわけにしてはだめだ」

サブリナはすすり泣きだした。ボーは椅子を回転させるとドアに向かって歩きだした。これ以上我慢できなかった。

「お願い、ボー。治療を受ける。約束する。やってみる。保険会社と戦って、なんとか方法を見つける。お願い、オデルの弁護をしてあげて」

「おれにはきみが信じられない」と彼は言った。ドアを開けると、一瞬ためらった。「だが、オデルのために、おれが間違っていると証明してみせてくれ」

46

〝もう決めたのか？〟

ボーは携帯電話を覗き込むと、頭を振った。ブッカー・Tは土曜日から何度も同じようなメールを送ってきていた。ボーの答えはいつも同じだった。今度も〝いや〟とタイプしようとしたが、思いとどまった。ビールをもうひと口飲むと、テレビの画面を見上げた。そこには《チアーズ》の再放送が流れていた。

病院を出たあと、ボーは子供たちのためにファストフードを買い、T・Jにライラの様子を見ているように言った。自分は頭をすっきりさせる必要があると言って外出した。時間をかけて歩いたあと、最後に、プラスキのダウンタウンで最も古く、最も成功している酒場である〈キャシーズ・タバーン〉にたどり着いた。

彼は〈イングリング〉とこの店の名物であるチーズバーガーを頼んだ。この一時間のあいだに、《マンデー・ナイト・フットボール》を見ていた客が試合が終わって帰りだすなか、ひとり物思いに沈んでいた。店内には、ボー以外にはクリート・サーテインしかいなかった。クリートは隅のバースツールに坐り、白いサンタクロースのようなひげを撫でながら、缶の〈ナチュラル・ライト〉を飲んでいた。ボーとクリートは昔からの知り合いだったが、すでに挨拶を交わしており、ふたりともひとりで飲むのを愉しんでいた。最後に、クリートがボーの背中を軽く叩き、ひとりでドアのほうに向かった。

「解決するといいな、ボー」

ボーは肩越しに声をかけた。「何を解決するんだ?」

「おまえの心のなかにあるものすべてを」クリートは振り向きもせず、そう言った。

ボーは笑みをこらえることができなかった。バーに眼を戻すと、バーテンダーも笑みを浮かべていた。「クリートじいさんはあいかわらず変わってるな、キャシー」

キャシー・デュガンは二十一歳になってからずっと、この店のバーテンダーとして勤めてきた三十代の女性だった。カットオフ・ジーンズに、背中に〝マニング〟（ペイトン・マニング。テネシー大出身、NFLのインディアナポリス・コルツやデンバー・ブロンコスでプレイした元アメリカン・フットボール選手。〝史上最高のクォーターバック〟と称される）という名前と背番号19の入ったテネシー大ヴォルズのジャージ、テネシー・タイタンズのキャップで茶色い髪を隠すという、フットボールシーズン恒例の恰好《かっこう》をしていた。魅力的な女性で、その気さくな性格から常連客にも愛されていた。彼女はまた情報通でもあり、長年にわたって、貴重な情報をボーに提供し、助けてくれていた。さらに重要なのは、彼女がフィズの事実上のマネージャーだったということで、ボーは彼女がブリタニーの葬儀で歌ったのを見ていた。三本目のビールを飲み干すと、ボーは自分がここにいるほんとうの理由はキャシーにあることを自分自身に認めた。頭をすっきりさせると言ったものの、ほんとうは事件の調査をしていた。

「神が彼を作るときに、型が壊れてしまったんでしょう」とキャシーは同意した。「ビールのお代わりは、ボー？」彼女は空《から》の〈イングリング〉のボトルを取ると、ごみ箱に投げ捨てた。

「いやいい、キャシー。氷の入った水をもらえるかな？」

「待ってて」

キャシーは発泡スチロールのカップを箱から取り出すと、氷を入れた。それから水を注ぎながらボーを覗き見た。「ここに来るのはひさしぶりだね」

「ずいぶんとな」とボーは言った。「毎晩、子供たちに何かある」

「で、今日はなんでここに来たの？　察するに、うちの名物のチーズバーガーを食べるためじゃないんだろ？」

「ハンバーガーはあいかわらず最高だったが……ああ、そうだ。それがここに来た理由じゃない」

「そりゃあ驚きだね」と彼女は言った。その声には愉しそうな皮肉が混じっていた。「でも、今あなたが抱えている大きな事件なんてあったかしら。検事長の裁判以来、わたしの知っている事件は全部解決してるんじゃなかった？」

彼が同意する前に、キャシーがカウンターに身を乗り出してささやくように言った。「彼女が今日辞めたのを聞いた？」

ボーは眉をひそめた。「だれのことだ？」

「検事長よ。検事局を辞めたの。個人的な理由から休職することにすると言っているそうよ」

ボーは自分の耳を疑った。検事長のことは友人だと思っていたのに、辞めるなどひと言も言っていなかった。二日前、農場に会いに来たときは、まだ普通に仕事をこなしていた。いったい何があったんだ？「で、だれが——」

「グロリア・サンチェスが今日の午後、後任に任命された。彼女のことはどう思う?」

ボーは笑みをこらえた。プラスキでニュースが伝わる早さにはいつも驚かされた。特に、キャシーが情報を得る早さに。まるでスポンジのように情報を吸収した。

「グロリアなら問題ない。おれの知るかぎりでは頭がよく、公平だ」

「わたしはクソ女だって聞いたけどね」とキャシーは言い、クーラーから〈イングリング〉を取り出すと、蓋を開けた。

「もういらないといったはず——」彼女がボトルからひと口飲むのを見て、言いかけたことばを呑み込んだ。

「自分の分よ」とキャシーは言い、財布から三ドルを取り出すとレジに入れた。「商品をくすねたと思われたくないからね」

「そんなことは思わないさ」

「長い一日だったから」

ボーはうなずいた。「葬儀のときの歌はすばらしかった」

キャシーはもうひと口飲むと、眼をそらした。「ありがとう。彼女が死んだなんて、まだ信じられない、わかる?」

「彼女のことはよく知っていたんだろ?」

キャシーは肩をすくめた。「そう思っていた」

ボーは腕の毛が逆立つのを感じていた。「どういう意味だ?」

キャシーはビールをもうひと口飲んだ。「悪く取らないでね。ブリタニーのことは妹のようにかわいがっていたのに、わたしやバンドに内緒でいろいろとやっていた」

「たとえば?」

「エレクトリック・ハイとソロデビューの契約を交わしたり、マイケル・ザニックをマネージャーにしたりとか」

ボーは眉を上げた。新しい情報ではなかったが、初めて聞いたふりをした。「ソロ?」

「ええ。わたしは何カ月もかけて、バンドをレコード会社に売り込んできた。フィズはすぐにでもどこかと契約を交わすことになると思っていた。特に《トゥモロウズ・ゴーン》がラジオで流れてからは。あの曲はわたしが作ったんだよ。知ってた?」

「知らなかった」

「ええ、わたしが作った。バンドの名前もわたしがつけた。フィズはブリタニーが加入する前はわたしのバンドだった。三年間リードボーカルをやったけど、ブレイクしなかった。でもいつもベストを尽くした」彼女はビールをひと口飲むと、顎をぐいっと引いた。「ひと晩たりとも休まなかった。自分たちがソーダだとしたら、絶対に気が抜けたことはなかった。わたしたちはいつも――」

「泡ではじけていた《フィズ》」とボーは言った。「気が利いてるな」

「そう思ってた。ありふれてるって言う人もいたけど、わたしにとっては完璧だった。そしてブリタニーを見つけたとき、自分たちに必要なものがすべて手に入ると思った。彼女こそが欠けていたピースだった。わたしのボーカルでもう少しで契約が成立しそうになったことがあったんだよ、知ってた？《アメリカン・アイドル》に挑戦して、最初の二ラウンドを通過したとき、いくつかのレーベルが興味を持ってくれたけど、そこまでだった。わたしがもっと活躍できていれば、フィズはドートリー（《アメリカン・アイドル》出身のロックバンド）みたいなバンドになっていたかもしれない。ほんとうにそう思っている。でもわたしにはブリタニーのような声はなかった」彼女はさらにビールを飲んだ。「ちくしょう、だれにもなかった。彼女は……」キャシーは眼を潤ませ、うつむいてカウンターを見た。「……信じられないほどすばらしかった」

「残念だ」とボーは言い、自分のカップの縁に親指を走らせた。「彼女のソロデビューの契約と、ザニックがマネージャーをしていることはいつ知ったんだ？」

「金曜の夜、ここでフィズがブリックヤードで演奏する数時間前に。彼女がここに来て直接話した」

「怒ったのか？」

キャシーはボトルからビールをゆっくりと飲んだ。「怒り狂った。裏切られたと思った」

ボーは、キャシーを見つめながら、水をひと口飲んだ。彼女が話していることは、殺人の動機として充分と言ってよかった。保安官事務所がそのことを訊いたかどうか尋ねようとしたが、思いとどまった。「バンドのだれかは彼女がしたことを知っていたのか？　きみの弟のイアンは？」

キャシーは頭を掻《か》いた。「イアンは何かが起きていると気づいていたはず。コンサートが終わったあと、わたしがメールして、祖母のネックレスをブリタニーから返してもらうまではスタジアムを出ないように言ったから。わたしからブリタニーに返してほしいって言って、イアンに受け取っておくように言ったの。詳しいことは週末に説明するからと言って。きっと変だと思ったろうね。《アメリカズ・ゴット・タレント》の前に幸運を祈ってブリタニーに貸してあげた宝石で、それ以来、ずっと彼女の首にかかっていたものだから」

「彼はなんと？」

「返してもらったって」

「そうなのか？」

キャシーはビールの残りを飲み干すと、ボトルをごみ箱に投げ捨てた。そしてレジに向かうと、引出しを開け、紫の石がついた細いチェーンを取り出した。それをボーに見えるように差し出した。

「きれいだ」と彼は言った。

彼女は顎を突き出した。「ブリタニーはわたしのおばあちゃんと同じ、二月生まれだった。

誕生石はアメジスト。その石は、見たこともないような鮮やかな紫色をしてるでしょ。幸運を祈って、彼女に貸してあげた」とキャシーは言った。その声は震えていた。「それを返した数時間後に、彼女は死んだ。ばかげているとはわかってるけど、考えずにはいられない。もし返してくれるように言わなければ、彼女を守ってくれたんじゃないだろうかって……」

感情がたかぶり、拳を机に叩きつけた。ネックレスを引出しに戻すと、棚から〈ジャックダニエル〉のボトルをつかんだ。彼女は自分のためにグラスに注いだ。財布を取り出そうとするのを、ボーは手で制した。

「おごるよ、キャシー。おれにも入れてくれ」

彼女は別のグラスに注ぐと、ボーに手渡した。「ブリタニーに」と彼女は言った。その声はかすれていた。

「ブリタニーに」とボーもささやくように言い、ウィスキーを飲んだ。が、視線はキャシーに向けたままだった。彼女はグラスをあおり、液体を飲み干すと顔をしかめた。それからクーラーからもう一本、〈イングリング〉を取り出した。

「それもおれにつけておいてくれ」とボーは言った。「それからおれにももう一本頼む」飲みすぎているとわかっていた。だがアルコールは人の口を滑らかにする。それにどうせここまでは歩いてきていたのだし。

「で……」と彼女は言い、ビールを飲んだ。「ここまでの質問から考えると、あなたはオデル・シャンパーニュの弁護人になると思っていいのかしら？」

「どんな小さなことも見逃さないな」

彼女は人差し指でこめかみのあたりを叩くふりをした。「鉄の罠《アイアン・トラップ》みたいにね」

ボーは笑った。「それを言うなら鋼の罠《スチール・トラップ》（とらばさみのこと）だろ」

「なんでもいいわ。わたしをからかいにきたのなら、ビールだけ飲んでいればいい。で……彼の弁護を引き受けたの？」

「まだだ」と彼は言った。「考えているところだ」

キャシーは首を傾げると、〈イングリング〉をもうひと口飲んだ。「わたしが聞いた話から判断すると、『ミッション・インポッシブル』の音楽をバックにかけたほうがいいみたいだね」

「何を聞いている？」

「オデルは、現場で彼女の血がついた割れたビールのボトルのすぐ隣にいたところを発見されたそうよ」

ボーのボトルを握る手に力が入った。逮捕されたのも不思議ではない。「どこから聞いた？」

「現場にいた何人かの記者たちが土曜の夜にここで飲んでいて、そのうちのひとりが口を滑らした」彼女は微笑んだ。「それにメルヴィンが昨日来て、裏付けてくれた」

「メルヴィン・ラグランド？　郡検視官の？」

キャシーはボトルをボーのほうに向けた。「毎週日曜日、教会のあとにここにやって来て、チーズバーガーとフライドポテト、それに〈ドクターペッパー〉を注文する。わたしの聞いた情報が真実かどうか尋ねたら、そうだと言った。秘密厳守を誓わせられたけど」キャシーはウインクし、ボーは仕草で返した。

「オデルとブリタニーがいっしょのところはよく見たのか？」

彼女はうなずいた。「ええ、そうね。彼は地元のイベントには必ず来てた。バンドの練習を見てるのも好きだった。フィズのみんなも、ほんとうにオデルのことが好きだった。弟のイアンは特に」彼女は頭を振った。「まだ信じられない」

「金曜日の夜、イアンがオデルといっしょだったか知らないか？」

「よくはわからない。イアンは、試合のあと、みんなとあのパーティーに行ったって言ってた」

「ダグ・フィッツジェラルドの家か？」

「ええ」と彼女は言った。「あのフィッツジェラルドのガキはとんでもないろくでなしよ。偽の身分証明書でビールを注文しようとして追い出したことが何度かある」歯の隙間から口笛を吹いた。「ばかなやつ」

「イアンはパーティーのあと、どうやって家に帰ったんだ？」

彼女は鼻にしわを寄せた。「知らない」

「車を持ってるのか？」

「ええ、でもわたしの覚えているかぎりでは、パーティーの翌日の土曜日に友達に乗せてもらってフィッツジェラルドの家に車を取りに行ったはず。金曜の夜は飲みすぎて運転できなかったから」

「イアンはどこに住んでるんだ？」

「わたしといっしょ。父が数年前に亡くなって、母は介護施設にいるの」彼女はビールをひと口飲むと、カウンターに視線を落とした。

「その晩、イアンが帰ってきたとき、パーティーについて何か言ってなかったか？　あるいは次の朝に」

「いいえ。あの子は、酒を飲むことや、フィッツジェラルドと関わることをわたしが認めていないって知ってるから」

ボーは自分のビールをひと口飲むと、頭のなかで彼女の答えを反芻《はんすう》した。「オデルはブリタニーに暴力を振るったことはあるか？」

「ない。彼は彼女のことを深く愛していた」

「彼女が彼を恐れていたことは？」

「わたしの知るかぎりではない」とキャシーは言った。「もちろん、今となっては彼女についてすべて知っていたわけじゃないってことはわかってる。どういうわけか、この街のあらゆる噂を集めるわたしともあろう者が、プラスキで最も有名な若い市民が、最も裕福で、結婚相手に最も恰好の独身男性と付き合っていることを知らなかったなんて」

「彼女とザニックは個人的に関係があったのか？」

「ブリタニーは否定してたけど……」

「けど、なんだ？」

「けど、わたしはザニックと付き合っていたことがある。彼のことは、このあたりのだれよりもよく知ってると思っている」彼女はビールを飲むと、咳《こ》払いをした。「マイケルは心からの善意で彼女の力になっていたわけじゃない。彼が若い娘が好きなのは、あなたもよく知ってるでしょ」

「マンディ・バークス」

「ええ、そうよ」彼女はビールをもうひと口、ゆっくりと飲んだ。「ほんとうのところはどうだったの？　彼はわたしにはいつもマンディに騙されたって言ってた。彼女をレイプしてないって」

「おれはマンディを信じている」とボーは言った。一瞬のためらいもなかった。

「わたしもよ」彼女はビールの残りを飲み干すとボトルをごみ箱に捨てた。「ほかにわたしが何を考えているか知りたい？」

「ああ」とボーは言った。

「もう閉店時間だっていうこと」と彼女は言った。「そしてわたしは酔っていて……とても孤独なの」彼女はボーを見つめた。ボーは腰のあたりに何かざわざわとするものを感じた。キャシーが今見ているように、女性に見つめられるのは久しぶりのことだった。

ボーはスツールから降りると、カウンターから一歩下がった。

「どうしたの？」と彼女は訊いた。「わたしは魅力的じゃない？」

「そんなことはない」とボーは言った。「ただ……今きみはブリタニーのことで傷ついている。それに……おれはずっと女性と付き合っていないから」彼は左手の薬指を撫でながら、正しいことばを探そうとした。

彼女はバーカウンターをまわると、彼の手を握った。「あなたはやさしいわ、ボー。いつもわたしによくしてくれた」

「きみのことは好きだよ、キャシー」と彼は言った。「ただ――」

彼女はボーの唇に指を押し当てた。「わかってる。でも今は……」彼女はカウンターの後ろから閉店の看板を取り出した。「……待っていて、鍵を閉めてくるから」

ボーは財布を取り出し、食事代と飲み物代として二十ドル札を三枚、カウンターの上に置いた。そして背を向けると出口に向かった。ドアノブをつかんだところで、肩にキャシーが触れるのを感じた。「キャシー――」

「ブリタニーがオデルを恐れていたかって聞いたわよね？」と彼女はささやくような声で言った。とても近く、息にウィスキーとビールのにおいがした。「彼女は彼を恐れてはいなかった。けど別のだれかを恐れていたと思う」

「ザニック？」とボーは訊いた。

彼女はうなずくと、彼にもたれかかり、耳元でささやいた。「わたしの申し出に気が変わったら教えて」

ボーは外に出ると、ドアが閉まるのを見た。数秒後、デッドボルトがカチッと閉まる音がした。

バーカウンターのなかで、キャシー・デュガンは自分のためにグラスにウィスキーを注ぎ、さらにもう一本、ビールの栓を抜いた。ボーが坐っていたスツールに腰かけると、壁の鏡に映った自分自身を見た。何をしているのだろう？　閉店間際に年上の男を誘惑するなんて。鏡に映った自分をにらみつけた。そしてウィスキーを飲むと、チェイサー代わりにビールをゆっくりと飲んだ。

ボーセフィス・ヘインズのことはずっと好きだった。正直に言えば、付き合いたいとも思っていた。だが今日の誘惑は自暴自棄からのものだった。欺瞞《ぎまん》だ。質問を終わらせたかった。何かを隠していると思われたくなかったのだ。

笑った。もし真実を告白したときに理解してくれる人がいるとしたら、それはボーだろう。だができなかった。リスクが高すぎる。キャシーはビールの残りを飲み干した。ごみ箱に向かって投げると、狙いがはずれて壁にぶつかった。ガラスが砕ける音がだれもいない店内に響くなか、キャシー・デュガンは冷たいマホガニーのカウンターに顔を押し付けて泣きだした。

47

その夜、ボーは眠れなかった。家まで歩いて帰り、リー・ロイといっしょに陽が昇るまで屋根付きのポーチに坐っていた。ポーチのひさし越しに星や月を見ながらも、心がざわつき、体はその日一日の出来事に神経がたかぶっていたせいでこわばっていた。オデルのことを考えた。彼は三日連続で拘置所の監房で寝ていた。オデルの母のサブリナは、ヒルサイド病院の解毒病棟で意識のはざまをさまよっている。イズラエル・クラッチャーのことを考えた。ホテルに滞在し、娘を悼んでいる。そしてボーに四十年来の恨みを抱いている。テレサのことを考えた。朝、家から追い出されたことを。ルイス検事長のことを考えた。依頼人にして友人である彼女は、ボーに何も告げることなく職を辞した。流星のようなブリタニー・クラッチャーのことを思い描いた。彼女の命は暴力によって奪われてしまった。だが、だれに？

オデル？

ザニック？

ほかのだれかに？

彼の師であるトム・マクマートリーが、もし二年半前に癌でこの世を去っていなかったら、教授はなんとアドバイスしてくれただろうか。

そして最後にジャズのことを思い出した。天国からときどき彼のことを見下ろしている彼女の姿を想像した。数時間前、キャシー・デュガンが彼を誘惑したとき、彼女はどう思っただろう。彼は笑った。ジャズだったら、ボーが怯えた子犬のように逃げたと言うだろう。

「まだ準備できていないんだ」とボーはつぶやいた。そして妻のことを考えるときによくそうしているように泣きだしてしまった。

やがて太陽が昇り始めると、ボーの体も限界に達し、眼を閉じた。


コーヒーの強い香りが鼻孔を満たすまで、ボーが眼を開くことはなかった。眼を開けると、ライラが湯気を立てているコーヒーのマグカップを持って立っているのが見えた。

「これ効くと思うよ」

ボーは手を伸ばして、両手でマグカップをつかみ、ひと口飲むと、ロッキングチェアから立ち上がった。背中や首、脚が痛く、こわばっていた。

「朝食の準備ができてる」とライラが宣言した。

キッチンに入ると、ボーはなんとか笑顔を作り、テーブルの端の席に崩れるように坐った。子供たちがふたりとも自分を見つめていることに気づき、尋ねた。「どうした?」

「わたしたち、パパがするべきことを考えたの」ベーコンエッグの載った皿をボーの前に置きながら、ライラはそう言った。

「何をするというんだ?」

「オデルの弁護をする」とT・Jが言った。

ボーは疲れた眼をこすった。「もしこの事件の弁護を引き受ければ、教会やおまえたちの友達の多くから非難されることになるんだぞ」

「父さんはいつも、ぼくたちに正しいことをしろって言ってきたよね」とT・Jは言った。

「まあ……ときには正しいことをすると、友達と対立することもあるよ」

「友達だけじゃない。オデルはこの街で最も人気のある人物を殺した罪で逮捕された。ブリタニー・クラッチャーは、彼女の音楽でプラスキの街を全国に広く知らしめるはずだった」

「そしてオデルはフットボールのスターになるはずだった」とT・Jは言った。「父さんみたいに」

「オデルが有罪だったらどうする?」とボーは言った。「それにおまえはこの事件で検察側の証人になるんだぞ。おれがオデルの弁護をすれば、おれとおまえは対立する立場になる」

「そんなことはないよ。ぼくは真実を話すだけだから」

「パパ」とライラが言った。その声はT・Jよりも穏やかだった。彼女は冷蔵庫のそばに立っていた。「パパはオデルが無実だと信じているの？」

ボーは土曜日に接見室で少年と会ったこと、そしてそのあと聞いたあらゆること――特に昨晩のキャシー・デュガンとの会話――を思い出した。ブリタニーはオデルを恐れていなかった。彼女を怯えさせていた人物はザニックだけだった。

「ああ、信じている」彼は認めた。

「なら、パパが正しいと思うことをして」とライラは言った。「パパが決めたことなら、わたしたちはなんとかできる」

「おまえもそう思っているのか？」ボーは息子を見た。

T・Jはうなずいた。「父さんがそう言うのなら、ぼくもオデルは無実だと信じる。あいつのことをそんなに長く知っているわけじゃないけど、保安官事務所が間違っているような気がするんだ。オデルはブリタニーにフラれたことに腹を立てて、ダグのパーティーでうっぷんを晴らしていた。酒を飲んで、心にもないことを口にした」T・Jは頭を振った。「ぼくはオデルがどんなに頑張ってきたか知ってる。農場で、グラウンドで、そして教室でも。あいつはほんとうにここで新たなスタートを切ろうとしていたんだ」

「だからといって、彼がカッとなって、ブリタニーを傷つけなかったとは言えない」とボーは言った。

「わかってる。けどぼくにはあいつがそんなことをするようには思えないんだ。あいつは金曜日の夜、いくつかの間違いを犯した。飲みすぎたし、ジャーヴィスと口論にもなった。ぼくたちといっしょにパーティーから帰るべきだった。でも、わかって、父さん。オデルは、なんて言うか、ブリタニーにはめちゃくちゃやさしかったんだ。あいつが彼女に声を荒らげるのを聞いたことはない」彼はことばを切ると、ボーを見た。「何か警察の見落としていることがあるはずだと思う」

ボーはやけどするほど熱いコーヒーをひと口飲むと、T・Jを見た。「ありがとう、坊主。おまえの意見はとても参考になる」そして気分がよくなっていくように感じていた。「おまえたちのことを愛してるよ。心から」

「わたしもよ」ライラが言った。

「母さんならきっと……」ボーは残りのことばを言うことができなかった。唇が震えだした。テーブルに視線をやり、自分を落ち着かせようとした。フォークで卵を口に入れ、嚙もうとすると、娘の手が自分の手の上に置かれるのを感じた。

「ママもきっと、誇りに思ってくれるはずよ、パパ」

48

ボーは事務所に入ると、挨拶を待たなかった。ロナは自分のデスクでいつものように受話器を首と肩のあいだに挟んで電話をしていた。「新しい事件の応訴通知書を作って、今日の午前中に提出してほしい」と彼は言った。

「了解」受話器を持ったまま、ロナは答えた。「なんの事件?」

「テネシー州対オデル・ジェローム・シャンパーニュ」

ロナが受話器を落とし、机の上で大きな音がした。五秒後、受話器から話中音が響いていたが、ロナは気にしなかった。「本気?」

「大真面目《おおまじめ》だ。証拠開示請求と予備審問を早急に行なう申し立ても応訴通知といっしょに提出して、その写しを地区検事局と保安官事務所のフラニー・ストーム主任保安官補宛に直接届けてほしい」

ロナは受話器を拾うとフックに戻し、パソコンに向き直った。「少しは落ち着くかと思ってたのに」

ボーは顎を突き出した。「こういうときになんて言うかわかってるだろ」

彼女は両手をキーボードに置くと言った。「ケツの穴全開《ワイド・アス・オープン》でいくわよ」

第三部

49

二〇一六年十一月十六日　水曜日

憎しみ。

ボーセフィス・ヘインズを生涯突き動かしてきたものは、憎しみだった。人種差別への憎しみ。不公平への憎しみ。不正に対する憎しみ。

だが今、彼と彼の依頼人は同じ憎しみを向けられる側にいた。

事務所の窓から外を見ると、一丁目通りを抗議の人々が列をなしていた。黒人と白人が入り混じっており、多くの人々は殺された歌手の写真と〝ブリタニーに正義を〟という文字が書かれた横断幕を持っていた。

「満足か？」ブッカー・Tが腕を組んで従兄弟の隣に立つと、そう言った。

「ここにいてくれとは頼んでないぞ」とボーは言い返し、群衆を見渡した。ボーは、コイ・ホランド牧師が群衆のなかにいることに気づいた。看板は持っていなかったが、ビックランド・クリーク・バプティスト教会の年配の教区民と手をつないでいた。彼女らのことはよく知っていた。レジーナ・ハンフリーとジェシー・ストロングだ。ふたりとも八十代だった。

彼女たちは三十年前、ボーとジャズを迎え入れてくれ、若い夫婦が子宝に恵まれないとき、いっしょに祈ってくれた。ジャズがT・Jを妊娠したときは、ベイビー・シャワー（出産前の母親にベビー用品を贈るパーティー）をしてくれた。

それが今、彼女たちはここにいる。人生のほとんどの時間、ほんとうによく知っているふたりが自分に抗議していた。

ブッカー・Tはボーに顔を向けてにらみつけると、大胸筋を動かすように胸を張った。

「おまえはおれの従兄弟だ。子供とテルマ以外では唯一のおれの家族だ。おれはおまえを警護する保安官補どもを信用しちゃいない。あそこにいる連中に知らせてやる。もしおまえを撃つなら、おれも撃つことになるんだと」

「おまえ以外には当たらんと思うぞ」

「笑えないな」ブッカー・Tは腕時計をちらっと見た。「午前八時三十二分。予備審問が始まるのは何時だ？」

「九時だ」とボーは言った。落ち着かない気分だった。

「で、保安官補どもはいつ来るんだ？」

「まもなく」とボーは言った。

「なんで二時間前に車で裁判所まで送るようにおれに頼まなかったんだ」ブッカー・Tが不平がましく言った。

「おれの愛車の〈シボレー・タホ〉を壊されたくなかったんでな」

「嘘つけ。カメラのためなんだろ、違うか？　ヒーロー弁護士ボーセフィス・ヘインズ、怒れる群衆の脅しにも負けず、彼らのあいだを押し進む。逆境に立ち向かうすばらしい勇気ってな」

「クソ言ってろ」とボーは言った。が、ブッカー・Tの言うことにも何がしかの真実があるのではないかと思った。最終的に陪審員席に坐り、この裁判を裁くことになる街の人々はその光景を眼にすることだろう。

「軍隊のおでましだ」とブッカー・Tは言った。

ボーが眼を開けると、制服を着た保安官補が群衆をかき分けていた。彼らはヘルメットをかぶり、手には警棒を持っていた。「なんてこった」ボーはささやくと、暴力が起きないことを祈った。

しばらくすると、ブッカー・Tに通されて、ひとりの保安官補が事務所に入ってきた。ヘルメットを取ると言った。「準備はいいですか、ミスター・ヘインズ？」

ボーは従兄弟を見て、それからロナを見た。彼女は自分のデスクから彼を見た。「幸運を祈ってる」なんとかそう言った。

ボーは保安官補のほうに向きなおった。「さあ、行こうか」

50

ブッカー・Tが最初に事務所を出て、ボーと三人の保安官補がそのすぐあとに続いた。ボーの従兄弟の巨体が群衆を押し分け、ボーと保安官補らが待機しているパトカーまでまっすぐ進むためのスペースを確保してくれた。数秒後、彼らは車に乗り込むと、一丁目通りを裁判所に向かってゆっくりと進み始めた。ボーはウインドウ越しに、ブッカー・Tが別のふたりの保安官補に伴われて事務所まで安全に戻っていくのを見ていた。それから裁判所の方向に注意を向けた。別の集団がビルの南側でデモ行進を繰り広げていた。

パトカーはほかの二台の警察車両のあいだに停車した。ボーは車から降りると、制服警官に囲まれて、ビルの地下の入口に向かった。裁判所のなかに入ると、フラニー・ストーム主任保安官補が彼を出迎えた。

「大丈夫だった?」と彼女は尋ね、ほかのふたりの保安官補にうなずいて、少し距離を置くように示した。

「ああ問題ない」嘘をついた。「エスコートをありがとう」

フラニーは冷たく笑った。「わたしたちが一番避けたいのは、あなたへの攻撃によってネガティブな報道がされることよ」彼女は出口のほうを手で示した。「でもこの街は怒っているのよ、ボー。そして多くの人々はあなたのしようとしていることを理解していない」

「おれが求めているのは真実だけだ」

「違う」フラニーはボーに一歩近づくと、小さな声で言った。「あなたが求めているのは注目よ。この裁判はブリタニー・クラッチャーのためにあるはずだった。彼女を殺した犯人の有罪を証明し、彼に罰を与えるために。でもあなたはそれをサーカスに変えた」

「オデルが逮捕された瞬間からサーカスになっていた。それはきみも知っているはずだ」とボーは言った。

「ほんとうに彼が無実だと信じてるの？」

「ああ、信じている」とボーは言った。ためらいはなかった。

彼女は頭を振った。「今日の終わりにあなたがどう思うか見てみましょう」

テネシー州では、重罪で起訴された被告人はだれでも予備審問を受ける権利があり、州側は、被告人が起訴された犯罪を行なったという正当な理由を示す最低限の義務を負っている。判事が、州側がこの最低限の義務を満たしていると判断した場合――判事はほとんどの場合、そう判断するのだが――、事件は大陪審に送られることになる。

刑事被告人側にとって、予備審問は、州側の主張を覗き見ることができる貴重な機会である。予備審問を受ける権利を放棄する被告人もいたが、ほとんどの被告人は、弁護人の助言に従い、州側の証拠をできるかぎり多く知るための機会としてこれを利用した。

歴史ある巡回裁判所の法廷に入ると、ボーはいつも審問や裁判の始まりに感じる高揚感を覚えた。それは彼が自分の仕事が好きな理由のひとつでもあった。フットボールのフィールドで感じたような競争心とたかぶりを感じるような仕事はほとんどないと思っていたが、法廷弁護士という仕事はそれに近いものがあった。

このような状況に置かれた依頼人が、また違った感覚を抱いていることをボーは知っていた。そしてオデルの隣に坐ると、少年が死ぬほど怯《おび》えていることが手に取るようにわかった。少年は大きく眼を見開いてボーを見た。「おれ、ちゃんとして見えるかな？」

彼はボーが買ってきたチャコールグレーのスーツを着て、白いボタンダウンのシャツにえび茶色のネクタイをしていた。ある意味、ボーはタイムマシンに乗って、少し小さくした過去の自分を見ているような気がしていた。「大丈夫だ」とボーは言った。

「ありがとう」とオデルは言った。

「おれが言ったことを忘れるんじゃないぞ」ボーは依頼人の耳元でささやいた。「汗をかいているところを見せるな。今日のおまえの表情の動きひとつが、数カ月後にこの事件を裁き、おまえの運命を決める陪審員候補に見られている可能性がある。感情を抑えろ。おれたちが今日することは、検察側が何を持っているかを見ることだ。わかったか？」

「はい」

ボーは法廷を見渡した。壁際まで傍聴人や記者で埋め尽くされていた。古色蒼然《そうぜん》としたバルコニー席――本来は黒人の傍聴人を坐らせるためのものだったが、今は博物館の呼び物のような役割となっていた――も満席だった。クレイジーだ、とボーは思った。視線を検察席に移すと、グロリア・サンチェスが書類の山を見なおしていた。おそらく検事局がこの一カ月間で集めた証人陳述書だろう。

テネシー州では刑事事件においては、起訴されるまで証拠開示は行なわれないため、ボーは応訴通知を提出したあとも、それらの陳述書をまったく見ていなかった。検察側が何を持っているのかわからなかった。グロリアが言っていたのは、予備審問が終われば、ボーも有罪答弁取引を求める気になるだろうということだけだった。グロリアの左隣に坐っているフラニー・ストーム主任保安官補も同様に口が堅かった。彼女はボーがすでに知っていることを繰り返すだけだった。もしヘレン・ルイスが今も地区検事長だったなら、起訴前に資料を開示するはずはなかった。新しい検事長に違うことを期待できるはずもなかった。

だからボーは自分のできることをした。何度もオデルと会い、確信が持てるまで、殺人のあった夜以降、彼が覚えていることを時系列でしっかりと把握した。彼はまた、フットボールチームの選手の何人かからも話を聞こうとしたが、その多くは、両親の意向から、彼と話すことを拒んだ。またほかの事件についてもできるかぎり取り組んでいた。シャンパーニュの事件は、この予備審問が終われば、すぐに激しい報道にさらされることになるだろう。被害者も被告人も有名人であることを考えれば、裁判所は裁判前に必要な手続きをフルスピードで処理するに違いない。

ボーはオデルと報酬についての取決めをしていなかった。少年に払えるとは思っていなかった。それにサブリナはボーに約束したとおり、今はアラバマ州マディソンのリハビリ施設に入っていた。彼はオデルのためにも、今度こそ治療がうまくいくことを願った。裁判が終わりに近づくにつれ、オデルには母親が必要になるだろう。唯一、オデルの父親とは連絡が取れていなかったが、その状況もすぐにどうにかするつもりだった。無罪を勝ち取ろうとするなら、依頼人についてできるだけ多くのことを知っておく必要があると感じていた。

「あれはだれ?」オデルの声がボーを現実に引き戻した。依頼人を見た。彼は判事室に続く開いた扉のほうを顎で示していた。背が低いが筋骨隆々とした男が法廷に入ってきた。その男の肌は長年にわたる日焼けマシンの使用から暗いオレンジ色になっていた。リカルド・〝サンダンス〟・キャシディは十年間、裁判所職員を務めてきており、ボーとはずっとたがいに友好的な関係を保っていた。サンダンスは咳払いをすると、法廷じゅうに響く深い声で、すべての雑音をさえぎった。

「全員起立! これより開廷します。ハロルド・ペイジ裁判長の出廷です」

ボーとオデルは起立して、ハロルド・ペイジが大きな足取りで判事席に向かうのを見ていた。彼は、ジャイルズ郡、モーリー郡、ローレンス郡およびウェイン郡からなる、第二十二司法管轄区の首席判事だった。現在七十五歳で、猫背とたるんだ眼元からも年齢を感じさせた。判事は坐ると、全員に対しても着席するよう手で示した。ボーとオデルも坐ったが、ボーは椅子の端に尻を置いたままだった。すぐにでも立ち上がることがわかっていた。

「テネシー州対オデル・ジェローム・シャンパーニュ」ペイジはいつもよりもかすれた声で宣言した。「両当事者は出廷しているかね?」

「州側は出廷しています」とグロリア・サンチェスが言った。ふたたび立ち上がり、判事に向かってうなずいた。

「弁護側も出廷しています」とボーは言い、立ち上がって、ジャケットのボタンを閉めた。背後で衣擦《きぬず》れとざわめきが傍聴人のあいだに湧き起こった。振り向くと、何百もの視線が自分に向けられていた。傍聴人のほとんどは黒人で、少なくともボーにとっては、全員がしかめ面をしているように見えたが、検察席の後ろの最前列に坐っている男女はさらに険しい表情をしていた。イズラエルとテレサのクラッチャー夫妻は娘のジーナをあいだに挟んで、背筋を伸ばして坐っていた。ボーをじっと見つめるイズラエルのまなざしは燃えるように激しかった。ボーが弁護を引き受けて以来、イズラエルとは一度しか会っていなかったが、その記憶がボーの背筋を冷たくした。

それは当初必要な書類を提出し終えた日のことだった。ロナはすでに帰宅しており、ボーだけが事務所に残って仕事をしていた。書類を探しに受付エリアに行くと、戸口にイズラエルが立っていた。彼はボーに一歩近づくと、凍りつくような、そして軽蔑を含んだ口調で言った。「おれは通夜のときに、ルイス検事長がおれの娘のために正義を果たしてくれるかとおまえに訊いた」

「イズ――」

「黙れ。最後まで言わせろ」さらに部屋のなかに進み、ふたりの男の距離は数メートルにまで迫った。

「おまえは彼女はそうするだろうと言った」彼は冷たく笑った。「それが今はどうだ。検事長は職を辞して去った。そしておまえは……おまえはおれの娘を殺したクソ野郎の弁護を引き受けようとしている」

「おれはオデルが無実だと信じている」

「このあいだ、おれの家に来たのは、弔意を表すためじゃないんだろ。おれを尋問しに来たんだ、違うか？　葬儀の日に妻を尋問したように。そうじゃないなら、否定してみろ」

ボーはそれが正確には正しくないと思ったが、否定したところで、弱々しく響き、誤解を招くだけだとわかっていた。

「おれをばかにしてくれてありがとうよ」とイズラエルは言い、さらに一歩近寄った。アフターシェイブローションの香りと彼の息に含まれる酒のにおいを感じるほど近づいていた。

「イズ、ちゃんと寝たほうがいい」

「眠れるわけがないだろうが」彼は両手を突き出して、ボーを強く押した。ボーは後方によろめき、ロナのデスクにぶつかった。

「いいかげんにしろ、イズラエル。もう一度やったら、同じことをされると思っておいたほうがいい」

「おまえはペテン師の売名奴だ」とイズラエルは言った。声は苦悶のあまり震えていた。

「この事件で名前を売ることには充分な価値がある、そう思ってるんだろ？　ボーセフィス・ヘインズはまたスポットライトを浴びる。今度はロックスターを殺した罪で逮捕されたフットボールのスーパースターの弁護だ。全国区になりたいんだろう？　おまえの人生をずっと支えてきてくれた人々を裏切るのなら、なぜこの街に戻ってきた？」

「おまえが支えてくれたことがあったか？　いつ？　おれが覚えてるのは、ここ何年か、おまえがおれを後ろから刺そうとしていたことだけだ。おれの世界がひっくり返っていたときに、おまえはどこにいた、イズラエル？　ジャズの葬儀に来てくれたか？　いいや来なかった。賭けてもいい、おまえはこの五年間、おれがトラブルに陥ってきたのをずっと喜んできたんだ」

「おまえは友達じゃない。ずっとそうだった。どうしておまえの妻の死を悼まなければならない？」

「おれはおまえの娘の死を悼んだ」

「いいや、嘘だ。おまえはおれの娘の殺人を私利私欲のために利用してるんだ。この目立ちたがりのクソ野郎が」イズラエルがもう一度ボーを押そうとして手を突き出した。が、今度はボーがイズラエルの手を払い、相手をよろめかせ、壁までつんのめらせた。

「もう一度やってみろ、今度は手加減しないぞ。おまえは酔っている。傷ついてるのはわかる。理解する。だがおまえは今、ちゃんと考えることができていないんだ、イズラエル。おれには、ブリタニーの殺人は何かがにおうように感じるんだ」

「なぜ自分が正しくて、警察が間違っているとそんなに自信があるんだ？　フラニーはどうなんだ？」

「フラニーはいいやつだ」とボーは言った。「だが今回は間違っている」

やがてイズラエルは笑った。「おまえは復讐をしてるんだろう、違うか？　この街の黒人たちと同じように、おれがおまえをずっと崇拝しなかったことに対し、仕返しをしてるんだろう」

「もう帰ったほうがいい、イズラエル」とボーは言い、相手の男に近づくと、左足を右足の前に出して、ボクサーのファイティングポーズを取った。

イズラエルは両の拳を握りしめて、ボーをにらみつけた。

ボーも相手をにらみつけたが、相手が先に動かないかぎりは手を出さないと決めていた。

やがて、イズラエルはよろめきながらドアに向かった。ドアを開けると、振り向いてボーを見た。その眼は鋼《はがね》のように鋭く、声は険しかった。「もしおまえがまたおれの家に来たら……そのときは殺してやる」彼は一瞬間《ま》を置くと続けた。「そしておまえがそのクソなスキルを使って、おれの娘を殺した男を通りに戻すなら、おまえらふたりとも殺してやる」

ボーは裁判長の小槌《こづち》の音でようやく現実に戻り、イズラエルの視線を振りほどいた。判事席に眼を向けると、ペイジ判事が立ち上がって、身を乗り出していた。「この法廷ではこれ以上、騒がしくすることは認めない。もしまた起きた場合は違反した者に退廷を命じ、逮捕し、法廷侮辱罪に科す」それからペイジはボーをにらみ、この騒ぎの真の責任者がだれだと考えているのかについて、明確なシグナルを送った。

ボーはまっすぐにらみ返した。彼は二十五年の弁護士生活の大部分を、ハロルド・ペイジ判事の前で裁判を争ってきたが、検事から転身したこの判事のことを好きだったことは一度もなかった。ペイジは保守的な判事で、刑事事件では州寄りの、民事事件では被告寄りの裁定を下す傾向があった。つまりそれは、多くの場合、ボーと彼の依頼人に不利な裁定を下すことを意味した。ボーは判事によって傾向があることには対処できたが、ペイジは年月を経るにつれて、ボーをやり込めることに喜びを感じているように思えてならなかった。公平なスーザン・コナリーではなく、ハロルド・ペイジを判事に引き当てたことは、この裁判の最初の分岐点であり、悪い目に出ていた。それが今後の予兆とならないことを祈るばかりだった。

裁判長は検察席に視線を移した。「サンチェス検事長、始める準備はできているかね？」

「はい、裁判長」とグロリアは言った。

51

検察側の最初の証人は、郡検視官のメルヴィン・ラグランドだった。ボーは過去二十五年間で、少なくとも十回は法廷で彼に質問したことがあった。宣誓をしたあと、ラグランドは自身の専門教育、経験そして受けてきた訓練に基づき、被害者の遺体に対し徹底的な検視を行なった結果、ブリタニー・クラッチャーの死が、額への鈍器での外傷により、頭蓋骨が骨折したことによって引き起こされた可能性が高いと証言した。

ボーはこの検視官の秩序だった話しぶりには慣れていたものの、それでも背後の傍聴人から鼻をすする音がしたことに驚くことはなかった。後ろを振り向かないようにし、自分の足を依頼人の足の上に乗せて、音をたてないようにさせた。メモ帳にメッセージを書き、指さしてオデルに見せた。〝冷静でいろ〟

次にラグランドは、ブリタニーの頭蓋骨を骨折させた凶器が、〈バドライト〉のガラスのボトルで、被害者の頭を殴った衝撃で割れ、バス置き場の被害者の遺体からおよそ二百メートル離れた場所で発見されたとの見解を示した。

最後に、遺体の状態と発見された時刻から、ラグランドは死亡推定時刻が二〇一六年十月十五日土曜日の午前一時から三時のあいだであると証言した。

グロリアがこれ以上質問はないと言い、検視報告書のコピーをボーの前に置いて、自分の席に着いた。

「反対尋問は？」ペイジがボーに訊いた。

「いいえ、裁判長」

ボーは肘を突っつかれるのを感じた。依頼人を見ることなく、体を寄せるとささやいた。

「反対尋問は裁判のときに取っておく。今日したいことは、彼らが何を持っているかを知ることだ。それにメルヴィンは報告書にある以上のことは知らないだろう」そう言うと、グロリアがたった今置いていった報告書を人差し指で叩いた。

検察側の次の証人は、フラニー・ストーム主任保安官補で、彼女は保安官事務所による捜査状況を簡潔に説明した。そのなかでオデルを殺人の容疑者として示している証拠のひとつを強調した。彼女は警察犬が割れて血のついた〈バドライト〉のボトルを発見したこと、そしてボトルから数メートル離れた草むらに、被害者のスウェットシャツを握りしめた被告人が横たわっているところを発見したと説明した。彼女は割れたビールのボトルから検出された指紋が被害者と被告人のもの以外になかったこと、さらに被害者の遺体が発見されたバスの後部座席から検出された指紋のうち、唯一判別可能なものが、オデルとブリタニーのものであることを確認した。グロリア・サンチェス検事長がこれ以上質問はないと言ったとき、州側は、ペイジ判事が事件を大陪審に送致するための「相当の理由」の基準を容易にクリアするに充分な証拠を提示していた。凶器にはオデルの指紋があり、犯行現場にオデルがいたことから、犯行を行なう手段と機会があったことがわかっていた。裁判ではもっと必要かもしれないが、今日はこれで充分だった。

フラニーが最後の証人であるとすると、ボーが検察側の主張についてこれ以外にも知りたければ、彼女にいくつか質問する必要があった。

彼は物的証拠から始めた。指紋以外については、保安官事務所はナッシュビルの法医学研究所からの回答を待っているところだった。被害者と被告人の衣服と遺体、さらには遺体が発見されたバスのシートから検出された毛髪も検査されていた。また研究所はバスや割れたボトル、被害者と被告人の衣服から採取した血液や唾液についても調べていた。それらの結果は今後、三十日から四十五日のあいだに戻ってくるはずだとフラニーは述べた。

次にボーは、保安官事務所が事情聴取をしたすべての人物の名前を、彼女から聞き出した。そのなかにはフットボールチームの選手全員、コーチ、トレーナー、そして殺害のあった夜にダグ・フィッツジェラルドのパーティーに出席していたほかの生徒がかなりの人数含まれていた。ボーは事情聴取の概要を訊くことで時間を無駄にはしなかった。なぜならそれらはフラニーにとっては伝聞証拠になるからだ。

だがボーは小さいながらも重要なポイントを上げることができた。「フラニー主任保安官補、オデル・シャンパーニュがブリタニー・クラッチャーを殺すところを見たという証拠はいずれの証人からも聞き出せていないようですが、それで正しいでしょうか？」

「はい」

フラニーの証言は、ふたつの大きな例外を除いて予想どおりだった。まず彼女は保安官事務所がマイケル・ザニックを事情聴取しようとしたことを認めた。だがザニックは今も供述を拒んでいた。

「奇妙だと思いませんか？」ボーは心から驚いたようにそう訊いた。

「いいえ」とフラニーは答えた。「ミスター・ザニックは多忙な方ですから。もし裁判で彼の証言が必要になれば、召喚されるでしょう」

ふたつ目の驚きは、フラニーが語った最後の証人という形で現れた。

「保安官事務所が事情聴取した人物はもうそれですべてですか？」とボーは尋ねた。

捜査報告書と思われるものを見ながら、フラニーは答えた。「もう一名います」

「だれですか？」

「エニス・ペトリーです」

法廷にいるだれもが知っている名前が出てきたことで、傍聴人からまたざわめきが起きた。かつて、エニス・ペトリーはテネシー州ジャイルズ郡の保安官を二十年以上にわたって務めており、この地域において最も著名な市民のひとりだった。不可侵な存在だった。だが二〇一一年、アンディ・ウォルトン殺害に対するボーの裁判の過程で、ペトリーが一九六六年にルーズベルト・ヘインズを殺害したＫＫＫテネシー騎士団のメンバー十人のうちのひとりであることが判明した。彼は殺人の共謀で有罪答弁取引を行ない、二〇一五年初めに仮釈放されていた。

「静粛に！」ペイジ判事が小槌を叩いて怒鳴った。「法廷では静粛に」ボーはざわめきが収まるのを待ち、自分自身のショックを乗り越えようとした。「なぜ、ミスター・ペトリーから事情聴取を？」

「ミスター・ペトリーがあのバス置き場に詳しいことがわかったからです」

「詳しい？」とボーは訊いた。

フラニーは唇をすぼめた。「はい。ミスター・ペトリーは、夜、バスのなかで寝ているところを何度かバス運転手に目撃されていました。なので、われわれは彼を探しました」

「見つかったんですか？」

「はい」

「彼はなんと?」

「異議あり、裁判長」グロリアが言った。「伝聞証拠です」

ペイジ判事は眉間にしわを寄せた。「異議は認めようと思いますが、検事長、あなたが異議を提起したことにいささか驚いています」

グロリアは法廷の反対側にいるボーを覗き込むようにして見た。「裁判長、ミスター・ペトリーが何を見たかについて、ストーム主任保安官補に説明させてもかまわないのですが、わたしとしては法廷で証人本人から直接聞いてもらいたいと考えています」

ボーは恐怖が全身を走るような感覚を覚えた。彼はグロリアの証人はもう終わりだと思っていた。ほとんどの検察官なら、フラニーの証言で終えていただろう。自分たちの主張をこれ以上弁護側に伝えることを嫌って。だがグロリアはさらに波紋を起こすことに決めたのだ。

「いいでしょう、異議を認める」とペイジ判事は言った。「ボー、ストーム主任保安官補にほかに質問はあるかね?」

「いいえ、裁判長」

「よかろう」と彼は言い、フラニーに証人席から下がるよう、仕草で示した。「検事長、次の証人を」

「はい、裁判長」とグロリアは言った。その声は断固としており、自信に満ちていた。「検察側はエニス・ペトリーを証人として喚問します」

ボーは、元保安官が法廷に入ってくるのを見て、顔をこわばらせた。法執行機関の一員だった頃の面影はもうなかった。ぼろぼろのジーンズに、色あせたフランネルのシャツ、そしてワークブーツを履いていた。保安官時代の彼は、薄くなりつつあった赤みがかったブロンドに同じような色の口ひげをたくわえた肉づきのよい男だった。仮釈放後のペトリーは痩せこけ、ひげはきれいに剃って、髪は頭頂部に無精ひげのようにまばらに生える程度に刈り込んでいた。ボーとペトリーとのあいだには複雑な過去があった。かつての保安官は、昨年のヘレン・ルイスの弁護では重要な情報をボーに提供して力になってくれた。ペトリーが言うところの〝償い〟をしようとしたのだ。ヘレンが無罪を勝ち取ったあと、ボーは彼には会っていなかった。

ペトリーの宣誓が終わると、グロリアは時間を無駄にしなかった。「ミスター・ペトリー、二〇一六年十月十四日の夜、あなたは被告人オデル・シャンパーニュを目撃しましたか？」

「はい、マァム」彼の声は穏やかだったが、断固としていた。揺るぎなかった。ペトリーを有能な保安官とした特徴のひとつだった。

「どうしてそうなったかを法廷に説明してください」

「散歩に出ていました」と彼は言った。「夜はよく歩くんです。住んでいるところと仕事場がバス置き場の近くなので、あのあたりをよく通ります」

「夜にバスのなかで寝たことはありますか？」

皮肉っぽい笑みがペトリーの口元に浮かんだ。「その件に関しては黙秘権を行使しなけれ

ばならないかもしれません、検事長」

傍聴人から笑い声があがり、グロリアもニヤリと笑った。

「十月十四日は何時頃にバス置き場を通りかかりましたか？」と彼女は尋ねた。

「深夜を過ぎていたので、正確には十月十五日でした」

「なぜそんな遅くに散歩をしていたんですか？」

「インダストリアル・ブルヴァードのメキシカンフード・トラックでの仕事を午後六時頃に終えて、エクスチェンジパークのリトルリーグの試合が終わったあと、たしか十時頃に、トイレと売店を掃除してダグアウトのごみ箱をきれいにしました。わたしのもうひとつの仕事です。まあ、疲れていなかったし、夜のプラスキを散歩するのは愉しみのひとつなんです」彼はことばを切った。「自分にできる唯一の運動ですし、それに……」そのことばはしだいに小さくなった。

「それになんですか？」

ペトリーはボーを見た。「それにわたしが自分の人生でしてきたことを考えたら、日中に歩いた場合、いつもみんながやさしくしてくれるわけじゃありませんから」

「あなたは被告を見たと言っていました。何を見たんですか？」

「八丁目通りを公園のほうに戻っている途中でした。車が通っていなかったので車道沿いに歩いていると、後ろから足音が聞こえてきました。振り向くと、被告人がわたしのほうに向かって歩いてきました。彼は数歩歩くと小走りになりました。手にはビールの六本パックを持って、ひとりごとを言っているようでした」

「ほかにはだれかいっしょでしたか？」

「いいえ」

「被告人を見たとき、あなたとの距離はどのくらいでしたか？」

「最初に気づいたときは、たぶん五十メートル近くあったと思いますが、八丁目通りを近づいてくるにつれて、彼のほうがわたしより速く歩いていたので、最後にはわたしを追い抜きました。通りを挟んだ反対側にいたので、十メートルぐらいでしょうか。おそらく今、ペイジ判事とわたしとの距離と同じくらいだと思います」

「彼はあなたに気づきましたか？」

「もしそうだとしても、その素振りは見せませんでした」

グロリアは陪審員席の手すりの端まで歩いた。そこは公判が始まったときには、事件を裁く十二名の男女が坐る場所だった。「彼の全体的な態度について説明してもらえますか？」

「腹を立てていました」とペトリーは言った。「怒っていました。激しく。拳で自分の胸を何度も叩いていました。動きが速かった」ペトリーは顎を撫でた。「少しジグザグに歩いているようだったので、あえて言うなら、酒を飲んでいたのかもしれません」

ボーはグロリアの顔が赤くなるのを見た。そしてペトリーが台本にないことを話したのだと悟った。

「ひとりごとを言っていた」彼女は腕を組んでそう言い放った。「なんと言っていたか聞こえましたか？」

「聞き取れませんでした」

「ほかに何かするのを見ましたか？」

「いいえ。彼はバス置き場のほうに向かい、わたしは公園のほうに向かいました」

「彼がバス置き場に入っていったのが何時頃かわかりますか？」

ペトリーは顎を撫でた。「午前一時過ぎだったはずです」

グロリアはボーのほうを見た。「質問は以上です」

52

「反対尋問は、ミスター・ヘインズ？」

裁判長の険しく固まった表情にもかかわらず、ボーはその眼にかすかな愉悦のようなものを見て取った。「ありません、閣下」とボーは言い、あえて依頼人を見ないようにした。そして待った。

「検察側は、ほかに証人はいますか？」とペイジは訊いた。

「いいえ、裁判長。検察側はストーム主任保安官補とミスター・ペトリーの証言を通して、二〇一六年十月十五日の未明、被告人オデル・ジェローム・シャンパーニュがブリタニー・クラッチャーの死を不当に引き起こした第一級殺人罪を犯したと信じる相当の理由があることを明確に示したものと信じています」

「あなたからはほかに何か、ミスター・ヘインズ？」

「いいえ、ありません」

「よろしい、では検事長に同意し、被告人が有罪であると信じる相当の理由が存在すると判断します。本件はここに大陪審に送致されます」ペイジは傍聴人を見渡すと、小槌を鳴らした。「閉廷します」

ボーは弁護側の席で、傍聴人が全員去るまで待った。オデルを拘置所に戻すために保安官補がやって来ると、彼はオデルの前腕をつかんだ。「バス置き場に向かうあいだ、ひとりごとを言ったり、胸を叩いたりしたのか？」

オデルは眼を伏せた。その顔には敗北したような表情が貼りついていた。

ボーは手を彼の肩に置いた。「わかった、大丈夫だ。まずは休め。明日話そう」

ブリーフケースに書類をしまいながら、ボーは疲労感に襲われるのを感じていた。今日一日のストレスが、この先に待っている厳しい道のりと相まって、彼のエネルギーを奪っていた。今日、起きたことを整理して、計画を立てる必要があった。

休むように言ったボーに対し、オデルは「はい」と答えていたものの、その眼は虚ろだった。一ヵ月前に逮捕されて以来、少年は五キロ近く体重を落としていた。保釈が認められなかったため、彼は裁判が終わるまで毎日拘置所で過ごさなければならないだろう。だれにとってもつらい経験だったが、十代の少年にとってはなおさらだった。ボーはオデルが精神的な強さを保ったまま、冬を越えることができるか心配だった。自分だったらできるだろうか？　ボーはそう思いながら、ブリーフケースの留め金をカチッと閉めた。フラニーとグロリアに別れを告げようとしたが、そのとき、ペイジ判事が法服を脱いだまま、判事室から出てくるのを見た。「みんなまだ帰っていなくて助かった」彼は疲れたように咳をした。「それにほかのみんながいないことも。わたしのオフィスに来てくれないか？」

ボーは最後にペイジ判事の部屋に入り、グロリアとフラニーの向かい側にひとつだけ残されていた椅子に坐った。

ペイジ判事は机の下に手を伸ばすと、スコッチウィスキーの〈ザ・マッカラン〉のボトルを取り出した。発泡スチロールのカップにたっぷりと注ぐと口に含み、アルコールを飲み込みながら顔をしかめた。ほかの三人には酒を勧めなかった。

ペイジは全員を見るために眼鏡を下げた。「ここに来てもらったのは、この裁判と、それが街に及ぼす影響について非常に危惧しているからだ。今朝、裁判所の前が騒然としていたのをきみたちも見ただろう。公判になればもっとひどいことになるんじゃないかと思っている」彼はことばを切ると、グロリアとフラニーに眼をやり、最後にボーを見つめた。「きみたちに司法取引をすることを勧める」

ボーは脚を組み、咳払いをひとつした。「えーと、判事、司法取引の話には賛成ですが、まだ時期尚早じゃないでしょうか。オデルはまだ起訴もされていません」

「明日の朝、大陪審を招集する」とペイジ判事は言った。「起訴され、罪状認否が行なわれるのもそう遠くはない。そして公判も。これらはすべて、クリスマス休暇中とその直後に行なわれることになりそうだ。裁判を行なうには不向きなシーズンだ。まして本件のような感情的な事件では特にそうだ。われわれがつぼみのうちにこの事件の芽を摘み取ることができるかどうか確認したいんだ」

「われわれというのはだれのことですか、判事?」

ペイジは両手を広げた。「われわれ全員だ」

「ですが、州側からはまだ何も申し出を受けていません」

「提案をする準備はあります」とグロリアが言った。一瞬ためらってから仰々しく付け加えた。「仮釈放なしの二十年」

ボーはペイジをちらっと見た。自分をじっと見ていた。グロリアに眼を向けると言った。「依頼人に確認する」

「そうするんだ、ボー」判事は見下すような眼つきで言った。「何分か前に法廷で聞いたことを考えると、悪い取引には聞こえない」

そんなことはない、とボーは思った。「オデルに伝えます」と彼は言った。

「このちょっとしたミーティングを開いたもうひとつの理由は、裁判が終わるまでのあいだ、すべての関係者にかん口令を求めるつもりだからだ。事件について、報道陣との接触はいっさい禁止だ。わかったかな、諸君?」

「はい、裁判長」とボーは言い、グロリアとフラニーも同意した。

「最後にもうひとつ」ペイジはそう言うと、眼鏡をはずして、机の上に置いた。「きみたち全員に知っておいてほしいのだが、先週、わたしはこの事件に関連して殺害予告を受けた。保安官事務所に報告した結果、今日から警備が強化された。ミスター・ヘインズも気づいていることと思う」

ボーはうなずいた。彼は自分の子供たちのことを考えた。T・Jはバスケットボールの練習に、ライラはサッカーのグラウンドにいた。あとでT・Jが、妹を車で家まで送ってくれることになっていた。もしその人物が判事を脅迫するほど頭がおかしいというのなら、ボーを狙うことも躊躇《ちゅうちょ》しないだろう。あるいは子供たちを……。彼は唾を飲み込もうとした。口のなかはからからだった。

「われわれは裁判所の警備も強化しました」とフラニーが割って入った。「そしてプラスキ市警とも協力して、夜間のダウンタウン地区をパトロールする警官を配備しました。あなたの家も特に監視しています、ミスター・ヘインズ」

「ありがとう、主任《チーフ》」ボーはなんとかそう言った。

ペイジ判事が立ち上がり、両手をこすり合わせた。「きみたちを怖がらせるつもりはないが、注意をしてくれ。この事件は……多くの人々を刺激し、何人かの人々はかなり怒っている」彼はボーを見た。「気をつけたまえ」

「はい、裁判長」とボーは言った。

53

ボーが裁判所の階段を下りていくと、腕に手が置かれるのを感じた。振り向くとフラニー・ストーンがいた。

「コーヒーを一杯付き合う時間はある？」

ボーはちらっと空を見た。太陽は西に沈み始めていた。「おれにとってはカフェインを取るにはちょっと遅い時間だな」

「じゃあ、一杯飲むのはどう？」

一瞬、子供たちのことを考えてためらった。ペイジ判事が言っていたことを考えると、T・Jに電話をして、練習のあと、妹を連れてまっすぐ家に帰り、ドアの鍵を閉めるように告げる必要があった。「電話をひとつして、事務所の様子を確かめる必要があるが、そのあとならオーケイだ」

「三十分後に〈ヒッツ・プレイス〉で」

「そこで会おう」

三十分後、ボーはベネット・ドライブにある〈ヒッツ・プレイス〉でフラニーの隣の席に坐っていた。このパブはプラスキの工場地区にある小さなストリップモールにあった。〝街で最も冷たいビール〟を自称し、若者たちのあいだで人気があった。週末にはマーティン・メソジスト大学の学生の多くがここでパーティーをしていた。

水曜日の午後五時とあって、ハッピーアワーを愉しむ客が数人いるだけで、客はまばらだった。「悪いけど、先に始めさせてもらったわ」とフラニーは言った。

ボーは氷と茶色い液体が入ったグラスを見た。「バーボン？」

彼女はうなずいた。「〈サザンカンフォート〉よ」

ボーは鼻にしわを寄せた。

「好みじゃない？」

「おれには少し甘い」

ウェイトレスがやって来ると、ボーは〈イングリング〉をボトルで注文した。しばらくして、彼女はビールをボーの前に置いた。ボーはそれをテーブル越しに掲げた。「殺害予告に」と彼は言った。フラニーは疲れた笑いでなんとか応え、グラスを彼のボトルにカチンと当てた。

「会ってくれるとは思わなかった」

「ああ、きみに何か思うところがあるようだったんでな、それに……きみはいつも、ほとんどの場合、おれに対してフェアに接してくれた」

彼女はウィスキーをひと口飲むと、顔をしかめた。「わたしがペイジ判事の味方をすることはあまりないけれど、今回は、彼が判事室で言ったことに賛成よ。わたしたちはこの事件を解決する必要があるのよ、ボー。クラッチャー一家のために。街のために。われわれ全員のために」

「フラニー、グロリアの提案は伝えるが、それを受けるようオデルに勧めるつもりはない」

「ボー、あなたがオデルに愛情を感じているのは理解している。けど少しだけ考えてほしい。

彼はアラバマ州タウンクリークで窃盗の軽犯罪で三度有罪になっている。三度よ。わたしの理解では、これらの有罪判決は今回の事件で彼の有罪を主張する証拠になる。不誠実や不正直を示すものとして、違う?」

「ロースクールに行くことを考えてるのか?」ボーは無理に笑みを作った。検察側がオデルの前科を彼に不利な証拠として主張しうることを、フラニーが正しく要約したとわかっていた。

「つまり彼が証人席に坐るほど愚かなら、われわれは彼を嘘つきの泥棒であると示すことができるのよ」

「彼は食べ物を盗んだんだ、フラニー。自分自身と母親が食べるための。サブリナは何日も酒びたりだった。タラホマ高校との試合の前にそうだったように。仕事もいつも不安定だった」

「今はリハビリ施設でどうしてるの?」とフラニーは訊いた。

「順調だと思う。面会に行く必要があるが」

彼女はウィスキーをもうひと口飲んだ。「タウンクリーク高校の一年生のときの暴行罪はどうなの? フットボールの練習のあと、チームメイトを死ぬほど殴って退学になったことは?」

「その罪については取り下げられたし、退学の原因となった喧嘩も彼が先に手を出したわけじゃない」

「けれど、最終的に彼は暴力に訴えて、相手の子は一週間入院し、学校はオデルを退学処分にした」

ボーは自分のボトルからビールを飲んだ。「宿題をこなしたんだな」

「ええ、そうよ。わたしがあなただったら、自分の依頼人のことをもっと調べる。あなたは彼に騙《だま》されてるのよ、ボー」

「窃盗の件については、対処しなければならないだろう。だがそれ以外のことは法廷で証拠として取り上げられることはないはずだ」

「そうかもしれない。けどオデルが無実だとは言えないんじゃない？」

「おれはあの子の無実を信じている」

「今日、われわれが示した証拠を見なかったの？」

「きみたちの主張は穴だらけだ。だれも彼が殺したのを見ていないし、ブリタニーとオデルがバス置き場でいっしょだったのを目撃した証人もいない。だれか別の人物がブリタニーを殺し、オデルに罪を着せたんだ」

「ほんとうにそう思ってるの？　この郡の陪審員のことはわかってるでしょ。保守派の白人が、オデル・シャンパーニュがハメられたなんていう陰謀論を信じるとでも思ってるの？」

「彼はフットボールのスター選手だ。保守派の人間の多くはフットボールのファンだ」

「そして彼がチームを離れたことで、ジャイルズ・カウンティ高校は地区と州のチャンピオンになるチャンスも失ってしまった。タラホマ高校との試合以来、ひとつも勝っていないのよ。黒人の少年がプラスキで殺人事件の裁判を受ける。そして圧倒的な状況証拠がある。どうなるかは見えているでしょ」

「この郡では黒人は公平な裁判を受けられないと言うのか、フラニー」

「わたしは現実がどうかを話してるのよ」

「被害者も黒人だということを何度も思い出させてくれたのはきみじゃなかったか？　彼女が有名人だからといって、陪審員がブリタニーに対しても公平であると思うか？」彼はビールをもうひと口飲んだ。「彼らがキルゴア市長の娘と同じように彼女のことを気にかけると思うか？　あるいはハンクの娘とおなじように」

フラニーはうつむいて自分のグラスを見た。

「ところで」とボーは言い、体を乗り出し、低い声で続けた。「マイケル・ザニックがきみたちの事情聴取を避けているのはなぜだと思う？」

フラニーは立ち上がると、自分のグラスをつかみ、残りをいっきに飲み干した。「間違いだったようね。あなたは違うと思っていた」

「だれとは違うと？」

「弁護人席にいるほかのクソ野郎どもよ。あるいは救急車を追いかけて依頼人を手に入れようとする原告側の弁護士ども。でもあなたはそういった連中と同じよ。ちくしょう、何を言ってるんだろう？　あなたはそんな連中のヒーローよ」

ボーは立ち上がった。「フラニー、おれは自分の仕事をするつもりだ」

「わたしもよ」と彼女は言った。「わたしはクラッチャー一家が裁判に引きずり出されるのを見たくない。テレサはノイローゼぎみだし、ジーナはほとんどしゃべらない。イズラエルは……」

「イズラエルがどうした？」

「テレサが彼のことを心配している。心が壊れる寸前だと言って」

ボーは自分の事務所でのイズラエルとの対峙《たいじ》を思い出し、テレサの恐れにも充分な根拠があると思った。

「ボー、少なくとも司法取引について逆提案をしてほしい。今日、グロリアがすべてのカードを見せたと思う？」フラニーは厳しい口調でささやいた。「彼女が今日見せたのは必要最低限のものだけよ」彼女はことばを切った。「エニスの件以外は。わたしは彼を喚問することには反対だった。けれど彼女は法廷のおおぜいの傍聴人の前で爪跡を残したかった。成果を。ペイジのかん口令によって、裁判が始まる前に受ける最後の印象として陪審員候補に充分焼きつけられたことでしょうね」

「抜け目ないな」とボーは言った。「ペイジはかん口令について彼女に漏らしていたのか？」

フラニーは眼をそらした。話したくても話せないのだ。

「ほかに何があるんだ？」とボーは訊いた。

「罪状認否が終わるまでは証拠開示はできない、忘れたの？」

「いいや、だが昨年のルイス検事長の裁判で、きみがこっそりとすべての証拠を教えてくれたことも忘れていないぞ」

「それは去年のことよ」とフラニーは言った。「今回は違反も抜け道もなしよ。すでにグロリアは、検事局の全員に罪状認否まではいっさいの証拠を開示しないよう言い渡している」

「強気じゃないか？」

フラニーは頭を振った。「あなたはわかっていない。彼女はこの裁判をオーディションだと思っているのよ。だからいっさい手加減をするつもりはない」フラニーはボーに体を寄せた。香水の心地よい花の香りがした。「オデルに有罪答弁取引をするよう説得するべきよ」

ボーはそのまま残り、最後までビールを飲んだ。自分の勘定を支払うと、出口に向かって歩きだした。壁の掲示板に貼られたチラシに気づいた。〝フィズ来たる。十月二十一日金曜日午後九時〟ブリタニーの笑顔が写真に写っていた。十月二十一日はブリタニーが殺害された一週間後だった。チラシの一番下に赤いインクの手書きで書き加えられてあった。

〝安らかに眠れ《RIP》〟と。

ボーはパブを出た。車のところまで行くと、T・Jに電話をした。彼は家のほうは問題ないと言った。彼とライラは家にいて、ブッカー・Tとジャーヴィスも来てくれていると言う。

「いつ、帰ってくるの、父さん?」

「もうすぐだ。その前に会わなければならない人がいる」

「だれ?」

ボーは答えようとした。古い友人だと。が、思いとどまった。「心配するな、大丈夫だ。一時間ほどで戻る」

ボーは電話を切ると、ゆっくりと息を吐いた。弁護士としてのキャリアのなかで、物事は待ってはくれないと学んでいた。今、しなければならないのだ。

54

エクスチェンジパークは主にリトルリーグとソフトボールが行なわれる、プラスキの球場だった。八丁目通りとジェファーソン通りの交差点の近くにあり、春から夏、そして初秋にかけては、公園の街灯がついているのが常だった。だが、十一月中旬の今、ボーが右手に〈ミラー・ハイライフ〉の十二缶パックを持って〈シボレー・タホ〉から降りると、公園は寒く、暗かった。

「来ると思ってたよ」

その声はダグアウトから聞こえた。ボーはなかに入ると、ひとりでそこにいた男の隣に坐った。男に缶ビールを放ると、自分にもひとつ取り出した。「今日はずいぶんな目に遭わせてくれたな、ペトリー」とボーは言った。「まったく、警告もなしとはな」

「わたしを怒らせるためにここに来たんじゃないんだろ」

「ああ」とボーはそう言うと、ビールをゆっくりと飲んだ。「話の続きをしに来たんだ。今日、グロリアはかなりきつくあんたの手綱を押さえていたような印象を受けた」

彼はうなじを撫でた。「そんなことはない。あの子が酔っていたことは彼女に話していなかったが……」彼はビールをひと口飲むとげっぷをした。「……わたしはそうだと確信している。保安官だったとき、飲酒運転についてはたくさん見てきた。彼はまっすぐ走ることも、歩くこともできなかった」

「どうして彼に声をかけなかったんだ？」

「彼がうっぷんを晴らすために荒れているのがわかった。ビールの六本パックを持っていたので、そこでだれかと会うんだろうと思った。子供たちはいつもバス置き場でたむろする。だから、あそこで寝るのはやめたんだ。今にして思えば、何か言っておくべきだった」彼はビールをゆっくりと飲んだ。「後悔だらけの人生にまたひとつ後悔が増えてしまった」

ダグアウトは静寂に包まれた。「何が起こるかなんてわかるわけがない」ボーはしばらくしてからそう言った。

「おれにはあの子が彼女を殺したかどうかはわからない」とペトリーは言った。「きみは彼の弁護士だ。裁判になるのか？」

「彼は無実だと言っている」

「そういう意味じゃない」

「わかっている」

さらに沈黙が流れた。

「きみの代替の容疑者はだれだ？」とペトリーは尋ねた。

ボーはビールの残りを飲み干すと、もうひとつ缶を開けた。「ザニック」

「本気か？」

「もちろん」とボーは言った。「被害者とのあいだに明らかに関係があった」

「証拠はあるのか？」

「まだない」

「デジャヴュを見てるようだな。ブッチ・レンフロー殺害についてもあいつに罪を押しつけようとしなかったか？」

ボーは答えなかった。「ブリタニーかオデルを以前にもバス置き場で見たことはあるか？」

ペトリーは微笑んだ。「いいところを突くな。それは新検事長が訊かなかった質問だ。実を言うと、答えはイエスだ。ブリタニーをあそこで何度も見ている。彼女とバンドのメンバーはあそこに集まってよく飲んでいた。演奏していたこともあった。ずっと公園で暮らすようになる前は、充分彼らから離れた日陰になる場所を見つけて聴いていたものだ」

「オデルは？」

ペトリーはニヤッと笑った。「一度だけだ。夏の始め、バスのどれかで夜を過ごすつもりだったが、バスのひとつのなかから物音が聞こえてきて、後ろの窓が曇っていた。わたしはその場を離れ、十五分後にきみの依頼人とブリタニーがバスから出てくるのを見た。ふたりともとても幸せそうだった……特に彼は」

「あんたが金曜日の夜に声をかけようと思わなかったもうひとつの理由はそれなんだな？」

「今でも何か言っておけばよかったと思っている。きみの依頼人はとても動揺していた。それに酔っぱらっていた。もしわたしが声をかけていたら、彼を落ち着かせることができたかもしれない」

「あるいは彼がバス置き場に着いたときには、ブリタニーはすでに死んでいたのかもしれない」

「そうかもしれない」とペトリーは言い、眼を細めてボーを見た。「彼はそう言ってるのか？」

ボーはうなずいた。そして立ち上がって去ろうとした。

「検事長のことはほんとうなのか？」とペトリーは訊いた。「辞めたのか？」

「そのようだ」とボーは言った。「よくわからない。週末は元気そうだったのに、急にいなくなってしまった」彼は指を鳴らした。「何も言わずに去ってしまった。自分の弁護士にさえも」

ペトリーは何も言わなかった。

「去年の裁判で、あんたがおれたちの力になってくれたことを彼女に話した」ボーは続けた。「そのあと、彼女とは話したか？」

ペトリーは缶からビールをゆっくりと飲んだ。「一度だけ」と彼は言った。「とても感謝してくれた」

「だろうな」ボーは男の顔を覗き込んだ。何か言いたいことがあるように感じた。「検事長がだれにも何も言わずに去ったことに心当たりでも？」

ペトリーは顎を掻いた。「長年にわたる仕事のプレッシャーが――」

ボーの笑いが元保安官のことばをさえぎった。「検事長はプレッシャーを愛していた。そのために生きていた。理由は何か別のことだろう」

ペトリーはボーの後ろの、暗い内野グラウンドに眼をやった。「ヘレンは裁判のあと、多くのことを受け止めきれなかったんだ。秘密が明らかになって……」彼はことばを濁した。

「彼女が中絶をせず、子供を養子に出したことを言ってるのか？」

「そして……ロースクール時代にレイプされたことも。彼女はそれらすべてを心の奥深くに埋めていたんだと思う。それがすべて明らかになったんだ」彼は歯の隙間から音を出した。「だれにとっても受け入れるのは難しい。たとえ彼女のように強い人間であっても」

ボーはペトリーをじっと見た。「そうかもしれない。さて、おれはもう行くとしよう」

「ビールをありがとう」

ボーはまた会おうというようなことを言おうとしたが、黙っていることにした。しばらくすると、彼は自分の車に戻り、家路についた。

エニス・ペトリーは残りのビールを、寒くなってきてから滞在している売店のなかの広々とした収納棚に運んだ。この小屋にはヒーターが備え付けてあり、夜のあいだはものすごい音がしたが、それなりに暖かかった。保安官時代から、この公園を管理している会社の社長を知っており、苦情が来ないかぎりは眼をつぶってくれると言っていた。

冷えた〈ミラー・ハイライフ〉を飲みながら、彼はヘレン・ルイス検事長のこと、さらに昨年の裁判のあいだに彼女が明かした秘密のことを考えた。

そして彼女が明かさなかった秘密のことを。彼は知っていた。彼女がその秘密を抱えたまま、必死に生きていくであろうことを。

わたしはこの世界では善良な人々がひどい過ちを犯すことを知っている。

ペトリーはそれが真実だとわかっていた。裁判のあと、彼女が彼に感謝の気持ちを伝えたときに、彼自身が言ったことばだった。

だがそれを知っていたとしても、楽になるわけではない。自分にとっては。

そしてヘレン・ルイスにとっても。

55

〈グランドホテル・ゴルフリゾート&スパ〉は、モビール湾に面した漁村、アラバマ州ポイントクリアにある象徴的なホテルで、地元では〝グランド〟と呼ばれていた。一八三八年に開業したこのホテルは、数世紀、数十年、そして数年のあいだに何度もその経営陣を替えてきた。しかしそのあいだも、この象徴的な観光地が魅力を失うことはなかった。

ヘレン・ルイスは法律セミナーで、ここグランドに何度か滞在したことがあったが、この場所の古風な雰囲気、特に常に松の香りに包まれているような本館に愛着を感じていた。人はグランドのドアをくぐると、文字どおり、時間をさかのぼったような感覚になるのだ。

ヘレンが自ら課した隔離期間をどこで過ごそうかと考えたとき、これこそが自分が一番したかったことだと思った。フェアホープという古風な趣のある町は数キロしか離れておらず、オフシーズンのため、ホテルは半分しか部屋が埋まっていなかったので、休養し、充電し、そして今後何をするかを考えるのにこれ以上の場所はないと思った。一時間前までは、事態はかなりうまくいっていた。彼女のアシスタントだったトリシュ・デモニアから電話があるまでは。彼女はオデル・シャンパーニュの事件について、常に最新の情報を伝えると約束し、その日の予備審問について、詳しい状況をヘレンに伝えてきた。出てきた事実は興味深かったし、グロリアが自分の不在中もいい仕事をしていると認めざるをえなかったが、何よりも関心を持ったのは、ほとんどの人が裁判にとってはささいな事柄とみなすであろうことだった。

なぜマイケルは保安官事務所の事情聴取に応じていないのだろう？

トリシュとの電話を切ったあと、ヘレンはあらゆるニュースサイトを見てまわり、事件の概要について調べたが、彼女の息子については、それ以上は何もわからなかった。

やがて、耐えきれなくなり、インターネットのブラウザーを閉じた。自分のｉＰａｄを胸に当て、深く息を吸い、ゆっくりと吐き出した。水面《みなも》を見つめ、そよ風が髪を撫でていくのを感じた。アドレナリンと不安で神経がたかぶっていなければ、寒気を感じていただろう。

ヘレンはベンチから立ち上がると、桟橋の端まで歩いた。太陽は沈み、遠くにはモビールのダウンタウンのビル群が見えた。水面には、何艘《そう》かのボートがちらちらと光を放っていた。頭上にオリオン座の一部が見えたものの、月とほとんどの星は雲に覆われていた。振り向くと、歴史あるリゾートホテルを眺めた。

エニス・ペトリーが証人となったことには驚いたと認めざるをえなかったが、決して意外ではないとも思った。ペトリーは一年以上も、プラスキのダウンタウンの人目の届かないところで暮らしており、バス置き場のあたりで何かを見たというのは充分考えられることだった。だが彼が重要証人として出廷したことで、事件から離れていようという彼女の決意はさらに強くなった。彼は知りすぎている……

桟橋を岸のほうに向かって歩きだした。やがて肌寒い空気に包まれ、歩きながら自分を温めようと腕をさすった。ボーに電話をして、マイケルには近寄るなと警告したかったが、そうすれば彼は何かあると悟るだろう。

離れていたほうがいい。ホテルのなかに入り、松の香りを吸いながらそう思った。

けれど、いつまで？

56

マイケル・ザニックは、三十一号線沿いにある自身の邸宅の裏にある広いベランダに坐っていた。赤ワインをグラスからひと口飲むと、顔にあたる風を愉しんだ。彼はオデル・シャンパーニュの裁判を傍聴していなかったが、従業員のひとりが傍聴していた。詳しい報告を受け、自分の名前がボーセフィス・ヘインズの口から出たことに不安を覚えた。

サプライズは嫌いだった。

それが自分とブリタニーとのあいだを終わらせたのだ。彼女は支配を手放そうとしなかった……

ザニックは隣にある錬鉄製のテーブルから携帯電話をつかむと、若い女性の写真を表示させた。その女性は人生の最後の三カ月間、彼の時間の多くを支配していた。死んでしまったあとでさえも、彼には彼女のことを頭から振り払うことができなかった。彼女が彼の導くとおりに行動していたら。ふたりでいっしょにしていたことを。達成できていたことを……

写真のなかで、ブリタニーは赤いビキニを着て、彼の邸宅のプールサイドに横たわっていた。この画像を削除するべきだとわかっていたが、思い出を失いたくなかった。

自分が若い女性に惹かれるのはなぜなのだろう？　子供時代に、さまざまな養護施設に預けられていたことが影響しているのだろうか？　ほんとうの意味で大人になれず、自分が操ることのできる純真な女性のそばにいることに心地よさを覚えるからなのだろうか？　それとも、単に性倒錯者で社会病質者なのか？　いつになったら学ぶのだろうか？　マンディ・バークスとの件では百五十万ドルも授業料を払ったのだ。

ブリタニーの写真を見つめ、彼女との関係にはそれ以上の代償を支払ったと悟っていた。

ザニックは頰が湿るのを感じ、左手で触れた。手が濡れているのを見て眼を拭った。自分は泣いてるのか？

写真を消すと、母親の電話番号を表示させた。道路脇に母親の車が停まっているのを見てから、ちょうど一ヵ月が経っていた。その短い幕間《まくあい》の出来事は、なんとも奇妙なものではあったものの、自分が心から愉しんでいたのだとは気づいていなかった。母さんはどこに行ったんだろう？　休暇を取っていることは知っていたが、それ以来、彼女に電話をしていなかった。番号の上に親指をさまよわせたが、押す決心はつかなかった。

ザニックは長い時間を費やして、自分が何者なのか考えてきた。母親が自分を捨てたと思っていたし、父親も同じことをしたと思っていた。だが昨年、苦い真実を知った。母親はフットボールの試合を観戦したあとにレイプされたのだ。母親が襲われたのだという事実が、彼のその後の人生を方向づけた。

気がつくとザニックは実の父親について知りたいと強く願うようになっていた。いったいだれなのか？　今も生きているのか？　答えを求めてプラスキに来たのに、いまだに答えを得ていなかった。

代わりに彼が得たのは、偉大なスーパースターになることを運命づけられたブリタニーと仕事をするという、すばらしく愉しい体験だった。だが、それも二〇一六年十月十四日の夜に、彼女がザニックの家を出ていくまでだった。

ザニックはワインをひと口飲むと立ち上がった。ベランダは数えきれないほどのプロパン・ランプで暖められていた。彼は感じるはずのない寒さを感じていた。思いは予備審問へと戻っていった。

ボーセフィス・ヘインズはまたもや自分に戦いを挑むつもりなのだろうか？　そしてヘインズが彼を追うとしたら、母親はいつまで隠れているつもりなのだろう？

眼を閉じると、生きているブリタニーを最後に見たときのことを思い出した。どうして彼女は素直に自分の言うことを聞いてくれなかったのだろう？　もし彼女がそうしていれば……

……今もまだ生きていたかもしれない。

ザニックの頬をまた涙が伝って落ちた。今度はそれを拭おうともしなかった。

57

〈コンフォート・イン〉で、イズラエル・クラッチャーはベッドに腰かけていた。職場で着ていたのと同じ緑の手術着を着ていた。予備審問のあと、夜のシフトに志願し、四件の手術をこなしていた。疲れていたはずなのに、そう感じていなかった。唯一、安らぎを覚えるのは、手術室で自分の技術を駆使して患者に全身麻酔をかけているときだけだ。外の世界では、怒りしか覚えなかった。

イズラエルは〈ジムビーム〉のボトルを手に取ると唇に当てて飲んだ。スーツケースのところまで重い足取りで歩くと、なかに手を入れ、拳銃の冷たい鋼の感触に触れるまで探した。取り出すと、弾倉をたしかめた。銃を鏡に向けると、そこに映った自分の血走った眼を見つめた。最後に四時間か五時間寝たのはいつのことだろうか？　思い出せなかった。

ブリタニーが殺されてから、自分にとって唯一名誉に値することは、自らの命を絶つことだと考えていた。この一カ月間、何度銃口を自分の口に入れたことだろう？　だが彼は引き金を引かなかった。そして今、ボーセフィス・ヘインズを今日、法廷で見たことで、そうしなくてよかったと思っていた。

この惨めな世界から永遠に去る前に、この銃をより高貴な目的のために使おうと考えた。かつてのチームメイトのことを思い浮かべた。ボーセフィス・オルリウス・ヘインズは、イズラエルが小さな大学でなんとかプレイしているとき、ディヴィジョン1の大学で、ポール・〝ベア〟・ブライアント・コーチの下でプレイしていた。イズラエルが周囲のどんな麻酔医よりも優秀であるにもかかわらず、麻酔専門看護師として生計を立てなければならない一方で、ボーはテネシー州で最も有名で、最も恐れられている弁護士のひとりとなった。ボーは二度も弁護士資格停止処分を受けていたが、それでもまだうなるほどの金を持っていた。その一方でイズラエルは資格に問題を生じたことはなかったが、今もまだ給料ぎりぎりの生活をしていた。

イズラエルは顔をこわばらせ、そしてリラックスした。ボーは人生でさらに悲劇に見舞われた……だがあいつにはまだ子供たちがいる。

おれはブリタニーを失った……

彼は冷えきったホテルの部屋を見まわした。おれはすべてを失った。

銃の撃鉄を起こすと、アドレナリンが血管を巡るのを感じた。おれの娘は死んだ。彼は休むつもりはなかった。責めを負うべき者たちが葬られ、彼女と同じように地下に横たわるまでは。

マイケル・ザニック。

オデル・シャンパーニュ。

ふたりとももう死んだも同然だ。そしてもしボーセフィス・ヘインズが自分の邪魔をするのをやめないなら、彼もまた死ぬことになるだろう。

58

ボーは翌朝の八時には〈リーヴズ・ドラッグストア〉に着いていた。リフレッシュした気分で元気になり、そして空腹だった。プラスキで最も古い店のひとつである〈リーヴズ〉は、たっぷりの朝食メニュー、昼は最高のサンドイッチ、そして街で一番のミルクセーキを出す店だった。

「昨日、ひどくケツを叩かれた割には元気だね」とロナが言い、スクランブルエッグをひと口食べた。「あんたの分も注文しといたけど、かまわなかったでしょ？」

「いつものか？」

「カントリーハムとビスケット、グレープゼリーにラージサイズのコーヒーとスモールサイズのジュース」

「きみは最高にすてきだ」

「なら聞いて。昨日の予備審問でフラニー主任保安官補が言っていた何人かの子供たちにすでにコンタクトした。ベントリー・ロジャースとウォルトン・リーグ。ふたりともブリタニーの友人で、ダグ・フィッツジェラルドのパーティーにいた。あの夜はオデルのまわりにいたことが多かったけど、彼が好戦的だったり、暴力的な振る舞いをしたりしたことは全然覚えていないそうよ」

「ジャーヴィスとの喧嘩については？」

「レスリングのようなものだったたって言ってた。友達同士のばか騒ぎだって」と彼女は言った。

「それは正確にはT・Jとジャーヴィスが見た様子とは違うな。彼女たちはオデルがだれと帰ったか言ってなかったか？」

「ふたりとも、彼がイアン・デュガンといっしょにいたのを覚えていたけど、ふたりが帰ったときのことは覚えていないそうよ」ロナは少し考えた。「でも、ふたりともオデルとブリタニーといっしょのことが以前にもよくあったそうよ。オデルはいつもちゃんとしていて、やさしかった。彼女にきついことばを言うことは一度もなかった」

「ふたりは性格証人になってくれそうか？」

「ウォルトンはいいって言ってたけど、ベントリーは両親にたしかめなければならないと言ってた」

「ないよりはましだ」とボーは言い、ウェイトレスが料理と飲み物を置けるように、テーブルから手を離した。

「よし、このままリストアップを続けよう。オデルがだれといっしょにパーティーから帰ったかを知っている人物を探す必要がある」

「オデルはわからないの？」

「泥酔していて覚えていないんだ。だれであれ、イアンの友達だろう。ブリタニーのルームメイトのターシャはどうだった？」

「ずっとはぐらかしてる。話すつもりはないね。電話するたびに切られる」

「ダグ・フィッツジェラルドは？」

「両親が彼の周りに城壁を造って守っている。彼の父親は、この前ドアベルを鳴らしたとき、嫌がらせをやめなければ警察を呼ぶとまで言った。T・Jから攻めるのが一番だと思うよ。

フィッツジェラルドもバスケットボールをしてるから。T・Jが彼といっしょにシュート練習でもしながら、いくつか質問してみるのもいいかもしれないね」

ボーは首を横に振った。「T・Jはもうこの件に充分すぎるほど関与している。これ以上深入りさせるつもりはない」コーヒーをひと口飲んだ。ためらいはなかった。むしろ自分たちが手に入れたものにほっとしていた。リーグとロジャースの証言は役に立つだろうし、うまくいけば、もっと多くの人物の証言を集めることができるかもしれない。

「コロンボが来たわ」ロナは卵をもうひと口食べながら、店の玄関のほうを見た。

ボーが振り向くと、白いボタンダウンにカーキ色のパンツ、そして正面に〝Roll Tide〟と刺繍《ししゅう》された赤と白のメッシュのキャップをかぶった肉付きのよい男がいた。アルバート・フーパーはふたりのあいだの椅子に坐り、ロナに向かって顔をしかめるふりをした。「なんだよ？　おれのメシはないのか？」

「あんたはわたしに給料を払ってくれるわけじゃないからね」

「一本取られたな」彼はそう言うと、ボーに視線を移し、ポケットからUSBドライブを取り出した。「ザニックについて頼まれたものは、このなかに全部ある。昨年のルイス事件と同じ過去の記録と、過去三十日間、監視した内容が含まれている」

「何か興味深いことは？」

「特にない。ザニックはほぼ毎日、あの邸宅にこもっている。ときどき、昼食に〈イエロー・デリ〉に行く。いつもひとりだ。〈サンダウナーズ・クラブ〉というストリップクラブに行くこともある」フーパーは両手を広げた。「ほんとうにそれだけだ。かなり退屈だ」

「彼の用心棒はどうだ？」

「フィン・パッサーは二月に出所したが、〈サンダウナーズ〉の女の子たちはだれも彼の姿を見ていない。消えてしまったみたいだ」

ボーは、パッサーが刑務所に入れられたときのことを思い出した。その犯罪者がどういうわけか消息を絶っていることが気になった。「引き続き探してくれ。彼が消えていなくなるとは考えにくい」ボーはビスケットをひと口食べた。嚙んで吞み込むと、眼を細めて探偵を見た。「ザニックがブリタニーのマネージャーをしていたことについてはどうだ？」

フーパーはニヤッと笑った。「ナッシュビルの人脈を使い果たさなければならなかったが、ブリタニーがエレクトリック・ハイとソロデビューの契約を結んだことを確認した」

「ザニックがその取引の交渉に当たったのか？」

「ああ」

ボーはロナを見た。「罪状認否が終わったらすぐに、エレクトリック・ハイにブリタニーに関するあらゆる文書の提出命令を出させてほしい」彼はフーパーのほうに向きなおった。

「個人的な関係についてはどうなんだ？」

「今のところはまだ何も。ザニックはとにかく秘密主義で、親しい友人もいない。彼の家の監視カメラの映像と電話の記録が必要だが、消去してしまっているかもしれない」

「それらを手に入れることはできるの？」ロナが訊いた。

「無罪を証明するであろうあらゆる証拠の開示を求めることができるはずだが、ペイジ判事の場合はどうだろうか？」とボーは言った。

「あんたはおそらくこの街でザニックのことを一番知っているはずの人物からもう話を聞いている」とフーパーは言った。

ボーは眉をひそめた。

「キャシー・デュガン。〈キャシーズ・タバーン〉のバーテンダー。彼女は去年、数カ月だけザニックと付き合っていた」

ボーは両手を首の後ろにまわして天井を見上げ、バーでのキャシーとのやりとりについて考えた。酔っぱらってキャシーがボーを誘惑したこと以外にも、あのときのふたりの会話について何かが心に引っかかった。もしブリタニーがバンドから脱退してソロデビューの契約にサインしていたとしたら、フィズのメンバー全員が彼女を傷つけたいと思う動機があることになる……

……フィズのマネージャーだった彼女も含めて。

ボーは視線を落とした。「メンバー全員からもう一度話を聞く必要がある」

キャシーは数週間前、営業終了後に〈キャシーズ・タバーン〉で、ボーとロナがメンバー全員から話を聞けるように手配してくれていた。このときのミーティングは、ほとんど成果はなかった。イアン・デュガンもマッケンジー・サンタナとテディ・バンドリックも、事件のあった夜にブリタニーがどこにいたのか知らなかった。その上、全員が、彼女が殺されるまで、ソロデビューの契約については知らなかったと言った。

メンバーのうち、イアンはオデルとも親しく、ブリタニーが殺される前の数時間で、最も長い時間をオデルと過ごしていたことから、事件における最も重要な存在だった。話を聞いたとき、イアンはオデルにいつもと違う点は見られなかったと言っていた。パーティーにいたほかの人々と同様、オデルも愉しく過ごして、ストレスを発散させていたと言い、彼自身も酔っぱらっていたため、だれが自分たちを家まで送ってくれたのか覚えていなかった。

「今度はひとりひとり別々にやる。前回はあまりに話がうますぎた」

「だれかが何かを隠していると思ってるの？」とロナが訊いた。

「わからない」とボーは答えた。「イアンがだれといっしょにパーティーから帰ったかを覚えていないとは考えにくい。オデルの話から受けた印象では、イアンはオデルほどひどく酔ってはおらず、車の手配をしたのも彼だったようだ。彼とほかのメンバーをもう一度揺さぶってみる価値はあるだろう。キャシーがいたから、話せなかったのかもしれない」

「了解」とロナは言った。「キャシーはどうする？」

「おれが話してみる」とボーは言ったが、それほどいい考えなのかどうか自信がなかった。

もうひとつビスケットをかじると、ジュースで流し込んだ。それからフーパーを見た。「今のところ、ザニックについては、できることはすべてやってくれたと思う。ロナがバンドのメンバーから話を聞くあいだ、一週間かそこらでキャシーとバンドの各メンバーについて調べてくれ。何か出てくるかもしれない。もし彼らのうちのだれかがブリタニーのソロデビューについて知らなかったと言ったのが嘘だとしたら、その人物は彼女を傷つける動機があったことになる。フィズについて、表も裏も知る必要がある」

「了解」とフーパーは言った。

ボーはコーヒーをひと口飲むと、唇に笑みを浮かべた。「それからもうひとつ力になってほしいことがある」

「なんだ？」

「サウスイースタン・カンファレンスのフットボールに詳しいおまえにうってつけの仕事だ」

フーパーは眉を上げ、肉付きのよい前腕をテーブルにもたせかけた。「なんだ？」

「ビリー・シャンパーニュを見つけてほしい」

59

一時間後、ボーは拘置所にいた。接見室に入ると、オデルが机の上に頭を乗せていた。

「起きろ。仕事の時間だ」とボーは言い、依頼人の向かい側に坐った。

オデルは体を起こすと、眼をこすった。前の晩に少しは眠れたとしても、とてもそうは見えなかった。

「エニス・ペトリーの予備審問での証言には驚かされた。おれはサプライズは好きじゃないんだ」

「すみません、ミスター・ヘインズ。おれ――」

「すまないと思う必要はない。おれに必要で、おまえがしなければならないのは、真実を話すことだ。さもなければ、おれたちに勝ち目はない。わかったか」

「はい」

「よし、それじゃあ、エニスが言っていたことについて説明してくれ」

「おれは酔っぱらっていて、手紙のことでまだ怒っていた。何を言うかリハーサルしていたんです。彼女に街に残るよう説得したかったから。お、おれはときどき、そういうことをするんです」

「それが真実だと神に誓えるか？」そう訊きながら、ボーはオデルの三件の窃盗の前科について考え、フラニーの言っていたとおりなのだろうかと思った。おれは騙されているのか？

「神に誓います」とオデルは言った。

ボーは自分のスキンヘッドを手で撫でた。「地区検事長は、そのことをおまえがブリタニーを殺す計画を立てていたように見せるだろう。彼女を殺す気まんまんでバス置き場に向かっていたと」

「計画していたと言うんなら、どうしてバス置き場に行く途中で、ふたりで分け合うために六本パックのビールを買うというんですか」

「いいところを突いている」とボーは言い、〝六本パック〟とリーガルパッドに書き留めた。

「ミスター・ヘインズ、母さんから何か連絡はありましたか？」

「リハビリ施設に入ってからはない。おまえのほうには？」

「何度か手紙をくれました。順調にいっているそうです」一瞬の沈黙のあと続けた。「どうやって費用を払ったか知ってますか？　保険は――」

「おれが払うつもりだ」

震える声でオデルは続けた。「ありがとうございます、ミスター・ヘインズ。必ず返します。父がお金を送ってくれたんです。拘置所のおれの口座に入っています。その金を全部渡します」

ボーの首筋がこわばった。「お父さんだって？」

「ええ」とオデルは言った。その口調はどこか苦々しげだった。「力になろうとしてるんでしょう」

「ここに訪ねてきたのか？」

「いいえ、金といっしょに手紙を送ってきました。置いて出ていってすまないとかなんとかかんとか。小切手以外は破り捨ててしまいました」

「お父さんはどこに住んでるんだ？」

「知りません。手紙には住所は書いてありませんでした。でも推測しろというのなら、自分の名前がまだ意味を持つ唯一の場所にいることに賭けます」

「それはどこだ？」

オデルは眼を拭うと言った。「故郷の町です」

60

タウンクリークは、アラバマ州ローレンス郡にある小さな町だった。弁護士にとっては、ディケーターとフローレンスのあいだにあるスピード違反の取締まり地点として、釣り人にとってはウィーラー・ダムのナマズの釣れる場所として、そして農家にとっては豊かな綿花の農作地として知られていたが、一九七〇年代から八〇年代にかけては、フットボールの強豪校の本拠地としても有名だった。ヘイゼルウッド高校は州の高校としては最も小さい1A地区に指定された高校だったが、この高校は数の不足を才能で補った。ヘイゼルウッド・ゴールデン・ベアーズのユニフォームを着た多くの選手が、のちにアラバマ州フットボールの伝説に名前を刻むこととなった。

アラバマ大学のファンにとっては、特にグード兄弟が有名だった。ケリー・グードは、一九八三年のボストン・カレッジ戦の前半だけで二百ヤード以上を獲得した。これはハイズマン・トロフィーを獲得するほどの活躍だったが、この試合の後半で膝を負傷してしまった。兄のクリス・グードは、八〇年代後半にアラバマ大クリムゾン・タイドのディフェンスバックとして活躍した。ピエール・グードは、兄弟のなかでは最も華やかな選手で、八〇年代半ばにアラバマ大のワイドレシーバーとして活躍し、テネシー大との試合で八十六ヤードのタッチダウンパスをキャッチした。そして末っ子のクライド・グードも八〇年代後半にプレイしていた。

グード兄弟の従兄弟であるアントニオ・ランガムは、タウンクリークでは最も有名な選手と言っていいだろう。一九九二年のサウスイースタン・カンファレンスの決勝で、アラバマ大の選手として試合終了目前にパスをインターセプトし、タッチダウンに結びつけたのがランガムだった。アラバマ大はその勢いのままに、その年の全米チャンピオンに輝いた。

だがグード兄弟以前にアラバマ州タウンクリークの町の名を聞いた者は、ほとんどがビリー・シャンパーニュという名のテールバックのことを思い出すはずだ。

オデルの推測どおり、ビリーが今もタウンクリークに住んでいることをフーパーが確認したあとは、彼を探し出すことはさほど難しくはなかった。フーパーは、この小さな町に二日間滞在し、数えきれないほどの住民から偉大なるビリー・シャンパーニュの選手時代の活躍を聞かされたあと、市役所で手がかりを見つけた。デローレス・ロバックという名前の五十代の窓口係の女性が、ヘイゼルウッド高校の卒業生で、ビリーの一年後輩に当たることがわかったのだ。ふたりは今も連絡を取り合っており、ときにはデートをすることもあるという。彼女は口にしなかったが、フーパーはデローレスがビリーとセックスフレンドの関係にあると考えた。いずれにしろ、オデルが苦境に陥っていることは、デローレスも知っていた。フーパーがオデルの事件に関する情報を得るために大至急ビリーに連絡する必要があると告げると、彼女はビリーの電話番号を教えてくれた。その後、電話とメールで連絡を取り、フーパーはビリーにボーと会うことの同意を取り付けた。

二〇一六年十一月二十三日、予備審問から一週間後、そして感謝祭の前日、ボーは、三十一号線のはずれ、アラバマ州ヒルズバロにある有名なソウルフードレストラン、〈ドッツ・ダイナー〉の砂利敷きの駐車場に車を入れた。

ビリーはディケーターにある化学品メーカー〈ソルーシア〉の工場に勤務していたので、そこから数キロ離れたところにあり、タウンクリークへ行く途中の〈ドッツ・ダイナー〉で会うことにしたのだった。

ボーは先に着いてアイスティーを注文した。待っているあいだ、彼は自分が緊張していると自覚していた。彼はビリー・シャンパーニュに一年遅れて高校に入学したが、その名前はよく覚えていた。ビリーはテネシー大に行き、一年目から活躍した。だが、ボーと同様、結局、才能を充分に発揮する前に、怪我によってその選手生命を絶たれてしまった。ボーは学生時代、試合後に何度かビリーと話したことがあったが、彼はそのことを覚えているだろうか。ボーはまた自分の感情を抑えなければならないこともわかっていた。これから会おうとしているのは自分の妻と息子を捨てた男なのだ。自分には考えられないことだった。

アイスティーをひと口飲むと、ドアが開くのが見えた。汗で筋が入った青のワークシャツに、ジーンズ、くすんだ色のブーツを履いた男が入ってきた。木の幹のような太い脚をした、箱のような体格だった。男は店内を見渡し、ボーに眼を留めると、ゆっくりと歩いてきた。自分と同じように、かすかに足を引きずっていることに気づいた。

「ボー？」

ボーは立ち上がった。

「ビリー・シャンパーニュだ」と男は言い、手を差し出した。「久しぶりだ」

ボーは握手をし、向かい側の席に坐るよう手で示した。「来てくれてありがとう」そう言うと微笑んだ。「それに〈ドッツ・ダイナー〉を薦めてくれてありがとう。ここに来るのは何年かぶりだ」

ビリーは席に着いた。狭いレストランのなかを見渡した。「ここのミート・アンド・スリー（肉料理一品にサイドメニュー三品をつけた南部の食事スタイル）は最高だ」

ふたりが会話を進める前に、ウェイトレスがやって来て注文を取った。ぎこちない沈黙が続くなか、ボーはアイスティーをひと口飲み、カントリー・フライド・ステーキにインゲン豆、そしてマッシュ・ポテトのおいしそうな香りを吸い込んだ。ビリーが先に口を開いた。

「ボー、きみがしてくれていること、そして息子のためにしてくれたことに感謝している。オデルはこれまであまりチャンスをもらうことがなかった」彼は咳払いをした。「きみと出会えたことはチャンスのひとつだ」

「今はトラブルに陥っている」ボーは率直に言った。「州側の殺人の主張にはほとんど隙がない」

「だがきみはあの子が無実だと信じているんだな？」

「そうだ」

「なぜ？」

子供の父親が訊くには奇妙な質問だと思ったが、あまり考えることなく、答えは浮かんできた。「なぜならオデルは五歳のときから大人にならなければならなかったからだ。あなたが彼と彼の母親を置いて家を出てから。サブリナが家族を養うのを助けようとして、つらい目にも遭ったし、あなたがいなくならなければ巻き込まれることのなかったはずのトラブルにも巻き込まれた」

ビリーは、ウェイトレスが彼らの料理を眼の前に置いているあいだ、ボーをじっと見ていた。ウェイトレスが去ると、彼は頭を振った。「はっきり言うんだな」

「心にもないことは言いたくないんでね」とボーは言った。「おれにはあなたの息子が殺人犯だとは思えない。まずいときにまずい場所にいたんだろう。そして一部の権力を持つ人間にブリタニー・クラッチャーを傷つけたい理由があって、そいつが状況を利用して、オデルが彼女を殺したように見せかけたんだと思っている」

ビリーはフォークを取ると、自分のマッシュ・ポテトを突っついた。「どうしてわたしに会おうと思ったんだ、ボー？　父親失格のわたしを叱るためじゃないんだろ？」

「オデルにはあなたが必要なんだ、ビリー。彼はずっと家族を必要としてきた。サブリナは……」ボーは口ごもった。

ビリーはさらに覆いかぶさるように身を乗り出した。「サブリナはどうかしている、ボー。酒とドラッグに溺れ、もう何年もそんな状態だ。オデルのあと、わたしたちには子供ができなかった。何回か流産した。最後に流産したあと、彼女はすべての解決を酒に求めた。それでも苦しみを抑えることができないと、もっと強いものに手を出した。おれが結婚した女性は、おれたちの生まれてこなかった子供たちとともに死んだんだ」彼はため息をついた。

「高校生の頃の彼女を見てほしいよ。とても賢く、セクシーだった。ヘイゼルウッド高校の演劇部のスターだった。《オズの魔法使い》では、一年生のときにドロシーを演じた。歌のことを話そうか？　彼女が《虹の彼方に》を歌ったときは、観客からスタンディング・オベーションが起きたんだ。四年生のときに同じミュージカルをやったときは、サブリナは違う役がやりたいと言って西の悪い魔女の役をやった。それも見事に演じてみせたよ。おれといっしょにテネシー大に行き、一年生と二年生のときには演技を学んだ。大学で《羅生門》を上演したときにも出演することができた。見たことはあるか？」

ボーは首を振った。ビリーが記憶の小路《こみち》をたどるのを愉しんでいた。

「日本の芝居で、侍と盗賊、侍の妻がひとつの事件に巻き込まれるんだが、全員が違う説明をするという話だ。最後に、たまたまそこに居合わせた見物人が、実際に起きたことを話すんだ」彼は料理をひと口食べると、フォークをボーに向けた。「すばらしかったよ、それにサブリナは侍の妻の役でみごとな演技をした」

「何があったんだ？」

ビリーは顔をしかめ、自分の皿を見下ろした。「わたしが大学二年生のときに膝を故障して、すべてが変わってしまった。リハビリの過程で鎮痛剤に溺れてしまい、四年生の途中でチームを追い出された。そのとき、わたしたちは結婚していて、サブリナは妊娠していた」

ボーは頭のなかで計算をしたが、計算が合わなかった。「オデルじゃない」

「ああ、違う。サブリナは大学に残り、その年の十二月に卒業した。一方、わたしは傷口を舐《な》めながら、建設作業の仕事に就いた。子供は七月に生まれる予定だった。わたしは故郷に帰るつもりだった。そうすれば両親に子供のことを手伝ってもらえたから。わたしたちは故郷に戻り、その数週間後にサブリナは流産した」

「彼女は女優の道を目指したり、大学の学位を生かしたりしようとはしなかったのか？」

「何年か、ヘイゼルウッド高校で演劇を教えていたが、彼女にとっては気のめいる仕事だったようだ。その仕事は自分にはふさわしくないと感じていた。もっと大きなことができなければ、人生に失敗したことになると。いずれにしろ、オデルが生まれたとき、彼女は仕事を辞めた」彼は急に顔を上げると続けた。「ほんとうは大学で教えたかったんだと思う。だが子供を育てることは大変で、オデルが生まれたあとは自分のキャリアについて話すことはなかった」

「あなたたちに何があったんだ？」

「大部分はわたしのせいだ。仕事を続けるのが難しかった。プロになれなかった痛みを癒すためにマリファナに手を出したんだ」彼はボーを見た。「きみにもわかるだろう。怪我でNFLの夢を絶たれるのがどういうものなのか」

ボーはビリーをにらんだ。「おれはあきらめなかった。自分自身も、家族も」

ビリーは皿に視線を戻した。「ああ、だがわたしはだめだった。そして最後にはサブリナも。オデルが生まれたあと、彼女はもっと子供をほしがったができなかった。三度の流産を経験したあと、彼女は酒に溺れるようになった。さらにわたしといっしょにマリファナに手を出すようになった。それでも満足できなくなったとき、どうなったかはわかるだろう」彼はアイスティーを飲んだ。「本格的なドラッグ中毒になって、わたしはもう耐えられなくなった」

ボーは自分のなかで怒りが湧き起こってくるのを感じていた。「彼女はあなたのためにキャリアをあきらめたんだぞ」

いっとき、ビリーは黙っていた。それから口を拭くと、重苦しい表情でボーをじっと見た。「ああ、わたしはきみの思っているとおりの人間だ。だめな父親。負け犬。過去の人。逃げるべきじゃなかったとわかっている。けど、サブリナはいっしょに暮らせる状態じゃなくなっていた。喧嘩になるといつでも、彼女はおおげさなことを言うんだ、わたしが殴ったと嘘をつき、警察を呼んだ」

「水掛け論だな」

「彼女がそんな騒ぎを起こしても、わたしは一度も罪に問われたことはなかった。けれどサブリナは……」彼は苦々しげに笑った。「言ったように、彼女はすばらしい女優だった」

「どうして親権を求めなかった？　裁判所に申し立てて、彼女が依存症から脱するまで、オデルを引き離しておくこともできたはずだ」

彼は皿を見ていた。「わたしにはできなかった。そんなことをすればサブリナは壊れてしまう。そうすると言ってわたしが脅すといつも、彼女はわたしがオデルを引き離したら自殺すると言った。それにあの子から母親を奪いたくなかった」

「それであなたは自分が去ることにした」とボーは言った。自分自身の声に悲しみを聞いていた。

「毎日、後悔している。力になろうとした。養育費もきちんと支払ってきた。クリスマスと誕生日にはカードも送ったが、サブリナは受け取らなかった。その道を選んだのはわたしだと言って。わたしとオデルが関係を持つことがないよう、わたしの悪口をあの子に吹き込んだ」

ボーは自分の皿に眼をやった。もう食欲がなくなっていた。

「ボー、どうすればいいか教えてくれれば、なんでもする。弁護士費用にと金も送った。充分じゃないことはわかっているが、二週間ごとにさらに送る」

「彼にはそれ以上のことが必要だ」

「拘置所にも行く。そうするべきだったんだ。わたしはただ――」

「あなたは怯えている」とボーは言った。「責めるつもりはない。だが彼も怯えている。独房にいて、おれ以外はだれも会いに来ない。サブリナはリハビリ施設にいる」

「それは知らなかった」とビリーは言った。ボーの視線から眼をそらした。

「ああ」とボーは言った。立ち上がると、二十ドル紙幣を机の上に放り投げた。「おれはオデルが父親を必要としていると言いにここに来た。けれどほんとうに必要としているのは父親じゃないのかもしれない。彼は自分のために戦ってくれる人を必要としているんだ」ボーは両手をテーブルにつき、相手の男の眼をしっかりと見た。「自分を見捨てない人を」

61

ボーが次に立ち寄ったのは、ディケーターのテネシー川のほとりにある、彼の調査員のオフィスだった。重い足取りで階段を上がると、スピーカーからケニー・ロギンスの《デンジャー・ゾーン》が大音量で流れるなか、フーパーが腕立て伏せをしていた。ジム用のパンツを穿き、〈ヘインズ〉の白のTシャツ、ハイトップの〈エア・ジョーダン〉のテニスシューズを履いていた。

ボーは音響システムの電源を見つけて、スイッチを切った。

フーパーは床から見上げた。「笑うなよ」

「スピードが必要だと感じてるのか?」ボーはからかった。

「見てのとおりさ。おれは八〇年代が好きなんだ。こいつなんかどうだ。アレクサ、Ｒｕｎ－Ｄ・Ｍ・Ｃの《ウォーク・ディス・ウェイ》をかけて」

単調な女性の声が響いた。「Ｒｕｎ－Ｄ・Ｍ・Ｃの《ウォーク・ディス・ウェイ》をかけ――」

「アレクサ、ストップ！」とボーが叫んだ。「仕事の話だ、フープ」

調査員は立ち上がると、深く息を吸った。「ビリーはどうだった？」

「無事終わった」とボーは言った。「よく見つけてくれた」

「お安いご用だ」フーパーは言った。

「もうひとつ頼んでいたことは？」

フーパーはうなずいた。

「それで？」

「うまくない」

数分後、ボーはフーパーの会議室に坐り、壁の大きなパワーポイントの画面を見ていた。ベネット・カルドウェルという名前の少年の写真が全体に映し出されていた。ボーはそれを見て、思わず体をこわばらせた。少年の片方の眼は腫れあがって紫がかった赤になっていた。かろうじて切れ込みがあり、そこからなんとか見えるようだった。鼻と唇もむくんで赤くなっていた。ボコボコにされたようだというのは控えめな表現と言わざるをえなかった。

「どうやって手に入れた？」

「タウンクリークの交通巡査のひとりが高校の同級生だったんだ。カルドウェルの父親が提出した写真が警察の報告書に残っていた」

「いつのことだ？」

「今年の四月だ。その翌週にオデルは退学になっている」

「警察は彼を逮捕したんだな」

「ああ、だがチームのメンバーの何人かがカルドウェルのほうが先に殴ったと言ったことから、告訴は取り下げられた」

「なぜ学校は退学処分にしたんだ？」

「まあ、たまたま去年、教頭のハドソン・ベインズのために調査を引き受けたことがあってね……」

「知りたくはないな」とボーは言った。

「おれも言うつもりはない。とにかく、そのハドソンによると、もう限界だったんだそうだ。オデルは窃盗で三度有罪判決を受けていたし、フットボールのフィールドの内外でも何度ももめ事を起こしていた。ハドソンが言うには、オデルは時限爆弾のように見られていたそうだ」

ボーは椅子にもたれかかると、歯の隙間から音を鳴らした。「くそっ」最後にそう言った。「これらの事実が裁判で使われることはない。どうしておれに調べさせたんだ?」

ボーは立ち上がると、大きな窓の外を見た。川面には平底船がいくつか浮かんでいた。

「自分がだれの代理人を務めているか知りたかったからだ」

「あんたはオデルのことをよく知っていると思っていたがな。彼は農場であんたといっしょに働いていたし、T・Jとは親友なんだろ」

ボーはベネット・カルドウェルの傷ついた顔を見つめた。「おれもそう思っていた」

62

プラスキに戻る途中、ボーはもう一カ所だけ立ち寄った。

マディソン・リカバリー・センターは、アラバマ州マディソン郡に新しくできたアルコールとドラッグ依存症の更生施設だった。サブリナ・シャンパーニュは、屋外の二本の木の陰にあるベンチでボーと会った。ボーは周囲を見まわし、静謐《せいひつ》な場所だと認めた。依存症に正面から立ち向かうには最適な場所だ。

「あの子の様子は?」とサブリナは訊いた。その眼は疲れていたものの澄んでいた。

「あまりよくない」とボーは言った。「うまくいっていない。もし有罪を宣告されたら

「……」ことばを濁した。

「あの子の力になってくれてありがとう」彼女はボーの手を握った。「それにわたしのためにしてくれたことにも」微笑んだ。その眼には光があった。いっとき、ボーはプロの女優になることを夢見ていた若い女性を思い浮かべることができた。

「たいしたことじゃない」彼は立ち上がると、彼女から数歩離れ、考えをまとめた。「裁判の期日はすぐに決まるはずだ。一月になると思う」

「行きたい」と彼女は言った。「でもあの子のチャンスをつぶしたくない。みんながわたしのことをどう思っているかはわかってる」

「決めるまでにまだ時間はある」

彼女は立ち上がって、ボーに近づくと、ふたたび彼の手を握った。「そのときが来たら、あなたが決めてちょうだい」

「きみが法廷に来るかどうかにかかわらず、治療を……」彼は彼女が握っていないほうの手で彼女の背後のセラピー棟を手で示した。「……やりとげなければならない」

「やるわ」と彼女は言った。

一瞬、ボーは彼女に何か言おうとした。ビリーに会ったことを話し、彼女の学生時代のことを尋ねようかと思った。が、やめておいた。少しずつ進めよう。最後にボーは彼女の手を握った。「頑張ってよくなるんだ、サブリナ」

63

二〇一六年十一月二十八日月曜日。大陪審はブリタニー・クラッチャーに対する第一級殺人罪でオデル・ジェローム・シャンパーニュを起訴した。

一週間後の二〇一六年十二月五日、ボーとオデルは罪状認否のために、ハロルド・ペイジ判事の前に立っていた。

「第一級殺人の起訴に対し、被告人はどう主張しますか？」とペイジが尋ねた。

「無罪です、裁判長」とオデルは言った。ボーは依頼人の声に断固とした強さを聞いてうれしかった。

ペイジ判事は眼鏡を下にずらすと、眼の前の書類に眼をやった。「被告人が起訴された罪状に関し、無罪を主張したことを記録に残します。本法廷はここに本件の訴訟期日を二〇一七年一月二十三日とします」判事が小槌を叩くと、ボーの鼓動が速くなった。頭のなかで計算した。

この混乱が解決するまで四十九日。

彼は依頼人を見た。少年はまだペイジ判事を見つめていた。ボーは唾を飲むと、検察側のテーブルを見た。グロリア・サンチェス検事長が激しい決意に満ちたまなざしで見つめ返してきた。彼はその背後のフラニーに眼をやった。彼女の眼はどこかミステリアスだった。まるで自分の手を明かさないポーカープレイヤーのように。やがてボーは、意を決するかのように検察席の後ろの席に眼を向け、被害者の家族を見た。ジーナ・クラッチャーは通夜のときと同じ、虚ろな表情をしていた。テレサ・クラッチャーもどこか呆然《ぼうぜん》としているようだった。背筋を伸ばしてまっすぐ坐り、判事席の後ろにある壁の、ボーからは見えない場所を見つめていた。おそらく裁判長の頭上にかかっている歴代のテネシー州知事の肖像画を見ているのだろう。

最後に、ボーはイズラエル・クラッチャーに視線を移した。彼は呆然としているようにも、虚ろにも見えなかった。ボーの顔を穴が開くほど見つめていた。ボーにできることは眼を合わせないようにすることだけだった。だがそうしなかった。代わりにボーは元チームメイトの血走った眼をしっかりと見つめた。そこにはたったひとつの感情しかなかった。

それは憎しみだった。

64

二〇一六年十二月十二日　月曜日

オデル・シャンパーニュの罪状認否手続きからちょうど七日後の午前八時、フラニー・ストーム主任保安官補がボーの事務所に現れた。「開示書類をお持ちしたわ」と彼女は言い、ドアのところを指さした。書類がいっぱいに詰まった四つの段ボール箱がふたりの保安官補によって台車に載せられて運ばれてきた。「時間どおりよ」罪状認否のあと、ペイジ判事が決めた公判期日には、検察側が七日以内に迅速に証拠開示を行なうことが含まれていた。

「ありがとう」とボーは言った。「われわれの要求したものがすべてあると信じている」

「すべてあるわ」とフラニーは言い、顔をこわばらせた。「すべてのファイルよ」

「何か問題でも？」

彼女は何も言わなかった。ボーは振り向くとロナのデスクのそばにフーパーとロナが立っているのを見た。全員が船出の準備を整え、すべてを調べ始める準備ができていた。一月下旬の公判期日まで、無駄にする時間はない。

「少し歩かないか？」とボーは訊いた。

「いいわ」とフラニーは言った。

歩道に出ると、空気はひんやりとしており、ますます寒くなっていた。ボーはコートを着てくればよかったと思ったが、取りには戻らないことにした。フラニーの心には何かが引っかかっているようだ。それがなんであれ、ボーは見逃したくなかった。

「週末のクリスマス・フェスティバルには行くの？」彼女は裁判所を見上げながら訊いた。

ふたりは一丁目通りのプラスキ・シアターの前を通り過ぎていた。

「考えてなかったな」とボーは言った。「子供たちが行きたいと言えば行くかもしれない」

「行ったほうがいいわよ」と彼女は言った。その声はどこか遠かった。「いつもとてもすてきよ」

いっとき、ふたりは黙ったまま歩いた。ボーは無理に聞き出そうとはしなかった。ようやく彼女が口を開いた。

「オフレコで話してもいい？」

ボーは一瞬ためらった。「ああ」

彼女はあらためて息を吸うと言った。「あの箱のなかから何か使えるものを見つけようとするんだろうけど、正直なところあれをどう考えたらいいのかわからない。わたしたちの当初の捜査では見つからなかった」

ボーは鳥肌が立つのを感じた。「フラニー、なんのことを言ってるんだ？」

「ほんとうは言ってはいけないんだけど」と彼女はようやく言い、パトロールカーのところで立ち止まった。「見ればわかると思う」フラニーはことばを切った。「けど、これだけは知っておいてほしい。この新しい……証拠が有罪答弁取引に影響を与えるかもしれないけれど、わたしたちは起訴を取り下げるつもりはない。今もグロリアは……」彼女はためらった。

「……そしてわたしもオデル・シャンパーニュがブリタニー・クラッチャーを殺したと思っている」

「なぜ、それをおれに話すんだ？」

「わからない」とフラニーは言った。「この件が始まったときから、あなたはずっと言ってきた」彼女はボーを見上げた。「真実を知りたいだけだと」

ボーはうなずいた。

「わたしもよ」

65

もし州側の提出した書類に金塊が埋まっていたとしても、すぐには明らかにならなかった。ボーとロナ、フーパーは手分けをして、昼食と夕食の時間も徹底的に段ボール箱の中身をすべて調べた。新たな情報のほとんどは弁護側に不利なものだった。

特にナッシュビルの法医学研究所所長マラカイ・ウォード博士からの報告書は圧倒的なほどだった。オデル・シャンパーニュのパーカーから採取された毛髪は被害者のDNAと一致した。さらに、被害者のTシャツ、スウェットシャツ、パンツから採取された毛髪と唾液が、オデル・シャンパーニュから提供されたサンプルと一致していた。ブリタニーの遺体が発見されたバスのシートから採取された毛髪と唾液もオデルのDNAと一致した。最後にビールのボトルの底に付着していた血液はブリタニーのものと一致した。DNAに関する証拠のなかで唯一有利な点は、ビールのボトルからはオデルにつながるDNAは発見されなかったことだった。残念ながら、彼の指紋はボトルのあちこちに付着していた。

次は箱いっぱいの写真とビデオだった。この証拠のほとんどは、殺人のあった朝の犯行現場を写したものだった。だがそのなかにはオデルがバス置き場へ行く途中に〈バドライト〉の六本パックを買った〈スリンキーズ・ガソリンスタンド〉の防犯ビデオの映像と、殺される直前にブリタニーが現金を引き出したサントラスト銀行のATMの映像もあった。

午後九時三十分までに、三人は百以上もの証言、膨大な電話記録の山、捜索され押収された書類の箱、あらゆる指紋に関する証拠の入った箱を徹底的に調べた。やがてフーパーがひどく興奮した口調でささやいた。「ロール・マザーファッキング・タイド（〝ロール・タイド〟はアラバマ大フットボールチーム——クリムゾン・タイド——のファンがチームを応援するときの掛け声）」

「どうした?」ボーとロナがテーブル越しに同時に叫んだ。彼らは事務所の会議室にいた。ロナは床の上でひとつの箱を調べており、ボーはテーブルの端に立って別の箱を調べていた。フーパーはテーブルの反対側に坐り、キャップを後ろ向きにかぶって、眼の前で紙を振っていた。

「こんなにうれしいのはロッキー・ブロック以来だ」と彼は言い、爪先立ちで上下に踊った。

「いったい何を言ってるの?」とロナが訊いた。「それにその足でやってることをやめてちょうだい」

「ロッキー・ブロックだよ。知らないのか? マウント・コディがテネシー大のキッカーのフィールドゴールを試合終了間際にブロックしたときの――」

「そっちじゃないよ、ばか」とロナは言い、立ち上がって両手を腰に置いた。「その紙だよ。何が、ロール・ファッキング・タイドって言わせたんだい」

「ロール・マザーファッキング・タイドだ」フーパーは言いなおした。「ロ《R》ール・フ《F》ァッキング・タ《T》イドはいいって意味だけど、ロ《R》ール・マ《M》ザーフ《F》ァッキング・タ《T》イドは最高って意味だ」

「フーパー、まじめに訊いてもいい?」とロナは訊いた。が、誠実そうなその口調は見せかけだった。「最後にヤッたのはいつだい?」

「いいかげんにしろ」とボーが言った。「見せてみろ」

フーパーはテーブルをまわり、ボーの眼の前にその書類を置いた。疲れた眼をしばたたきながら、ボーはそれがブリタニー・クラッチャーの衣服から採取された指紋のプリントアウトだと気づいた。

ボーが眼を通していると、フーパーが真ん中のあたりにある欄に人差し指を置いた。

ボーはその箇所を見て、温かな疼《うず》きが胸に広がっていくのを感じた。自分の調査員の顔を覗き込んだ。フーパーはうぬぼれに満ちた笑みを顔に貼りつけていた。

「RMFTを手に入れただろ、ボス？」

ボーは小さく口笛を吹いた。「ロール《R》・マザー《M》ファッキング《F》・タイド《T》」

66

二〇一六年十二月十三日　火曜日

マイケル・ザニックは〈サンダウナーズ・クラブ〉の奥のテーブルに坐り、ウォッカのグラスを前にひとりで飲んでいた。いつから氷を入れなくなったのか思い出せなかった。一カ月前？　わからなかった。ブリタニーの死後、毎日は混ざりあってしまっていた。

家を出ることもほとんどなかった。出るときもここに来るくらいだ。ダンサーを見て愉しむためではない。メインステージのポールのまわりを戯れるように歩くトップレスの女性も、この時間帯に働いているふたりのストリッパー――ふたりとも店のおごりで個人的にラップダンスをすると言ってきた――も眼に入っていなかった。

興味はなかった。望んでいたのは、ひとりにしてもらうことだけだった。足音が近づいてくるのを聞きながら、自分の望みは叶《かな》えてもらえないと悟った。だがその足音の主はピンヒールではなく、コンバットブーツを履いていた。ザニックはグラス越しに眼を上げると、ほとんど笑いそうになった。「これは、これは、これは」そのことばはどこか覚束《おぼつか》なかった。「わたしを放っておいてくれないんだな」

ボーはマニラ封筒をザニックの手に押し込んだ。「送達したぞ」

「こういうつまらない仕事をさせる人間はいないのか？」ボーが去ろうとすると、ザニックはそう尋ねた。「待ちなよ、弁護士先生。わたしのおごりで飲まないか？」

ボーは立ち止まると彼をにらんだ。「飲む相手は選ぶんでね。それにおれにとっては飲むにはまだ早い」

「じゃあ、少し坐らないか。わたしに事情聴取したいんじゃないのか？」彼はそう言うと、封筒を開き、中身を読みだした。

数秒後、ボーはザニックの向かい側に坐った。

「電話記録、二〇一六年九月と十月の防犯カメラ映像などなど、ブリタニーに関係するすべての書類」ザニックはため息をつくと、声をあげて笑った。〈グレイグース〉をひと口飲み、顔をしかめた。「ほんとうにわたしが彼女を殺したと思っているのか？」

「ブリタニーのiPhoneのGPSは殺人のあった夜、彼女が三十一号線沿いのあんたの家の近くの携帯電話タワーを使っていることを示していた」

「そうなのか？　まあ……あなたも知っているとおり、携帯電話の位置情報記録は微妙だからな」

「彼女があんたの家にいたことを否定するのか？」

ザニックはいっときボーを見つめた。「いいや」と彼は言い、弁護士の顔に驚きが浮かぶのを見た。

「彼女はあのときあんたの家にいたんだな」

「いた……が、そのあと出ていった」

ボーは鼻で笑った。「賭けてもいい。防犯カメラには彼女の出ていったすぐあとに、あんたが家を出たことが記録されているはずだ」

「あなたはわたしが彼女のあとを追ったと思っているというわけだ」

ボーはうなずいた。「そしてなんらかの理由で、映像がなくなっていたり、破損していたりしたら、そのときはそれも証拠になる」

「なんの証拠だね？」

「隠ぺいの意図があったことの。何かを隠すために」

ザニックはウォッカをもうひと口飲んだ。「何も隠しだてはしていない」

ボーは立ち上がり、ザニックを見下ろした。「そのうちわかる」

「愉しむつもりだ、そうなんだろ？」

「いいや、違う。ほんとうのお愉しみは証人席に坐ったあんたを尋問するときまで取っておくさ。召喚状も封筒に入っている。数週間後に会おう」

「何がしたいんだ、ヘインズ？」とザニックが叫んだ。椅子から立ち上がり、もう少しでグラスのウォッカをこぼしそうになった。「わたしはブリタニーの歌手としてのキャリアをマネジメントした。コンサートのあと、わたしの家に来た。その晩は泊まって、翌朝、わたしのプライベートジェットでLAに出発するはずだった」彼は両手を広げた。「だが彼女は動揺して、考えなおした」ザニックはボーの顔に影が射すのを見て微笑んだ。「わざわざ来てくれたんだから、価値あるものにしてやろうとしてるんだ、どうかな？」

「彼女はいつから泊まっていたんだ？」

「約一カ月だ」しゃっくりをした。「彼女を殺す動機が高まったと思ったんだろ、違うか？」

彼はグラスを弁護士に向けて乾杯するふりをした。「だが、あなたは間違ってる。その話はあなたの依頼人の犯行の動機を増やすだけだ。みんなのフットボールのヒーロー、オデル・シャンパーニュは、ガールフレンドとわたしの関係に嫉妬した。彼女がわたしと長い時間を過ごすことが気に入らなかった。そして捨てられ、カッとなって殺した」

ボーは、ことばを選ぼうとするかのように、眼をしばたたいて彼を見た。ようやくウォッカのグラスに眼をやると尋ねた。「〈ホシマ〉の連中は、あんたがこんな風に飲んだくれてることを知ってるのか？」

ザニックはボーを手で追い払った。「クソだ」と言い、げっぷをした。「わたしが彼らをここに連れてきた。今、彼らはわたしの土地を借りている。契約はすべて締結された。わたしがこの床の上でクソをして、あんたがそれを動画に撮ってフェイスブックに投稿しても、連中には何もできやしない。わたしの弁護士が契約書を草案した。わたしはテフロンのように強固だ」彼はテーブルをまわってボーに近づいた。「聞いてるか、弁護士先生？　わたしにはだれも触れられない」

「いつまで続くかな。おれが証人席でずたずたに引き裂いてやる」

「どうとでもしろ。潔く裁きを受けるさ。だがわたしと彼女の死を結びつけるものは何もない。何も。まったく。ゼロだ」

「あんたの指紋が彼女の携帯電話や衣服から検出された……パンティーからもだ」とボーは言った。「知ってたか？　彼女とあんたの指紋だけだ」

ザニックは眼をしばたたいた。

「それが陪審員にどう伝わると思う？」とボーは尋ねた。

「彼女がわたしの家で多くの時間を過ごしたという以外は何も証明しない」彼はニヤリと笑った。「たぶん彼女の洗濯物とわたしのが混ざったんだろう」

「おれはそうは思わんな。それは、あんたがマンディ・バークスにしたのと同じことを彼女にしようとし、ブリタニーがレイプされる前に逃げ出したことを証明するものだとおれは思うがな」

「そしてわたしは彼女を追った」ザニックはそう言うと笑った。「それがあなたの説ですか?」

ボーは歯を見せて笑った。「メリー・クリスマス、マイケル」

砂利敷きの駐車場に出ると、ボーは〈シボレー・タホ〉に乗り込み、携帯電話を取り出した。六十四号線に出ると、録音を再生した。

すべてが手に入った。これでマイケル・ザニックを証人として召喚することができる。もしザニックが殺人のあった夜にブリタニーと会っていたことを否定すれば、この音声を使って疑いを投げかけることができる。

昨夜、ブリタニーのパンティーと携帯電話にザニックの指紋が付着していたことを発見したあと、彼とロナ、フーパーは、ザニックに話をさせるために賭けに出る価値があると判断した。いずれにしろ、召喚状を送達しなければならなかった。ボーがやって、揺さぶりをかけるというのはどうだろう?

そしてうまくいった。ボーは携帯電話を見つめながらそう思った。

パンティーに指紋がついていたという事実は大きかったが、必ずしも何かを証明しているわけではなかった。だが彼女の携帯電話の指紋や、マイケル・ザニックが認めたことを合わせて考えると、それらはボーが陪審員に提示しようと考えている代替犯人説を支持するものだった。

ザニックはブリタニーをレイプしようとして逃げられた。彼女をバス置き場まで追い、殺害した。そして彼女の電話を見つけてオデルのメールを読み、ブリタニーのふりをしてオデルに最後の逢瀬《おうせ》を求めた。オデルは眼を覚ますと、ブリタニーからのメールだと信じて、バス置き場まで行き、バスの後部座席で彼女の遺体を見つけた。ショックと激しい悲しみのあまり、オデルは割れたビールのボトルとブリタニーのスウェットシャツを拾い上げ、バスから出て、そのまま気を失ってしまった。

すべてがまとまったと思い、ボーはひとりうなずいた。そうに違いない。三十一号線に入り、プラスキのダウンタウンに向かいながら、それでもまだ、何かが気になった。なぜザニックは話したのだろうか？　ボーが録音するかもしれないとわかっていたはずだ。腑に落ちなかった。ザニックは狡猾《こうかつ》なビジネスマンだ。計算高い。その手のミスは犯さない。

うまくいき過ぎた、とボーは思った。しっくりこなかった。

彼は壊れているのだ。ボーは自分にそう言い聞かせた。そのことばを自分が信じているのかよくわからなかったが、それしか理にかなった説明がつかなかった。

あいつはおれが迫っていることを知っているのだ。

〈サンダウナーズ・クラブ〉の店内で、ザニックは注ぎ足したグラスからウォッカを飲んだ。

なぜあんなことをしたんだろう？　ボーセフィス・ヘインズとのやりとりをもう一度思い出しながらそう思い、それから静かに笑った。理由はわかっていた。それは彼がまだ保安官事務所と話をしていないのと同じ理由だった。

これは危険なゲームだ。〈グレイグース〉をゆっくりと飲みながら、そう考えた。

それでもわたしは勝つだろう。

67

二〇一六年十二月十七日土曜日、毎年恒例のプラスキのクリスマス・フェスティバルが開催された。街灯には緑のリースが飾られ、裁判所前広場の北側のあずま屋の隣に大きなクリスマスツリーが設置された。あずま屋のなかでは、サンタクロースの衣装を着たクリート・サーティンが子供たちを歓迎し、それぞれに今年は何がほしいかを尋ね、全員にキャンディを渡していた。キャシー・デュガンはこの毎年の光景を少しでも愉しもうと、バーの仕事を代わってもらっていた。九月の時点では、フェスティバル期間中にフィズが《クリスマス・キャロル》を演奏するという話もあった。裁判所前の階段でブリタニーがクリスマスにぴったりの曲を歌う。それ以上の催しがあるだろうか？

キャシーは眼から涙があふれそうになるのがわかった。音楽が広場のあちこちに置かれたスピーカーから鳴り響いていた。ブリタニーはここにいるはずだった。彼女はそう思いながら眼を拭った。そして自分がいなかったらそうなっていただろう。

「やあ、姉さん、大丈夫かい？」

キャシーは声のするほうに振り向くと、弟の首にハグをした。「ええ、大丈夫。ただここで演奏できないことが悲しかったの」

「そうだね」とイアンは言った。巻き毛が頭全体に広がっていたが、その眼は怯えていた。

「今日、ミスター・ヘインズに会ったよ」

「なんですって？」

「彼と彼のアシスタントがレストランにやって来たんだ。ぼくの受け持ちのテーブルに坐った。選択の余地はなかった」

「お願いだから、何も話さなかったと言って」

「話してないよ。約束する」と彼は言った。「けど、ぼくたちのことに感づいてると思う」

「どうして？」

「わからない。けどぼくらの話を信じていないような気がするんだ」

「関係ない」とキャシーは言った。「何も証明できない」

イアンは彼女と眼を合わせて言った。「罪悪感を覚えてる。姉さんはどうなの？」

「ええ、でもあなたの未来を危険にさらすわけにはいかない」彼女はことばを切った。「あるいはわたしの。わたしたちはひどいことをした」

「いつまで隠しておくの？」

「できるだけ長くよ」

「ミスター・ヘインズは優秀な弁護士だ。それにとてもしつこい」

キャシーは彼から眼をそらし、サンタの順番を待っている子供たちを眺めた。スピーカーから、エルヴィス・プレスリーが《ブルー・クリスマス》を歌っていた。ふさわしい歌だ。彼女はそう思った。ブリタニーなら歌いこなせていただろう。

「言ったはずだよね、イアン。わたしを信じてないの？」

「もちろん信じてるさ。けど……」口ごもった。

「けど、なんなの？」

「正しいことをしたくない？」

「この街にいる友人すべてを失いたければね」彼女は一瞬の沈黙のあと続けた。「あるいはふたりとも刑務所に入るリスクを冒してもいいならね。わたしはそんなつもりはない」彼女は弟に背を向けると、〈キャシーズ・タバーン〉のほうへ歩きだした。

そんなことはできない……

68

ボーは自分とライラのためにホットチョコレートを買い、広場を歩いた。クリスマスの音楽を愉しみ、約一カ月後に迫ったオデル・シャンパーニュの裁判のことをなるべく考えないようにした。T・Jもいっしょに来ていたが、彼はジャーヴィスやほかの友人たちといっしょだった。ボーは娘とふたりきりの充実した時間をありがたく思った。ライラとT・Jがもっと小さかった頃、ボーとジャズは、毎年ふたりをクリスマス・フェスティバルに連れてきたものだった。そしてボーとジャズは文字どおり、いろんなものからライラを引き剝がさなければならなかった。ライラのお気に入りは子供たちがサンタクロースにほしいものを伝えることで、サンタクロースの真実を知ったあとでも、いっしょに列に並んで幼い子供たちの興奮を愉しんでいた。感謝祭以来、ライラは家のあちこちでクリスマスソングをずっとかけっぱなしにしていた。ボーは《シルバー・ベルズ》をもう一回聴かされたら、頭がおかしくなってしまうと思っていた。この二週間は毎日がフェスティバルの準備のようだった。十五歳になった今でも、ライラはクリート・サーティンの妖精のひとりとして、子供たちの列の世話をすることを志願していた。

「で……クリスマスの準備はできたのか？」とボーは訊いた。

「たぶん」

「たぶん、というのはどういう意味なんだ？　この二週間、おまえは何も話してくれなかった。何かあったのか？」

「ママがクリスマスが大好きだったことは知ってるよね。わたしもよ。でもときどき……悲しくなるの」

ボーは胸にしこりのようなものを感じながら、ホットチョコレートを飲んだ。彼女の言うとおりだった。ジャズはクリスマス・ホリデイのあらゆる瞬間を愛していた。感謝祭の夜にツリーを飾るように言い張り、たくさんのプレゼントやたくさんの料理、たくさんのパーティーを開くなど、いつもどこかやり過ぎなほどだった。それは慌ただしく、精神的に疲れ、そして……

……すばらしかった。ボーはそう思った。眼が潤んできた。

「動揺させちゃったとしたらごめんなさい、パパ」

「大丈夫だよ、スイーティー。父さんも母さんが恋しいよ」

ライラが指さした。「見て、フラニーだよ」それから言った。「サンタを手伝ってくる、いいよね？」

ライラは走っていった。ボーは抗議しようとしたが、すでにフラニーが彼の前で立ち止まっていた。

「メリー・クリスマス」と彼女は言った。ことばにはどこか険があった。

「やあ」とボーは言った。「何かあったのか?」

「一ヵ月も先の裁判の召喚状を金曜日の午後に受け取ったから機嫌がいいのよ」

「記録されるのに時間がかかるからな」と彼は言い、彼女をよけて娘のほうに向かった。ここで事件のことは話したくなかった。だが残念ながら、フラニーはあとをついてきた。

「ザニックが所有しているほとんどすべての会社に召喚状を送るなんて、ちょっとやり過ぎじゃないの?」彼女は追いついてくるとそう言った。

ボーは歩き続けた。「きみが証拠の入ったボックスを届けてくれたときに言っていたものを見つけた」

「なんのことを言ってるのかさっぱりわからないわ」

「いいだろう」とボーは言った。「ひとつ教えてくれ、フラニー。仕事以外の話をすることはないのか? フェスティバルなんだ。ホットチョコレートでも飲んで、人生を愉しんだらどうだ」

「ほんとうにザニックが彼女を殺したと思っているの?」とフラニーが訊いた。「それともこれは手品のトリックみたいなもので、見つけることができるならどこにでも、合理的な疑いを植え付けようとしてるのかしら? また有罪の依頼人を自由の身にしようとして」

ボーは自分の血が煮えたぎるのを感じた。立ち止まると、あずま屋のほうを見た。そこではライラが幼い子供をサンタの膝に坐らせるのを手伝っていた。深く息を吸うと、フラニーを見た。「終わりか?」

フラニーは短剣で刺すようなまなざしでボーを見てから、去ろうとした。が、ボーが呼び止めた。「ヘイ、フラニー。ヘイ!」

彼女は振り向いた。

「メリー・クリスマス」

一時間後、彼はカレッジ通りを左折して家に向かった。息子に電話をして、T・Jの好きなテイクアウトのディナーを尋ねた。ライラはピザがいいと言っていた。T・Jも賛成したので、ボーは〈リトル・シーザーズ〉に寄り、ホット・アンド・レディ・ペパロニ・ピザをふたつ買った。

残りの帰路、車を走らせながら、ボーは事件のことを考えた。ザニックの指紋を見つけたことは大きかった。検察側が説明しなければならない疑問が残されており、充分な質問を組み立てれば、陪審員も疑いを抱くことになるだろう。

ほかにも凶器に関する疑問があった。割れたビールのボトルだ。オデルは〈バドライト〉の六本パックを持っているところを目撃されていたが、州側が撮影した現場写真では、六本とも未開封だった。

七本目はどこから出てきたのか？　ブリタニーの頭蓋骨を殴るのに使われた〈バドライト〉のボトルはどこか別のところから来たものに違いなかった。どこからだ？　州側は、オデルがダグ・フィッツジェラルドのパーティーか、オデルのアパートメントから持ってきて、途中で買い足すことにしたのだと主張するだろう。警察の捜査によると、ダグのパーティーから六本パックを持って帰ったかもしれないのはオデルだけではなかった。樽《たる》のビールがなくなったあと、ダグはさらにビールを買いに行っていた。彼の偽造IDを受け入れてくれる一番近いガソリンスタンドでは、ビールのケースが足りなくなっていたので、ダグは三ケース買ったほかにも、六本パックもいくつか買っていた。オデルがイアン・デュガンとパーティーをあとにする前に、一、二本持っていくのは簡単だっただろう。彼はまた、自分のアパートメントの冷蔵庫から持っていくこともできた。家宅捜索した際に、州側が作成したリストによると冷蔵庫には〈バドライト〉が入っていた。

陪審員はどちらの説も信じるかもしれないが、ボーはそう思わなかった。オデルは六本パックを持っていたことは覚えていたが、一本も飲んでいないと言っていた。バス置き場に着いて、すぐにブリタニーの遺体を発見したので、買ったビールを飲む時間はなかった。そのことは保安官補らが到着したときに、カートンに六本入っていたことと一致している。

もう一本はどこから来たのか？　法医学的な分析によると、ボトルは栓が開けられており、残された開栓部分から唾液が採取されていることがわかっていた。だが、ほかのDNAとは異なり、その結果は決定的なものではなかった。マラカイ・ウォード博士の報告書によると、開栓部に付着した唾液は、ボトルが割れたあと、バスの床の汚れで汚染された可能性があると結論づけられていた。また、複数の人物が口をつけた可能性もあるとされていた。謎。それこそが裁判で使えるものだ。ブリタニーの下着に付いていたザニックの指紋と合わせれば、努力しだいでは合理的な疑いを立証することも可能だと感じていた。そして、ザニックが今週、〈サンダウナーズ・クラブ〉で見せたような、哀れな姿を見せるなら、なおさらよかった。

ハンドルを拳で軽く叩きながら、ボーは希望が見えてきたように感じていた。チャンスはある……この事件の始まりを考えると、それだけでも充分だった。

家に着くと、ボーは子供たちとハグをし、犬を庭に出した。ボーとT・J、ライラは裏のポーチでピザを食べ、ボーは冷えたビールを飲んだ。食べ終わると、ピザ生地の切れ端をリー・ロイにやり、子供たちがXboxで遊んでいるあいだ、ポーチに残っていた。やがて携帯電話が鳴った。画面には長いあいだ考えていなかった名前が表示された。

「いつになったら電話をくれるのかと思ってたよ」とボーは言った。「我慢できなくなったのか？」

「元気だった？」とヘレンは尋ねた。

「正直言って、そんなに悪くはない。今夜はクリスマス・フェスティバルに行ってきた。子供たちは愉しんでいた」彼はビールを飲んだ。「で、おれに何かプレゼントでもくれるのか？　無駄話をするために電話をしたわけじゃないだろ」

長い間《ま》があった。リー・ロイが足元で鼻を鳴らす音が聞こえた。ようやく、ヘレンがしっかりとした口調で話しだした。「シャンパーニュは無実だと思う？」

「ああ」とボーは言った。「有罪と証明されるまでは」

「まじめな話……彼がブリタニーを殺した可能性があるとは思っていないのね」

「思っていない」とボーは言った。

「じゃあ、もう代替犯人説はあるの？」

ボーは月を見上げた。「事件について、グロリアと話していると思ったがな」

「いいえ、距離を置いているの。彼女に全権を与えた以上、干渉したくない。ただ……」

「気になるんだな」

「ええ、くそっ、そうよ。わたしの質問に答える気はあるの？」

「ザニックだ」とボーは言った。「そして今度こそ、やつを捕まえたと思う。あいつは奇妙な行動を取っている。ほとんど捕まえてくれと言わんばかりだ。体重もかなり減っている。保安官事務所とも話をしようとしない。やつは実際におれと話をして、裁判で使える手がかりをいくつか与えてくれた」ボーはことばを切った。「マイケル・ザニックがこの街に来てから、クレイジーで恐ろしい出来事がいくつも起こった」

「ええ、そうね」とヘレンは言った。「クレイジーね。もう切らなきゃ、ボー。教えてくれてありがとう。休みを取ったのは正しい選択だと思っているけど、仕事が懐かしくなるわ」

「わかるよ」とボーは言った。

ふたりは別れを告げ、ボーは家のなかに入った。すべての戸締りをたしかめると、二階に上がった。ライラはすでに寝ていた。彼は娘の額にキスをすると、離れようとしたが、彼女に腕をつかまれた。「パパ、大丈夫なの？」

「ああ、ベイビーガール」

「パパのことが心配なの。みんな頭がおかしくなったみたい」実際にはクリスマス・フェスティバルに来ていた人々はとても礼儀正しかったと思ったが、おそらく彼自身の期待値が低かったのかもしれない。彼がそこにいたあいだ、フラニー・ストームを除いて、だれも彼に話しかけてこなかった。

「そうだね。でも心配いらないよ」彼は娘をハグした。「きっとよくなる」

ボーはT・Jの部屋に行った。息子は机に向かい、本を読んでいた。

「何を読んでるんだ？」とボーは訊いた。

「『ものまね鳥を殺すのは』（映画『アラバマ物語』の原作）」とT・Jは言った。「去年、ハンツビル高校で読んだんだけど、ジャイルズ・カウンティ高校の上級《AP》の国語でもう一度読むことになったんだ」

「名作だ」とボーは言った。

「うん、いい作品だね。ほら、この話に出てくる弁護士が父さんのことを思い出させるんだ」

「アティカス・フィンチ？」

「うん。アティカスがおそらく勝てないとわかっていながら、トム・ロビンソンの弁護を引き受けるところがね。彼はロビンソンが黒人だから陪審員は有罪を宣告するだろうと予想する。それでも弁護を引き受けるんだ」

「どうしてそうしたと思う？」とボーは尋ねた。自分自身が何年も前にその話を読んだときのことを思い出しながら、息子を見た。息子の表情はボーに今は亡きジャズを思い出させた。

「それが正しいことだから。ひとりの人間が肌の色で有罪になるなんてあってはならないことだから」T・Jは眉をひそめた。「あるいは過去に悪事を犯したからという理由で」

ボーは誇らしさが波紋のように体を駆け抜けるのを感じた。ベッドから立ち上がると、息子の額にキスをした。「おまえのことを誇りに思う」彼はドアのほうに向かうと、振り返ってT・Jを見た。「前に一度読んだのなら、結末は知ってるだろう。トム・ロビンソンにはよい結果とはならなかった」

「アティカスが正しいことをしたのに変わりはないよ」

ボーは微笑んだ。「愛してるよ、T・J」

「ぼくもだよ」

ボーは階下に下り、グラスに水を注いだ。それから扉の戸締りを確認してまわり、暖炉に掛けてあるライラとT・Jの靴下を見た。そして〈ウォルマート〉で買ってきたプラスチックのクリスマスツリーに眼をやった。ライラは、母親がずっと集めてきたオーナメントでツリーを飾っていた。ボーはキリスト聖誕の場面を描いたボール紙の切り抜きに触れた。T・Jが幼稚園のときに作ったもので、ヨセフの服は深紅に塗られ、12番の背番号が描かれていた。ボーは笑った。そのことで息子は先生から叱られたものの、家族のあいだでは一生の語り草となった。ツリーのてっぺんに飾られた天使のオーナメントを見た。それはジャズの曾《そう》祖母のもので、三代にわたって受け継がれてきたものだった。最後に、いつものように、ボーは少しだけ時間をかけて、家族で訪れた場所でジャズが買ったオーナメントを見た。ミッキーとミニーがサンタの帽子をかぶり、それぞれの胸に〝ディズニー・ワールド2008〟と印刷されたものを見ると、ボーはいつも、四人でスペース・マウンテンに乗ったときのことを思い出すのだった。子供ふたりと妻が笑い声をあげ、大声で叫んでいるなか、ボーは眼をつぶって、吐く前になんとか一番下までたどり着くように願っていた。ノースカロライナ州アッシュビルの〈グローブ・パーク・イン〉のミニチュアは、二〇〇四年の夏にボーが法律家の会議に出席したときのものだった。子供たちはまだ小さく、ジャズはビルトモア・エステート（ジョージ・ワシントン・ヴァンダービルト二世が建てたルネッサンス様式の大邸宅）を見たがったのだが、見学の半分を終えたところでライラがお腹がすいたといって駄々をこねたのだった。

ボーの視線はようやくお気に入りのオーナメントに注がれ、手のひらでそれを包んだ。砂浜の絵が描かれた水晶球で、砂に〝セントルシア2005〟と書かれていた。結婚二十周年を祝うためにジャズとカリブ海に浮かぶ小さな島へ行ったときのものだった。このオーナメントを見るといつも〈ピトン・ビール〉やエメラルドの海、信じられないほどすばらしかった夕日のことを思い出した。だが多くの場合、そのオーナメントは、当時も今も変わらないジャズの姿を思い出させるのだった。ユーモアがあって、知的で、酔わせるほどにゴージャスな姿を。島の美しさにもかかわらず、ふたりは四泊三日のほとんどをホテルの部屋で過ごし……失われた時間を取り戻した。

ある意味では、ボーは、セントルシアのオーナメントに対する自分の愛が自虐の裏返しであることをわかっていた。あのような旅をもっとできたはずだった。ふたりの人生を取り戻すことができたはずだった。その飾りは彼に幸福感をもたらすと同時に、後悔の気持ちでいっぱいにさせた。

結局、ボーはポーチに戻った。この一年、彼は成功を収めてきたが、ジャイルズ・カウンティ高校とタラホマ高校のフットボールの試合を見ていたときのように、深い悲しみに襲われることがあった。彼は五十六歳だった。妻が恋しかった。そしていずれこの家が自分とリー・ロイだけになるのもそう遠くはないとわかっていた。

ベッドに入る前に書斎に行き、ガンケースのパスワードを入力した。グロックを取り出すと、弾倉をチェックした。そして銃をナイトスタンドの上に置いた。念のため、銃をベッドのそばに置いておきたかった。そしてベッドの脇にひざまずいて祈りを捧げた。彼は長年にわたり、神とは近づいたり、離れたりという関係だったが、子供たちの親権を取り戻してからは、気づくとますます神に祈るようになっていた。子供たちの生活や、三人でいっしょに築く新しい生活を壊したくなかったのだ。子供たちの健康と安全を祈り、力と導きを祈った。なんとか眠りにつく前に、彼はオデル・シャンパーニュのことを考え、人生はなんと奇妙なのだろうと思った。

T・Jはボーをアティカス・フィンチになぞらえた。ボーはそれがうれしかった。だが自分に正直になれば、彼はアティカス・フィンチが望んだ以上のものがほしかった。もちろん、オデルに公平な裁判を受けさせたかった。正義が行なわれることを望んだ。その点では、ボーもアティカスと同様、法のしもべだった。

だがその心の奥底では、ボーセフィス・ヘインズはより原始的なものを求めていた。アティカス・フィンチが物語のなかの有名な裁判で得られなかったものを。

勝利を。

69

ヘレンは携帯電話とモービール湾の暗い水面《みなも》を交互に見つめていた。ボーとの電話を切ったあと、体を動かしたくなり、〈グランドホテル〉の西側にあるベイサイドの邸宅周辺の小路を歩くことにした。ひとまわりすると、最後にもう一度桟橋を歩いた。水面《みなも》は何も答えてくれないとわかっていたが、それでもただ見つめていた。このまま飛び込んで、呑み込まれてしまいたいと思うときもあった。自分に合った、ふさわしい死に方かもしれない。

iPhoneの画面に視線を戻した。見慣れた番号を表示させ、これ以上は我慢できないと心を決めた。

二回目の呼び出し音で彼は出た。「母さん」

「ボーセフィス・ヘインズと何を話したの？　頭がおかしくなったの？」

長い沈黙のあと、どこか苦々しげに笑った。「長期休暇中だと思ってたけど」

「そうよ」

「じゃあ、どうしてあなたの事務所のほかの人物が担当している、係争中の事件について訊いてくるの？」

気がつくと息ができなかった。彼の声を一ヵ月以上も聞いていなかった。「なぜこんなことをしてるの、マイケル？」

「ぼくは彼女を殺していない」とザニックは言った。「けどボーは優秀な弁護士だ。あなたはそのことをだれよりもよく知っている。去年、彼があなたを無罪にしたのを見ればわかる。彼ならオデルを自由の身にできるくらい賢いんじゃないかと思ってる。そして、くそっ、ぼくを罪に問うほどにもね」

ヘレンは自分の耳を疑った。「マイケル、何を」

彼女の手のなかで、プツッという音がして電話が切れた。かけなおそうとしたが思いとどまった。

自分はどうしてしまったんだろう？　眼を閉じると、海から流れてくる潮の香りのする空気を吸い込んだ。ポイントクリアに来れば、頭もすっきりするだろうと思っていたのに、それどころか今まで以上に動揺し、混乱していた。

わたしは殺人の罪から逃れた。彼女はそう思った。

わたしには息子がいる。

残りの人生、自分はどうすればいいのだろうか？

涙があふれそうになるのを感じ、なんとかこらえた。これではいけないと思った。どうすればいいのだろう？

結局、彼女は〈グランドホテル〉の灯りのほうへ歩きだした。決断をしなければならない。

今のままではいけない。自分の人生と仕事との折り合いをつけて生きていくか……

……それとも自首をして、潔く罰を受けるか。

ヘレンはホテルに戻ると、ホテルの深夜バー、〈バッキーズ・バードケイジ・ラウンジ〉に行った。ウィスキー・サワーを注文して窓際の席に坐った。男がピアノを弾き、ビリー・ジョエルの歌を歌っていたが、ヘレンは心ここにあらずといった様子で、自らの拷問のような考えに苛《さいな》まれていた。彼はわたしに決断を迫っているのだ。彼女はそう思った。ゆっくりと飲むと、カクテルが喉を通っていった。顔をしかめた。決めなければならない。もうひと口飲むと、またモビール湾の水面《みなも》を見つめた。

すぐにでも……

70

大晦日《おおみそか》の夜、ボーには何も予定はなかった。ライラは友達と夜を過ごすことになっており、T・Jはジャーヴィスと映画を観に行き、そのままブッカー・Tの家に泊まることになっていた。

午後六時頃、ボーはふと思いつき、フラニー・ストームに何か予定があるか訊こうと思った。が、思いとどまった。フェスティバルのとき、彼女はボーに腹を立てていた。それに……おれは彼女には年を取りすぎている。

一時間後、冷凍ピザを電子レンジに入れようとしているところに、彼の調査員からのメールが届いた。〝ハッピー・ニューイヤー、そしてロール・タイド。いいことがわかった。電話をくれ〟

ボーが電話をすると、フーパーは最初の呼び出し音の終わらないうちに電話に出た。「オデルがだれといっしょにダグ・フィッツジェラルドのパーティーから帰ったかわかったぞ」と彼は言った。

「えーと、とりあえずハッピー・ニューイヤー」とボーは言った。心臓の鼓動が速くなっていた。「だれだ？」

四時間後、ボーは〈キャシーズ・タバーン〉の奥のテーブルのひとつで、キャシー・デュガンの隣に坐っていた。彼女は襟ぐりの深いワインレッドのカクテルドレスを着ており、胸元の紫の石のついたチャームネックレスが際立っていた。ボーはそのネックレスが葬儀の晩に彼女が見せてくれたものだと気づいた。一方、ボーは黒のジーンズに白のシャツ、そしてグレーのブレザーといういでたちだった。ふたりはすでにビールを二杯ずつ飲んでいた。眼の前のステージでは、アコースティック・ギターを持った男がケニー・ロジャースの《愛の詩》を歌っていた。

「元気そうね」歌が終わり、ギターの男が十分間の休憩を取ると彼女がそう言い、うなじを撫でながら、ボーにウインクをした。

「きみも」とボーは言った。「またおばあさんのネックレスをしてるのを見れてうれしいよ」

彼女は頭を振った。まるで同意するかどうか迷っているというかのように。「ブリタニーのほうが似合っていた……けどそろそろいいかなと思って」彼女はためらいがちにボーを見た。「もうすぐ新年だから、ね？」

今度はボーがウインクをした。「ああ。それに何か祝うことがあるのはいいことだ。ここでかまわなかったのか？」

「ええ、問題ない」とキャシーは言った。「でも正直なところ、メールをもらって驚いた。今日は家で過ごすんじゃないかと思ってたから」

「そんなに哀れに見えるか？」

キャシーは首を振った。「全然。妻を愛している男ほどセクシーな存在はない。あなたが奥さんを愛したように、わたしもだれかに愛されたいものね」

ボーはテーブルに視線を落とした。なんと言っていいかわからなかった。彼女が心からそう言っているように聞こえ、自分がしようとしていることに罪悪感を覚えた。だが、結局のところ、彼女はおれに嘘をついたのだ。

「この前はちょっと迫ったみたいでごめんなさい」

「気にするな。おれにはよくあることなんだ」と冗談を言った。

「そうでしょうね」彼女はそう言うと、手をボーの手の上に乗せた。

彼女が何か言おうとしたが、ウェイトレスがやって来てグラスに入ったシャンパンをテーブルの上に置いた。「おふたりに店からのおごりです。ハッピー・ニューイヤー」

「あなたにも、ジュリー」とキャシーは言い、今夜、彼女の代わりにシフトに入ったジュリー・ハード――四十七歳のパートタイマー――にウインクをした。

ボーはシャンパンを手に取ると、キャシーのグラスに軽くぶつけた。「すてきなタイミングに乾杯」と言うと、グラスを飲み干した。

だがキャシーはグラスに手をつけなかった。

「あのね、ママがよく言っていたことばがあるんだ」

「ほう、そうなのか。なんだい？」

「わたしはばかかもしれないけど、クソのつくばかじゃない」

ボーは眼をしばたたいた。「どういうことだ？」

「今夜は、デートとか、新年からじゃれ合おうっていうんじゃないんでしょ、違う？」

彼は小さく笑ったが、眼は彼女に向けたままだった。「告発のとおり有罪を認めるよ」

キャシーはシャンパンを脇によけると、ゆっくりとビールを飲んだ。「で、何がお望み？」

「ブリタニー・クラッチャーが殺された晩、きみが、きみの弟とオデル・シャンパーニュをダグ・フィッツジェラルドのパーティーから連れて帰ったことをなぜ保安官事務所に話さなかったのか、その理由が知りたい」ボーは自分の放《はな》ったことばを宙に漂わせ、キャシーが眼をそらすまで、彼女の眼を見つめていた。「もうひとつ知りたいのは」とボーは続けた。「なぜそのことについておれに嘘をついたのかだ」

「なんのことを言ってるのかわからない」とキャシーは言った。が、その口調はそっけなく、腕には緊張のあまり血管が浮き上がっているのがわかるほどだった。

「パーティーに参加していたなかに、ケイティー・ジョリフという名の二年生の女の子がいた。チアリーダーの控え選手で、そこまで酔っぱらってなかったので、オデルがブルーの古い〈マスタングGT〉の後部座席に乗って帰ったのを覚えていた。あのパーティーに参加した全員の名前を知っているが、だれもそんな車は運転していない……きみを除いて」

キャシーは眼をそらして宙を見つめた。

「きみの弟が迎えに来るように電話をして、オデルが乗せていってくれと頼んだ。そうなんだろ?」

「信じられない。新年のデートに誘ってくれたんだと思ったのに、そんなクソみたいなことを言い出すなんて」

「おれにはこんなに大事なことに嘘をつくなんて信じられない」

「ハッピー・ニューイヤー、ボー」彼女はそう言うと立ち上がり、自分のハンドバッグをつかんだ。

「待て、キャシー」とボーは言い、立ち上がった。「お願いだ……何があったのか話してくれ」

キャシーはすでにドアに向かっていた。

71

二〇一七年一月一日午前八時ちょうど、キャシー・デュガンはジャイルズ郡保安官事務所に入っていった。彼女は受付にいた保安官補にブリタニー・クラッチャー殺害に関する情報があり、フラニー・ストーム主任保安官補と話したいと告げた。

十五分後、フラニーがやって来て、キャシーを小さな取調室に案内した。テープレコーダーをセットすると、キャシーに自分の名前を言うよう求め、彼女は応じた。

「ミズ・デュガン、証言をしたいということですね。始めてください」

キャシーは大きく息を吸うと吐き出した。なんとか吐き気をこらえようとした。〈キャシーズ・タバーン〉でボーに告発されてから眠っていなかった。「二〇一六年十月十四日のブリックヤードでのコンサートのあと、〈キャシーズ・タバーン〉の残りのシフトに入るためにバーに戻りました。深夜過ぎに店を閉めて、家に向かいました。その途中で、弟のイアンが電話をしてきて、パーティーにいて飲みすぎて運転できないと言い、わたしに迎えに来るように頼みました」キャシーはためらった。「ダグ・フィッツジェラルドの家に着くと、オデル・シャンパーニュが弟に近づいてきて、家まで乗せてくれるよう頼みました。イアンはかまわないかわたしに尋ね、わたしはオーケイしました。彼のアパートメントへ向かう途中、オデルはひどく怒っていました。ブリタニー・クラッチャーに別れを告げられ、混乱しているると言っていました。彼はフィズのコンサートや練習によく顔を出していたので、わたしも彼とは面識がありました」彼女はそう言うと、フラニーが眼の前に置いてくれたカップから水を飲んだ。「彼のアパートメントに着く前に、わたしは言うべきじゃないことをオデルに言ってしまった」彼女の唇は震えだしていた。

「なんと言ったの?」とフラニーが訊いた。

「彼にブリタニーとは別れたほうがいいって言った……彼女は浮気をしているからって。嘘でした。彼女が彼を裏切っていたかどうかは知らなかったけど、そのくらい彼女に腹を立てていたんです」

「なぜそんなに怒っていたの?」

「彼女がソロ契約にサインして、バンドを置いて去っていったから。弟も怒っていました」

「続けて」とフラニーは言った。キャシーは自分が主任保安官補の注目を一身に集めているのだとわかった。

「最初、オデルはブリタニーが浮気をしているとは信じていないようでした。けどわたしが相手がマイケル・ザニックだと言うと荒れ狂った。そうだと思っていたと言い、車のシートの背もたれを殴りだしました。彼のアパートメントの何ブロックか手前で車を止めなければなりませんでした」キャシーは唇を舐めた。「完全に止まっていないのに、オデルは後部座席のドアを開けて飛び出した。ひどく興奮していました」

「彼がほかに言ったことで覚えていることは?」

「ええ」とキャシーは言った。「彼は言ってました。『あのクソ女に償わせてやる』って」

「どうして最初に事情聴取したときに話してくれなかったの?」フラニーは、キャシー・デュガンが落ち着きを取り戻すのをしばらく待ってからそう訊いた。フラニー自身も自分の呼吸を整えようとしていた。キャシーが話したことはオデルの裁判にとって最後の決め手となる可能性があった。彼女の証言は殺人の動機をさらに証明するものであり、ブリタニーの殺害が計画的な犯行であることを示しているからだ。もしキャシーが真実を話しているのなら、オデルの心臓を突き刺す短剣となるだろう。

「自分も罪を犯しているかもしれないと思ったから。何か悪いことが起きるとわかっていたのに、何もしなかった。イアンと自分が共犯とみなされるかもしれないと思いました。いずれにしろ、罪悪感を覚えていました」彼女は顔を両手にうずめた。「彼を降ろしたあとに

911に通報すべきだった」

「なぜしなかったの？」

彼女は涙を拭いた。「ブリタニーに腹が立っていたから」

「彼女に死んでほしかった？」

キャシーは首を振った。「いいえ。まさか彼がほんとうにやるとは思っていなかった」

「どうして今になって名乗り出てきたの？」

「ボーセフィス・ヘインズと彼の調査員が、わたしがオデルを車で送ったことを突き止めた。告白するときだと悟ったんです」彼女は嗚咽《おえつ》をこらえた。「わたしは逮捕されるの？」

フラニーはキャシーの証言内容が殺人の共犯であることを証明しているとは思わなかったが、今は話さないでおくことにした。「それについてはサンチェス検事長と相談する」

72

二十四時間後、ボーは勢い込んでジャイルズ郡拘置所の接見室に入っていき、キャシー・デュガンの供述調書をオデルの前のテーブルに放り投げた。「それはほんとうなのか？」

オデルは調書を読み、怯えた眼で書類から顔を上げた。

「マイケル・ザニックとブリタニーの関係については、おれたちの話のなかで一度も出てきていない。予備審問でもだ。かん口令が敷かれているから、マスコミも報道していない。キャシー・デュガンはおまえを車で家まで送る途中、ブリタニーがザニックと浮気をしていると言ったのか?」

「キャシー・デュガンのことは覚えてないんだ」

「ダグ・フィッツジェラルドのパーティーから車で帰ったときに、だれかがブリタニーが浮気をしていると話したか?」

「イアンが言った」苦痛に満ちた表情でオデルはそう言った。「おれは彼女を殺していない、ミスター・ヘインズ。誓うよ」

「オデル、あの夜、バス置き場に行く前に、彼女が浮気をしていると知っていたのか?」

彼は頭を垂れると、テーブルを見つめた。「ええ、そうです」

「そして償わせてやると言ったのか?」

オデルは両手のひらを差し出し、苦悶に満ちた表情でボーを見た。「覚えていないんです」

第四部

73

二〇一七年一月二十日

裁判前の金曜日午後十一時、事件に関するすべての書類を十回は見なおしたところで、ボーはもう充分だと思った。ページがぼやけだしてきた。彼は冒頭陳述をまとめようとしていた。裁判ではいつも重要な部分だが、この事件では特に大きな意味を持つだろう。ザニックがブリタニーを殺し、その罪をオデルに着せたのだという主張をどんなトーンで話せばいいだろう？　州側がブリタニーの手書きの別れの手紙、キャシー・デュガンやイアン・デュガン、エニス・ペトリー、そしておれの息子の証言から証明するであろう、オデルの強力な犯行動機をどうやって回避すればいいだろう？

どうやって物的証拠における州側の明らかな穴――七本目のビールはどこから来たのか？――を強調すればいいだろう？

冒頭陳述のあと、オデルに証言させるかどうかも悩ましかった。その日早くに行なわれた公判前の審理で、ペイジ判事は、ボーの異議にもかかわらず、オデルが証言する場合にかぎり、弾劾《だんがい》証拠（証人の信頼性について攻撃する証拠）として検察側にオデルの窃盗の前科を持ち出すことを認めると決定した。それは正しい判断だったが、だからといってボーの気分がよくなることはなかった。もしオデルが証言すれば、検察側はオデルの前科を通じて、彼が不正を犯したことがあり、信頼性に欠ける人物であると陪審員に示すことができる。もし証言しなければ、ブリタニーを殺していないという彼の主張を陪審員が聞くことはない。ボーは殺人事件の弁護ではその主張が必要だと考えていた。

椅子から立ち上がると、事務所の玄関のほうへ歩きながら、携帯電話でブッカー・Tに電話をした。「家のほうは問題ないか？」

「ああ、兄弟。すべて問題ない。T・Jはまだ起きていて化学のテスト勉強をしている。ライラはもう寝ている」

「ありがとう」

「気にするな。この家にはだれも入《い》れないし、もし入ってきたとしても、ケツに大量の散弾をぶち込んで、残りの連中は怒りに燃えたイングリッシュ・ブルドッグの歯で退散させてやる」

「リー・ロイは興奮してるようだな」

「ああ、兄弟。あいつは自分の世界が正しくないと感じると低くうなるんだ。言っている意味はわかるだろ？」

ボーにはわかった。微笑まずにはいられなかった。彼はリー・ロイをトム・マクマートリー教授から受け継いでいた。そして犬のそばにいるとその旧友の存在を感じることがあった。

「フラニーも外で、通りをパトロールしてくれている」

「フラニー自らが？」

「ああ、そうだ」とブッカー・Tは言った。

いっとき、ふたりとも何も言わなかった。やがてブッカー・Tが咳払いをした。話しだしたとき、その口調は重々しかった。「大丈夫か、ボー？」

「ああ、疲れているだけだ」

「この事件のせいで参ってるようだな」

「ケツを蹴飛ばされてる」

「わかってるか、兄弟。事実を作り上げることはできない。できるのは事実に対処することだけだ。オデルが有罪かもしれないという事実を受け入れる必要がある」

「それはできない、ブッカー・T、おれには……できない」

ブッカー・Tは一瞬沈黙し、それから静かに笑った。「おまえが優秀な法廷弁護士である理由はそれなんだろうな」

「ほんとうにありがとう。もうすぐ帰る」

ボーは携帯電話をポケットに入れると、事務所のなかを見まわした。朝になってもすべてこのままだろう。今、必要なのは休息だ。ポケットを軽く叩いて、グロックがあることをたしかめてから外に出た。〈シボレー・タホ〉に乗ろうとしたとき、通りの反対側になじみのある顔を見て、胃がよじれるような感覚を覚えた。

イズラエル・クラッチャーは緑の手術着を着て、両手で紙コップを持っていた。ボーをにらみつけ、通りを渡るように指で示した。

ボーはためらった。が、それも一瞬だった。一丁目通りを渡ると、イズラエルは〈ブルーバード・カフェ〉の前の街灯に寄りかかっていた。夜のこの時間、〈ブルーバード・カフェ〉はとっくに閉まっていた。

「イズラエル」

「ボー」

「何かおれにできることはあるか？」

「ああ」とイズラエルは言い、ボーにカップを投げつけた。

ボーは本能的にカップに手を伸ばしたため、イズラエルのパンチを眼にしたときにブロックする反応が遅れた。両手でカップを受け止めると同時にイズラエルの拳がボーの右眼を襲った。

ボーは歩道に激しく倒れ、カップのなかの茶色い液体を体じゅうに浴びた。バーボンの香りに圧倒されたが、転がって、胸に蹴りを受けるのをよけた。勢いよく立ち上がったところを、さらにイズラエルのパンチが襲った。ボーはこれをかわすと、自らもパンチを放った。

右ストレートがイズラエルの鼻を捉えた。鼻が裂け、血がイズラエルの手術着に飛び散った。イズラエルが地面に倒れ込む前に、ボーは彼をつかみ、煉瓦《れんが》の壁に突き飛ばした。イズラエルは右の弱々しいパンチを繰り出したが、ボーはそれをつかみ、膝を元チームメイトの腹に叩き込んだ。イズラエルの肺から空気が漏れるのがわかり、相手の男が地面に崩れ落ちるのを見た。

周囲を見まわしたがだれもいなかった。夜のこの時間では驚くことではなかった。保安官事務所とプラスキ市警がパトロールをしているのは知っていたが、イズラエルは彼らのいないタイミングを見計らって攻撃を仕掛けてきたのだ。

「いったい何をしてるんだ、イズ?」彼に覆いかぶさるようにしゃがみ込んでボーは訊いた。

「おまえは今もおれの上に立とうとしているんだ、ボー」イズラエルはそう言うと、横に転がり、空気を求めてあえいだ。「高校のときにしたように」

「おれは自分の仕事をしているんだ、イズ。それだけだ」

「それがだれかおれ以外の娘の事件だったとしても、関心を持ったか?」

「ああ」とボーは言った。「もちろんだ。おれはオデル・シャンパーニュが無実だと信じている」ボーは遠くにパトカーを見た。「いいか、イズ、このことは忘れてやる。だがもう一度襲ってきたら、そのときは容赦しない。わかったか?」

イズラエル・クラッチャーは脇腹を押さえながら立ち上がった。

ボーが通りを渡り始めると、イズラエルが声をかけた。「おい、ボー」

ボーは振り向いたが、そのまま歩き続けた。

「終わってないぞ」イズラエルは吐き出すように言った。血が鼻から首に流れ落ちていた。「忘れるな」

74

ボーは数分後、ズキズキする眼で車を私道に入れた。車を止めると、一台のパトカーが後ろから近づいてくるのが見えた。なんだろう？　だれかがイズラエルとの争いを通報したのだろうか？　ボーは車を降りると、またアドレナリンが出てくるのを感じた。が、ハンドルを握っているのがフラニーだと気づき、少しリラックスした。歩み寄ると、彼女がウインドウを下ろした。

「確認したいことが――えっ、ちょっと、何があったの？」彼女は車から飛び出すと、彼に近寄った。ボーは、〈ヒッツ・プレイス〉で初めて気づいた香水のフローラルな香りをまた嗅いだ。「だれかの拳に顔をぶつけにいったの？」

「なんでもない」とボーは言った。「ちょっとした意見の相違があったんだ」

「だれと？」

ボーは嘘をつこうかと思ったが、あまりにも疲れていた。「イズラエル・クラッチャーだ。あいつが一丁目通りの歩道で殴りかかってきた」疲れた笑みを浮かべた。「今はあいつのほうがおれよりもひどい状態だ」

フラニーはパトカーのなかの無線に手を伸ばしたが、ボーが両手を上げた。「やめてくれ、フラニー。告発するつもりはない。それにイズラエルが裁判前にこれ以上トラブルを起こすとも思えない。やつはほしいものを手に入れた」

フラニーは無線のマイクを置くと、眼を細めて彼を見た。「で、それは何なの？」

「おれの注目だ」

「傷口を氷で冷やしたほうがいい。あざが残るかも」

「初めてじゃない。それに最後でもない。おれの鼻はいつもトラブルを嗅ぎ分けるのが得意でね」

フラニーは一歩近づいた。「オデルにわれわれが提案した新しい司法取引を引き受けさせようとした？　十五年よ、ボー？　オデルは三十代前半で出てこられる。証拠を考えると、いい条件よ」

「彼には伝えた。そして拒絶した」

「道理を教えるのよ」

「彼は無実だ」とボーは言った。

「彼は嘘つきなのよ、ボー？　常習的な嘘つきよ。それに今日の公判前審理の様子から見て、もしあなたがオデルを証人席に坐らせたら、グロリアはその事実を証明することができる。あなたも心の底では、彼に証言させないかぎり、勝ち目はないとわかっている。彼に証言させるしかない。そして証言させれば、グロリアは彼を破滅させる」

ボーは空を見上げ、考えをまとめてから、フラニーに視線を戻した。「いいか、フラニー、グロリアは、彼が無罪になることを心配していないかぎり、刑期を短縮する取引を提案したりはしない。そのことは、おれたちふたりとも知っているはずだ。ああ、認めよう。心の底ではこの事件が裁判にならないことを望んでいる。だがそうなってしまった。月曜になれば、きみは新しい検事長が自ら戦いを挑むのを安心して見ていることができる」

彼女はしばらくボーを見つめていたが、最後には疲れた笑みを顔に浮かべた。「ボーセフィス・ヘインズは悪い男だね」と彼女は言った。彼女の叔母のエリーを思い出させる、からかうような口調だった。「気をつけてね」

「きみもな」

ボーは車まで戻ったが、フラニーがまだ動いていないことに気づいた。ガレージのサイドドアに着くと、彼女のほうを向いた。「どうして今日、パトロール当番に割り当てられたんだ？　主任なのに。こういった仕事は配下の保安官補にやらせるんだと思ってた」

「割り当てられたわけじゃない」彼女は顎を突き出して言った。

「ほう?」

「志願したのよ」彼女はそう言うとパトカーに乗り込んだ。

75

翌朝、イズラエルはホテルのベッドで目覚めた。まだ前日の手術着のままだった。二日酔いで頭がズキズキし、鼻も同じくらいひどく痛んだ。よろめくようにしてバスルームに入ると、自分自身を鏡で見た。鼻は折れてはいないようで、ただぱっくりと裂けているだけのようだった。数針縫えば大丈夫だ。彼は貸しのある友人の外科医に電話をし、午後に手当をしてもらった。

その後、しばらく車を走らせ、メイプルウッド墓地にたどり着いた。娘の墓に花をたむけ、墓石の横の草むらに坐った。何時間そうしていただろうか。太陽の陽射しが弱まってくると、自分の手にキスをし、その手をコンクリートの墓標の上に置いてから、ようやくその場をあとにした。「ほんとうにすまない、ベイビーガール。だが今週中に正すつもりだ。約束する。神が証人だ。必ずやる」

車に戻ると、彼はグローブコンパートメントを開けて拳銃を取り出した。昨日、ここに移し、昨晩はボーとの対峙《たいじ》に備えて、持ち出すつもりでいた。物事をすべてきっぱりと終わらせることもできたかもしれなかった。

いや、まだだ。イズラエルはそう思った。ウインドウから長女が埋葬されている丘を眺めていると、口が震えだした。そして、銃をグローブコンパートメントに戻すと、道路に戻った。まだだ。太陽の名残が西の地平線に沈んでいくのを見ながら、彼はもう一度そう思った。

おれが正すまでは。

76

「全員起立！」サンダンス・キャシディの声が法廷じゅうに響きわたり、ボーとオデルは立ち上がった。ハロルド・ペイジ判事が大きな足取りで判事席まで歩いた。予備審問とは違い、傍聴席には関係者と被害者の家族しかいなかった。ボーは検察側のテーブルをちらっと見た。イズラエル・クラッチャーは鼻を何針か縫い、どこか具合が悪そうだった。ボーのほうは、眼がまだ痛かったが、腫れは引いていた。空っぽの傍聴席を眺めながら、明日はまったく違った光景になるはずだと思った。ペイジ判事は陪審員選任に傍聴人を法廷に入れることを認めなかったが、ボーは、公判になればマスコミの恰好の的になり、立ち見も出るだろうと予想していた。

「テネシー州対オデル・ジェローム・シャンパーニュ」ペイジ判事は席に着くと宣言した。

「両当事者は出廷していますか？」

「はい、閣下」とグロリア・サンチェスが言った。ルイス検事長がいつも着ていた黒のスーツとは違って、グロリアはネイビーのスーツに同じ色のヒールを履いていた。彼女の隣にはフラニーが立っており、カーキ色の制服を着て、すらりとして見えた。

「はい、閣下」とボーが言った。

「陪審員団をなかに入れていいですか？」

ボーとグロリアがともに同意すると、ペイジ判事はサンダンスのほうを向いた。「では、連れてきなさい」


その後の七時間、グロリアとボーは集まった四十五名の陪審員候補に質問を浴びせ、苦労して彼らの傾向や偏見を聞き出そうとした。一般的に民事裁判の原告側の弁護士や刑事裁判の被告弁護人はよりリベラルな傾向の、若い陪審員を好むが、ここテネシー州プラスキではその組み合わせを見つけることは難しかった。

午後四時三十分、陪審員が決まった。十二人。男性が八人、全員が白人で三十二歳から七十四歳まで。女性は四人で、三人が白人、ひとりがアフリカ系アメリカ人だった。三人の白人女性の年齢はそれぞれ二十四歳、三十八歳、五十六歳だ。

黒人女性は八十二歳のエドナ・カウチだった。プラスキ小学校の三年生を教えていた元教師で今は引退していた。グロリアは彼女を忌避しようとしたが、ボーが一九八六年に連邦最高裁判所がバトソン対ケンタッキー州事件で下した画期的な判決に基づいて異議を申し立てた。この判決は陪審裁判において検事と弁護人が理由不要の忌避権を行使して陪審員候補を排除する場合、それが人種のみを理由としているとみなされた場合は認められないとするものだった。

弁護側にとって驚きだったのは、ハロルド・ペイジ判事がボーの異議を認めたことだった。その結果、エドナ・カウチは陪審員に加わった。

ペイジ判事は、陪審員としての務めを果たすことの重要性を長々と説明し、陪審員室の外で事件について議論しないこと、家で事件について調べないことを指示したあと、その日は陪審員を解散させた。最後の陪審員が出ていくと、彼は検事と弁護人のほうを見た。

「では、司法取引の可能性はないのだね？」

ボーはペイジが彼の異議を認めたのは、司法取引の条件を軟化させるよう検察側を説得するためなのではないかと思った。

「ありません、裁判長」とグロリアは言った。

「ありません」ボーも繰り返した。

ペイジは眼鏡をはずした。「いいでしょう。それでは冒頭陳述は明日の午前九時からとします」

77

火曜日の朝、ボーは午前七時に裁判所に着いた。彼は法廷の外のアルコーブに坐り、ジャイルズ郡裁判所前広場が人々で埋まりだすのを窓越しに見ていた。冒頭陳述のメモをちらっと見たが、もうこの時点では何を話すかはわかっていた。午前八時四十五分頃、窓の外を眺めていると、聞き覚えのある音が背後から聞こえてきた。ハイヒールがタイルの上でカッカッと鳴る音だ。振り向いた。

「検事長?」

ヘレン・エヴァンジェリン・ルイスが、トレードマークの黒のスーツとヒール姿で、以前と同じように立っていた。「ボー」

「じゃあ……復帰したのか、それとも立ち寄っただけなのか?」

「わからない」と彼女は言った。

「傍聴するのか?」とボーは尋ねた。

ヘレンは廊下の先の地区検事長室を見つめ、そしてボーに視線を戻した。

「近くにはいるけど、グロリアの邪魔はしたくない。主に精神的なサポートをするために来たの」

「だれの?」ボーは訊いた。顔をしかめた。

「テネシー州よ、もちろん」とヘレンは言った。そして彼にウインクをすると、廊下を大きな足取りで歩いていった。

「なんともめちゃくちゃだ」ボーは自分自身にささやいた。そして法廷から自分の名前が呼ばれるのを聞いた。

「ボー?」サンダンスだった。

「どうした?」

「五分後に始まる。準備はいいか?」

ボーは肩をすくめて見せた。「どうかな」そして裁判所職員のあとを追って法廷に入った。

78

グロリア・サンチェスの冒頭陳述は、その意図的な正確さにおいて、臨床医のようだと言っても過言ではなかった。彼女は物的証拠から始めた。指紋、血液の検査結果、毛髪のサンプルその他のDNAはすべて、オデル・シャンパーニュをブリタニー・クラッチャー殺害犯として指し示していた。次に彼女は動機について説明した。まず別れの手紙の拡大写真を示し、次にキャシーとイアンの姉弟の証言により、被告人が別れに腹を立て、ブリタニー・クラッチャーが殺される二時間前に、「彼女に償わせてやる」と言っていたことを立証する証言を要約した。

グロリアは州側の結論を述べた。「陪審員のみなさん、被告人オデル・シャンパーニュにはこの犯罪を行なう手段、機会そして動機がありました。怒りと嫉妬に駆られた被告人が違法かつ計画的にブリタニー・クラッチャーに死をもたらしたのです。わたしは、みなさんがこの事件の証拠についてすべて見聞きしたあと、正義が求める唯一の評決に達すると確信しています」彼女は一瞬の間《ま》を置いてから続けた。「有罪です」

ボーの冒頭陳述は州側の物的証拠の穴に焦点を当てたものだった。オデル・シャンパーニュの指紋は多くの場所で発見されていたが、重要な証拠品にはほかの人物の指紋もあった。そのなかにはブリタニーのパンティーと携帯電話から発見された、彼女の新しいマネージャー、マイケル・ザニックの指紋も含まれていた。またオデル・シャンパーニュが拘束されたときに持っていた六本パックのビール以外に、彼がビールを持っていたことを立証する目撃者の証言もなかった。最後に、ブリタニー・クラッチャーを死に至らしめた七本目のビールはどこから来たのかと疑問を投げかけた。

彼は、オデル・シャンパーニュがブリタニー・クラッチャーを意図的かつ違法に死に至らしめたことを、合理的な疑いを越えて立証する責任は検察側にあることを、審理の最後にぺイジ判事が陪審員に説明してくれると期待していると伝えた。もし陪審員のなかにひとりでも疑いを持つ者がいたなら、検察側は立証責任を果たしたことにはならず、陪審員は無罪の評決を下すことしかできないのだと。

ボーは最後に正義を訴えて締めくくった。「心を開いて、公平だと思うことをしてください」

79

検察側の最初の証人は、郡検視官のメルヴィン・ラグランドだった。彼はブリタニー・クラッチャーの死因は額への鈍器による外傷で、その結果、被害者の頭蓋骨が骨折したという予備審問と同じ見解を示した。

ボーが傍聴席に眼をやると、テレサ・クラッチャーが静かに泣いていた。予備審問のときと同じように、傍聴人の多くも証言の生々しさに眼を拭っていた。隣で依頼人の息遣いが荒くなっているのが聞こえた。ボーはノートに〝落ち着くんだ〟と書いて、オデルの前に滑らせた。

ラグランドは次のように結論づけた。「わたしの見解では、ミズ・クラッチャーは現場で発見された〈バドライト〉の割れたボトルで額を殴られたのだと考えます。その打撃の衝撃でガラスが割れ、被害者の衣服にガラスの破片が残ったのです」

最後にラグランドは、遺体の状態や体温、死後硬直の程度などから、死亡推定時刻は二〇一六年十月十五日の午前一時から三時のあいだであることを確認した。

反対尋問でボーは、被害者の衣服にはガラスの破片が多く発見されていたが、被告人の衣服からは微小なガラス片はほとんど発見されなかったことをラグランドに認めさせた。それどころか、ガラス片は被告人の右袖にしか付着していなかった。

ラグランドは、被告人は右利きで、右手にボトルを持って被害者を殴打したと推測されるので、その場所にガラスのほとんどが付着したと予想できると主張した。

ボーは打撃の強さとブリタニーの衣服と遺体のさまざまな場所からガラス片が発見されていることから判断して、被告にもっとたくさんのガラスが付着していることが予想されるのではないかと反論した。

「そのとおりです」とラグランドは認めた。

次に検察側は、マラカイ・ウォード博士を召喚した。ナッシュビルの法医学研究所の所長であり、科学捜査における二十五年の経験から数多くの裁判を経験してきたベテランだった。ウォード博士は、割れたビールのボトルに付着していた血液が被害者のものと一致したと証言した。彼はまた、被害者と被告人の衣服に付着していた血液がブリタニーのものと一致したと証言した。さらに被害者の衣服や、遺体が発見されたバスの座席から採取された毛嚢《もうのう》や唾液が、被告人が提出したサンプルと一致していた。

反対尋問で、ウォード博士は衣服から、被害者のものとも被告人のものとも一致しない毛髪が発見されていることを認めた。さらに彼は、割れたビールのボトルの飲み口に残されていた唾液が、被告人のものとはまったく一致しなかったことを認めた。

残念ながら、ウォードの証言に対し、ボーにできたのはここまでだった。

検察側の次の証人はフラニー・ストームで、彼女は十月十五日の朝、現場に到着してから現在までのあらゆる捜査状況について陪審員に説明した。彼女は、バスの車内で遺体を発見したこと、警察犬がどうやって割れたビールのボトルと意識を失ったオデルを見つけたのかを説明した。グロリアはフラニーを通して、被害者の衣服、割れたビールのボトル、ブリタニーの遺体が発見されたバスの後部の座席にオデルの指紋があったことについても陪審員に示すことができた。

反対尋問で、フラニーは、被害者の下着と携帯電話からマイケル・ザニックの指紋が発見されたことを認めた。

検察側の次の証人は、少なくともボーにとっては、彼の顔に平手打ちを食らわせることを意図しているとしか思えなかった。

「裁判長、検察側はトーマス・ジャクソン・ヘインズを召喚します」

T・Jが大きな足取りで法廷に入ってきて、証人席に着くと傍聴人のあいだにざわめきが起きた。検察側の重要証人が被告側弁護人の息子であることはそうそうあることではなかった。席に着くと、T・Jは父親のほうをちらっと見た。ボーは彼にうなずいた。彼は昨晩、ただ真実を話すことだけを期待しているとT・Jには言ってあった。

今、ボーは息子が宣誓し、フットボールの試合とコンサートの前のことについて説明しているのを見守っていた。しばらくして、グロリアは核心に迫った。「コンサートのあとのパーティーで被告人はどんな様子でしたか？」

「彼はかなり飲んでいて、ブリタニーが手紙を残して去ってしまったことにひどく怒っていました。反抗的な態度で、オデルらしくありませんでした」次にグロリアはT・Jにオデルとジャーヴィスの口論について、T・Jがいっしょにパーティーから帰ろうと懇願したにもかかわらず、オデルが拒否したことについて説明させた。

「T・J、あなたがパーティーをあとにする前に、被告人がブリタニーについて言っていたことで何か覚えていませんか？」

「あんなふうに自分を置いて去るなんてありえないと言っていました」

「ほかには何か言っていませんでしたか？」

「はい、マァム」T・Jはちらっとボーを見た。ボーは続けるようにとうなずいた。「彼はだれも自分をそんなふうに扱うことはできない、ただではすませないと言いました」

「ありがとう、T・J」

「反対尋問は、ボー?」

「いいえ、裁判長」

火曜日、最後に検察側は殺害のあった夜にオデル・シャンパーニュがブリタニー・クラッチャーに送ったメールのメッセージを紹介した。タイ・ドッジェン保安官補が、二〇一六年十月十五日の朝、彼がバス置き場で被告人が横たわっていたことを発見、確認し、被告人が携帯電話を所持していたことを証言した。グロリアはビニールの証拠品袋から携帯電話を取り出し、ドッジェンに手渡した。「これがオデル・シャンパーニュの持っていた携帯電話ですか?」

「はい、そうです」

「殺害のあった夜、被告人がブリタニーに送ったメッセージを確認できましたか?」

「はい」

「もし、法廷が認めるなら、それらを陪審員に読み上げてもらえますか?」

ドッジェンは電話を取り、グロリアが陪審員席の右側のスクリーンにメールのメッセージを映し出すと、悠然とした口調で読み上げた。

「午後十一時七分。すばらしいコンサートだったよ、ベイブ。ぼくとT・Jとジャーヴィスはダグの家にいる。来てくれ。手紙を受け取った。街を出る前に話がしたいんだ」

「午後十一時二十二分。ヘイ、ブリット。返事をしてくれ。別れたくない。こんなふうには。会いたいんだ」

「午後十一時五十九分。どこにいるんだ？　ほんとうにこんなふうにぼくを無視するつもり？　あとでバス置き場で会おう。お願いだ、ブリット」

　ドッジェンは次のメッセージを読むのをためらった。「卑猥《ひわい》なことばが使われています」

「読んでください、保安官補」とペイジ判事が指示した。

　ドッジェンはうなずくと、携帯電話に視線を戻した。

「午前十二時十六分。クソ食らえ《Fuck You》」

　傍聴席からざわめきが聞こえた。ペイジ判事が小槌を叩いて静粛を求めた。

「被告人から被害者へのメールはまだありますか、保安官補？」グロリアが訊いた。

「午前十二時三十一分。どこにいる？　どうしてこんなことをするんだ、ブリット」

ドッジェンは読むのをやめた。「彼からのメールはこれで以上です」

「ブリタニーからのメッセージはありますか？」

「はい……ひとつだけ」

「なんと言っていますか？」

「午前一時二分。オデル、バス置き場にいる。来てちょうだい。ごめんなさい。あなたに会いたい」

グロリアは最後のメッセージを数秒間、宙に漂わせた。「ありがとう、ドッジェン保安官補。質問は以上です」

「反対尋問は、ミスター・ヘインズ？」

「はい、裁判長」とボーは言い、証拠の置かれたテーブルに大きな足取りで近づいた。「ドッジェン保安官補、被害者の電話を見てほしいのですが。よろしいですか？」彼はグロリアに尋ね、彼女はそっけなくうなずいた。ボーは証拠品袋からｉＰｈｏｎｅを取り出すと、ドッジェンに渡した。「これはブリタニー・クラッチャーのスマートフォンですね？」

「はい」

「そして、あなたがたった今読み上げたオデル・シャンパーニュからのメッセージはすべてこちらにもある、そうですね？」

「はい」

「ですが、その日彼女に最も多くのメールを送ったのはオデルではなかった、そうですね？」

ドッジェンは椅子のなかで居住まいを正した。「ええ、違います」

「だれが最も多くのメッセージを送っていましたか？」

「マイケル・ザニックです」

「何件ですか？」

ドッジェンは電話を手に取って数えた。「彼からは十件、彼女からは五件です」

「それらを陪審員のために読んでいただけますか？」

ドッジェンは読んだ。それらのほとんどはブリタニーがその日早くにエレクトリック・ハイと結んだ契約とその夜のコンサートに関するものだった。保安官補がメッセージを読み上げ始めると、ボーは被告側のテーブルのほうを見た。そこではフーパーがラップトップPCを用意していた。ボーがオーケイサインを出すと、フーパーは陪審員の隣のスクリーンに、メールのメッセージを拡大したものを映し出した。ドッジェンが最後の、そして最も重要なメッセージを読む前に、ボーは彼をさえぎった。

「保安官補、陪審員のために、このメールのやりとりを拡大しました。スクリーンを見てください。これらは二〇一六年十月十四日に、マイケル・ザニックとブリタニー・クラッチャーのあいだで交わされたメッセージに間違いありませんか？」

ドッジェンは眼を細めてスクリーンを見た。数秒後、彼は体を乗り出すと、陪審員に向かって言った。「はい、間違いありません」

「最後のメッセージはだれからですか？」

「ミスター・ザニックからです」

「陪審員に読んでもらえますか？」

「はい」彼は咳払いをすると、平板な口調で読み上げた。

「午後十一時十七分。今日、会えるかな？」

「ありがとう、保安官補」とボーは言い、できるだけ多くの陪審員を見るようにした。「質問は以上です」

「再尋問は、検事長？」とペイジが訊いた。

「いいえ、ありません、裁判長」

「いいでしょう」と判事は言い、腕時計を見た。「そろそろ五時になるので、本日は休廷にします」

陪審員が退廷すると、ボーは深く息を吸い込み、そして吐いた。苦しい戦いだったが、陪審員が聞いた最後の証拠は、ザニックが真犯人だという代替犯人説を支持するものだった。刑事裁判の初日で、被告人側がポイントを上げるのは珍しいことだった。もらえるものはもらっておこう。ボーはそう思った。

80

ボーは疲れ果て、空腹で家にたどり着いたが、サプライズが待っていた。私道にヘレン・ルイスの黒い〈クラウン・ビクトリア〉があった。家のなかに入ると、T・Jが、ボーがすでに知っていることを伝えた。「検事長《ゼネラル》が外のポーチで待ってる」

「ありがとう、坊主」とボーは言った。T・Jが去ろうとすると、ボーは呼び止めた。「ヘイ」

「何？」

「今日はよくやった」

「裁判を傷つけなければよかったんだけど」

「おまえは真実を話した」とボーは言った。「誇りに思うぞ、坊主」

「ありがとう、父さん」

ボーはビールを手にすると、ヘレンがふたつあるロッキングチェアのひとつに坐り、リー・ロイの耳の後ろを撫でているのを見た。T・Jが暖炉に火を熾《おこ》していたので、一月の寒さにもかかわらず、ポーチは心地よい暖かさだった。ボーは坐ると、ビールの栓を開けた。ゆっくりと飲むと、眼を細めてヘレンを見た。「検事長、今週はあなたに驚かされるな」

ヘレンは頭を振り、地面をじっと見た。「まだ三つほどあるわ」

「三つのなんだ？」

「サプライズよ」

「あなたが数カ月も休みを取ったあげくに、突然裁判に現れたことよりも大きなやつか？」

ヘレンは悲しげな眼でボーを見た。「残念ながらそうよ」

ボーはヘレンが話し終えたあとも、しばらく坐ったまま炎を見つめていた。何も言わなかった。オレンジ色の炎に集中したまま、ときどきビールを飲んだ。裁判中に酒を飲むことはほとんどなかったが、ヘレンの話を聞いているうちに、すでに四本の〈イングリング〉を開けていた。

「一度に理解するのは大変でしょう」彼女は穏やかな声で言った。

ボーは自嘲ぎみに笑うと、咳払いをし、ポーチの反対側に坐るヘレンをじっと見た。「ザニックがあなたの息子だって？」

「ええ、そうよ」

「あなたの息子？」ボーは繰り返した。それでもまったく信じられなかった。

「そうよ」

ボーは頭を振り、炎に視線を戻した。「それだけでもだれもがショックを受けるに充分なのに、ブッチを殺したと言うのか」ボーは突然笑いだしたが、すぐにやめた。「じゃあ、フラニーはずっと正しかったんだな。おれは有罪の依頼人を自由の身にする手助けをした」

「わたしは彼の命を奪ったわ、ボー。でも殺したわけじゃない。あれは事故だったの。致命的な銃弾を受けたあと、彼が殺してくれと懇願して、わたしはそれに従った」

「あなたは従った」とボーは言った。自分の声に不信がにじんでいることに気づいていた。ボトルからもうひと口飲むと、ポーチを歩きだした。「そのふたつの爆弾だけで充分すぎるほどだというのに、あなたはおれのオデルの弁護まで妨害しようとしている」

「裁判で明らかになるわ」

「どうやって？」

「わたしから。マイケルはブリタニー・クラッチャーを殺していない。あの夜、彼女と時間を過ごそうとしたかもしれないけど、彼女が家を出たあと、彼はブリタニーを追いかけなかった」彼女はことばを切った。「彼はわたしを探しに来た」

「そして会った」とボーは言った。まだ信じられなかった。「あなたは彼の母親で……そして彼のアリバイなんだな」

一時間後、ボーはヘレンを車まで送った。まだ彼女の告白に動揺していた。

「どうするつもり？」

「まだわからない」とボーは言った。「考えなければならない」

「わたしを警察に突き出すというなら、それも理解できる」

「あなたを警察に突き出すつもりはない」とボーは言った。「できない。おれはあなたの弁護士だ……少なくとも弁護士だった。いずれにしろ、あなたがたった今、おれに話したことはすべて、弁護士依頼人間《かん》の秘匿特権によって保護される」

「わたしを警察に突き出したいのなら、それを放棄する」

「おれは放棄しない」とボーは言った。

「ごめんなさい、ボー。マイケルが代替の殺人犯であることを前提にあなたが裁判の戦略を組み立てていることはわかっていた。もっと早くに話すべきだった。ただどうしたらいいかわからなかった。あなたの冒頭陳述を聞いて、マイケルからブリタニーへのメールをどう取り扱うかを見て、名乗り出るべきだと思った」

「あなたがブッチを殺したことを知っているのはおれだけなのか?」

彼女は首を振った。「マイケルが知っている。それにもうひとり」

ボーは、彼女がだれのことを言っているのかわかっていたが、その名前を口にはしなかった。「おやすみ、検事長」

「おやすみなさい」彼女はそう言うと、ボーの頰にキスをした。「ほんとうにごめんなさい」

81

水曜日、検察側は最後の三人の証人を召喚した。エニス・ペトリーが証人席に着き、予備審問で話したのと同じことを証言した。彼は被告人オデル・シャンパーニュが二〇一六年十月十五日の午前一時十五分頃、八丁目通りを歩いているのを目撃した。被告人からわずか十メートルほど離れたところを同じ方向に歩きながら、オデルが何かひとりごとを言い、何回か自分の胸を拳で叩いているのを見ていた。興奮した様子で、動揺しているようだった。

反対尋問でボーは、ヘレンの昨晩の爆弾発言による疲労感と二日酔いに抗《あらが》い、動きの鈍い体に鞭《むち》打ちながらも、エニスにオデルの歩き方から判断して、彼がかなり酔っぱらっているように見えたと認めさせた。さらに、エニスは、オデルが右手に持った六本パックの〈バドライト〉以外には彼がビールを持っているのを見なかったと認めた。

検察側の次の証人はキャシー・デュガンだった。彼女は、ダグ・フィッツジェラルドのパーティーに弟のイアンを迎えに行き、オデル・シャンパーニュをいっしょに車に乗せたと証言した。彼女は、オデルを彼のアパートメントへ送る途中、ブリタニーがマイケル・ザニックと浮気をしていると被告人に話したと証言した。

「被告はどう反応しましたか？」グロリアは陪審員を見ながら尋ねた。

キャシーは涙を拭い、顎を突き出して言った。「彼は言いました。『あのクソ女に償わせてやる』と」

反対尋問でキャシーは、当初はオデルの発言について保安官事務所に話さなかったこと、またパーティーのあとにオデルを彼のアパートメントまで送っていったことを話していなかったことを認めた。またブリタニーの浮気についてオデルに話したことが事実かどうかはわからないと認めた。「あなたは最初の事情聴取で、保安官事務所を誤った方向に導き、ブリタニー・クラッチャーとマイケル・ザニックとの関係についてオデル・シャンパーニュに嘘をついた」

「嘘かどうかはわかりません」

「あなたはあたかもそれが真実であるかのように話した、違いますか？　あいまいなことは言わなかった、そうですね」

「はい、そうです」

ボーはこの質問で、陪審員が少なくともキャシーの信頼性に疑いを持ってくれればと思った。

検察側の最後の証人はイアン・デュガンだった。イアンはネイビーのスーツを着て、長いカーリーヘアを後ろに流していた。彼はダグ・フィッツジェラルドのパーティーで二時間ほど過ごし、そのときのオデルがブリタニーとの別れにかなり動揺していたと証言した。彼の姉がブリタニーとマイケル・ザニックが浮気をしているとオデルに話したとき、彼も同じ車中にいたが、彼女のことばを否定しなかった。イアンはまた、オデルが何を言ったかは覚えていなかったが、怒っていたことは覚えていた。「仕返しをしてやる」というようなことを言っていたことだけは覚えていると証言した。

反対尋問で、彼は警察から最初に事情聴取を受けたとき、包み隠さず話さなかったことを認めた。

再尋問で、グロリアは、彼とキャシーがなぜもっと早くすべてを話さなかったのかと問いただした。イアンは、陪審員をまっすぐ見ながら、トラブルに巻き込まれるのが怖かったと答えた。「もっと早く名乗り出るべきだった」と彼は言い、うつむくと頭を振った。「それに警察に通報して、オデルについて警告するべきだった」

正午、イアンが証人席をあとにすると、グロリアは立ち上がり、大きな、しっかりとした声で言った。「裁判長、検察側は以上です」

82

「弁護側は準備できていますか？」ペイジ判事が判事席からボーを覗き込むように見た。

ボーは立ち上がると、ジャケットのボタンを留めた。検察側の証拠は充分な疎明《そめい》に欠けるとして、陪審評決と異なる判決を求める慣習的な申立てを行ない、ペイジがそれを否認したあと、ボーは依頼人の肩に手を置いた。

「弁護側は最初の証人として、被告人オデル・シャンパーニュを召喚します」ボーの当初の計画では、最初の証人としてマイケル・ザニックに証言させるはずだった。だが、昨晩のヘレンとの会話のあと、その計画はあきらめた。今、彼はこの裁判を即興でやっていた。進むにつれ、対応していくつもりだ。ヘレンが彼の代替犯人説を奪ってしまい、今、この場で作り上げなければならなかった。

オデルが証人席に坐り、サンダンス・キャシディに宣誓をした。「オデル」ボーは始めた。陪審員に彼の若さを強調するために、あえてファースト・ネームで呼んだ。彼は陪審員全員が二日前にそれぞれの席に坐らされて以来、ずっと待ち望んでいた質問から始めることにした。「あなたはブリタニー・クラッチャーを殺しましたか？」

「いいえ、殺していません」

「鈍器で彼女の額を殴りましたか?」

「いいえ」

「二〇一六年十月十五日の早朝、バス置き場にいたのはなぜですか?」

「ブリタニーがそこで会おうとメールをしてきました。ふたりにとって特別な場所だったんです」

「なぜ特別だったんですか?」

「ぼくたちが初めて愛を交わした場所だったんです。ぼくは——」

かすかにざわめきが起き、ペイジ判事が小槌を叩いて静粛を求めた。それから続けるようオデルに仕草で示した。

「その前に彼女に会ってほしいとメールをしたけど、彼女は返事をくれませんでした。ダグ・フィッツジェラルドのパーティーのあと、家に帰ってから彼女のメールを受け取りました。彼女は会いたいと言ってきました」

ここでボーは話題を変え、彼がなぜプラスキにやって来ることになったのか、アラバマ州タウンクリークでの法律上のトラブルについてオデルに説明させた。ボーはこれまでの弁護士としてのキャリアのなかで、依頼人についての悪い知らせを陪審員に知らせる場合、先に依頼人から話をさせたほうがよいと学んでいた。依頼人のした悪いことで陪審員を驚かせてはならない。マクマートリー教授の教えだった。

オデルが、窃盗の前科は食べるものを求めてのものだったと説明したあと、ボーは、彼のプラスキでの現在に話を戻し、陪審員に夏のワークアウトでブリタニーと出会い、トラックを一周するあいだにほとんどひとめぼれで恋に落ちたことを説明させた。オデルは、最初は彼女の家で、そのあとはターシャ・ファーガスンの部屋でいっしょに勉強した夜のことを話した。最後に彼はバス置き場がふたりにとってのグラウンド・ゼロのようなものだと認めた。

「初めてのあとも、ぼくたちは何度もそこで会いました。ブリタニーは両親といっしょに住んでいなくて、ぼくも自分の家にはいたくなかった」

「どうして家にいたくなかったんですか？」

「母がアルコール依存症だから」

最後にボーは、オデルが別れの手紙をポケットから見つけたことに始まり、ダグ・フィッツジェラルドのパーティーまで、殺人のあった夜のことを質問した。

「いつもお酒を飲んでいたのですか？」

「いいえ、飲んだことはほとんどありませんでした」

「その晩はどのくらい飲みましたか？」

「少なくともビール五杯は。もっとかもしれません」

「どうしてそんなに飲んだんですか？」

「腹が立っていたし、傷ついていた。たぶん……痛みを消したかったんだと思います」

「酔っぱらっていましたか？」

「パーティーのあと家に帰ったことは覚えていますか？」

「はい」

「おぼろげに」とオデルは言った。「イアンと小さな車に乗っていたのを覚えています。ブリタニーがマイケル・ザニックと浮気をしていると彼が言っていたことも」

「マイケル・ザニックがブリタニーの新しいマネージャーだということは知っていましたか？」

「正確には知りませんでした」とオデルは言った。「ミスター・ザニックがバンドに多額の資金提供をしていることは知っていましたが、それだけです」

「ミスター・ザニックのことは好きでしたか？」

「いいえ、好きではありませんでした」

「彼に嫉妬していましたか？」

オデルは陪審員を見た。「ブリタニーが彼といっしょに過ごしていたことに嫉妬していました。何度か彼の家に行っていたことは彼女から聞いて知っていました」

「彼女が何度かザニックの家の客用寝室に泊まっていたことを知っていましたか？」

「はい」

「そのことをどう思いましたか？」

「気に入りませんでした」

「その気持ちをブリタニーに伝えましたか？」

「はい、伝えました。けど、彼女にはあまり選択肢がありませんでした。ターシャにはボーイフレンドがいたので、ふたりきりになりたいときもあって、そんなとき、ブリットは泊まるところが必要でした。けれど、ぼくの家には部屋がなかったから、いっしょにはいられなかった。もし泊めたとしても、母が暴れだすんじゃないかと怖かったんです」

こういった背景は、陪審員が全体像をつかむ上で必要だとボーは思っていた。そしてポイントに戻った。「ブリタニーがザニックと浮気をしているとキャシーが話したとき、どう感じましたか？」

「裏切られたと思いました。傷つきました」

「怒った？」

「はい」

「検察側は、あなたがあの夜、ブリタニーに送った何通かのメールのメッセージを示しました」ボーは検察側が主尋問で使用したパワーポイントでメッセージを表示させた。「これらのメッセージを送りましたか？」

「はい」

「ブリタニーを殺したいと思いましたか？」

「キャシー・デュガンかだれかに、彼女のしたことを償わせてやるというようなことを言いましたか？」

「いいえ」

「そういうことを言ったかどうか覚えていないんです」とオデルは言った。「もし言ったとしたら、思わず言ってしまったんだと思います。怒っていて、言わなければよかったと思うことを言ってしまったかもしれません」リハーサルどおり、オデルは陪審員を見た。「けどぼくはブリタニーに手を出すようなことは一度もありませんでした。彼女がどんなにぼくを傷つけても関係なかった。ぼくは彼女を愛していたんです」オデルの声には感情がこもっていた。そして彼は眼を拭った。

「パーティーから帰って、何をしましたか？」

「しばらくのあいだ、ソファに横になっていました。いつの間にか眠っていました。三十分くらいして眼を覚ましたら、ブリタニーからバス置き場で会いたいというメールが入っていました」

「次に何をしましたか？」

「母が家にいなかったので、車がありませんでした。あったとしても酔っぱらっていて運転はできなかった。だから歩いていきました」

「この公判でさっき証言をしたエニス・ペトリーという男性をバス置き場まで行く途中に見

たことを覚えていますか」

「いいえ」

「途中でどこかに立ち寄りましたか？」

「はい。カレッジ通りの〈スリンキーズ・ガソリンスタンド〉に寄って、〈バドライト〉の六本パックを手に入れました」

「どうやって？　あなたは未成年でしょう？」

「スタンドの店員がただでビールをくれたんです」

「どうして？」

「タラホマ高校との試合でタッチダウンを三つ決めて、百五十ヤードを走ったから」オデルの言い方があまりにもあっけらかんとしていたので、傍聴人の何人かは笑ってしまったほどだった。ふたりの陪審員も笑っていた。笑う陪審員は有罪に投じない。ボーがアラバマ大の模擬裁判チームの二年目のとき、マクマートリー教授が言っていた。それはボーが常々実感しているアドバイスであり、陪審員席のかすかな笑顔を見て一縷《いちる》の望みを抱いた。

「バス置き場に行く途中、ひとりごとを言っていましたか？」

「たぶん」

「なぜ？」

「言おうとしていたことをリハーサルしていました。ＬＡに行かないよう彼女を説得したかったんです」

「まだ怒っていましたか?」

「はい、でも緊張して、神経質になっていたと言ったほうがいいかもしれません。彼女に会うのはこれが最後になってしまうかもしれないと思っていたし、まだ少し酔っぱらってたから。間違ったことを言いたくなかったんです」

「胸を拳で叩いていましたか?」

「はい、自分を奮い立たせて、酔いを醒《さ》まそうとしていました。正しいことを言いたかった」

「バス置き場には〈バドライト〉の六本パック以外に何か持っていきましたか?」

「いいえ」

「そのビールを飲みましたか?」

「いいえ。ブリットといっしょに飲むつもりでした。彼女は〈バドライト〉しか飲まないんです」

ボーはサンダンス・キャシディの前にある展示机に歩み寄ると、割れたビールのボトルが入ったビニールの袋を指さした。「この割れたボトルを初めて見たのはいつですか?」

「ブリタニーをバスの後方の座席で見つけたときです」

「彼女はすでに死んでいましたか?」

「異議あり、裁判長。根拠がありません」

ボーはグロリアが中断してくれたことに感謝したい気分だった。「バスの通路を歩いていたとき、何を見たか説明してください」

オデルは深く息を吸うと、マイクに向かって吐き出した。話し始めた声は震えていた。「さ、最初に彼女の足に気づきました。通路に突き出ていて、靴下を履いていました。近づくと彼女がぼくを見つめ返してきました。でも眼は動いていなかった」彼は両手を合わせて握りしめた。「額に大きなあざがあって、割れたビールのボトルが彼女の横の床に転がっていました。体を近づけると、息をしていないとわかりました」

ボーは陪審員席の手すりの端まで歩き、依頼人に視線を戻した。「ほかに覚えていることはありますか？」

「はい」とオデルは言った。

「なんですか？」

「ブリットはガムを嚙むのが好きでした。よくいくつも口のなかに入れていました。いつもバブルガムのにおいがしました」眼から涙を拭った。唇と両手が震えていた。「彼女の顔のそばの床にピンクのガムの大きな塊がありました」嗚咽《おえつ》を漏らした。

ボーが陪審員をちらっと見ると、エドナ・カウチの頰を涙が流れ落ちているのが見えた。レッタ・コルソン――プラスキ小学校の三十八歳の教師――も泣いていた。

「証人は休憩が必要ですか？」とペイジ判事が尋ね、オデル、それからボーに眉をひそめてみせた。「少し休憩しましょうか？」

「いいえ、裁判長」とオデルは言った。背筋を伸ばしたが、眼は拭わなかった。「大丈夫です」

ボーはもう一度陪審員を見ながら、そろそろまとめにかかろうと思った。

「今日、真実を話しましたか、オデル？」

「はい」

ボーは依頼人を見た。「あなたはブリタニー・クラッチャーを殺しましたか？」

「いいえ、ぼくは彼女を愛していました」

ボーは陪審員のほうを向き、彼らをじっと見ると、それからペイジ判事を見た。「質問は以上です、裁判長」

反対尋問でグロリアは、オデルの前科について糾弾したあと、最後に動機で締めくくった。

「あなたはブリタニー・クラッチャーが手紙一枚で別れを告げたことに腹を立てていた、そうですね？」

ボーに指示されたとおり、オデルは両手を証人席の横に置き、胸を張っていた。ボディ・ランゲージで自分が何も隠していないこと、そしてこの答えは自分を傷つけるものではないと伝えなければならないのだ。「はい、マァム。腹を立てていました」と彼は言った。落ち着いた、淡々とした口調だった。

完璧だ、とボーは思った。

「そしてあなたは彼女とマイケル・ザニックとの関係に嫉妬した」とグロリアは続けた。

「はい」

「そしてブリタニーがマイケル・ザニックと性的関係を持っているとイアン・デュガンから聞いたとき、あなたはさらに怒った、そうですね？」

「はい」

「それはバス置き場に向かうおよそ一時間前のことだった」

背筋と腕を伸ばし、しっかりとした口調でオデルは答えた。「はい」

グロリアはオデルをにらむと、それから陪審員に眼をやった。「質問は以上です」

オデルはしっかりとした足取りで、急ぐことなく証人席から弁護人席に戻った。腰かけると、ボーが腕に触れた。「すばらしい」とささやくように言った。

「ミスター・ヘインズ、次の証人を呼んでください」ペイジ判事が言った。

「裁判長、弁護側はルーファス・スリンカードを召喚します」

ボーが両開きの扉のほうを見ると、ロナが扉を開け、ルーファスを法廷に導き入れた。ルーファスは六歳の頃から〝スリンキー〟と呼ばれており、両手が膝まで届くと思わせるほど腕の長い痩せた男だった。一九七四年、カレッジ通りにガソリンスタンドとコンビニエンス・ストアを開いた。十年ほど前に〈ワバホ〉の系列店となったが、表の看板は決して替えようとしなかった。そこにはシンプルに〝スリンキーズ・ガス〟と書いてあった。スリンキーは九十歳になろうかというわりには、健康そうでかくしゃくとしていた。

「陪審員に自己紹介をしてください」とボーが言った。

「スリンキーだ」と彼は言った。笑いが起きた。

「記録のためにフルネームでお願いできますか？」

「すまん。ルーファス・エリヒュー・スリンカードだ」彼は陪審員に微笑んだ。「スリンキーと呼んでほしい理由は知っとるだろ」

さらに笑いが起きた。厳《いか》めしいハロルド・ペイジ老判事までも笑みをこぼしていた。長く、緊張に満ちた一日だった。だれもがこのいっときの笑いに感謝していた。判事でさえも。

「二〇一六年十月十四日の夜、あなたは被告人を見ましたか？」とボーは訊いた。

「もちろん《ヘル》、見たとも」とスリンキーは言った。「汚いことばですまんな、裁判長」

「どこで見ましたか？」

「テレビで。その坊主は三度タッチダウンを決めて、タラホマをぶちのめした」

「ええ。ですが試合のあとのことです」とボーは言った。スリンキーのゆっくりとした話し方となかなか核心にたどり着かないのがかえってありがたかった。ボーは時間を稼いでいた。これ以上、証人を召喚するかどうかを決めなければならなかったのだ。「あなたの店でミスター・シャンパーニュを見ましたか？」

「ああ。深夜一時過ぎにやって来たよ」

「どうしてそんな夜遅くに営業していたんですか？」

「二十四時間営業なのさ、ボー。一九七四年からずっとだ」

「十月十五日に被告人に六本パックのビールを売りましたか？」

「いいや、売っちゃいない」

「彼にビールを与えましたか？」

「裁判長」グロリアが立ち上がった。「法廷の一員として、証人が憲法修正第五条に基づき自分に不利な証言をしない権利を有していることを申し上げておきたいと思います」

「ありがとう、検事長」とペイジは言った。「スリンキー、あなたは証言しなくてもいい。黙秘権を行使することができる」

スリンキーはふさふさとした銀髪に手を走らせると、高笑いをした。「ハロルド、わしは八十九歳だ。いろいろと間違いをしてきたし、これからも繰り返すだろうよ」そう言うとボーのほうを見た。「ああ、わしはオデル・シャンパーニュに〈バドライト〉の六本パックをやったよ」

傍聴人からざわめきが起きた。

「どうしてそんなことを？」

「なぜなら、あの坊主はわしがこれまでに見てきたなかで最高のフットボール・プレイヤーだからだ」とスリンキーは言った。「気を悪くせんでくれよ、ボー。それにあの子は歩いてきた。運転していないことはわかっていた」

「彼は怒っていましたか？」

「いいや」

「彼の振る舞いで何か覚えていることはありますか？」

「緊張していた」とスリンキーは言った。「爪先立ちで飛び跳ねていたよ」

「何かあなたに言いましたか？」

「ビールをありがとうと言った、それだけだ」

「ありがとうございます」ボーはそう言うと、弁護側席まで歩き、ラップトップPCを使ってガソリンスタンドの防犯ビデオ映像をスクリーンに映し出した。「ミスター・スリンカード、あなたは州の召喚令状に従って、十月十五日の深夜、あなたの店にわたしの依頼人がいた時間帯の防犯ビデオを提出しましたね、間違いありませんか？」

「ああ、したよ」

ボーはスクリーンを指さした。「そこに映っているのはあなたですか？」

「ああ、あいかわらず不細工だな」

ボーは笑いをこらえた。「右下の隅に何時とありますか？」

「午前一時八分」

ボーが再生ボタンを押すと、ビデオはオデル・シャンパーニュが店に入ってきて、冷蔵庫まで歩くと、数秒後に〈バドライト〉の六本パックのカートンを持ってカウンターに戻ってくるところを映し出した。映像はややぼやけていたが、スリンキーがオデルに何かを話し、それからオデルが彼に手を振り、カートンを持って出ていくのがわかった。

「そのビデオは公正かつ正確に、あなたとオデル・シャンパーニュのやりとりを示していますか？」

「ああ」とスリンキーは言った。

「オデルはあなたの店にいるあいだ、怒ったり、興奮したり、動揺したりしていましたか？」

「いいや、そんなことはなかった」とスリンキーは言い、スクリーンを指さした。「彼は完璧な紳士だった」

ボーは陪審員をちらっと見ると、証人に視線を戻した。「質問は以上です」

「反対尋問は？」

「はい、裁判長」とグロリアは言った。「ミスター・スリンカード。ビデオによると、あなたの店にオデル・シャンパーニュがいたのは四十七秒間です。間違いないですか？」

「ああ、マァム。一分くらいだ」

「一分もいなかった、そうですね？」

「ああ、そう思う」

「ありがとうございます、質問は以上です」

「よかろう。ミスター・スリンカード」とペイジ判事は言った。「退席してください」

「わしは刑務所に入るのかね？」とスリンキーが訊いた。さらにいくつかの笑いが傍聴席から起きた。

「えーと……」ペイジは両手を上げた。「保安官事務所から連絡があるでしょう」

「了解だ」とスリンキーは言い、証人席をあとにした。

数秒後、ペイジ判事がボーのほうを向いた。「今日はまだ証人はいるかね、弁護人？」

ボーは壁の時計を見た。午後四時二十分。ほかに証人はいなかった。オデルのチームメイトの何人かに、彼が総じて性格がよく、暴力を振るうようなことはなかったと証言させたかったが、オデルのタウンクリークでの暴行容疑についての扉を開けたくなかった。フーパーがパワーポイントのスクリーンで見せたベネット・カルドウェルの殴られた顔を思い出していた。「裁判長、弁護側は、今日は休廷とすることをお願いしたいと思います」

「ほかにも証人はいるのかね、ミスター・ヘインズ？」

「おそらく、裁判長」とボーは言った。「差し支えなければ、今日は休廷にしていただいて、明日、お伝えしたいと思います」

ペイジは顔をしかめた。「差し支えはあるが、わたしも老いて疲れているので、認めるとしよう」彼は小槌を鳴らした。「今日は休廷とし、明日の午前九時に再開する。ミスター・ヘインズ、それまでに次の証人を呼ぶか、尋問を終えるか、どちらか準備しておくんだ。わかったかね？」

「はい、裁判長」とボーは言い、感謝するようにペイジにうなずいた。「準備しておきます」

83

ボー、フーパー、そしてロナはペイジ判事が休廷を宣言した一時間後に、事務所の会議室に集まっていた。三人とも疲れ果てていたが、ボーには今こそ、これまで以上にチームの力が必要だった。ロナが〈イエロー・デリ〉で買ってきたサンドイッチを三人でたいらげると、ボーはふたりの顔をじっと見て、自身のジレンマを打ち明けることにした。

「マイケル・ザニックにはアリバイがある」

「いや、そんなことはない」とフーパーは言った。「彼の自宅の防犯カメラは彼の車が午後十一時五十分に家を出たことを記録している。ブリタニーが彼女の〈4ランナー〉で出たちょうど五分後だ」

「彼はブリタニーを殺すためにバス置き場には行っていない」とボーは言った。その声は疲労で震えていた。「彼はヘレン・ルイスの家に行った」

「なんですって?」とロナが言った。

「検事長《ゼネラル》の家に行ったんだ」

「間違いないの?」と彼女は訊いた。

「残念ながら、間違いない。ヘレン自身がそう言った。それに……もしわれわれがザニックを召喚すれば、彼はヘレンといっしょだったと言うだろう。そうなれば州側は間違いなくヘレンを召喚して、彼女はそれを認める」

「そしておれたちの代替犯人説は吹っ飛んでしまう」とフーパーは言った。

「無罪評決のチャンスも」とボーは言った。

ロナの顔は困惑に歪んでいた。「理解できない。いったいどうしてザニックが検事長の家に行くというの? それにいったい全体どうしてヘレン・ルイスは真夜中に彼と話をしたりするの?」

ボーは荒々しく息を吐いた。「彼の母親だからだ」

ふたりが理解するのにしばらくかかった。ボーはヘレンのもうひとつの爆弾発言——彼女が元夫を殺したという事実——については明かさなかった。その秘密については自分の胸に留めておくつもりだった。ふたりに話しても意味はなかったからだ。彼は自分のチームを信頼していた。それでも、彼の法律事務所のスタッフとして、ボーと同じく弁護士依頼人間の秘匿特権を守らなければならないことをふたりに説明し、秘密厳守を誓わせた。

「それでも彼を召喚するべきだと思う」とロナは言った。「ブリタニーが彼の家にいたことを証言させるのよ。彼女は動揺していて、彼が交渉してきた契約を反故《ほご》にしようと考えていたことを。こちらは、あなたが彼との会話を録音したことでその証拠を握っている」

「アリバイがあると言ったら？」とボーは訊いた。

「バス置き場に行ったかどうかは訊かなければいい。ブリタニーが家を出ていったことにつながる種を蒔《ま》くだけでいい」

ボーはそのアプローチについても考えたが、うまく考えがまとまらなかった。

「おれは召喚しないほうがいいと思う」フーパーが割って入った。「彼にアリバイがないと主張できないのであれば、彼が何かを話に付け加えてくれることもない。アリバイがあるのなら……」彼は首を振った。「……おれなら召喚しない。充分なゲインもないのに、リスクが大きすぎる」

ボーが同意する前に、ロナが言った。「あんたが正しいなんて、いやだけど」と彼女は顔をしかめて言った。その声と眼はフーパーをからかっているようだった。「気が変わったわ。コロンボに賛成よ。ザニックを呼ぶのはやめましょう」

「じゃあ、尋問を終えるのか？」とボーは訊いた。

ロナもフーパーもうなずいた。それからフーパーは椅子の背にもたれかかると言った。

「そして、あんたの人生の最終弁論の準備をする」

ボーは眼を閉じた。「その必要があるようだ」

84

翌日午前七時に事務所に集合するということにして、ロナとフーパーを帰したあとも、ボーは二時間かけて、現場の写真と証拠ビデオをくまなく調べ、あらゆる角度から可能性を探った。午後七時三十分になってようやく、家に帰って子供たちやブッカー・Tと食事をしようと思った。だが〈シボレー・タホ〉に乗ろうとしたとき、見覚えのない番号から電話がかかってきた。セールスの電話か何かだろうと思ったが、とりあえず出てみた。「もしもし？」

「話があるの」

「わかった」とボーは言った。声の主がだれなのかわかった。「いつ？」

「今」

「どこで？」

「教会の礼拝堂で」

「イズラエルはこのことを知っているのか？」

返事はなく、電話は切れた。

十分後、ボーはビックランド・クリーク・バプティスト教会の礼拝堂に入っていった。テレサ・クラッチャーが聖歌隊の席に坐り、反対側の壁のステンドグラスを眺めていた。ボーが近づいていっても、彼を見ようとしなかった。

「テレサ、どうしたんだ？」

「怖いのよ、ボー」

「どうして？」

「あの子のために正義を果たしたいの」

ボーは階段を上がって説教壇に上り、テレサの隣の椅子に坐った。「おれもだ。どうして怖いんだ？」

「もしあの少年が無罪になったときに、イズラエルがやろうとしていることを考えると怖くて仕方がない」彼女はため息をついた。「それにもしオデルが有罪となっても、充分な罰が与えられなかったとき、彼がするかもしれないことを考えると怖いの」

ボーはここ数カ月間のイズラエルの脅しと、先週の金曜日の元チームメイトとの口論について思い出した。「おれにどうしてほしいんだ？」

いっとき、ボーは彼女を見つめていた。そして、ようやく彼女に体を近づけると言った。

「テレサ？　教えてくれ」

彼女は眼から涙を拭った。「わからない。けど心配なの。この事件は明日には終わる。そうなんでしょ？」

「たぶん」

「イズラエルは今日、わたしにもジーナにも何も言わずに去っていった。オデルの証言のあと、ひどく怒っていた。ずっとどんなだったか知ってるでしょ。イズラエルはいい人よ。でも……激しやすい人なの。そしてブリタニーの死のあと、彼のなかの何かが壊れてしまった。変わってしまった」彼女は泣きだした。「わたしたちもよね」

ボーは胃のあたりにむかつきを覚えてきた。「テレサ、おれに何ができる？」

「わからない」とテレサは言った。「ただ……だれかに話したくて。警察には話したくなかった。わたしの勘が間違ってると願っている。イズラエルが口先だけで実際には何もしないと願っている」

ボーはイズラエルに殴られたほうの眼をこすった。

「だがきみはそうは思っていないんだな？」と訊いた。

テレサはボーのほうを向くとどんよりとした眼で見た。「ええ、思っていない」

85

イズラエル・クラッチャーは病院のナース・ラウンジのコンクリートの床に坐り、軽量コンクリートブロックの壁の一点を見つめていた。拳銃はズボンのポケットのなかにあり、時折、グリップに手を置いていた。このサーカスも明日には終わる。

今日は、オデルが自分の娘をどのように苦しめたのかを聞くだけで精いっぱいだった。この茶番を終わらせるつもりだった。彼にとって、ブリタニーに正義が果たされないことは明白だった。正義を果たす法はなかった。

「だがおれはやる」と彼はささやいた。「神が証人だ。おれはやる」

明日……

86

ボーは、ビックランド・クリーク・バプティスト教会を出たあとも、どうすべきかわからなかった。彼は、ザニックがブリタニーを殺して、オデルに罪を着せたという理論の下に弁護側の主張を築いていた。ザニックがやったのでないのなら、だれがやったのだ？ プラスキの通りを車を走らせながら、恐ろしい考えが潜在意識に忍び込んできた。

おれはまた有罪の依頼人を自由の身にしようとしているのか？

結局、〈キャシーズ・タバーン〉の外に車を止めていた。ドアをくぐると、キャシーの歓迎は決して温かいものではなかった。「今日は事情聴取はなしだよ、ボー。話はなし。何もなし。何か食べるか、飲むかしたいのなら、ジュリーがすぐに来るから」

ボーはなんとか愛想笑いをすると、奥のブースを見つけた。ジュリーにビールを注文すると、ハンバーガーはやめておくことにした。テレサと会ったことで、食欲もなくなってしまった。おれは何を見落としているんだ。拳でこめかみを強くこすりながら考えた。何かあるはずだ。

ビールをもう一本注文したあと、立ち上がり、バーの壁に飾られたたくさんの写真を眺めて、いったん頭をクリアにしようとした。そこにはビリー・ディーン――九〇年代に一躍有名になった全国的なスター――がいた。もちろんフィズもいた。ボーはフィズの写真を感嘆の思いで見ながら、メンバーひとりひとりを数秒ずつかけて見た。ブリタニー・クラッチャー。マッケンジー・サンタナ。テディ・バンドリック。イアン・デュガン。そして〝ニュー・イヤーズ・コンサート二〇一七〟と書かれた見出しの下に何枚かの写真があるのが眼に入った。彼は眼を細めて、やがて自分とキャシーの写った一枚を見つけた。ワインレッドのドレスを着た彼女の美しさを思い浮かべて微笑んだ。もう一度写真を見たとき、脳裏にかすかに違和感を覚えた。バンドの写真の前まで歩いて戻ると、写真まで数センチというところまで顔を近づけてじっと見た。

「閉店だよ、ボー」

振り向くと、キャシーがにらみつけていた。ビールをぐいと飲み干した。彼が覚えた違和感は強くなっていた。「帰るところだ」と彼は言った。

ボーはまっすぐ事務所に向かった。途中でフーパーに電話をした。到着すると、フーパーがラップトップPCでボーの求めているものを見せた。

「なんてこった」とボーは言い、スクリーンを指さした。「ほかも確認するんだ」と彼は言った。「すべて調べるんだ」

「わかった」とフーパーは言った。「だが証拠のなかになかった。どうして――?」

だがボーはすでにドアに向かって歩いていた。五分後、彼はテレサの家のドアをノックしていた。

「ボー、あなた――?」

「リビングルームを見せてほしい」

「どうして――」

「お願いだ、テレサ。一分もかからない」

彼女がドアを開け、ボーは家のなかを小走りでリビングルームまで行くと、壁の写真を見て立ち止まった。十億もの人々がテレビで見たものを捉えた写真だった。

「なんてこった」ボーはもう一度ささやいた。

87

午前八時三十分、ボーは法廷に入ると、弁護人席の後ろに坐っている人物を思わず二度見した。

サブリナ・シャンパーニュは地味な黒のドレスを着ており、ダークブラウンの髪にパーマをかけ、スタイリッシュだがさりげないカールにしていた。美しかった。そしてボーは微笑まずにはいられなかった。彼女の眼は澄んでいた。アルコールによる曇りはもうそこにはなかった。

「サブリナ、きみはとても……すてきだ」とボーは言った。心から。

「ありがとう」と彼女は言った。「わたしは近づかないほうがいいって話したことは覚えている。けど今日であの子の将来が決まるかもしれない。あの子はずっと両親に見捨てられてきたの」彼女は眼を輝かせて言った。「でも今日は違う」

促されて法廷に入ってきたオデルは、母親を見ると感情を抑えきれなくなり、母親の肩を抱きしめて泣いた。

「マンマ、とても……元気そうだね」濡れた眼を拭いながらオデルは言った。「どうしてここに？」

「わたしのすばらしい息子のそばにいてやるためよ」

88

三十分後、陪審員が法廷に連れてこられると、ペイジ判事はどこかさげすむような眼でボーを見た。「弁護側は追加の証人を召喚しますか？」

「はい、裁判長。弁護側はミズ・キャシー・デュガンを召喚します」

ペイジはこのニュースに驚いたかのように眉を上げた。「いいでしょう、ミズ・デュガンは来ていますか？」

「はい、裁判長」と彼は言った。昨日、テレサを訪ねたあと、キャシーにメールを送り、次のように伝えていた。〝明日の朝九時に法廷で。明日の午前中の最初の証人だ。きみはまだ召喚状の下にある〟

数秒後、キャシーがロナに促されて両開きの扉を通って法廷に入ってきた。ボーが弁護側のテーブルに眼をやると、ネイビーのブレザーに、カーキのパンツ、そして千鳥格子のネクタイを締めたアルバート・フーパーがラップトップPCを前にして坐っていた。ボーがフーパーに向かってうなずくと、彼も同じ仕草を返してきた。キャシーが証人席に坐ると、ボーは時間を無駄にしなかった。

「ミズ・デュガン、カレッジ通りにあるサントラスト銀行のATMをご存じですか？」

彼女は顔にしわを寄せた。「はい。何度か現金を下ろしたことがあります」

ボーが手でフーパーに合図を送ると、陪審員の横のスクリーンに、ATMの張り出し屋根の下に止まるトヨタの〈4ランナー〉の映像が映し出された。外は暗かったが、ATMは明るく照らされていた。ボーがフーパーを指さすと、彼はビデオを一時停止させた。

「その車に見覚えは？」

「ブリタニーの車です」とキャシーは言った。声には困惑がにじんでいた。

ボーが親指でフーパーに合図をすると、画像はSUVのなかの若い女性のクローズアップに切り替わった。横顔だったが、だれであるかは明らかだった。

「映っているのはブリタニー・クラッチャーですね」

「はい」

「スクリーン右下の隅の数字を読み上げてもらえますか？」

「はい、10／15／16、午前零時四十一分」

「日付と時間ですね？」とボーは訊いた。

「はい、そうです」

　ゆっくりと、ボーは人差し指で円を描くと、スクリーンの映像が動き始めた。車のなかの女性はハンドバッグのなかを探っていた。それから身を乗り出して、ボタンを押し始めた。彼女が窓の外に体を出したところで、ボーは「そこだ」と言った。

　画面が、ブリタニー・クラッチャーが険しい、決意のこもったまなざしでATMの表示を見ているところで一時停止した。彼女はのちにオデル・シャンパーニュがバス置き場で抱きかかえるようにして持っているところを発見された、ジャイルズ・カウンティ高校のスウェットシャツを着ていた。彼女の眼にはブラウンの髪が垂れ下がって掛かっていたが、ボーが見ているのはそれではなかった。「ズーム・インしてくれ、フーパー」

　数秒後、画面にはブリタニーの首だけが映し出された。高校の文字の上には紫のチャームネックレスがぶら下がっていた。

　ボーはキャシー・デュガンの眼を覗き込んだ。「その宝石に見覚えは？」

「ああ……嘘」キャシーはことばに詰まった。

「フーパー」とボーは言った。数秒後、スクリーンにはふたつの画像が映し出された。殺される直前の、ATMでのブリタニー・クラッチャーの静止画像と、《アメリカズ・ゴット・タレント》《A G T》からのもうひとつのブリタニーの写真だった。それはテレサのリビングルームにあった写真で、ボーが昨夜クラッチャー家を出る前に、iPhoneで何枚か撮っておいたものだった。

ブリタニーは黒のカクテルドレスを着て、紫色のチャームのついた同じネックレスをつけていた。

「それらは同じ宝石だね、キャシー?」とボーは尋ねた。

キャシー・デュガンの顔は青ざめ、首筋には汗がにじんでいた。「はい」しわがれた声でそう言った。

「フーパー」とボーはもう一度言い、三枚目の写真が加わった。

ハッキリとわかるあえぎ声がキャシーの喉から漏れた。それは〈キャシーズ・タバーン〉で撮られたボーとキャシーの写真だった。フーパーが昨晩、〈キャシーズ・タバーン〉のフェイスブックのページで見つけたものだった。ボタンダウンにスポーツジャケット姿のボー。一方、キャシーはワインレッドのドレス姿で、首には紫色のチャームのついたネックレスをしていた。

「ああ、嘘」キャシーはまた言った。「嘘よ」両手で顔を覆い、嗚咽を漏らした。

「保安官事務所は犯行現場でそのネックレスを発見していない」ボーは検察側のテーブルを指さした。「検察側が集めたすべての証拠にも」と彼は言った。「ブリタニー・クラッチャーの遺体の写真にも、そしてどこにも、彼女がオデル・シャンパーニュにバス置き場で待っているとメールを送った二十一分前にしていたネックレスについては触れられていない」

ボーがフラニー・ストームに眼をやると、主任保安官補は席から半分身を乗り出し、すぐにでも飛び出す必要があるかのように、体を丸めていた。彼女はゆっくりと、そして力強くボーにうなずいた。

「ブリタニーはバス置き場に行く途中、あなたの家に寄って、ネックレスを返していない。そうだね、キャシー?」

彼女は首を振った。

「声に出して答えてください、ミズ・デュガン」ペイジ判事が言った。

ボーは法廷を見渡した。人であふれかえり、空席はひとつもなかった。そして音ひとつ聞こえなかった。沈黙はすばらしい。彼のなかでエネルギーが燃え上がっていた。

「いいえ、彼女はわたしの家には寄っていません」

ボーは反対尋問では、通常、はい、いいえで答えられない質問をすることはよくないとされていることを知っていた。だが効果的に働くこともあった。「どうやってそのネックレスを手に入れたのですか、キャシー? ブリタニー・クラッチャーが死の直前までしていたネックレスを」

キャシーは無表情になり、声はほとんど単調になっていた。「わたしのものです。七歳のときに祖母がわたしにくれたんです」彼女は咳き込むようにしてまた嗚咽を漏らした。「ずっと幸運のお守りだと思っていた。AGTに出る前に、ブリタニーに渡した。ファイナルに進出したあと、そのまま着けていていいって言った」

「どうやって、取り戻したんですか、キャシー?」ボーは迫った。

「わたしが言った……彼女がエレクトリック・ハイと契約したと言ったとき、わたしのものを返してほしいと」顔全体が震えだし、涙が今は赤くなった頰を伝っていた。「嘘」彼女はもう一度すすり泣くようにそう言った。

「どうやってそのネックレスを取り戻したんですか?」ボーはみたび尋ねた。

キャシーの声はほとんどかすれていた。「コンサートのあとに返してくれたと言っていた」

「だれがそう言ったんですか?」

キャシーは眼を閉じた。「弟が」

89

イアン・デュガンはスクールバスの最後列に坐っていた。

同じバスではなかったが、よく似ていた。その朝、キャシーから、ボーセフィス・ヘインズが再度、キャシーの証言を求めていると聞いたとき、何かがおかしいと思った。だから学校をさぼり、〈レジェンズ・ステーキハウス〉に車を置いて、三カ月前にオデルがしたようにここまで歩いてきた。

すべてが始まった場所へ。

そしてすべてが終わった場所へ……

バンドはこの場所で愉しい時間をたくさん過ごした。自分、マック、テディ・B、そしてブリタニー。

彼らはチームだった。みんなでLAまでいくつもりだった。第二のアラバマ・シェイクスになるはずだった。ラジオで自分たちの音楽が流れた。もう少しだった。

それなのにブリタニーがすべてを台無しにした。

殺すつもりはなかった。最後にバス置き場に行くだろうということはわかっていた。結局、そこはオデルが彼女と会おうとしていた場所であり、自分とキャシーの家のガレージ・スタジオを除けば、バンドがほとんどの時間を過ごした場所だった。イアンは祖母のネックレスを受け取るのを忘れてしまい、ブリタニーが街を離れる前に返してもらう必要があった。コンサートのあとに返してもらうのを忘れたと言ったら、姉は怒るに違いない。少なくともイアンは自分にそう言い聞かせ、ブリタニーともう一度会い、彼女の決断に対する自分の怒りをぶつけたいという想いを正当化しようとした。

彼とキャシーが家に着き、数分待ってから、こっそりと外に出た。姉の〈マスタング〉に乗って、街を走り、ブリタニーの家の前を通り過ぎ、最後にバス置き場の近くに彼女の〈4

ランナー〉が止まっているのを見つけた。

彼女がバスのそばに立ち、何事もなかったような顔で〈バドライト〉を飲みながら、指にネックレスを絡めているのを見て、イアンは感情を抑えられなくなった。彼女に向かって叫び始め、彼女がバンドを台無しにしたと言ったが、イアンをますます怒らせるだけだった。彼は実力のあるミュージシャンだったが、ブリタニーなしでビッグになる可能性は低いこともわかっていた。彼は、彼女がずるがしこくて最低で、自分たちの夢を壊したと言い、だれかが懲らしめる必要があると言った。彼女はバスのステップを駆け上がり、ドアを閉めて、彼が入ってこられないようにしようとした。が、彼がそれを阻み、なかに入った。イアンはその時点ではネックレスのことはすっかり忘れていた。ただ彼女に、自分が間違っていると認めさせたかった。

殴るつもりはなかった。これまでに女性を殴ったことは一度もなかった。喧嘩をしたこともほとんどなかった。だが彼女を追って通路を進むと、彼女が靴を投げつけてきた。彼はかがんでそれをかわすと笑った。

だがもう片方の靴が口のあたりに当たりそうになり、顔をかすめたとき、頭のなかでスイッチが入った。彼女に歩み寄った。ブリタニーがビールのボトルを彼に向け、下がるように言うと、イアンはそのボトルを彼女の手からひったくった。彼が背を向けると、彼女はくたばれと叫んだ。

彼は振り向くと、ボトルを遠くの窓に投げつけて脅かそうとした。が、彼女がそこに向かってまっすぐ入ってきた。

「事故だったんだ」彼はブリタニーが動かなくなったことに気づいたときのことを思い出してつぶやいた。

そのあとのショックのなか、バスの通路を歩きまわり、どうすべきか考えようとした。喧嘩によるアドレナリンのせいでしらふになり、神経過敏になっていた。イアンは頭がよく、すぐれたゲーマーだった。どうすればこの混乱から抜け出せるだろうか？

頭に浮かんだ唯一の答えは、だれかをハメることだった。友人を。

オデルはブリタニーにフラれたことにひどく腹を立てていた。

彼は来る。イアンにはわかっていた。少し背中を押すだけで、ここに来るはずだと。

問題について考えながら、イアンは自分がオデルに電話をすることもメールを送ることもできないと悟った。やがて、彼の頭のなかで時間が刻まれていくなか、シャツを脱ぐと、それで粉々になっていたビールのボトルを拭った。そしてシャツで手を包んで、ブリタニーのポケットのなかを探り、携帯電話を取り出して、オデルにメールをした。

バスの階段を降りると、祖母のネックレスが地面に落ちているのを見つけた。ブリタニーがステップを上がったときに落としてしまったのだろう。イアンはためらった。が、それも一瞬だった。ネックレスをつかむとポケットに入れた。なぜ地面に落ちていたのか疑問に思われるかもしれないと思ったのだ。

自分はなんてばかだったんだろう？

彼は大学に向かう坂の途中に止めてあった車まで歩いた。そして家に戻った。

記憶が甦ってくると、彼は頭を垂れ、そして眼を拭った。バスの窓の外に眼をやった。もう暗かった。どのくらいここにいたのだろうか？　時間の感覚がなくなっていた。

だがすべてが露見してしまったとわかっていた。数時間前にツイッターをチェックし、ニュースを見たのだ。オデル・シャンパーニュに対する起訴が取り下げられたことと、殺人の容疑者と思われるイアン・デュガンの捜索について次々とツイートされていた。

「ここに来ると知っておくべきだった」女性の力強い声がバスの反対側から響いてきた。「ここはバンドがよくたむろしていた場所だものね」

イアンは眼をしばたたくと、立ち上がった。「ぼくは――」

「黙りなさい、イアン」とフラニーは言った。「両手を前に出して」

彼が力なく、両手を差し出すと、フラニーは手錠を掛けた。「イアン・デュガン、ブリタニー・クラッチャー殺害容疑で逮捕する。あなたには黙秘権があり……」

三分後、フラニーはイアンを促してバスのステップを下りた。外には、タイ・ドッジェン保安官補とブラッドリー・マッキャン保安官補がハンク・スプリングフィールド保安官とともに待っていた。彼らがイアンを連れ去ると、フラニーは縁石に止めた〈シボレー・タホ〉に寄りかかっている男を見た。脚がゼリーのようになっているのを感じながら、男のほうに近づいていった。

「きみの言ったとおりだった」とボーが言い、口元に疲れた笑みを浮かべた。

「あらゆるところを調べた」とフラニーは言った。「学校。家。〈レジェンズ・ステーキハウス〉。彼がここに戻ってきたとしてもそう驚くべきことではなかった」感情に押しつぶされたかのように、最後の音節はかすれていた。彼女は彼に寄りかかった。ボーは一瞬ためらったあと、彼女に腕をまわした。「でもブリタニーは帰ってこない」と彼女はささやくように言った。「あの美しい少女はもう戻らない」

90

イアン・デュガンが逮捕されてから一時間後、ボーは、地元や全国の報道機関のインタビューにいくつか答えたあと、事務所の外に車を止めた。なかに入ると、風船とクラッカーの音に迎えられた。ロナとフーパーがパーティー用の帽子をかぶり、オデルとサブリナ・シャンパーニュがロビーのソファに坐っていた。ボーはサブリナが息子の手をしっかりと握っているのに気づいた。

音が鳴りやむと、ロナが勢いよく近づいてきて、ボーにノンアルコールのシャンパンのグラスを手渡した。そして頰にキスをした。「刑事裁判はもうこれで最後？」と彼女は訊いた。

「決してないとは言えない」とボーは言った。グラスからゆっくりと飲むと、甘い味を愉しんだ。「去年もそう言っていたのに、このざまだからな」

「ロール・タイド」フーパーはそう言うと、自分のグラスを差し出した。

「ロール・マザーファッキング・タイドだ」とボーは言いなおし、フーパーの背中を叩いた。

笑いが部屋じゅうを満たした。

だが、その数秒後、ドアがキーッと音をたてて開き、全員の動きを止め、その方向に眼を向けさせた。

戸口にはイズラエル・クラッチャーが立っていた。

ボーは全身がこわばるのを感じた。が、なんとか一歩進み出た。「イズ」

「ボー……言いにくいんだが」

「言わなくていい――」

「ありがとう」彼はなんとかそう言い、口を開くと、唇をしっかりと嚙んだ。「あの子はおれのベイビーだった。わかってるだろ……おれの娘だったんだ」

ボーは自分のグラスを置くと、彼に近づいた。旧友の肩に触れた。「わかってる、イズ。

そしてほんとうに残念だ」自分の声がかすれているのがわかった。気がつくとオデルが立ち上がっていた。

「ミスター・クラッチャー……」オデルの声は力強く、しっかりとしていた。

イズラエルは口と眼を拭うと、眼をしばたたいてオデルを見た。「なんだね？」

「彼女に会いに行ってもいいですか？」

今度もイズラエルはことばを探すのに苦労していた。が、ようやく彼はうなずいた。

91

その夜、プラスキの街は、夜間のメイプルウッド墓地への立入禁止を解除した。

イズラエル、テレサ、そしてジーナ・クラッチャーがブリタニーの墓標の片側に立ち、オデルとサブリナ・シャンパーニュがもう一方の側に立っていた。ボー、T・J、ライラ、そしてロナ、フーパー、ブッカー・Tがそのまわりを囲んだ。人が増えるにつれ、輪は大きくなっていった。

やがてろうそくに火が灯された。

その輪は数百人にまで広がった。ビッグランド・クリーク・バプティスト教会の信徒たち。ジャイルズ・カウンティ高校の生徒たち。フィズのマッケンジー・サンタナとテディ・バンドリック。プラスキ市警とジャイルズ郡保安官事務所の大部分。そのなかにはフラニーの姿もあった。ライラは彼女に隣に来るようにと言って聞かなかった。

最後に、群衆の頭の上で声が響き渡った。ボーがサブリナ・シャンパーニュを見ると、彼女が天に向かって頭をそらせていた。

「驚くほどの神の恵み《アメイジング・グレイス》、なんと美しい響き……わたしのような者までも救ってくださる……」

ボーセフィス・ヘインズは子供たちの手をしっかりと握った。そしてサブリナといっしょに《アメイジング・グレイス》を歌った。

この世界に正義を果たすことはできるのだろうか？　ブリタニー・クラッチャーの人生を称えるために集まった人々を見まわしながらボーは思った。わからなかった。だがひとつだけたしかなことがあった。

やってみるしかない。

エピローグ

二〇一七年六月十六日

ヘレン・エヴァンジェリン・ルイスは〈イエロー・デリ〉の前に車を止めた。レストランに入り、階段を上って彼から伝えられたテーブルに向かうあいだも、心臓が高鳴っていた。近づいていくと、マイケル・ザニックが立ち上がった。

「こんにちは……母さん」と彼は言った。その声にからかうような響きはなかった。

「こんにちは、マイケル」彼女はためらった。「誕生日おめでとう」

彼はにっこりと笑った。「ありがとう」

ふたりが席に着くと、ヘンリーという名の、ひげを生やしたウェイターがメニューを持ってやって来た。「おや、ルイス検事長、ミスター・ザニックとお食事ですか？」

「ええ」とヘレンは言った。マイケルを見ながら続けた。「わたしの息子なの」

注文が終わり、ヘンリーが去ると、ヘレンはテーブルに身を乗り出し、脚を組んだ。「さて、億万長者のビジネスマンさんは誕生日に何がほしいのかしら？」

マイケルは歯を見せて笑うと、両肘をテーブルについた。話し始めたとき、その声はほとんどささやくようだった。「ぼくのほんとうの父親のことを教えてくれる？」

謝辞

妻のディクシーは、ずっとわたしの小説の最初の読者だ。ここ数年は、ストーリーに関するアイデアの相談相手になってくれており、『嘘と聖域』のラストのマイケル・ザニックとルイス検事長のどんでん返しも彼女の励ましなしにはありえなかっただろう。彼女はわたしの妻であり、親友であり、そしてわたしのすべてだ。

子供たち――ジミー、ボビーそしてアリー――は毎日わたしに小説を書く意欲を与え続けてくれる。きみたちの父親であることを誇りに思っている。

母のベス・ベイリーはいつもわたしの小説の最初の読者のひとりだ。ひいき目かもしれないが、自分には世界一の母親がいてくれていると確信している。

エージェントのリザ・フライスィヒは、わたしの作家としての夢を叶《かな》える手助けをしてくれた。そしてわたしが想像もしていないような場所へとわたしを前進させ続けている。

編集者のクラレンス・ヘインズは、二作目からこの旅をともにしている。この小説がレールをはずれることがなかったのは彼がいてくれたおかげである。ともに仕事をしているあいだに、クラレンスはよき友人となり、信頼できる親友となった。編集の過程での彼との会話やメールのやりとりは、どの本を書いていたときもとても愉しかった。

メガ・パレク、グレイス・ドイル、サラ・ショー、そしてトーマス&マーサーの編集・マーケティングチームのみんな、いつも支えてくれてありがとう。きみたちをわたしの出版社と呼べることを誇りに思い、そして光栄に思っている。

友人でロースクールのクラスメートでもあったウィル・パウエル判事は、これまでのわたしのリーガル・スリラーでもそうであったように、刑法に関する問題に関し、有益な助言を与えてくれた。彼もまたわたしの小説の最初の読者のひとりである。

友人のビル・ファウラー、リック・オンキー、マーク・ウィッツェン、スティーブ・シェイマスにも最初の読者としてこれまでわたしを励ましてくれたことにあらためて感謝したい。弟のボー・ベイリーもわたしの小説を最初に読んでくれるひとりである。わたしの人生における力となってくれ、ずっといっしょにいてくれたことに感謝したい。

義父のドクター・ジム・デイヴィスは、あいかわらずポジティブなエネルギーの源であり、物語の洞察に満ちた読み方を教えてくれた。

アラバマ州ポイントクリアの友人ジョーとフォンシー・バラードは多大なサポートを与えてくれた。彼らの助け、励まし、そして友情に感謝したい。

友人のシンディ・ネスビットはジャイルズ郡図書館の館長で、プラスキの地元に関する貴重な情報源だった。

友人のクリステン・カイルーカステリとトム・カステリは、今回もテネシー州刑法のニュアンスを理解する上でとても力になってくれ、わたしの急な質問にもすぐに答えてくれた。

『フォレスト・ガンプ』の著者で知られる伝説的な作家、ウィンストン・グルームが二〇二〇年九月十七日に亡くなった。わたしが『ザ・プロフェッサー』でデビューしようとしていたとき、彼の推薦文が、契約を勝ち取るためのあと押しとなってくれたと確信している。当時はまだデビュー前で、彼のことはそのすばらしい作品を通してしか知らなかった。わたしは百以上のベストセラー作家に手紙を書き、推薦文を依頼した。ウィンストン以外からはすべて断られた。この偉大な人物はわたしが長年にわたり、作家の卵やわたしの本の読者と共有してきた、ふたつの教訓をわたしに教えてくれた。ひとつは人のためにだれかが何をしてくれるかは、頼んでみなければわからないということだ。そしてふたつめは、作家の世界では、たったひとつのイエスが人の人生を変えるということだ。

イエスと言ってくれてありがとう、ウィンストン。わたしとわたしの家族にとても親切にしてくれたことに感謝したい。

寂しくなるよ。

訳者あとがき

吉野弘人

ロバート・ベイリーによるボーセフィス・ヘインズ・シリーズ第二作『ザ・ロング・サイド』をお届けする。舞台はボーの故郷プラスキ。ジャイルズ・カウンティ高校の歌姫ブリタニーの遺体が発見され、容疑者として恋人で、同校のアメリカンフットボールのスター選手オデルが逮捕される。以前に通っていた高校を退学になるなどの問題を抱えていたオデルを、ボーは農場の手伝いをさせるなどして面倒を見ていた。オデルに不利な証拠が積み上がり、市民が正義を求めるなか、オデルはボーに弁護を依頼する。プラスキの街を、そして何よりも黒人のコミュニティをも分断する騒動のなか、弁護を受けた場合、間違《ロング・サイド》った側につくことになってしまうのか、そもそも正しい側とは何なのかと迷うボー。そして検事長のヘレンも自身の処遇に悩んでいた。

本作はボーセフィス・ヘインズ・シリーズのいったんの完結作となるようだ。これまで『黒と白のはざま』で黒人差別問題、そして『嘘と聖域』で中絶問題を扱ってきたが、本作のテーマは黒人コミュニティにおける分断である。みずからのアイデンティティの危機ともいえる状況に直面しながらも正義と真実を求めるボーセフィス・ヘインズの活躍をお愉《たの》しみいただきたい。

ロバート・ベイリーの新シリーズについても紹介しておこう。新たな主人公はアラバマじゅうの道路沿いに自身の写真を載せた巨大な看板を展開する〝ビルボード弁護士〟ジェイソン・リッチである。シリーズは『Rich Blood』『Rich Waters』『Rich Justice』の三部作となるようだ。一作目の『Rich Blood』は、民事を専門に扱ってきたジェイソンが、自身の姉が被告となった殺人事件の刑事裁判に挑む。主人公はアルコールの誘惑、慣れない刑事裁判、そして圧倒的に不利な証拠の山という三重苦に悪戦苦闘する。教授やボーとはまた違った心の弱さを抱えながらも苦境に立ち向かう主人公の姿を見守ってほしい。この新シリーズはザ・プロフェッサー・シリーズと同じ世界線で物語が展開し、ほかのシリーズの登場人物も出演するのでこの点も是非ご期待いただきたい。

二〇二四年二月

解説

堂場瞬一

本を読んで泣くことはほとんどない。

数少ない例外の一冊が、フェイ・ケラーマンの「ピーター・デッカー&リナ・ラザラス」シリーズ。基本はハードな警察小説なのだが、日本的には馴染《なじ》みにくい「宗教」が前面に出ているのが特徴だ。特にシリーズ前半は、宗教という壁に引き裂かれそうになりながらも惹《ひ》かれ合う男女のラブストーリーとして読めて、泣きどころ満載である。

長年「泣ける本は」と聞かれるとこのシリーズを挙げていたのだが、最近、新しい一冊が加わった。それがロバート・ベイリーの『ザ・プロフェッサー』である。正直、リーガルサスペンスとしては小粒なのだが、ラスト近くの法廷シーンで泣かない人はいないだろう。これは裁判物に絡めた、一人の人間、トム・マクマートリーの戦いの記録なのだ。

トムは老境の弁護士であり、ここから人生を立て直すのがどれほどきついことか……今からでも遅くない。手に取って、泣いて下さい。この作品は海外ミステリファンに非常に好評で、今や「泣ける熱い物語」としての評価が定着している。

そして本書である。トム・マクマートリーの弟子でもある弁護士ボーセフィス・ヘインズを主人公にしたシリーズは、『嘘と聖域』に続いて本作が二冊目。ちょっとややこしいが、トム・マクマートリーのシリーズから、設定や登場人物を引き継いで主人公が替わり、「シーズン2」に入った感じである。

本書では、極めて俗っぽい設定を採用している。この場合、俗っぽいのが悪いわけではなく、物語の「引き」としては分かりやすく効果的である。日本でもあるかな……と思えるような設定なので、このシリーズに馴染みのない人でも興味をかきたてられて、読み進めやすいだろう。

物語の中心には、輝くばかりの若者が二人いる。ジャイルズ・カウンティ高校のフットボールのスター選手であるオデル・シャンパーニュと、地元の人気バンド、フィズを率いるブリタニー・クラッチャーは恋人同士だ。物語は、二人の青春が最高潮の場面でクロスする場面から始まる。ただし最初から、二人の関係には微妙に不穏な雰囲気が漂っているのだが……。

多くの大学から声がかかっている有望な選手のオデルは、大事な試合でタッチダウンを決め、チームを勝利に導く。その試合の後には、フィールドでフィズのコンサートが開催され、観客は大盛り上がり。二人の人生が一番輝く夜になった。

しかし、ブリタニーには秘密があった。バンドではなく、ソロの歌手としてデビューの話が持ち上がり（よくある話ですね）、その日の夜、秘密のうちにバンドメンバーを置き去りにして地元を離れようとしていたのだ。ところが彼女は、スクールバスの中で遺体で発見され、オデルが容疑者として逮捕されてしまう。

スター選手とチアリーダーの恋というのはよく聞く話で（ここではチアリーダーではなく歌手だが）、アメリカの人には特に馴染みやすいのではないか。しかも彼女は視聴者参加型の人気オーディション番組「アメリカズ・ゴット・タレント」（歌手だけでなくダンサー、マジシャン、コメディアンなど様々なジャンルのパフォーマーが参加する）のファイナルまで進んだという、これまた俗っぽい設定が授けられており、これがストーリー全体に独特のリアリティを与える。そこまでやれる人なら、バンドではなくソロ歌手としてレコード会社が契約を狙ってもおかしくない、という感じになるわけだ。

ページをめくり始めた時、この物語は、若者二人が何もない故郷の田舎《いなか》から脱出する話なのかな、と想像してしまった。田舎町で奮闘しながら成功を夢見る、才能あふれる若者の物語は、典型的なアメリカン・サクセス・ストーリーに結実する。ただし本作では、二人の夢はあっという間に挫折することになったわけだ。一人は殺され、一人はその容疑者として逮捕される——。

ここで、我らがボーが、オデルの弁護を引き受けるかどうかという葛藤が延々と続く。何しろ状況はオデルにとって非常に不利。しかもオデルはボーの息子の親友という関係で、利害相反の恐れも出てくる。さらにオデルは過去に様々な問題を起こしており、街の人々はヒーローとして祭り上げていたオデルを、一転して完全に犯人扱いするようになる。八方塞がりの中で、ボーが弁護を引き受ける決心を固めるのが、本書の一つのクライマックスだ。

そしてリーガルサスペンスとしての本領は、最後に一気に展開していく。これはベイリーの作品に共通する特徴で、ここまで徹底されると、このシリーズは「リーガルサスペンスの器を借りた人間ドラマ」と言っていいと思う。

その根っこにあるのがアメフトというのが、シリーズを通じた特徴だ。だからこのシリーズは、一種のスポーツ小説として読めないこともない。

シリーズ第一作『ザ・プロフェッサー』の主役であるトム・マクマートリーも、若き頃はアメフトの選手として活躍した。その後弁護士↓大学教授↓弁護士に復帰という道を辿《たど》るのだが、青年期の友情は年老いても色褪《いろあ》せることはない。

『ザ・プロフェッサー』で私が号泣したのは、久々に弁護士として復帰したマクマートリーが法廷に立った時、かつての仲間たち——一九六一年に全米大学チャンピオンになったアラバマ大フットボールチームの主力メンバーが勢揃《せいぞろ》いして、その戦いを見守る場面である（ちなみにアラバマ大フットボールチームは、実際に一九六一年に全米チャンピオンになっており、実在の有名選手もこの場面に登場する）。この場面、フットボール大好きなアメリカ人だったら、間違いなく「おお」と歓声を上げるところだろう。

裁判には関係ない古兵たちが、かつての仲間の大勝負を見に来る——声にならないエールが聞こえて、ああ、スポーツが作った友情は永遠なのだと、爽やかな涙を味わったものだ。昨今、スポーツシーンには暗い話題が多いのだが、オールドボーイたちの熱い友情を見ると、スポーツにはやはりいいところがある、と思わせてくれる。

しかしこのシーン、圧が強くて息が詰まりそうだった。日本だったら、どこかの裁判の傍聴席に、一九九八年、第八〇回夏の甲子園で優勝した横浜高校のナインが勢揃いするようなものだろうか。しかも弁護人を応援するためだけに。相手方が受ける圧の強さを想像してもらえば、『ザ・プロフェッサー』の感動シーンの強烈さが分かると思う。

本書を、スポーツ小説として見たらどうだろう。度々出てくる「ケツの穴全開《ワイド・アス・オープン》でいくぞ」という下品かつ勇ましい言葉がキーワードになっているのが、いかにも荒っぽいスポーツが中心にある物語らしい。

序盤、試合前に、ボーが「ジャイルズ・カウンティ高校ボブキャッツが生んだ最も偉大なプレイヤー」と紹介されて、後輩たちに熱い檄《げき》を飛ばす場面など、まさにアメリカンスポーツの世界だ。

そして、アメフトが、登場人物を結んでいく。たとえばボーとオデルの擬似《ぎじ》師弟関係。一方で、殺されたブリタニーの父親は、高校時代のボーのチームメイトだが、ボーがその腕を見込まれて大学で活躍していたのに対し、自分が「高校止まり」だったことで、ボーに対する嫉妬に似た感情を抱いている。その嫉妬の対象であるボーが、娘を殺した（疑いが極めて強い）若者の弁護を担当するとなると、長年の怨嗟《えんさ》が爆発するのは当然だ。ボーの方には、「いつまで昔の気持ちに引き摺《ず》られてるんだ」という面倒な感覚があり、この二人の爆発寸前のやり取り（一回爆発するが）がヒリヒリしていて、読みどころの一つになっている。スポーツが作るのは、友情だけではなく嫉妬や恨みもあるのだ。

そもそもスポーツでは、感動、怒り、悲しみ、希望——全ての感情が噴出する。爽やかさだけではなく、スポーツが持っている苦味や苦しみも内包しているが故に、本書には奥深さが生まれている。さらに、未来あふれる若者二人の破滅の物語として読めば、ミステリとしての結末以上に、人生の苦味を感じることができるだろう。

ただしいかにアメフトがバックボーンにあるとはいえ、作者は、試合シーンを延々と書くようなことはしない。本書でも、試合シーンの説明はあっさり終わってしまい、あとはあくまでリーガルサスペンス、そして普遍的な人間ドラマが展開されていく。これが私だったら、ここぞとばかりに事細かく試合シーンを書いてしまうところだが……。

むしろ、そういうシーンがないからこそ、本作はアメフトという競技に馴染みが薄い日本人にも、読みやすい作品になっている。人に勧める時には、やはり「スポーツを強いバックボーンにしたリーガルサスペンス」と紹介したい。

ボーを主人公にした作品は、これで完結だという。これからさらに、若さのかけらを残しているボーが、人間として成熟していく姿が楽しめると思っていたのだが……この深く熱く苦い物語に、もう続きがないことが残念でならない。

（どうば・しゅんいち／作家）

―――本書のプロフィール―――

本書は、二〇二一年にアメリカで刊行された『THE WRONG SIDE』を本邦初訳したものです。

小学館文庫

ザ・ロング・サイド

著者　ロバート・ベイリー
訳者　吉野弘人《よしのひろと》

二〇二四年二月十一日　初版第一刷発行

発行人　庄野　樹
発行所　株式会社　小学館
〒一〇一-八〇〇一
東京都千代田区一ッ橋二-三-一
電話　編集〇三-三二三〇-五七二〇
　　　販売〇三-五二八一-三五五五
印刷所――――大日本印刷株式会社

この文庫の詳しい内容はインターネットで24時間ご覧になれます。
小学館公式ホームページ　https://www.shogakukan.co.jp

ISBN978-4-09-407159-7